ÉDEN

ÉDEN

ANDRÉS PASCUAL

Tradução de
Fátima Martins

MARCADOR

A presente edição segue a grafia do novo Acordo Ortográfico da Língua Portuguesa

info@marcador.pt
www.marcador.pt
facebook.com/marcadoreditora

Título original: *Edén*
Título: *Éden*
Autor: Andrés Pascual
Tradução: Fátima Martins
Revisão: Joaquim E. Oliveira
Paginação: Gráfica 99, Lda.
Capa: Marina Costa / Marcador
Imagens de capa: cascata San Rafael © Shobeir Ansari; manuscritos: © Danita Delimont /
ambas Getty Images
Mulher de costas: foto gentilmente cedida pelo autor
Impressão e acabamento: Multitipo – Artes Gráficas, Lda.

ISBN: 978-989-754-082-0
Depósito legal: 395 017/15

1.ª edição: agosto de 2015

Índice

Para Gloria e Chema,
por gostarem tanto de mim como seu afilhado,
pelo amor e pela música que inundam esta casa,
do sótão até ao jardim

Minha tristeza de hoje
É como a tua, a de sempre,
A que não putrefaz nem envenena,
Só e simplesmente tristeza
Como saída de um cadinho;
Como deve ter sido
A tristeza primeira
Do mundo:
Ver o amor trocado por outra coisa.

M<small>ARIA</small> E<small>UGENIA</small> R<small>EYES</small> L<small>INDO</small>
Fragmento do poema *«Oda a tu tristeza»*

We can be heroes
just for one day.

D<small>AVID</small> B<small>OWIE</small>
«Heroes»

Treva

O pequeno indígena corria espavorido em direção à parte sombria da selva, lá onde as árvores sagradas escondiam o sol. O seu coração batia como os velhos tambores de guerra. Os seus lábios comprimidos continham os soluços. Nem chegava a afastar a vegetação que lhe açoitava a cara. Seguia em frente como um jaguar, contornando ondas de fetos, dunas de raízes, cascatas de trepadeiras. O universo verde que ele tanto amava, de repente, voltava-se contra ele, dificultando-lhe a fuga ao caçador de homens.

Um novo disparo atravessou o mato. As araras levantaram voo. Uma família de macacos-pregos inundou de guinchos o ar. O rapaz viu que o caçador tinha falhado o tiro por alguns metros, mas não se podia fiar. Sentia cada vez mais próximo o cano quente da arma, as balas caladas que aguardavam na câmara.

Deteve-se atrás de um tronco para retomar o fôlego e apoiou as mãos nas coxas, laceradas por umas folhas, tão finas como lâminas de barbear, que cresciam a meia altura. A sua mãe insistira para que usasse as calças de ganga compradas em Manaus, mas ele, apesar de estar quase a fazer os onze anos, preferia a tanga de pele de anta que a avó lhe tinha feito. Permaneceu, uns segundos, com o olhar cravado nas palmas das mãos tingidas de sangue. Não havia tempo para queixas, tinha de escolher um caminho. Encontrava-se a várias horas de distância de qualquer lugar habitado, fora da comunidade da sua família, para a qual não podia voltar, pois o caçador cortava-lhe a passagem. O problema era que as forças começavam a faltar-lhe. Sentia cãibras nas pernas, a respiração frenética queimava-lhe a garganta. Bebeu de uma bromélia que acumulava a água da chuva nas folhas em forma de taça e fechou os olhos ao engolir. Fez uma inspiração entrecortada e cheirou a terra sempre húmida, a resina das árvores e a fragrância de umas orquídeas que salpicavam de vermelho as margens do rio…

O rio!

Retomou a corrida como pôde e não parou até alcançar a margem. Empoleirou-se nas pedras polidas com cuidado para não escorregar. Tinha chovido torrencialmente na última semana e a corrente descia desenfreada. Verificou com angústia que, do ponto onde se encontrava, não podia bordejar o quilómetro que o separava da ponte. Olhou para a outra ponta. Era uma loucura. Mesmo quando não havia enchentes, costumavam usar uma corda para tomar banho…

Ouviu vozes, voltou-se um instante e de novo fixou o olhar na outra margem. Tinha de fazer a travessia, era a única forma de os deixar para trás.

Saltou com determinação. Durante uns segundos, lutou contra os redemoinhos, mas depressa percebeu que era inútil e deixou-se levar, rezando para que aparecesse um golfinho cor de rosa que, com o bico, o subisse para cima do lombo. Deu voltas e reviravoltas por entre a espuma e os troncos arrastados. Fustigavam-no, a água encharcava-lhe o nariz e a boca. Quando pensava que tudo já estava perdido, conseguiu levantar a cabeça e, no meio dos enérgicos salpicos, reparou em duas lianas que entravam na água. Esticou-se até à primeira e tocou-lhe com a ponta dos dedos, mas um puxão da corrente levou-o para o fundo. Deu um grito que lhe ressoou dentro da cabeça, alçou o braço até à superfície e, no último instante, conseguiu agarrar-se à outra liana. Aguentou o esticão como pôde e avançou a muito custo até que, extenuado, se introduziu num recanto de mangues.

Permaneceu imóvel com a água até ao queixo para recuperar forças e desatar a correr outra vez, mas, quando se ia levantar, já era tarde. O caçador aproximava-se da margem acompanhado do guia da selva e de outro nativo vestido com roupas ocidentais que tinha organizado a caçada. O rapaz tinha-o visto uma semana antes, a rondar a sua comunidade num barco a motor, e, mais tarde, cruzara-se com ele no caminho que costumava fazer, ao entardecer, quando ia verificar a colheita de borracha da família. Inquietou-o a sua expressão sombria e a certeza de que aquele homem tinha alguma conta pendente com a sua selva, mas não disse nada em casa. Nunca imaginou que andava à procura de uma peça de caça para o *safari*.

Gatinhou até à margem enlameada junto da qual boiavam uns enormes nenúfares, meteu-se entre as folhas circulares e esfregou a cara e o cabelo com as flores. O intenso aroma a alperce impediria que o olfato experiente do guia o detetasse.

Ou, pelo menos, assim o esperava.

– Se não saiu por aqui, o rio deve tê-lo levado – ouviu o nativo dizer.

Submergiu a cabeça no pantanal até aos olhos. O cabelo molhado confundia-se com as pedras, mas, a qualquer momento, iria ser descoberto. Estavam, literalmente, em cima dele.

– Maldito seja… – grunhiu a voz grave do caçador.

– Não se preocupe, eu encontro-lhe outra presa.

– Quero esta.

– Mas, *mister*, se formos para…

– Que-ro-es-ta – repetiu ele, imprimindo em cada sílaba uma cadência gélida.

Apesar de ter o rapaz a poucos centímetros das suas botas, não o conseguia ver, mas o seu instinto de predador mantinha-o pregado ao chão. Sabia que estava perto do seu troféu e estava excitado. Observava as lianas, avaliava a força da corrente e apertava a espingarda com raiva.

Enquanto se concentrava para não se mexer, o rapaz constatou apavorado que uma aranha peluda se aproximava dele por cima de uma das enormes folhas de lírio. Começou a tremer. Nunca tinha tido nenhum problema em pescar piranhas com um simples fio de pesca ou em apanhar com os dedos as lagartas peçonhentas que cortava para extrair a sua polpa curativa, mas sentia apreensão pelas aranhas. Não conseguia suportar o movimento compassado das suas oito patas.

Tentou pensar noutra coisa. Lembrou-se das noites de tempestade, uns anos antes, em que o avô lhe explicava que não devia ter medo, que o mundo tinha sido criado a partir do nada e que tudo o que nele existia, incluindo as crianças e os trovões, tinha sido feito a partir da mesma substância. Os tiros eram piores do que os trovões, pensou, mas começou a entoar, mentalmente, a velha canção índia que o avô cantarolava para acabar a história e conseguir conciliar-lhe o sono sob o clarão dos relâmpagos:

A terra despida e fria
Vestiu-se com árvores gigantes
Entre os ramos o vento assobiava
Shhh… Shhh… Shhh…

Nesse instante, algo aconteceu.

– O que é que foi aquilo? – perguntou o caçador.

– Ali! – apontou o guia indicando a floresta.

O caçador correu alguns metros para o interior da mata com a culatra apoiada no ombro e disparou.

– Merda! Voltei a falhar!

– Não se preocupe, *mister*…

– Não sejas condescendente comigo, filho da puta!

– Era um macaco-uivador, *mister*! – explicou o guia, estendendo as mãos para o acalmar. – Anda a seguir-nos há umas quantas horas.

Enquanto o símio se perdia no meio das árvores, o rapaz aproveitou para sair da água. Protegido pelo estrondo do rio, bordeou uns metros para se distanciar dos seus perseguidores e correu para as profundezas da selva, sem olhar para trás, até que chegou à base de uma imensa sumaumeira.

Contemplou o tronco que convertia a árvore na rainha indiscutível daquele lugar. Já ali estava quando, séculos antes, chegaram os primeiros exploradores. Mediria uns setenta metros de altura, sobressaindo a sua majestosa copa por cima do manto amazónico, e quase quatro de diâmetro. Era o imponente retábulo daquele templo de colunas de madeira, envolto numa bruma que se deslocava como o fumo do incenso e salpicado por pirilampos que vibravam como chamas de velas. Pensou esconder-se no meio das suas pregas, mas, se o caçador o encontrasse, não teria nenhuma escapatória possível, de maneira que decidiu trepar. Começou a subir, tendo o cuidado de não se espetar em nenhum dos seus espinhos, agarrando-se a eles como se fossem degraus para chegar às nuvens.

De repente, um novo disparo rasgou o ar. Os seus olhos abriram-se de par em par, ao mesmo tempo que sentia um ardor insuportável no calcanhar. O caçador tinha-o atingido. Mas continuou a subir, puxando-se com as mãos e só com um pé, espinho a espinho, até que chegou à altura de um grande ramo que, ao unir-se com o tronco, lhe proporcionava uma cova como se fosse uma cama de rede. Ia meter-se nela quando ouviu outro disparo e sentiu uma picada brutal nas costas.

Permaneceu imóvel, inquieto pelo silêncio momentâneo.

Da sua boca saiu um fiozinho de sangue.

Vieram-lhe à memória as tardes passadas com os seus primos à procura das rãs amarelas, às quais extraíam o veneno, num perigoso ritual que os convertia em homens. Levou a mão à pequena faca que trazia pendurada numa corda atada à sua cintura e apertou o cabo de osso para combater o medo. Os velhos costumavam falar da passagem para a outra vida como quem fala de uma ponte suspensa, comprida e instável. Não queria cair no vazio e sofrer os tormentos do Inferno. Ia desatar a chorar quando escutou uma música tão suave como as borboletas que vivem apenas um dia, mas, ao mesmo tempo, contundente como os tufões de verão, e tudo serenou no seu interior. Olhou para o céu através dos ramos da copa da árvore. O sol penetrava como flechas de luz entre as folhas que baloiçavam ao vento. Os gritos do macaco-uivador tornavam-se, agora, em assobios brincalhões, os papagaios agitavam as asas sem saírem de cima dos ramos, brilhavam os olhos vigilantes dos *tipis*.

Escutou um cicio. Eram as folhas que sussurravam: *Vem, deixa que a tua alma ascenda até nós, que primeiro roce as árvores mais baixas, depois, as médias e por fim alcance a copa deste enorme tronco que une a terra ao céu.* O rapaz reclinou-se sobre os ramos. Encostou o rosto aos líquenes. As trepadeiras abraçavam-no. Não sentia nenhuma dor, estava em casa.

— Nasci das folhas e volto às folhas — disse, docemente, citando as palavras do seu avô. — Sou a raiz destas árvores, o meu sangue é a sua seiva.

Luz

1

Mika encostou o nariz à janela do avião. Suspirou de forma entrecortada. Trinta por cento eram nervos, setenta, excitação. Limpou o hálito condensado no vidro com a manga da camisola. Era de noite e chovia, mas divisavam-se já os contornos daquela cidade que se estendia para além do horizonte. São Paulo era um continente inteiro de cimento e vidro. Os arranha-céus apinhados formavam cordilheiras. Emergiam, cada um mais esbelto do que o outro, criavam espaços entre eles e o resto como se tivessem dado cotoveladas, e esticavam-se até às nuvens.

A voz do comandante soou nos altifalantes. Pediu ao pessoal da cabina que se preparasse para aterrar e aos passageiros que se assegurassem de que os assentos estavam levantados e os cintos de segurança apertados. Mika continuou a olhar para fora sem querer perder nenhum detalhe. Conseguia distinguir as pessoas minúsculas andando de cá para lá, como sedimentos levados pelo vento, a acariciar os picos de cimento. Não havia espaço para jardins ou para lagos. Conforme as zonas, as coberturas das casas ricas com heliporto davam lugar aos telhados de *lusalite* das favelas.

Perguntou a si própria qual delas seria a de Monte Luz, a comunidade dos subúrbios onde o seu amigo Purone e os outros membros do coletivo artístico Boa Mistura encantavam com as suas pinturas. Aqueles cinco jovens madrilenos tinham conseguido abrir espaço na elite internacional da criatividade, após assinarem espantosas pinturas murais em quatro continentes, e decoravam agora as ruas de uma favela a partir da iniciativa de um mecenas brasileiro que ainda acreditava no poder inspirador da arte urbana para melhorar a sociedade. Se não fosse por eles, não estaria naquele avião. Tinha sido Purone quem, quando lhe contou que tinham recebido essa encomenda, lhe sugerira que São Paulo seria também o melhor lugar do mundo para encontrar trabalho. Três anos depois de concluir a licenciatura em Publicidade e Relações-Públicas, ainda enviava currículos e ia a entrevistas à procura de um trabalho digno, tendo em conta a sua preparação, razão pela qual lhe parecera uma grande ideia cruzar o oceano e abrir uma nova frente.

Passara apenas um mês desde esse dia. Recordou o momento em que regressou a casa e se meteu na Internet. O amigo estava certo. Tal como afirmavam os fóruns e as páginas do consulado, no Brasil havia emprego de sobra. Os setores dos serviços, do turismo e dos recursos humanos estavam no auge e precisavam de mão de obra qualificada. Só preciso de fazer as malas, pensou, então, com um formigueiro no estômago.

Enquanto ouvia o trem de aterragem abrir-se mesmo debaixo dos seus pés, não conseguiu evitar um sorriso. De facto, começava uma nova e apaixonante caminhada. Voltou a colar o nariz ao vidro. Estava frio. Encostou, também, as maçãs do rosto coradas, primeiro uma, depois a outra, para tentar acalmar um ardor repentino.

Assim que aterrou no aeroporto de Guarulhos, foi atingida pelo caos que envolvia o dia a dia de vinte milhões de paulistas. O falso silêncio que respirara dentro do avião fora substituído pelo estrondo da tromba de água, pelos anúncios publicitários arremessados pelos ecrãs das televisões das áreas comerciais do terminal e pelo som das vozes dos que lhe ofereciam hotel, carros de aluguer e câmbio de moeda. Em condições normais, aquele barulho tê-la-ia enchido de energia, mas estava exausta pelo voo e confusa com a diferença horária – tinha feito duas escalas para arranjar um bilhete mais económico e não via a hora de poder deitar-se a dormir numa cama.

Amanhã será outro dia, o primeiro dia de uma nova vida. Agora só quero que a minha mala saia já de uma vez por essa passadeira…

Atravessou a área da alfândega e plantou-se no meio da zona pública. Eram dez da noite, mas ainda estava a abarrotar. Deteve-se entre a multidão e olhou para ambos os lados. Havia alguma coisa, além do ruído, que lhe causava desconforto. Não conseguia identificar o que era. Tinham-na avisado de que São Paulo era uma cidade agressiva, até mesmo perigosa se fossem ultrapassadas certas fronteiras, mas não era isso o que a preocupava. Talvez fosse a chuva. Tinha imaginado um Brasil sempre com sol. O certo era que sentia um tremor no ambiente, como o nervosismo que os animais destilam antes de um cataclismo.

Odiava sentir-se vulnerável.

Uma cama, era tudo o que precisava.

E quanto antes. Já não se conseguia suportar a si mesma.

Procurou a maneira mais rápida de chegar a Vila Madalena, um bairro central onde tinha reservado alojamento para se poder deslocar com fluidez nos primeiros dias. Podia ir de táxi, mas estava a mais de vinte quilómetros do aeroporto e levava o dinheiro certo para se aguentar uns dias até começar a trabalhar. Depressa localizou uma linha de autocarros que não a deixaria longe da pousada. Hesitou. Estava tão cansada… Por outro lado, na manhã seguinte, já estava combinado o encontro no gabinete comercial da embaixada, de onde confiava poder sair com uma oferta laboral firme…

Sejamos prudentes. Autocarro.

Mas quando puxou pela sua repleta mala de viagem dirigindo-se para o lugar que os painéis luminosos indicavam, acabou por se partir uma das rodas que se tinha rachado no porão do avião.

– Acabou-se! – gritou, soltando todo o seu temperamento perante o olhar dos outros passageiros.

Arrastou a mala em direção às portas de saída para a rua, passou sob uma cobertura envidraçada que desaguava torrentes de chuva e, em poucos segundos, estava sentada num *Peugeot* que saiu disparado do estacionamento com os limpa-para-brisas desvairados e o ar condicionado em modo furacão.

Atravessaram urbanizações residenciais em construção. Guindastes e mais guindastes. Iluminados como as rodas gigantes de uma imensa feira popular. Olhou para cima. Chamou-lhe a atenção a quantidade de helicópteros que traçavam insolentes linhas retas no céu. Polícias, presumiu. Os mosquitos da nova selva.

Apesar do seu tamanho, São Paulo era uma cidade jovem. O seu desenvolvimento começara apenas cem anos antes, quando os fazendeiros locais viram no café uma alternativa à desprezada cana-de-açúcar. A partir de então, cresceu e cresceu, mais em população do que em infraestruturas, e deu lugar às favelas amontoadas e ao centro congestionado em que o táxi se metia, contornando obras e engarrafamentos.

– Veio de férias? – começou por lhe perguntar o condutor, um homem de meia-idade e pele escura.

Vestia uma camisola de cavas com o logótipo dos Metallica, deixando à mostra as numerosas tatuagens que lhe cobriam os braços.

Esmerava-se por lhe falar de uma forma pausada para que ela o entendesse, uma forma aparentemente ingénua, mas que dava bom resultado com os turistas de língua castelhana.

– Vim trabalhar – respondeu Mika num português perfeito.

– Fala a minha língua?

– Vivi vários anos em Moçambique.

– *Que legal!* O que é que fazia lá?

– O meu pai estava colocado em Maputo. É uma longa história.

– Fico contente por ter escolhido o Brasil. Todos os dias apanho europeus que vêm para cá à procura do que não encontram lá. Antes acontecia o contrário.

– O mundo está a mudar.

— Se está! Olhe para aquele.

Apontou para um cartaz publicitário no qual aparecia um homem com um sorriso sedutor. Ao lado, uma sigla: Co. Co.; e a legenda: PROCURA O OURO QUE HÁ EM TI.

— É um político?

— Por enquanto, não, mas dê-lhe tempo. É o Gabriel Collor, o homem mais rico do Brasil. Dizem que em breve se irá converter no homem mais rico do planeta.

— E chamam-lhe Co. Co.?

— É de Collor Corporation — esclareceu o taxista —, um grupo empresarial. Acho que a única coisa a que não se dedica é ao futebol. Em que é que você trabalha, exatamente?

— *Exatamente*, em nada. — Mika sorriu lançando-lhe um olhar através do retrovisor. — Tirei um curso, mas ainda não tive o meu primeiro emprego a sério.

— Ainda é muito nova.

— Já passaram três anos desde que me licenciei… — murmurou, como se estivesse a relembrá-lo a si própria.

— Tanto? Não pode ter mais do que vinte e dois anos.

— Vinte e cinco.

— Não faz mal levar as coisas com calma. Já sabe o que se costuma dizer: Quem vive com pressa, morre com pressa. Devíamos era poder gozar a reforma no princípio da vida laboral, quando ainda temos vontade de sambar.

— De facto, tenho-me dedicado ao desporto.

Porque é que tenho de me estar a justificar?

— Futebol?

— Karaté.

— *Que legal!* Não sabia que havia karatecas tão bonitas fora do filme *Kill Bill.*

A verdade é que Mika não correspondia fisicamente ao perfil da mulher cinturão negro segundo *dan*, com a qual o melhor é não se meter porque detém o maior índice de vitórias do circuito nacional. O pai, que fora quem a iniciara nesta arte marcial, costumava referir-se a ela como «a minha pantera». No entanto, com os seus cinquenta quilos, sempre controlados para não subir de categoria devido ao peso, mais parecia uma gazela do que um perigoso felino. Exalava uma sensualidade que outras desportistas do seu ginásio não possuíam. Talvez fosse pela forma como olhava, por detrás da franja escura e cortada de forma desigual, ou pela roupa um pouco *hippie* que mostrava, sem problemas, uma boa parte do seu corpo talhado com cinzel por uma genética generosa e pelas horas de treino incansável.

– Muito obrigada pelo cumprimento. – Voltou a colocar sobre o ombro uma alça caída. – Já vejo que os brasileiros não deixam os seus créditos por mãos alheias.

O taxista riu com cumplicidade.

– Não a queria incomodar.

– Não, não incomodou.

– É possível dedicar-se a sério a esse desporto em Espanha?

– Já não.

– Mas chegou a competir em campeonatos importantes?

– Com a seleção espanhola, várias vezes.

– *Que legal!*

Mika concluiu que aquela expressão, tantas vezes repetida, significava admiração.

– Não sei se é assim tão *legal*. Já deixei escapar três vezes a medalha dos campeonatos europeus; a última foi antes do Natal passado.

Estava num táxi a dez mil quilómetros de casa. Não era um mau confessionário.

– É pena.

– Ou sorte. Aquela derrota também influenciou a minha decisão de vir para cá.

– Deram-lhe uma grande tareia?

Mika sorriu pela ternura que emanava daquela pergunta.

– Dei-a, eu, a mim própria.

– Não acredito que bateu em si própria sem querer.

– Referia-me a… não sei porque lhe estou a contar isto.

– Pode contar-me o que quiser. Eu também gostava de saber karaté ou outra arte marcial qualquer. Dava muito jeito nesta cidade.

– É assim tão grave o que contam sobre a delinquência?

O taxista levantou o dedo indicador para fazer uma declaração de peso.

– Nós, paulistas, sofremos dois flagelos que nos impedem de ser livres: a delinquência e o trânsito. Não podemos deslocar-nos à hora que queremos, nem por onde queremos. Temos de evitar coincidir com estes insuportáveis engarrafamentos – apontou para a interminável fila de carros que, de repente, tinham à sua frente –, mas, sobretudo, temos de evitar ficar com pressa e ter a tentação de ir por atalhos. Metade das ruas é proibida.

– Devo ficar assustada?

– Nada disso! Esta cidade é uma delícia! Está cheia de homens que se vão lançar aos seus pés e a vão tratar como uma rainha do Carnaval. Apenas deve estar consciente de que o perigo maior vem de dentro dos carros. Entre o pessoal da segurança, as câmaras de videovigilância e as vedações que rodeiam muitos edifícios, é raro que alguém consiga roubar as casas ricas. Mas, se circular pela rua errada depois do anoitecer, pode encontrar alguma *Kalashnikov* a cortar-lhe o caminho.

— Já lhe aconteceu?

— Sempre que puder, vá de metro.

— E é um taxista que me diz isso!

— As coisas são o que são. O metro é seguro, limpo, rápido e barato, mas tem poucas linhas, e há muitos lugares onde não chega. Para isso, estamos cá nós. Afinal, em São Paulo, todos acabamos por encontrar o nosso lugar.

Talvez seja verdade que tenha vindo ao sítio certo.

Ao fim de um bocado, o taxista apontou para além do para-brisas fumado.

— Estamos a entrar no seu bairro.

Mika baixou o vidro da janela. Tinha parado de chover. O cenário mudara de repente. Circulavam por uma rua empinada, ladeada por edifícios de dois andares de cor pastel.

Além de estar bem situado, Vila Madalena era o enclave boémio por excelência. Uma montanha-russa de *boutiques* de autor e de locais noturnos. Ficara encantada com as fotografias que tinha visto na Internet, mas ainda mais atraída pela sua história. Antes de ter este nome – proveniente da filha de um poderoso fazendeiro que comprara os terrenos nos tempos de bonança do café –, fora batizado como «Vila dos Farrapos», por causa das cabanas dos primeiros povoadores indígenas, que se tinham mudado para as colinas que se erguiam numa das margens do rio Pinheiros, para se isolarem dos jesuítas fixados no centro da cidade. Hoje, pensou Mika, aqueles farrapos tinham sido substituídos pelas criações dos estilistas de moda mais alternativos. Não era uma má inspiração.

O lugar ideal para alguém se reinventar.

Lançou uma vista de olhos rápida. A zona parecia tudo menos intimidante. Havia gente diversa em esplanadas a comer torresmos fatiados e a beber garrafas de litro e meio de cerveja, repositores de um supermercado a eternizar uma pausa, *yuppies* de ambos os sexos a rematar um jantar de empresa, gente musculada que ia e vinha do ginásio noturno e velhas a assomar à janela para apanhar o fresco que fica depois do aguaceiro.

Mika não se teria importado de se juntar a qualquer um daqueles grupos, mas o que realmente necessitava nesse momento era de dormir. Fechar os olhos, estacionar na terra dos sonhos as frustrações que trazia consigo e despertar num mundo novo. Vazio de derrotas. Cheio de possibilidades.

Fechar os olhos...

Enquanto se lhe fechavam as pálpebras, foi sacudida por um grito do taxista.

– O que é que está a acontecer?

– Faltou a luz!

Girou com força o volante. Mika agarrou-se ao encosto de cabeça do lado do pendura para não ser projetada contra a porta, mas, ainda assim, raspou com o ombro na fivela metálica do cinto de segurança que não levava posto. Após duas violentas sacudidelas, chocaram de lado contra uma fila de carros estacionados.

– Merda – resmungou o taxista, levando a mão à testa num gesto de dor. – Você está bem?

– Sim, o que é que aconteceu?

– Tive de me desviar desta moto! Vinha para cima de mim!

Uma *scooter* estava caída junto às rodas de uma camioneta. O seu condutor levantava-se, cambaleante. O taxista continuava a pressionar a testa, sangrava de uma sobrancelha. Mika estava abalada. Mais travagens. Apitos. Gritos.

Saiu do veículo. De pé sobre a calçada, ainda agarrada à porta, olhou à sua volta.

O bairro inteiro estava às escuras.

Os semáforos, os candeeiros, as luzes dos bares e dos restaurantes, das montras, das janelas e das esplanadas. Tudo se tinha apagado de repente. Apenas funcionavam os faróis dos carros como pirilampos no meio de um bosque sem luar, o que acrescentava ainda mais confusão. Ofuscavam quando se estava a uma distância curta e não iluminavam o suficiente nas distâncias mais longas. Amontoavam-se, cegos, nos cruzamentos.

Mika assomou ao interior do táxi.

– Você está bem?

– Porque é que tinha de me acontecer a mim? – lamentava-se o condutor.

– O que é que eu posso fazer?

– Agarre na sua mala e vá-se embora! Meu Deus, não paro de sangrar!

Mika não sabia o que fazer.

Dirigiu-se para a parte de trás do carro a pisar os cacos dos vidros. Abriu o porta-bagagem e tirou a mala. Voltou a assomar. Nem sequer tinha pago a viagem.

– Ao menos deixe que…

– Vá-se embora de uma vez e poupe-me a papelada! Quer que me despeçam por ter batido enquanto levava uma turista?

Mika arrastou a mala de viagem só com uma roda por cima dos vidros. Não sabia para onde ir. No meio da escuridão, mal distinguia um punhado de figuras a saírem dos bares em correria, praguejando, assustadas. Uma mulher pedia ajuda porque tinha acabado de ser assaltada. Quando algumas pessoas se aproximaram dela para a ajudar, teve um ataque de pânico; não queria que ninguém lhe tocasse. Tudo era uma confusão. O bairro estava infestado de espetros. Mika apertou contra o seu corpo a sacola na qual levava os documentos e a carteira.

Respira fundo e concentra-te, não podes ficar aqui parada...

Aproximou-se de um grupo numeroso que se aglomerava na parte mais alta da rua. Uma vez lá em cima, meteu-se às cotoveladas entre a multidão até chegar à primeira fila. Estava em cima de um morro, um dos outeiros que se erguiam junto à bacia do rio. Parecia ter sido ali posto para fazer de miradouro. Agarrou com força na mala de viagem para que não se despenhasse e para não ser arrastada por ela pelo barranco abaixo. Permanecer ali era perigoso, mas Mika não conseguia afastar-se da impressionante vista panorâmica da cidade...

Da cidade às escuras.

O apagão não se limitava ao bairro. Todos os edifícios de São Paulo, todas as praças e estádios se agitavam no vale carente de luz.

Nem uma janela iluminada nos arranha-céus, nem uma simples luzinha nas ruas intermináveis. Lá do alto, respirava-se a ansiedade das pessoas presas nos elevadores, a confusão nos hospitais que preparavam, a toda a velocidade, os geradores para restabelecer a assistência aos blocos operatórios, os gritos nas entradas das estações de metro, que cuspiam passageiros aterrorizados ao mesmo tempo que engoliam os rios do temporal.

Mais apitos, mais confusão.

Vinte milhões de seres humanos submersos na escuridão.

À volta de Mika, as pessoas começaram a especular desatinadamente.

— Veem alguma coisa no céu?

— O que é que a gente vai ver, além de nuvens?

— Óvnis!

— Não diga disparates!

— E as luzes intermitentes que se avistaram no último apagão no México? Enviaram-me o vídeo do YouTube, e era óbvio.

— O que é que era óbvio?

— Deve ter sido um atentado — argumentava outro. — Eu ouvi uma explosão.

— Que explosão? Não houve nenhuma explosão!

— Ou um raio — opinava uma mulher —, como aquele que arrancou o dedo ao Cristo Redentor.

— A tempestade não era elétrica!

— Uma tempestade solar. Foi o que foi...

– Que parvoíce – saltou um indivíduo em tronco nu. – Onde é que está o Sol?

– Não faz falta vê-lo, pode interferir em todo o planeta sem que você se dê conta.

– Se fosse uma tempestade solar, também não funcionariam os faróis dos carros – declarou um homem magro e enxuto que parecia sabedor desses assuntos, a julgar pela explicação que começou a desfiar no meio da polémica crescente.

Mika tinha medo, mais do que do apagão, de que algum daqueles exaltados a empurrasse sem querer para o fundo do barranco. Dispunha--se a dar meia-volta dali para fora quando aconteceu uma coisa que a deixou com o coração em sobressalto.

No cimo de um arranha-céus situado no centro da cidade acendeu--se uma estrela.

– Ai, Mãe do Céu… – murmurou ela, com a boca literalmente aberta.

Uma estrela de sete pontas muito longas rasgava o horizonte negro, quebrando a escuridão.

Os raios projetavam-se do telhado num plano horizontal, um pouco inclinados para baixo, como as varetas de uma sombrinha. Ao partir de um ponto tão alto, sobrevoavam todo o centro da cidade sem encontrar obstáculos e acabavam por embater nas ladeiras e nas zonas elevadas dos diversos bairros da periferia.

Mika tentou perceber que artefacto produzia aquela luz tão potente, visível a quilómetros de distância. Era difícil distinguir, devido ao contraste da estrela com a escuridão absoluta sobre a qual tinha incidido. Devia tratar-se de um projetor de sete canhões, como aqueles que se utilizam nalgumas discotecas, mas os seus raios eram muito mais compridos e intensos. Mais do que focos, pareciam cilindros sólidos, de um branco imaculado e com contornos perfeitos.

– Estão a iluminar as favelas! – disse logo alguém, quebrando o silêncio sepulcral que se tinha apoderado da cidade.

– É verdade, reparem! – confirmou outro, e começou a apontar para um lado e para o outro, para os lugares para onde os raios se dirigiam. – Paraisópolis, Brasilândia, Heliópolis…

As áreas iluminadas pela estrela eram comunidades dos arredores muito conhecidas. Uma cintura pouco digna para o florescente centro da cidade.

As favelas sempre escuras…

Por uma noite, eram elas que brilhavam.

2

Na mente de Mika, pugnavam por conseguir um lugar o desconcerto, a ansiedade e uma difusa paz... nem sequer podia assegurar que o que estava a viver era real. Alguém acabava de sugerir que o apagão correspondia à chegada de extraterrestres e aquela imagem mais parecia tirada de um filme de Spielberg. Bela e épica, mas ao mesmo tempo alarmante e perturbadora. À medida que os minutos passavam, as possibilidades mais funestas iam tomando forma. Imaginava uma legião de terroristas com um interruptor na mão, preparados para detonar a estrela e arrastar consigo os vinte milhões de habitantes de São Paulo... e a ela própria. Acabada de aterrar.

Será que vou acabar assim?

O que, naqueles instantes, mais a alarmava era desmaiar por causa da falta de sono e da excitação e cair desamparada barranco abaixo. Precisava de encontrar, fosse como fosse, a sua pousada, tapar-se com um lençol e acordar no dia seguinte, quando o sol tivesse destruído o governo marcial da estrela.

Leu a direção em voz alta, esperando que alguém lhe indicasse como lá chegar. Os que a rodeavam, tão angustiados quanto agarrados à viciante contemplação dos cilindros de luz, não lhe faziam nenhum caso. Parecia que já tinham sido sequestrados pelas eventuais criaturas espaciais. Depois de dar um último grito a reclamar atenção, um jovem ofereceu-se para a acompanhar. Assim que memorizou as indicações que ele lhe deu, Mika recusou, com mestria, a sua companhia, lançou um último olhar à estrela e separou-se do grupo.

Subiu e desceu as encostas empinadas, no meio de gente desorientada que soluçava na escuridão e de veículos que, por não conseguirem avançar, não paravam de buzinar. Era-lhe impossível adaptar os seus olhos ao escuro, já que, volta não volta, a cegavam as lanternas dos moradores do bairro, empenhados em iluminar-lhe a cara para ver quem era a louca que se aproximava a arrastar semelhante vulto.

Ao fim de um grande bocado, com o tornozelo dorido devido a uma lesão recente e com o cabelo encharcado, primeiro pela chuva e depois pelo suor, agarrou-se a um poste – quase trepando por ele acima – para confirmar se o nome da rua correspondia ao que tinha rabiscado no seu caderno de viagem.

Rua Harmonia.

Finalmente…

Examinou um portão onde tinham sido colocadas umas velas.

Pousada do Vento.

Tinha chegado.

Teve de conter as lágrimas que afloravam por puro esgotamento. A garganta, danificada pelo esforço, arranhava quando respirava. Quantos quilos de roupa, de sapatos, de caixas e de livros levava naquela mala? Nem que fosse para uma ilha deserta! Por sorte, o edifício emanava um acolhedor ambiente de oásis, ideal para desembarcar depois da tempestade. Era um antigo casarão familiar, transformado numa pensão, que preservava o encanto original, a troco de renunciar a outros serviços dos hotéis convencionais.

Atravessou um corredor escuro ladeado por um bebedouro que estava ali desde os tempos em que o rés do chão era uma cavalariça, agora cheio de água cristalina, sulcada por duas carpas alaranjadas. Assomou à receção. Por todas as estantes tinham distribuído velas que, além de iluminar, pintavam de magia toda a divisão. Na sala seguinte, onde eram servidos os pequenos-almoços, um gerador muito barulhento levava a corrente elétrica a uma televisão que, a muito custo, se conseguia ouvir por cima de tanto ruído.

Mika cumprimentou a rececionista e fez o gesto de tapar os ouvidos enquanto lhe entregava o passaporte.

– Ao menos podemos seguir as notícias que emitem no Rio e nos canais estrangeiros – justificou a rececionista.

– Já se sabe o que é que aconteceu?

A rapariga, que não teria mais do que dezoito anos, respondeu-lhe com uma careta indefinida e começou a preencher a ficha de inscrição.

Sentou-se na salinha da televisão num tamborete de bar. Outros cinco hóspedes que tinham descido dos seus quartos cumprimentaram-na com cumplicidade. Ao fim e ao cabo, eram todos prisioneiros da escuridão. Um deles tinha-se apropriado do comando de televisão. Mantinha-o a meia altura, pesquisando pelos diferentes canais qualquer informação nova. Ninguém o queria reconhecer, mas a possibilidade de o apagão e a estrela fazerem parte de um ato terrorista, que ainda pudesse dar azo a outras surpresas, submergia-os num profundo desânimo.

O canal americano NBC transmitia, em direto, imagens tiradas pelos helicópteros que sobrevoavam o arranha-céu de onde vinham os canhões de luz. Tratavam de se aproximar o mais possível do telhado para conseguirem obter os melhores planos. Nessa altura, já tinha sido ocupado por um grupo de elite da polícia. Parecia deserto, mas não paravam de subir patrulhas apetrechadas com equipamento de assalto.

À espera de que as instituições tornassem públicos os pormenores sobre o que teriam conseguido encontrar lá em cima, o correspondente da cadeia de televisão procurava encontrar paralelismos com outros grandes apagões do passado e tentava, a todo o custo, minimizar o que estava a acontecer.

«Alguns de vocês recordar-se-ão do apagão de Nova Iorque em 1965, devido ao colapso da rede elétrica. Nessa altura, ainda não se fazia sentir sobre a cidade a sombra do fanatismo religioso, daí que os cidadãos tenham encarado a coisa com calma, aproveitaram bem a escuridão e, nove meses depois, assistiu-se a uma das taxas de natalidade mais altas da História. Ou o que aconteceu em Lima, em 2006, durante a celebração do aniversário do presidente da câmara, Gustavo Sierra Ortiz, quando um balão aerostático chocou contra uma torre de alta tensão e deixou às escuras meio milhão de pessoas. Mas não é preciso viajar até tão longe, nem no tempo, nem no espaço. Neste mesmo país, em 10 de novembro de 2009, a tempestade que açoitou a subestação elétrica da barragem de Itaipu, situada na foz do Iguaçu, provocou uma diminuição numa das linhas de emissão e deixou dezoito estados sem luz elétrica.

»Falhas humanas, avarias no equipamento, sobrecargas, curto-circuitos... desde que o mundo depende da eletricidade, muitos são os motivos que têm feito mergulhar o homem na escuridão. Contudo, muito mais imperioso do que procurar as causas deste apagão é encontrar respostas para esses misteriosos focos que iluminam as favelas.

»Quem desenhou essa estrela na escuridão?

»E para quê?

O hóspede que brandia o comando da televisão passeou por outros canais. Estava como que meio alheado, só parava para confirmar o conteúdo das emissões.

– Suficientemente assustados estamos nós para que nos metam mais medo na cabeça! – irrompeu, de repente, num inglês macarrónico.

– Eles é que estão aterrorizados – disse outro, num canto da sala, com uma calma aparente. – É suposto os meios de comunicação terem sempre informação fresca, mas estes não sabem nada.

– Você que acaba de chegar, viu alguma coisa pessoalmente? – perguntou-lhe o primeiro. Ela anuiu. – Eu prefiro não sair à rua. Quem sabe se não terão espalhado algum produto químico.

– Peço-lhe que nos poupe a esses disparates – recriminou o outro homem.

O do comando virou-se para ele.

– Talvez você queira pensar que essa estrela é inofensiva, mas eu tenho a certeza de que os tiros vão para outro lado.

– Não me fale de tiros, por favor – interveio uma mulher mais velha com ar de executiva que se mantivera calada até então.

O do comando, farto, começou a mudar de canal como um louco. Quando carregou no botão número 6, no qual estava sintonizado o canal TV Brasil, reclinou-se na poltrona e deu uma trégua ao obsessivo *zapping*.

Num dos *plateaus* dos estúdios do Rio de Janeiro, a famosa apresentadora do noticiário da noite, Eloísa Meneghel, presidia a um debate para o qual tinham sido convidadas quatro pessoas de acordo com o esquema habitual: dois políticos de tendências diferentes, o responsável de uma ONG de carácter social e um catedrático de uma universidade, convidado para conferir rigor científico ao programa – este último com cara de quem tinha sido arrancado da cama. Todos eles, sentados em frente à câmara, numa mesa em forma de meia-lua, se ocupavam em esmiuçar a informação que iam recebendo a partir de São Paulo. Atrás deles, um enorme ecrã projetava, em direto, as imagens emitidas pelo helicóptero da cadeia de televisão.

«Podemos falar de conspiração?» A apresentadora lançava a pergunta à mesa-redonda, abrindo uma nova frente de análise muito mais inquietante do que as meras avarias a que o outro canal fazia alusão.

«Conspiração?», alarmava-se o representante do Partido dos Trabalhadores, governante na região.

«Lembre-se do apagão provocado na Argentina durante o Processo de Reorganização Nacional. Os militares deixaram Ledesma sem fornecimento elétrico para capturar estudantes e sindicalistas envolvidos com a guerrilha e outras fações de esquerda.»

«De qualquer forma, acho que é um pouco cedo para se aventurar.»

«Cedo como? – irrompeu o porta-voz da oposição. – *Por acaso não está a assistir ao mesmo que eu?* – Voltou-se furioso apontando para a estrela que brilhava, impressionante, no meio do grande ecrã. – *Não estamos a falar de uma torre de alta tensão que tenha caído com o peso de um ninho de cegonhas, mas sim de uma ação provocada. Além do mais, uma ação perfeitamente amadurecida e para a qual não se pouparam a despesas. Aquilo que vemos ali não são canhões de luz de quatro quilovátios como aqueles que iluminam o céu de Cannes no dia do festival.* – Fez uma pausa como para se regozijar pelo trabalho de casa bem feito. – *É uma coisa muito mais sofisticada. Uma coisa que procura um objetivo concreto.»*

«Que objetivo?», perguntou a apresentadora.

«Ainda não sabemos, e isso é que é vergonhoso. – Olhou de soslaio para o seu opositor. – *Porque é que a polícia não diz de uma vez o que é que encontraram nesse telhado? Há trinta agentes à procura naquele emaranhado de holofotes.»*

«Desde quando é que a chefia da polícia deve publicar todos os passos dados pelos seus investigadores?», defendeu-se o porta-voz do governo.

«Olhe para as câmaras e jure aos telespetadores que você também não sabe de nada sobre o que aconteceu», desafiou-o o opositor.

«Isto é incrível… – riu o político com ironia. – *Corrijo: vindo de si, até é bastante crível.»*

«Pelo menos, estamos todos de acordo quanto ao facto de se tratar de uma ação praticada pelo homem – retomou Eloísa Meneghel. – *Podemos arquivar as especulações sobre visitas de extraterrestres ou sobre as chamadas luzes sísmicas de que se falava ao início da noite, certo, doutor?»*

A apresentadora passou a palavra ao convidado situado na ponta, à sua direita. De acordo com a legenda em rodapé, era um catedrático de Geofísica Geral da Universidade de Campinas.

«Não sou a pessoa indicada para me pronunciar sobre questões alienígenas, mas sim para ratificar que esta estrela não tem nada que ver com essas luzes que se podem ver no céu e que preconizam os grandes terramotos, nem com nenhum outro fenómeno natural. Aqui não há fricções na falha, nem gás rádon, nem nuvens de buracos-p libertadas pela ação sísmica. O que temos diante de nós, como disse aquele senhor – apontou cordialmente o representante da oposição –, *é um artefacto manufaturado.»*

«E quem pode fabricar uma coisa assim senão o próprio governo? – interveio, finalmente, o responsável da ONG, um ecologista recalcitrante. – *Não tenho qualquer ideia sobre o que esperam conseguir com este aparelho, mas, tendo em conta o castigo que tem sido infligido ao nosso ambiente apenas com o intuito de enriquecer as classes dirigentes, tudo se pode esperar…»*

Paulatinamente, Mika foi deixando de ouvir as divagações em que se iam afundando os participantes, destinadas a encher minutos de emissão ante a falta de novidades reais. Tinha um sono terrível, mas nenhuma intenção de ir dormir perante aquelas circunstâncias. Se os sete canhões de luz que iluminavam as favelas tivessem de explodir, por se tratar do primeiro estádio de um atentado terrorista – uma possibilidade que os meios de comunicação nem se atreviam a comentar para não alimentar o caos –, pelo menos, que isso a apanhasse acordada. Por isso, continuou sentada no banco, a olhar para os helicópteros a rodopiar como traças à volta da inquietante luz, enquanto na sua mente ressoavam as perguntas formuladas pelo correspondente da NBC:

«Quem desenhou essa estrela na escuridão?»
«E para quê?»

3

Às 6h41, o Sol projetou os primeiros raios sobre o topo dos arranha-céus.

Nesse preciso momento, a estrela apagou-se e foi restabelecido o funcionamento da energia elétrica em toda a cidade.

Mika inspirou subitamente e ficou expectante.

Passou um minuto. As lâmpadas continuavam acesas.

Tudo tinha acabado.

A rececionista desligou o motor do gerador. O silêncio repentino foi tão libertador como o regresso à normalidade.

Trocou um olhar com os outros hóspedes, que também tinham passado a noite em claro. Ninguém disse nada. Levantaram-se com evidentes gestos de alívio e arrastaram-se até aos quartos.

Mika lançou-se para cima da cama e voltou a olhar para o relógio.

– Não acredito… A reunião.

Tinha combinado às nove em ponto no gabinete comercial da embaixada. Depois do que tinha acontecido, não seria de estranhar que tivessem cancelado todos os encontros marcados para esse dia, mas não podia arriscar não comparecer e que, por causa disso, lhe anulassem o processo de emprego. Também não podia ligar para confirmar, pois tinham um horário de atendimento ao público muito restrito e se esperasse pela abertura das linhas telefónicas não chegaria a tempo à reunião.

Nem sequer desfez a mala a não ser para tirar o *nécessaire* e uma muda de roupa. Tomou um duche e desceu para tomar o pequeno-almoço constituído por um sumo de papaia e bolo de cenoura que a cozinheira da pousada, tentando aparentar tranquilidade, se apressava a cortar em fatias iguais para as pôr, depois, numa travessa de loiça florida.

Apesar de ser muito cedo, já fazia muito calor. O sol aquecia o pavimento húmido. Aquilo já se parecia mais com o Brasil que imaginara.

Antes de sair, olhou-se uma última vez ao espelho da receção. Até tomar o pulso à cidade, o melhor era não chamar a atenção. Voltou a olhar para as calças justas com bolsos laterais de militar, para os *Nike* pretos e para a camisola de alças que deixava à mostra os ombros atléticos. Pode ser assim. Óculos de sol *retro* e sem joias – nunca levava, nem sequer relógio. – Tudo bem… menos um pormenor. Pegou num lenço para tapar o decote quando chegasse ao gabinete comercial. Até então, guardá-lo-ia na mala.

Consultou o mapa para procurar o caminho mais curto. Seguindo os conselhos do taxista que a trouxera do aeroporto, e, para não continuar a gastar as suas escassas reservas sem necessidade, decidiu-se por uma combinação de metro e de linha de comboio urbano. Claro que, comparado com outras grandes urbes, havia poucas linhas, mas a zona de Brooklin Novo aonde se dirigia – perto da deslumbrante Vila Olímpia, onde todas as empresas que queriam aparentar prosperidade procuravam encontrar um buraco –, estava bem fornecida de paragens.

Desenhou o itinerário com o dedo sobre o *mapa de transporte metropolitano*: linha 2 Verde até Consolação, ligação com a 4 Amarela até Pinheiros, mudança na 9 Esmeralda até ao Sul… Aquela combinação levava-a quase até à porta do gabinete por três reais, pouco mais de um euro.

Fantástico. Vamos lá então.

Enquanto caminhava para a estação de Vila Madalena, olhava de relance para o céu, uma e outra vez. Apesar de o mundo ter voltado a girar – pelo menos toda a gente acreditava nisso –, não conseguia tirar da cabeça o impressionante raio de luz na escuridão. Sentiu-se um pouco só, órfã no fim do mundo.

Estava na hora de ligar ao pai.

Sempre tinham tido uma bonita e estreita relação. A mãe morrera de cancro quando Mika era ainda pequena, e Saul Salvador – era como ele se chamava – tratou de cuidar dela. Era militar, mas, depois de enviuvar, abandonou a carreira castrense para se dedicar à segurança privada de empresas espanholas no estrangeiro, normalmente em zonas de conflito. Nunca faltavam ofertas de trabalho a um oficial do exército que não tinha objeções nem problemas de mobilidade.

Mika nunca lhe lançara à cara o facto de ter dado essa volta vital, claramente radical e até perigosa. Considerava que, longe de se deixar vencer pela tristeza, Saul levantou a cabeça e foi à procura de novos horizontes onde, apenas, sobrevivessem as boas recordações. E o mais importante: levou-a sempre consigo, de um país para o outro, ocupando-se, pessoalmente, da sua educação até ela começar os estudos universitários em Madrid e ter ido partilhar uma casa com duas colegas.

Estes últimos anos foram os anos de sedentarismo durante os quais, enquanto fazia o curso, se dedicara de corpo e alma ao karaté, que praticava diariamente, desde criança, com o pai, o seu professor de artes marciais. Foram os anos em que interrompeu o seu périplo pelo globo... e que agora recomeçava por sua conta.

De há alguns meses a esta parte, o pai trabalhava numa plataforma petrolífera na Líbia, pelo que se viam muito poucas vezes. Apetecia-lhe contar a experiência quase mística que foi para ela contemplar com os seus próprios olhos aparecimento da estrela. Contar-lhe as sensações vividas durante o apagão. Dizer-lhe: e, depois de tudo, aqui estou, no meio de uma rua de malucos, debaixo de um sol tão forte que seria capaz de dissolver a nuvem de poluição e a chuva nela contida, tão forte que queima através da roupa e me recarrega as baterias.

Respondeu o atendedor automático.

Não deixou nenhuma mensagem, voltaria a tentar mais tarde. A última vez que falaram tinha sido sete dias antes da sua partida. Saul também ficara contente pelo passo que ela tinha dado. Ficava feliz por constatar que a sua pantera se parecia cada vez mais com ele. Benditos apetites nómadas! Apátridas não, antes cidadãos do mundo!

Havia algum tempo que Saul tinha arranjado uma companheira. Chamava-se Sol e era uma engenheira informática simpática com quem Mika se dava muito bem. Nos poucos momentos que passavam juntas (quando iam de visita a Espanha), Sol esforçava-se por fazê-la rir. A sua já amadurecida intuição feminina dizia-lhe que Mika – como toda a gente – precisava de carinho, ainda que aparentasse estar sempre muito segura de si mesma e mostrasse essa força que a levava a enfrentar qualquer injustiça com a valentia de uma Joana d'Arc moderna.

Sol também a tinha apoiado na sua decisão. Na véspera de apanhar o avião, enviou-lhe um *e-mail* carinhoso no qual dizia que podia contar com o apoio dos seus cachorros. Era como chamava aos alunos que tinha distribuídos por todo o mundo. Jovens *hackers* informáticos que tinham frequentado os seus cursos de programação avançada pela Internet, com quem ela tinha partilhado conhecimentos no limite da legalidade e que lhe professavam uma fidelidade eterna. Mais do que um deles vivia em São Paulo, o que não era de estranhar, já que a cidade se tinha convertido num dos centros mundiais de tecnologia. «Os meus cachorros adoram-me, podes pedir-lhes o que quiseres», comunicara ela a Mika num tom de cumplicidade. Esta acreditou. Sol era extremamente inteligente e muito generosa. E tão *freak* como eles.

Ao fim de uma hora de ligações e de esperas em plataformas de estações abarrotadas, chegou, finalmente, ao gabinete comercial. Tratava-se de uma pequena sede num luxuoso edifício construído em frente de um parque.

– Vamos já avisar o senhor Cortés – disse, solícita, uma secretária.

Começava bem. O seu contacto, o chefe-adjunto do Departamento de Promoção encarregado da gestão de currículos e da ligação com as empresas que requeriam trabalhadores bilingues, estava ali. Pediram-lhe que esperasse na entrada. Dois sofás e umas estantes cheias de folhetos: os melhores vinhos de La Rioja, o melhor azeite de Puente Genil, empresas telefónicas, moda. Marca Espanha.

Dez minutos depois, veio recebê-la um homem de aspeto jovem, com a gravata solta e as mangas da camisa arregaçadas até aos cotovelos. Por aquilo que Mika tinha visto durante o passeio de comboio desde que saiu da pousada, muita gente mantinha uma aparência de vitalidade, independentemente da sua idade. Sem dúvida que isso se devia ao Sol enérgico que, nessa altura, já impunha a sua lei lá do alto.

– Depois do que aconteceu a noite passada, não estava à espera que viesses – confessou-lhe Cortés numa voz esganiçada que não correspondia ao seu físico.

Mika notou que ele não deixava de percorrer com o olhar alguns traços da sua fisionomia que, como ela bem sabia, reuniam aquilo que a tornava mais atraente. Cabelo forte, cortado de forma desigual, de tal maneira que algumas mechas escondiam os seus olhos verdes, cinzentos conforme a luz; expressão séria, não arisca mas antes misteriosa; os lábios carnudos herdados da sua mãe, delineados para atirar beijos pelo ar, como naquela foto antiga que trazia sempre consigo. Estava acostumada a que os homens a olhassem daquela maneira, e deixou que ele o fizesse durante um segundo e meio antes de responder:

– Eu também não contava que o escritório estivesse aberto hoje.

– Estou perturbado. Olha que já vi muita coisa desde que cheguei a este bendito país, mas como aquilo de ontem… Ainda estou maldisposto por causa da volta que me deu ao estômago. Mas quem diabo fez aquilo? A minha mulher pôs-se a gritar como uma histérica na varanda. Cheguei a pensar que se ia atirar.

– Passei a noite colada à televisão, mas não percebi nada.

– Nem tu, nem ninguém. Continuam a dar-lhe voltas e mais voltas sem qualquer rumo. Isso é o que mais assusta. O que não percebo é como é que não houve centenas de mortos. Entre as incidências nos hospitais, os ataques de pânico e os alucinados que se atiravam em massa para as ruas a invocar os seus espíritos… E ao amanhecer, *tchan tchan!* Nasce o Sol, apaga-se a estrela e tudo volta a funcionar na perfeição, como se alguém tivesse carregado num botão. Não posso afirmar que esteja tranquilo, mas a verdade é que foi uma coisa… – Mudou o tom matreiro para outro mais delicado que não correspondia ao discurso: – Mágica!

– Sim – concordou Mika, pensativa, lembrando-se da visão meio demoníaca, meio angelical de que tinha desfrutado a partir do morro da antiga Vila dos Farrapos. – Teve qualquer coisa de mágico.

– Bom, o facto é que estás aqui! – disse Cortés, enquanto começava a passar as folhas do processo que tirara de um armário de metal.

Mika reconheceu, impressos em papel, alguns dos *e-mails* que tinham sido trocados durante as semanas anteriores. Também lá estava o seu currículo. A fotografia em preto-e-branco ficara horrível. Parecia que tinha manchas na cara.

– Pois sim, aqui estou.

– Isso só demonstra que tens muita vontade de trabalhar.

– Começava já.

– As coisas em Espanha continuam mal, não?

– O trabalho não está mal, está impossível. E quanto ao resto dos assuntos, como a educação, a política, a cultura… – saltou-lhe a veia indignada que lhe aparecia quando lhe davam corda. – Tudo gera a mesma sensação de instabilidade. Como é que posso explicar? Andar por Madrid, neste momento, é como andar na Casa do Terror das feiras, que têm passadeiras rolantes e tábuas oscilantes.

Cortés sorriu.

– Mas tu não és daquelas que se deixam derrubar por um par de passadeiras.

Mika lembrou-se do pai.

– Fui ensinada a manter-me sempre erguida.

– Referes-te ao karaté, imagino – anotou, ao mesmo tempo que relia a informação que tinha recompilado. – Aparentemente, tu és uma arma de destruição maciça.

Mika não achou graça à piada, mas absteve-se de soltar qualquer comentário. Virou a cabeça para o monte de processos de onde tinha sido extraído o seu. Seriam os outros, que procuravam trabalho, tão jovens como ela? Na verdade, não era assim tão jovem. Como não? Estava nervosa. Recordou a noite em que tinha entrado na página do Consulado do Brasil e consultara os requisitos necessários que o governo exigia aos que solicitassem um visto de trabalho. Foi-se abaixo ao ler que era necessário dispor de uma oferta laboral prévia, mas na própria embaixada recomendaram-lhe viajar pelo país com visto de turista e, no terreno, considerar as diferentes opções. Tinham-lhe dito que tudo seria muito fácil se se apresentasse pessoalmente aos empresários.

– Tenho mais material para juntar ao currículo – começou, ganhando coragem.

– Referes-te exatamente a quê?

– Às cartas de recomendação e ao projeto de fim de curso.

– De que é que tratava?

– De utilizar os fundamentos das relações-públicas comerciais para favorecer a comunicação entre os Estados de diferentes tradições culturais e crescer com objetivos comuns. Está a ver: Estados Unidos/Irão… coisas assim.

Cortés riu.

O que é que ele acha tão engraçado?

– Tenho a certeza de que vai ser muito útil para te conhecer melhor. Trouxeste-o contigo?

– Está tudo arquivado no meu computador, mas posso enviá-lo ainda hoje para o seu *e-mail.* Tinha pensado imprimi-lo quando chegasse, mas, com o que se passou ontem à noite…

– Não te preocupes, já te dou o meu novo endereço eletrónico.

– Não é o mesmo para onde mandei o currículo?

– Já sabes como é que isto funciona – confessou-lhe, presunçoso. – Assim que se muda de cargo, toca a fazer cartões novos.

– Parabéns.

– Não é nada de especial. Livro-me do rótulo de adjunto, que me acompanhou estes anos todos, e passo a ser diretor do Departamento de Promoção. Sabes como é, mais responsabilidades e mais objetivos para cumprir em troca de mais quatro euros extra. Mas chega de falar de mim, és tu quem está a começar uma nova aventura!

– Também tenho…

Parou para pensar.

– Não te cortes, que nesta luta vale tudo. Imagino que o mesmo acontece no ringue de karaté. – Riu.

Chama-se «*tatami*», corrigiu Mika mentalmente. E no *tatami* não vale tudo. De facto, seria bem melhor se os negócios respeitassem pelo menos dez por cento das regras que regulam os combates de karaté.

– Não sei se serve para alguma coisa ou se não tem nada que ver. São pequenos comentários que comecei a escrever desde que fui viver para Madrid. É como se fossem *posts* para um *blog,* mas nunca cheguei a publicá-los. É… não sei como explicar, é a minha visão da situação atual do mundo.

– Indignai-vos! Afinal temos aqui uma visionária!

Que idiota.

– Esqueça!

– Não, a sério que me interessa. Com certeza que são opiniões frescas.

– São só pensamentos sobre as necessidades e os perigos das explosões económicas – esforçou-se por lhe explicar Mika. No fim de contas, o seu futuro laboral dependia daquele homem. – Não consigo deixar de me preocupar com isso depois de o ter sentido na minha própria pele e na dos meus amigos. Aqui também está a acontecer isso, não está? Uma fantasia parecida com a de Espanha. Mais valia que aprendêssemos uns com os outros.

– Visões da realidade, clarividentes e não adulteradas – disse Cortés, aquiescendo complacentemente. – Isso é o que faz falta no Brasil, sim, senhora. Posso assegurar-te de que estás a marcar pontos para passares à frente daqueles todos.

Apontou para o monte de petições de trabalho, consciente do crescimento que a pilha tinha alcançado ultimamente e da posição privilegiada que agora ocupava para decidir a quem ajudaria. O que Mika não conseguia compreender era como alguém como ele podia ocupar aquele cargo.

– Que bom – limitou-se a dizer.

Cortés fechou a pasta repentinamente e bebeu uma golada de café de um copo de plástico.

– De qualquer maneira, é um bocadinho complicado.

– O que é que é complicado?

– O que disseste há bocado sobre começar já. Até depois do Carnaval, não te poderemos ajudar.

– O que é que está a dizer?

– Podes tratar-me por tu, eu estou a fazer isso.

– Obrigada, mas…

– Não me digas que não tinhas pensado que daqui a duas semanas começava a festa.

– Não, não tinha pensado nisso.

A verdade é que tinha levado à letra as frases do tipo «poderás começar a trabalhar imediatamente» que Cortés tinha enviado nos *e-mails*. Que ingénua… teve vergonha de si própria. Era claro que a expressão «imediatamente» tinha um sentido muito diferente segundo o sítio onde era dita.

– Sinceramente, estes dias que antecedem a festa não são uma boa altura para fazer entrevistas pessoais. Os empresários andam a fechar assuntos e não podem abrir novos. E depois do que aconteceu ontem, o que é que queres que te diga? Até que se esclareça o assunto do apagão e da maldita estrela, ninguém vai querer saber de mais nada. – Mika esboçou uma expressão séria! – Não desesperes, mulher, que também não é para tanto! Assim, terás tempo para te ambientares. O visto de turista tem uma validade de três meses e tu acabas de chegar, ou não?

– Ontem à noite, mesmo antes de…

– O Carnaval paralisa o país inteiro – justificou-se num tom mais amável. – Entre as escolas de samba que te martelam a cabeça com os ensaios e as pessoas que fogem de férias… mas não te preocupes. Vou mexer no teu currículo e selecionar o que for mais interessante para ti. Prometo que te aviso assim que passar esta confusão.

– Obrigada.

– Por enquanto, podes enviar-me o material novo para lhe dar uma vista de olhos. – Ofereceu-lhe o cartão novo, recém-estreado. *Embaixada de Espanha*; o escudo nacional; uma textura suave e acetinada. – Onde é que estás hospedada?

Mika pensou que, com este novo panorama, o melhor era procurar outro alojamento, mais económico.

– Vou-lhe enviar um *e-mail* com a minha direção definitiva. Por agora, deixo-lhe também o meu cartão.

Meteu a mão na mala e procurou o cartão que tinha mandado fazer numa reprografia na véspera da sua partida. Tirou o elástico e entregou-lhe o primeiro. Quando o tirou, pareceu-lhe um pouco pelintra, grosseiramente desenhado e de papel vulgar, mas agora já era tarde.

– Era uma simples curiosidade – disse o novo chefe do Departamento de Promoção, enquanto o punha em cima da mesa sem o ler. – Ter a morada de *e-mail* é suficiente. De qualquer maneira – terminou, pondo-se em pé e fazendo-lhe uma festa no braço com paternalismo –, esta casa é tua.

Mika dirigiu-se à saída. Elevador, vinte pisos para baixo. Atravessou o parque. Vagueou durante um bocado por vários centros comerciais. Parou em frente a uns músicos de rua que entoavam canções de telenovelas com um amplificador ligado a um gerador que fazia mais barulho do que eles. *Jet lag*. Sentada num banco, os olhos começavam a fechar-se. Não quero dormir. Se caio agora, amanhã estarei igual ou pior. *Jet lag*. «Delícia!» Dois ratos de ginásio com aspeto de *rappers* lançaram-lhe uns piropos ao passarem por ela. Levou a mão ao pescoço, os ombros estavam nus, não fossem as alças da *T-shirt*. O lenço? Tinha estado guardado na mala toda a manhã. Nem sequer o tinha posto durante a entrevista.

De repente, o Sol escondeu-se.

Estremeceu.

Outra vez não, por favor…

Olhou para o céu. Era só uma nuvem. Uma grande nuvem negra de tempestade.

Vou à tal favela para visitar o Purone.

Lembrou-se, de repente, ao despertar com o susto.

Era o plano ideal para se aguentar de pé o resto do dia: procurar a comunidade de Monte Luz onde o seu amigo estava a pintar com os seus quatro companheiros do coletivo artístico Boa Mistura.

Tinha vontade de lhe fazer uma surpresa. Além disso, depois da conversa no escritório da embaixada, bem precisava de um abraço forte.

Procurou uma paragem com a informação da rede pública de transporte do metro e, comparando o emaranhado de linhas com a fotocópia do mapa da cidade que trazia consigo, escolheu a melhor combinação para lá chegar.

4

O ónibus 8542-10 parecia uma câmara de incineração coletiva. A borracha do apoio de braços e o tecido acrílico dos assentos colavam-se à pele. Mika aguentava, pacientemente, o longo trajeto e as sucessivas paragens precedidas de travagens bruscas que impediam qualquer possibilidade de uma sesta rápida. Com a cabeça apoiada na janela, quieta como um réptil em plena canícula, reparava como as gotas de suor iam aparecendo junto à zona onde nasciam os cabelos até que, ao atingirem a dimensão suficiente, se projetavam numa rápida corrida pelo meio das têmporas, das maçãs do rosto e, as mais experientes, pela fenda dos seus lábios.

Fechou os olhos e de novo, tal como tinha acontecido ao levantar voo no avião da Iberia, pensou na tarde em que Purone a animara a embarcar naquela aventura…

Acabava de terminar o campeonato europeu de karaté, tinha deixado escapar a medalha pela terceira vez consecutiva e estava desolada. Naquela ocasião, também acorreu a procurar o seu amigo para que ele a abraçasse. Purone e ela gostavam muito um do outro de uma forma descomprometida. Gostavam muito de conversar, mas ambos sabiam em que tecla carregar para encontrar o outro cada vez que a vida se tornava difícil.

Saiu do táxi na estreita rua de Santo Hermenegildo, a um passo do letreiro BOA MISTURA, ROCKING SINCE 2001.

O estúdio ocupava o rés do chão de um edifício antigo do bairro de Malasaña. Conservava as grandes janelas, as portas de madeira e o vidro que ali existiam desde a inauguração do primeiro negócio. Perdurava, até, um cartaz centenário que dizia FÁBRICA DE PEPINOS. Um cantinho especial para esse grupo de criativos que costumavam dizer de si próprios serem cinco cabeças, dez mãos e um único coração.

Apesar de muito jovens, estavam na crista da onda. Começaram a pintar murais no seu bairro, passaram uns anos a formar-se na universidade e a frequentar todo o tipo de disciplinas de artes plásticas e, quase sem darem por isso, tinham-se consolidado como um dos coletivos artísticos mais valorizados do mundo. A sua fusão de desenho gráfico com a ilustração, a fotografia e a arquitetura tinha-lhes trazido uma visão ampla, incapaz de ser superada por quem quer que fosse. Ainda que o que mais tinha assombrado o mundo inteiro fossem as suas descomunais intervenções pictóricas em espaços urbanos da Argélia, da África do Sul, do Panamá, da Geórgia…

Nesses projetos, punham toda a criatividade, compromisso social e sensibilidade que os convertiam em artistas singulares.

O nome Boa Mistura fazia referência à diversidade de estudos e de pontos de vista fundidos em favor de um resultado único. Javi Pahg era arquiteto; apesar do seu aspeto risonho e infantil, tinha a cabeça recheada de medições rigorosas. Pablo Arkoh e Juan Derko licenciaram-se em Belas-Artes; o primeiro conferia um toque de serenidade ao grupo, enquanto, por detrás dos seus enormes óculos, procurava novas visões do mundo; o segundo, alto e magro como uma espiga e de carácter visceral, abria de par em par os seus incríveis olhos verdes sempre que vislumbrava uma ideia por explorar. Rubén rDick, o mais velho, era engenheiro de estradas, mas a sua senda fora percorrida entre aerossóis e, eventualmente, também, entre finos pincéis que o tornavam presidente de exposições importantes. Purone tinha-se licenciado em Publicidade, tal como Mika (conheceram-se no bar da faculdade); feliz por natureza, despistado como os grandes génios e o melhor amigo dela.

Empurrou a porta e cumprimentou-os com um gesto de mão.

– Olá – respondeu Derko, enquanto desenhava um grande sorriso no portátil em cima da grande mesa comum de trabalho.

Pahg e Arkoh ofereceram-lhe um aceno de cabeça e uma piscadela de olho. Usavam máscaras e, virados contra a parede, retocavam um cartão de espuma sobre o qual tinham desenhado um coração por onde germinava uma árvore, entrelaçando ramos e artérias.

Mika percorreu com o olhar o estúdio inteiro à procura do seu amigo. Aquele lugar embriagava-a e não era apenas pelo cheiro do verniz. Era perfeito para se isolar do mundo. Havia frascos de tinta nos parapeitos das janelas, uns cheios, outros vazios, fotografias, autorretratos dos membros do coletivo elaborados com mil técnicas diferentes, uma televisão de antenas e uma mesa de pingue-pongue que, por vezes, era usada como mesa de trabalho.

Tudo estava sarapintado de cores, como se fosse um mercado de flores: mãos, camisolas, chão onde se abria um alçapão que conduzia a um pequeno palco. No meio desta boémia desordem, esboços que pareciam ter saído das mãos de Da Vinci adquiriam vida em folhas soltas, em blocos *Moleskine*, na capa de uma revista de decoração de interiores.

– O que estás aqui a fazer! – exclamou Purone a partir da sala ao lado.

Apareceu na companhia de rDick, saído de um buraco onde descansava um piano antigo coberto, como tudo o resto, de aerossóis e frascos cheios de pincéis.

– Não queria incomodar.

– Tu nunca incomodas, karateca! Correu bem?

– Não muito bem.

– Ora!

– O tornozelo – explicou com um encolher de ombros.

Referia-se a uma entorse que fizera na véspera do combate, ao pisar um ramo enquanto fazia *hatas* no parque do Retiro.

– E isso prejudicou-te muito.

– Isso não foi tão mau. Já competi com lesões mais graves.

– Então o que é que aconteceu?

– Retirei-me antes de começar a semifinal.

Depois de alguns segundos neste duelo, acabou por lhe perguntar se queria beber alguma coisa.

– Se tiveres uma cerveja... acabou-se a dieta, pelo menos por esta temporada.

Tirou duas latas de *San Miguel* de um frigorífico e saiu com ela para a rua para que pudessem falar calmamente. Encostaram-se a um carro estacionado. Ela não conseguiu evitar derramar uma lágrima.

– Pronto! – exclamou Purone com ternura.

– Desculpa, nunca me tinha portado assim.

– Pois escolheste o lugar ideal para o fazer – acalmou-a enquanto tirava um lenço de papel do bolso. – Eu choro sempre que desenho um risco torto. Queres falar da competição?

Ela negou com um gesto de cabeça.

– Não é só isso. Está a ser uma época de muita pressão. Recebi duas negas por *e-mail* em relação a uns trabalhos que já tinha dado *como certos*.

– Que chatice!

– É melhor pensar naquilo que se costuma dizer: que é nos momentos de crise que aparecem as grandes oportunidades. O que acontece é que no meu caso estão a demorar muito tempo para aparecer e eu estou a desmoralizar. Vê só o que me aconteceu hoje: derrotei-me a mim própria, ou melhor, preferi desistir antes de ser derrotada. Eu não sou assim...

– Também se diz que a pancada que levamos na vida nos ensina a reagir e nos torna mais fortes.

— Referes-te *exatamente* a quê?

— A que, de vez em quando, todos precisamos de fazer uma mudança. O difícil é convencermo-nos de que somos capazes de nos reinventar.

— Cada dia está mais difícil conseguir mudar alguma coisa – lamentou-se Mika.

Bebeu uma golada com resignação. Purone contemplou-a enquanto pensava em alguma coisa para lhe dizer.

— Não consideraste a possibilidade de ir para fora?

— Fora?

— Procurar trabalho no estrangeiro.

— Não sei… Passei metade da minha vida a saltar de um país para outro com o meu pai e… – Fez uma pausa. – Pensava que agora era diferente.

— Vem para o Brasil!

— O que é que estás a dizer? Porquê para o Brasil?

— Já sabes que nós vamos passar um mês em São Paulo a pintar na favela, mas tu podias pensar em ir para lá para arranjares um trabalho fixo e definitivo.

— Estás maluco.

— Tu é que estás maluca por não contemplares essa possibilidade. São Paulo é a maior urbe da América do Sul e está em plena expansão económica. Estão a fixar-se lá todos os empreendedores e empresas emergentes. É o eixo da inovação do continente; o equivalente a São Francisco na América do Norte ou a Telavive no Próximo Oriente.

— Não me tentes que eu estou muito vulnerável.

— Além disso, falas português melhor do que a Adriana Lima.

— Podias ter dito que sou mais gira do que ela.

— Isso também.

— Obrigada, és muito querido.

— A sério, só depende de ti. Posso passar-te os meus contactos na embaixada. De certeza que conhecem quem trabalhe nas relações comerciais.

De repente, uma emoção.

— A sério, estás a sugerir-me que vá trabalhar para o Brasil?

— E não só trabalhar. – Purone bebeu uma golada de cerveja. – O Amazonas, aquelas enseadas rodeadas de dunas... Vê na Internet. Há milhares de quilómetros de praias desertas. Onde é que consegues encontrar, hoje, praias desertas? Em pouco tempo, podes deixar São Paulo e encontrar outro trabalho noutro canto qualquer mais tranquilo…

Um mês depois daquela conversa, encostada à janela do *ónibus*-forno 8542-10, Mika surpreendia-se a si própria a trautear a Bossa brasileira que Purone pusera a tocar no seu portátil quando, abraçados, voltaram para dentro do estúdio.

Demorou mais de duas horas a chegar a Monte Luz. A favela estava situada nos arredores da zona norte da cidade. Em São Paulo, as comunidades menos favorecidas desenhavam um círculo à volta dos bairros do centro. Não era como no Rio de Janeiro, onde as zonas mais endinheiradas e as mais carenciadas se fundiam umas com as outras, dando lugar a mudanças bruscas de cenário só por se dobrar uma esquina.

Monte Luz estava em cima de uma colina, a uma altitude bastante maior do que o centro da cidade. Por isso, quando Mika se apeou na paragem que o motorista lhe indicou e se aproximou da beira do barranco, teve uma visão panorâmica parecida à que tinha contemplado na noite anterior no morro de Vila Madalena. Era como estar na praia a observar um mar agitado. As filas de arranha-céus eram ondas, umas atrás das outras, até se perderem no horizonte.

O verdadeiro impacto surgiu quando se virou.

Do lugar onde se encontrava e até ao cimo da colina, não havia um único centímetro quadrado de chão que não estivesse coberto com as precárias edificações da favela. Uma colmeia de mosaico e de chapa.

Como é que eu vou encontrar o Purone neste labirinto?

Começou a subir por uma imensa e sinuosa escadaria que, a grande custo, ia conseguindo abrir espaço no meio das barracas apinhadas. Só pensava que, a qualquer momento, ia ter de fazer marcha-atrás por ir dar a algum lugar sem saída, mas aparecia sempre outro caminho pelo qual continuava a subir. O interior daquele cortiço dispunha, até, de uma rede de ruelas por onde circulavam os peões e os veículos.

Se era recomendável passar despercebida em qualquer bairro da capital, ali deveria mostrar-se muito mais discreta. Mas não conseguia evitar olhar cada cantinho como se fosse uma turista na Capela Sistina. Sentia-se transportada para outro mundo. Deveria ter medo? Porquê? A maior parte dos habitantes da favela era composta por imigrantes desterrados para estes barracões emprestados. Já bastante difícil devia ser, para eles, lutar contra a pobreza e, ainda por cima, ter de arcar com o estigma que os convertia em potenciais criminosos.

Considerações gerais à parte, o mais prudente teria sido voltar à pousada, esquecer o fuso horário e meter-se na cama. Mas atraía-a o feitiço do desconhecido, aquele canto de sereia que escoava pelas janelas sem vidros e pela roupa estendida e o emaranhado de espirais dos cabos elétricos pendurados por cima da cabeça dela.

Sentia-se como se tivesse ficado com a mente vazia apenas por se ter afastado de Espanha e precisava agora de a preencher com informação fresca. As casas estavam construídas sem qualquer critério, apenas com uma única vocação, a de aguentar… Quanto tempo? Talvez uma única noite. Seria para que os habitantes de Monte Luz pensassem que em cada pôr do Sol as coisas poderiam mudar no dia seguinte? Essa promessa tinha-os conduzido à urbe, fugindo de uma selva indomável que, vista à distância, se revelava o Jardim do Éden. Sentiu um calafrio só de pensar que lhe poderia acontecer a mesma coisa. Tinha depositado todas as esperanças naquela viagem.

Queria criar uma nova Mika.

Caminhou mecanicamente, procurando interpelar alguém que lhe inspirasse confiança. Passou diante de pequenas oficinas, esquivando-se aos olhares de homens que seguravam chaves inglesas com as mãos negras de óleo. Cruzou-se com uma idosa carregada de sacos de bananas e com estudantes escondidos atrás de enormes mochilas. Mais e mais pessoas desocupadas encostadas às ombreiras das portas. Começou a sentir-se obcecada pela ideia de que a sua camisola era demasiado decotada apesar de as mulheres que via passar andarem quase nuas com camisolas de alças, calções e havaianas.

Não sentia medo, mas era consciente de que cada vez se enfiava mais e mais no núcleo duro da favela. A cada passo via menos zonas de comércio. De repente, começou a sentir-se vigiada. Crianças que não tinham mais do que um palmo de chão observavam-na de cima dos telhados, agarradas aos seus modestos papagaios de papel. Ouvira dizer que, conforme a forma de os fazer voar, passavam mensagens codificadas aos traficantes sobre a presença da polícia ou de estranhos que pudessem constituir qualquer tipo de ameaça.

Começou a oprimi-la um crescente…

silêncio.

Não fazia a mais mínima ideia de como iria conseguir regressar à paragem do autocarro, mas também não queria pensar nisso. Tinha ultrapassado uma espécie de ponto de não-retorno, por isso mais valia pensar em chegar ao seu destino.

Cruzou-se com duas mulheres jovens que se ofereceram para a ajudar. Mika explicou-lhes o que procurava e elas apontaram para cima.

– Mais acima, à direita.

Mais ruelas, mais labirinto.

Purone, onde demónio estás tu...

Pouco depois, chegou a uma rua toda pintada de azul-celeste e percebeu que as mulheres não estavam enganadas. Estava deserta, mas, sem dúvida alguma, fazia parte da intervenção artística dos seus amigos. Paredes, chão, portas e janelas das casas, canos de esgoto, telhados… tudo monocromático. Sobre o azul, nas diversas superfícies irregulares, tinham estampado umas letras brancas aparentemente deformes, mas desenhadas com uma perspetiva tão estudada que, desde um ponto concreto até ao princípio da rua, faziam com que se lesse uma palavra como se estivesse a flutuar no ar. Estava tão perfeita a execução que, a Mika, parecia-lhe estar a contemplar uma fotografia sobre a qual tinham acrescentado as letras através de um programa de edição digital. Conforme lhe tinha explicado uma vez Purone, em cada uma das cinco ruas escolhidas para o projeto tinham previsto escrever uma palavra inspiradora diferente. Naquele caso podia ler-se: BELEZA.

Por uns segundos, acreditou que ele lhe estava a lançar uma piscadela de olho. Nunca tinham tido uma relação que não fosse de amizade e, talvez por isso, lhe lançava tantos piropos com a maior naturalidade.

Foi então que ouviu.

Um tiro?

Tentou ficar calma pensando que tinha sido o estouro de um tubo de escape numa oficina de uma rua qualquer. Ainda assim, fitou os olhos no chão, tratando de acalmar os nervos, acelerando mais do que permitia a irregularidade do piso. A primeira vez que levantou os olhos do chão para decidir por onde ir, pisou mal um degrau que estava partido na borda.

Soltou um grito surdo.

Maldita entorse…

Sentou-se num banco para avaliar a gravidade da lesão. Assim que começou a massajar o pé, abriu-se a porta de metal situada do outro lado da ruela. O guincho provocado pela porta a raspar no chão de pedra fê-la arrepiar-se.

Apareceu uma mulher de idade incerta, talvez entre os quarenta e os cinquenta anos. Era mais baixa do que ela e apresentava um ar excêntrico. Tinha um turbante e vestia uma túnica branca franzida na cintura com um cordão. No pescoço, dois colares de conchas pendurados que chocavam entre si sempre que se movimentava.

— Que estás aqui a fazer?

— Torci o tornozelo.

— Pergunto o que fazes nesta comunidade.

— Procuro uns amigos.

— Tens amigos em Monte Luz?

— São uns artistas espanhóis que estão há alguns dias alojados no bairro.

Mostrou-lhe um papel onde tinha apontado a direção. Enquanto ela o lia e anuía com a cabeça, Mika reparou que a mulher estava descalça. Na rua, um rasto de água turva passava entre sacos das obras. O interior da casa parecia estar um pouco melhor.

— Entra, não fiques aí.

— Mas…

– Entra, já te disse.

Mika deu uma vista de olhos rápida para um lado e para o outro da ruela. Tinha-se esfumado qualquer sinal de vida. Reapareceu no seu íntimo a mesma sensação que tivera no aeroporto pouco depois de aterrar, aquele nervosismo pré-apocalíptico. O estrondo perdurava na sua mente como um eco. O que é que podia fazer? Submissa, coxeou até ao interior da casa.

Estava praticamente às escuras. Apenas se distinguia o contorno dos móveis graças à luz filtrada pela janela da divisão do lado, que parecia ser a cozinha.

– Desculpe incomodá-la, pareceu-me ouvir…

– Como te chamas?

– Mika.

– Eu sou a Mamã Santa. Vou buscar alguma coisa para te curar como deve ser.

– Não faz falta…

– Se Iemanjá te trouxe até aqui – interrompeu-a –, queira ou não queira, estou obrigada a agir em consequência.

– Quem é Iemanjá?

– Senta-te nesse cadeirão.

Deu meia-volta e dirigiu-se com parcimónia à cozinha, onde começou a abrir e a fechar armários.

Mika deixou-se cair na poltrona junto a uma mesa grande de madeira com pedaços de tecido de ganga e utensílios de costura. Repassou com o olhar a divisão. Fixada na parede, uma televisão de ecrã plano junto a uma fotografia emoldurada de uma cidade costeira. Num canto, uma cómoda. Sobre ela repousavam os mais diversos objetos, dispostos segundo uma ordem milimétrica.

Semicerrou os olhos para ver melhor. Havia pratos de diversos tamanhos com pós coloridos, uma mecha de cabelo, conchas, pulseiras e colares de ferro com símbolos estranhos, pedras de rio e minerais fascinantes, vasos e bonecas diminutas de palha, alfinetes, velas, uma adaga em forma de raio.

Não era uma cómoda.

Era um altar.

A garganta dela secou. Quando se documentou para a viagem, lera algumas coisas sobre o candomblé, a religião animista afro-brasileira que se estende por todo o país. Estava claro que não se tratava de um vestígio do passado esclavagista reduzido a folclore. Já no avião tinha dado uma olhada a um jornal que, na primeira página, dava destaque a uma investigação relacionada com aquelas práticas. Tinham sido encontrados sete crânios humanos frente a vários consulados e templos de mórmones que, segundo mostrara a gravação das câmaras de segurança, ali tinham sido depositados por uma mulher com aspeto de pitonisa. Não pertenciam a mortos recentes, explicava o jornalista a tirar importância ao facto, calculando que aquela excentricidade faria parte de um qualquer ritual para aumentar o poder de algum cliente. Setenta milhões de brasileiros acorriam a cerimónias de candomblé com assiduidade. Por certo, a maior parte delas não era tão radical, mas Mika tremeu só de pensar que logo no primeiro encontro tinha ido parar à casa de uma mãe-de-santo, como chamam a essas sacerdotisas.

Estava quase a levantar-se para sair dali quando a mulher regressou com uma lata de graxa de sapatos na mão.

— Já viste a minha linda cidade? — Apontou para a foto emoldurada e parou a contemplá-la com orgulho. — Salvador da Baía. *Capital da Alegria*, como lhe chamavam os portugueses por causa das nossas enormes festas. Embora, também, lhe chamassem *Roma Negra* por ser a metrópole fora de África com uma maior percentagem de negros. Daí ter esta cor escura e, por isso, também te vou untar, a ti, com graxa!

Ajoelhou-se diante de Mika e pôs no chão a lata que, felizmente, continha uma mistura esbranquiçada. Tirou-lhe o ténis e a meia e começou uma massagem estranha. Mika deixou-a fazer aquilo. Aquela mulher exalava um hálito maternal ao qual se deixou apegar durante uns momentos.

— Antes de me sentar à sua porta ouvi qualquer coisa — comentou.

— A que é que te referes?

— Um tiro.

— Deve ter sido um tubo de escape.

— Isso pensava eu, mas…

Os dedos da Mamã Santa iniciaram uma estranha dança sobre o tornozelo.

— De vez em quando, ouvem-se algumas rajadas isoladas nas zonas proibidas, mas os narcotraficantes há algum tempo que andam calmos. De outra forma, os teus amigos não podiam ter vindo para aqui pintar e muito menos instalar-se numa casa.

— Têm muito poder, os narcotraficantes, em Monte Luz? Pensava que nesta altura…

— Onde é que tu achas que estás, minha filha? Nesta favela há muita gente que trabalha duramente em prol da liberdade e da paz, à procura de alternativas para um mundo mais saudável para os jovens, mas não se consegue criar um mundo melhor de um dia para o outro. O Estado preferiu desviar a atenção dos subúrbios e o narcotráfico ocupou o seu lugar. Foram os cartéis que se encarregaram de fornecer a água, a eletricidade e o gás aos moradores e, desde então, tiranizam-nos, exigindo-nos impostos, colaboração e silêncio.

– A polícia não faz nada?

– A polícia já há algum tempo que se instalou na esquadra lá em baixo, daí que se sinta esta calmaria. Tens de ter em conta que muitos agentes acabam por se converter em tentáculos dos traficantes. Neste mundo decadente, o mais fácil e rentável é vender-se a quem oferece mais. Mas…

– Mas?

– Mais cedo ou mais tarde, alguém vai fazer rolar a cabeça de algum agente corrupto, e recomeçarão os ataques. Além do mais, dizem que regressou um cabecilha da droga que quer tirar o posto ao comandante que controla a zona. Faz falta ter coragem para isso. Embora, a este, parece que lhe sobra. Há alguns anos, acusaram-no de ter roubado um camião de armas que estavam a ser transportadas para a produção do *Tropa de Elite*.

– O que é isso?

– Um filme.

– Realizaram-no com armas de verdade?

– No Brasil, minha filha, é tudo de verdade.

Afastou os dedos do pé, puxando-os um a um, e rodou o tornozelo devagar.

– Isto já está.

Mika comprovou com espanto que já não lhe doía.

– Muito obrigada.

– Fica para almoçar. Preparei uma feijoada, uma receita baiana de chupar os dedos. Feijão preto, língua de porco…

– Tenho de ir procurar o meu amigo, se me pudesse dizer onde é que o posso encontrar…

– Esta manhã, andavam a pintar aqui perto, mas não devias sair, por enquanto.

– Disse há bocado que isto estava calmo.

– A calma numa favela não é o mesmo que a calma no lugar onde vives. Esse tiro deve ter saído de uma arma de assalto que deve andar pendurada ao pescoço de um adolescente drogado.

– Não tinha sido um tubo de escape?

– Dá-lhes tempo para que resolvam o que possa ter acontecido – concluiu pacientemente. – Aqui estás segura. Posso ligar a televisão.

Para quê?, perguntou-se a si própria. *Para ouvir como continuam a especular sobre conspirações relacionadas com o apagão e com a estrela?* Era lógico que a sua alma de pantera sentisse esse tremor no ambiente. Que demónio estava a acontecer ao mundo?

Sentiu uma ansiedade crescente. As figuras demoníacas adquiriam vida, começavam a espreguiçar-se sobre a cómoda.

Precisava de abraçar o seu amigo Purone.

– Prefiro ir já – resolveu, levantando-se de um salto.

– Muito bem, minha filha. Iemanjá te trouxe, Iemanjá te levará.

Acompanhou-a até à porta para lhe dar algumas indicações. Mika despediu-se e enveredou por onde ela lhe tinha dito. Parecia fácil, mas assim que se afundou outra vez no labirinto, começaram as dúvidas. Passados cinco minutos, já estava convencida de que se tinha enganado nalgum cruzamento. Chegou a uma zona mais aberta e começou a andar por uma calçada com carros estacionados, até uma curva cheia de lixo onde se conseguia ter uma determinada perspetiva das ruelas situadas mais abaixo.

Aproximou-se. De um lado viu um grande edifício com aspeto de armazém; e não muito longe dali...

O coração começou a bater desenfreadamente. Ali estavam Purone e os seus amigos da Boa Mistura: Pahg, Arkoh, Derko e rDick. Pintavam outra rua, desta vez de magenta, uma bolha nova de cor a enfrentar o desespero, ao mesmo tempo que traçavam as letras brancas, em perspetiva, para imprimir uma nova inscrição: DOÇURA.

Sentiu uma profunda emoção. Estavam, finalmente, juntos no outro lado do mundo.

Sentia-os como peixes na água. Adoravam trabalhar daquela maneira, dormindo em casas de particulares para se fundirem com os palcos das suas intervenções, entregando-se de corpo e alma a projetos socialmente comprometidos. Era a maneira que tinham de continuar a cultivar o seu espírito mais boémio e solidário enquanto no dia a dia, no seu estúdio em Madrid, trabalhavam noutro tipo de encomendas de desenho para diferentes tipos de instituições e de empresas, de onde lhes provinha o dinheiro necessário para poderem subsistir.

Estava claro que, além de serem geniais a criar as suas obras, também o eram a estabelecer contacto com as pessoas. Um numeroso grupo de crianças saltava à sua volta, ajudando-os a remover as latas de tinta e até a passar o rolo cor de rosa sobre cada um dos elementos da rua: paredes, portas, persianas, lancis, beirais.

Enquanto Mika se decidia entre gritar o nome dele ou descer sem avisar para lhe fazer uma surpresa, Purone ergueu a cabeça, tirou os óculos de sol e olhou para ela semicerrando os olhos. Emagrecera desde a última vez que se tinham visto em Madrid. O seu corpo robusto, não demasiado musculado, revelava uma maior elegância e apresentava-se bem proporcionado, de acordo com os cânones renascentistas, com o seu metro e oitenta e cinco centímetros. A barba rapada, a pele tostada depois de vários dias a pintar debaixo das intempéries e, sobretudo, o brilho nos olhos por estar a fazer o que mais amava acabavam por delinear nele uma figura atraente da qual Mika se sentiu orgulhosa.

Sorriu e acenou com a mão. Ele deu alguns passos para se afastar do resto, como se procurasse alguma intimidade no meio da algazarra. Quando se convenceu de que era mesmo ela, soltou um grito que se deve ter ouvido em toda a favela.

— Estás aqui!

— Vim!

Indicou-lhe que descesse por uma ladeira de terra onde tinham sido escavados uns degraus. Todo o grupo deixou o trabalho para a receber. A miudagem também lhe deu as boas-vindas, levantando as palmas das mãos sujas de tinta como se a conhecessem de toda a vida. Purone adiantou-se para lhe dar um abraço, mas deteve-se no último momento.

— Vou-te sujar de tinta!

— Não faz mal, anda cá!

Sim, constatou Mika ao ver-se rodeada pelos braços dele, é verdade que precisava deste apertão.

Os miúdos saltavam à volta da sua nova hóspede. Os outros quatro membros do Boa Mistura aproximaram-se para lhe darem um beijo.

— É fantástico ver-vos em ação — começou, dirigindo-se a todos. Tinham formado uma roda à sua volta e contemplavam-na sorridentes. — A sério, parece mentira, depois de tantos anos a passar pelo vosso estúdio, a ver fotografias das obras que já pintaram aqui e ali…

— O que parece mentira é que tenhas vindo! — exclamou Pahg a rir. — Apareces assim de repente, a cumprimentar tão naturalmente como quando ias ao estúdio.

— A nossa querida *Miss*-Gosto-De-Beber-Cerveja-Quando-Não--Tenho-Competição vai aceitar uma lata fresquinha, sim? — brincou rDick.

Tiraram umas latas de *Bohemia* de um pequeno frigorífico portátil e sentaram-se num muro.

— E o apagão não impediu o avião de aterrar? — perguntou Derko.

Antes que Mika começasse a explicar-lhe, começou a focá-la com uma câmara de filmar como se estivesse a fazer-lhe uma entrevista. Ela não ficou surpreendida. Sabia que Derko filmava todos os passos dos projetos artísticos do coletivo e que recolhia declarações das pessoas com quem partilhava as suas experiências. Assim dispunham de material gráfico, para além de fotografias, para montar os seus documentários.

— Desviaram muitos aviões para o Rio — respondeu, ela, após ter bebido um grande gole de cerveja —, mas eu consegui chegar a tempo para ver tudo na primeira pessoa.

— Foi impressionante — disse Purone.

— Sim, foi mesmo.

— Uma obra de arte.

Mika riu.

– Não diria tanto como isso. Foi espantoso, mas arte, aquilo que se diz que é arte...

– Como não? Pintaram no céu uma espécie de... despertar. Podia pensar num milhão de significados para aquela estrela. Quem fez aquilo é um verdadeiro génio. Utilizar o céu negro como uma tela.

– Brindemos a eles! – exclamou Pahg, levantando a sua lata de cerveja.

– Saúde! – gritaram em uníssono rDick e Arkoh.

– Vejo-vos já muito integrados.

– É fácil alguém integrar-se aqui – disse Purone. – As pessoas brilham, têm luz própria. São um exemplo para a metade deste mundo deprimido.

– Vocês é que brilham. Vejam o que estão a fazer.

Apontou para a rua a transbordar de cor.

– Merecem isto e muito mais.

– Passei por outra rua que vocês estiveram a pintar. A azul-celeste com a palavra «beleza».

– São cinco ao todo: «Beleza», «firmeza», «amor», «doçura» e «orgulho». Depois levo-te a vê-las todas. As pessoas da comunidade estão encantadas, estão a facilitar-nos muito a vida e ajudam-nos bastante, não é verdade? – perguntou carinhosamente a um par de miúdos que se tinham sentado no chão em frente deles. – Batizámos o projeto com o nome de *Luz nas Vielas*. É como chamam aqui a estas ruazinhas que ligam o tecido urbano.

Estiveram a falar um bom bocado daquele trabalho e dos projetos futuros. Purone contou-lhe que, através daquela ação, pretendiam criar uma série delas, chamadas *Crossroads*, novas *performances* de arte urbana participativa para intervir nas comunidades desfavorecidas, empregando a arte como ferramenta de inspiração e de mudança. Quando perguntaram a Mika sobre os seus planos de trabalho, reproduziu a mesma conversa que tivera no escritório da embaixada.

– Neste país, funciona tudo com outro ritmo – consolou-a o Arkoh. – Não deves ficar obcecada. E se precisares de um lugar barato para viver, podemos falar com o pessoal daqui.

– Obrigada, tenho muita sorte por...

Deteve-se. Estava verdadeiramente emocionada.

– Sabes como é que a nossa mãe adotiva chama ao teu amigo Purone? – disse de repente o Pahg com o sorriso habitual, referindo-se à dona da casa onde estavam alojados. – *Coxinha*!

– O que é que isso quer dizer?

– Coxa de galinha! – Riu ao mesmo tempo que apontava para os gémeos das pernas de Purone que eram muito desenvolvidos porque, segundo ele contava, em pequeno costumava caminhar, sempre, nas pontas dos pés.

— Mas o que é isto? — perguntou, alarmado, rDick.

— O que é que se passa? — perguntou-lhe Mika, a quem não lhe apetecia mais sobressaltos.

— Mas que *tweet* mais atrevido!

rDick mantinha os olhos colados ao ecrã do telemóvel. Era administrador de uma conta de *twitter* chamada @boamistura, através da qual enviava aos seguidores do coletivo informações e fotos dos trabalhos deles.

— Pela cara que fez, de certeza que se trata de algum *spam* pornográfico — brincou o Arkoh.

O colega acentuou o gesto de perplexidade.

— A mim, não me parece nenhum *spam*. Está a tornar-se viral à velocidade de um raio. Toda a rede está a falar disso.

— Deixa-me ver — pediu Purone, esticando o braço para que lhe passasse o telefone.

rDick mostrou-lhe. Os outros inclinaram-se também para ver.

— Porra! — exclamou o Pahg quando olhou.

A mensagem vinha de uma conta com um nome nada convencional, composta só por números e símbolos: @1234567?. Era o primeiro *tweet* que o seu autor remetia, mas, como disse o rDick, toda a rede social estava a reenvia-lo e a comentá-lo. Não era para menos. Tratava-se de um *hashtag* com a legenda #PrimeiroDia como único texto e uma fotografia que mostrava um rosto de um homem.

Um homem… morto.

— É um cadáver a sério? — irrompeu Mika.

Estava com os olhos abertos, mas a sua expressão não deixava lugar para dúvidas. A língua inchada saliente e sobretudo a cor azul, típica de envenenamento, que a pele tinha adquirido. Quem seria aquela pessoa?

E o que quereria aquilo dizer, Primeiro Dia?

5

Estiveram ali um bom bocado a fazer conjeturas sobre qual seria a origem do *tweet* e a identidade do morto.

— Parece um aviso — deduziu Arkoh.

— Aviso de quê? — perguntou Derko, que não parava de gravar tudo com a câmara de filmar.

— Se põe primeiro dia, é porque, se calhar, há um segundo dia.

— Soa a assassino em série.

— É isso que se está a comentar no Twitter — confirmou o rDick. — A rede está a deitar fumo.

— Depois da noite de ontem, não sei se estou para levar com assassinos em série — murmurou Mika.

— Anda comigo — disse Purone levantando-se do muro —, vou mostrar-te onde estamos a viver e vou apresentar-te a nossa mãe adotiva.

— Aquela que te chama *Coxinha*.

— Eh! Eh! Eh! Anda, vamos, que fica a cinco minutos.

— Tem cuidado, que ainda pode acontecer que fique instalada com vocês. Já te disse que estou à procura de alojamento.

— Se quiseres, mas a casa de banho não tem teto e dormimos em cinco colchões que deixaram em nossa honra no chão da garagem. Isso sim, estamos superconfortáveis.

Atravessaram a rua, levando a cor magenta nos sapatos, já que o próprio pavimento também fazia parte da obra pictórica. Meteram-se por uma teia de ruelas cada vez mais estreitas até que chegaram a uma praceta. Purone contava-lhe tudo o que estavam a viver. De repente, Mika estacou, paralisada.

— Que aconteceu?

Junto a um pequeno muro, viu, agachado, um rapaz armado com uma pistola-metralhadora.

Por uns instantes, Mika quis acreditar que se tratava de um brinquedo, mas lembrou-se das palavras da Mamã Santa.

No Brasil, tudo é de verdade.

Estava ali entrincheirado para cobrir o avanço dos outros que se aproximavam, agachados como um comando de mercenários, pelas ruas situadas mais abaixo.

Recuaram silenciosamente, mas não conseguiram evitar que o miúdo sentisse a presença deles. Voltou-se bruscamente e apontou-lhes a arma. Purone fez um gesto rápido para afastar Mika da mira da pistola. Empurrou-a para trás de um recanto de uma parede com a mão que levava os pincéis.

Ao miúdo pareceu-lhe ser uma arma.

Uma rajada rasgou o ar.

Desta vez não se tratava de um estoiro de um tubo de escape.

– Nãooo…!

A detonação produziu um efeito dominó que acelerou o que estava para acontecer. Em apenas uns segundos, a favela transformou-se num inferno. Tiros, fumo, jovens com armas de assalto e pistolas automáticas saíam de todos os cantos. Não havia polícia; devia tratar-se de bandos rivais. Era impossível adivinhar quem pertencia a um bando ou a outro. Empoleirados nos telhados de cimento e de *lusalite* com camisolas de basquetebol e as caras tapadas com lenços de cores vivas, pareciam simples miúdos de gangue a quem tinham acabado de entregar uma arma. No entanto, corriam pelas escadas à procura de ângulos para disparar e distribuindo coronhadas sempre que alguém se aproximasse para espreitar, com um sangue-frio pouco habitual nos principiantes. Quando se encontravam frente a frente numa rua, disparavam uns contra os outros a corpo descoberto, confiando que acertariam primeiro no alvo.

Mika estava paralisada de terror, vendo como o miúdo esvaziava carregadores por cima do muro em que se encontrava. Quando conseguiu superar o medo, esticou-se a partir do recanto no qual se tinha protegido, agarrou Purone pelos pés e, a fazer um esforço descomunal, arrastou-o para perto de si.

Tinha um buraco de bala na perna.

– Não te preocupes, não te preocupes… – repetia, nervosa, sob o barulho dos disparos, ao mesmo tempo que tirava o lenço que trazia no bolso e lhe fazia um garrote.

Apertou-o com toda a sua força. Purone não soltou um único gemido. Tinha a cabeça virada para o lado oposto.

– Diz alguma coisa, por favor.

Inclinou-se sobre ele e verificou que um outro tiro lhe tinha atingido a cabeça. Tinha a maçã do rosto do lado direito destroçada e o olho coberto de sangue.

– Meu Deus, não!

Não respirava. Pressionou-lhe o peito para tentar reanimá-lo. Aproximou o ouvido da boca dele. Nada. Só ela é que tremia. Só ela é que tinha o coração desenfreado. Pensou em chamar os outros para que viessem ajudá-la. No momento em que tirou o telemóvel da bolsa, o bandido, como que levado por uma espécie de intuição, virou-se e descerrou outra rajada. Mika abrigou-se a tempo, mas, ao fazê-lo, o telemóvel escorregou-lhe da mão e foi cair dentro de uma grade do precário sistema de esgotos que cobria a favela.

Diretamente para o fundo.

Entre a lama que formava o pó e a água tingida de sangue.

Entrou em estado de choque. Custava-lhe respirar. A garganta emitia um som de agonia. A seu lado, estendido no chão, o corpo inerte de Purone.

– Não morras…

Quando reuniu forças suficientes para espreitar, verificou que o bandido tinha desaparecido. A tremer, correu a abraçar o amigo. O tempo parou. Os disparos tinham amortecido. Tentou dar-lhe todo o calor que tinha, calor insuficiente, até que aceitou o facto de que ele já não estava com ela. Suspirou com uma respiração entrecortada. Com um último esforço, encostou-o à parede colocando-o na forma mais digna possível e beijou-o no rosto, do lado em que não corria o sangue.

O que é que podia fazer?

Tinha de sair dali, mas não queria abandonar o corpo dele. Não era capaz de pensar. Precisava de ajuda. Queria poder voltar atrás para se juntar aos amigos do Boa Mistura e voltarem juntos para o irem buscar, mas toda a área estava infestada de membros da guerrilha urbana, a julgar pela troca de tiros que se fazia ouvir e pelo fumo que subia por cima dos telhados. Olhou para um lado e para o outro.

Tenho de decidir alguma coisa rapidamente, decidir, decidir… Vamos, Mika!

Pensou que o melhor seria esperar que acabasse tudo, mas ouviu vozes numa rua próxima e pôs-se em pé de um salto.

Olhou para um lado e para o outro à procura de um lugar aonde se pudesse dirigir, sem se deitar a correr sem mais pelo labirinto fora.

A Mamã Santa…

Era isso que tinha de fazer: descer até à barraca da sacerdotisa.

Ajoelhou-se no chão e tentou, com todo o seu empenho, tirar o telemóvel do esgoto, mas a grade enferrujada estava selada com cimento e não havia espaço suficiente para meter a mão.

As vozes aproximavam-se.

Tenho de me ir embora já!

Pensou olhar uma última vez para o amigo, mas obrigou-se a não o fazer. Pôs a sacola a tiracolo para não a perder e começou a correr pelas vielas abaixo.

Enquanto corria, chegou a duvidar se aquilo estava mesmo a acontecer: aterrar em São Paulo, o apagão, a estrela, o escritório da embaixada, a favela, o tiroteio… Parou no cruzamento de duas ruas mais largas pelas quais até conseguiam passar dois carros e sorriu como uma demente a pensar que tudo fora um sonho, que a qualquer momento ia despertar em Madrid, na véspera do campeonato europeu de karaté, antes de ter perdido, antes de ter decidido embarcar naquela viagem. Mas, então, sentiu o cheiro da pólvora e a água estagnada e a comida a ferver em fogões de gás butano, e percebeu que era tudo verdade. Nos sonhos, não temos olfato, lembrava-se de ouvir o pai dizer uns anos antes.

Uma rajada de metralhadora fê-la sair do devaneio. Tinham disparado de uma janela, mesmo por cima da sua cabeça. O alvo dos projéteis pôs-se a salvo *in extremis* atrás de um *Volkswagen Carocha* queimado que, devido à quantidade de buracos que enchiam a chapa, deve ter servido de resguardo em várias batalhas. Mika refugiou-se atrás de um monte de pneus. Que direção deveria tomar? De qual dos bandos se tinha de proteger? O da janela parou para retirar os cartuchos deflagrados e o outro aproveitou para se colocar sobre o tejadilho do veículo enquanto retraía o ferrolho para inserir um cartucho na câmara e respondia com uma rápida série de disparos. O seu adversário caiu envolto em sangue e vidros e Mika soltou um grito que revelou o seu esconderijo.

O da pistola, um rapaz alto e magro com a cabeça rapada e uma grande pera, correu na direção dela, torceu-lhe o braço pelas costas e arrastou-a até um beco. Mika tentou resistir, mas as forças abandonaram-na no momento em que o rapaz voltou a esvaziar meio carregador junto à orelha dela e ouviu muito perto a dança do percussor, o matraquear da espoleta sobre o fulminante das munições, os invólucros expelidos.

Não era a primeira vez que estava tão perto de uma arma. O pai costumava ir ao campo de tiro durante os períodos de treino e mais do que uma vez ela tinha-o acompanhado. Mas aquilo era diferente. Não se tratava de alfinetar um boneco de papel, nem levava auscultadores antirruído para os ouvidos.

O narcotraficante continuou a caminhar para trás pelo beco, a arrastar Mika, até que chegou ao extremo oposto. Ali, encontrava-se à espera um miúdo negro, obeso, em calções de bermudas e com as costas nuas encostadas à parede, junto à esquina.

— Não me sejas um *trucho cagado* e atira para fora! — gritou o da pera.

— Sai tu, ó corajoso! O do telhado está *calçado* com uma automática do exército.

— Pois se vierem pela entrada da rua, vão fritar-nos a todos!

— E que queres que eu faça, *foda-se*!

— Usa ela!

– Quê?

O da pera empurrou-a para cima do outro, que a apertou contra o seu corpo gorduroso e lhe encostou o cano do revólver à cabeça. Nesse momento, Mika parecia uma boneca de trapos.

— Malditas burguesas estúpidas que vêm para aqui comprar droga e não sabem merda nenhuma! – cuspiu-lhe o obeso. – Pois vais saber como é a vida aqui na favela!

— Eu não vim comprar droga – apressou-se a responder por inércia a rapariga.

— Cala-te, puta!

— Vai de uma vez e acaba com aquele desgraçado! – disse-lhe o outro. – E aguenta a miúda à frente do teu peito sem a soltares até lá chegares! Percebeste?

Mika deu-se conta de que iam utilizá-la como escudo. Não era aquela a maneira que tinha previsto para morrer.

Fechou os olhos.

A minha bolha...

Concentrou-se para visualizar a dimensão paralela na qual se afundava tal como fazia sempre mesmo antes de um combate de karaté. Sei que estás aí, disse para si própria; se o Purone foi capaz de pintar uma bolha colorida no meio deste caos, eu também consigo encontrar a minha, a minha bolha de vazio, preciso de me abstrair um segundo, tomar consciência dos meus músculos e articulações...

Sentia no rosto o suor do bandido que a mantinha presa, que, quase a dobrar a esquina para atacar a casa onde se encontrava o franco-atirador, transpirava como uma mangueira. O da pera tinha voltado para o lado oposto do beco. Permanecia ali, com um joelho no chão, disposto a fazer voar qualquer cabeça que espreitasse.

Projeta toda a tua força num único impulso, continuava a dizer Mika para si própria, *num só, como a estocada de uma catana.*

Sentiu um clique no cérebro.

Com uma velocidade inesperada, soltou o braço esquerdo e deu um poderoso golpe na maçã do rosto do bandido que a mantinha presa. Apesar da camada de gordura que lhe cobria a cara, ouviu o estalar do osso. Foi o suficiente para que ele lhe soltasse o outro braço. Agora livre, com um estudado balanço, inclinou-se sobre a perna direita e com a esquerda desferiu-lhe um pontapé fortíssimo à altura das bermudas. Apesar do seu peso, foi o bastante para que ele ficasse a corpo descoberto. Antes que pudesse reagir, o atirador que estava no telhado atravessou o corpo dele com uma rajada certeira.

O da pera virou-se, mas a única coisa que teve tempo de ver, antes de perder a consciência, foi o outro calcanhar de Mika a estampar-se contra a cana do nariz.

Mika respirou fundo. Olhou para os dois corpos estendidos no chão. Ficou surpreendida por se sentir tão calma. Talvez tivesse perdido o juízo... Não. Estava bem consciente do que tinha feito: sobreviver. Isto não era compatível com o *bushido*, com o caminho do guerreiro que há anos era o seu espírito de conduta. Era como se durante toda a sua vida se estivesse estado a preparar para aquele momento. Nunca tinha imaginado o que os treinos lhe tinham conseguido dar, nem que iria chegar o dia em que os iria utilizar com esse sentido.

– Bendita Iemanjá... – ouviu dizer a alguém. – Que aconteceu, minha filha?

Virou-se. Era a Mamã Santa ali perto, debaixo do seu aparatoso turbante. Até esse momento, não tinha percebido que se encontrava à porta dela.

Olharam ambas, ao mesmo tempo, para os dois corpos estendidos. Um aos pés de Mika com a cara ensanguentada. O outro, na confluência com o beco adjacente com o peito coberto de tiros.

– Eu não... Eles...

– Entra depressa!

Abriu a porta de metal, mas Mika só pensava em fugir dali para longe o mais depressa possível. Aterrorizava-a a possibilidade de que alguém a visse entrar ou que a própria curandeira fosse avisar os narcotraficantes e que estes enviassem um esquadrão inteiro para a capturar.

Sem pensar duas vezes, empoleirou-se num muro e, daí, saltou para uma pequena varanda da casa que estava em frente.

– Onde vais? – gritou Mamã Santa. – Vão-te matar!

Mika já não a ouvia. Pendurou-se na borda do telhado e continuou a trepar, mas com tão pouca sorte que a correia da sacola que levava a tiracolo se prendeu no ferro de um pilar que saía da fachada. Retirou-a do ferro e conseguiu apanhá-la, mas desequilibrou-se e esteve quase a cair. Esticou o braço para se agarrar a um cano, apoiou o pé num buraco feito nos azulejos e acabou por impulsionar o corpo para cima. Quando chegou ao telhado, passou de gatas de uma casa para outra, tentando não se emaranhar nos cabos e nos arames que mantinham as antenas em pé.

Metro a metro, foi-se afastando daquele lugar fatídico.

Aos poucos, conseguiu chegar a outra rua, um bocado afastada do tiroteio.

Olhou para baixo.

Não penses na distância da altura.

Saltou.

Caiu no chão e rolou sobre a gravilha. Quando se ia a levantar, um carro desportivo prateado virou a esquina e precipitou-se sobre ela. Travou a menos de um palmo do corpo dela a tremer, deixando as marcas dos pneus no asfalto e um forte cheiro a queimado. Mika recompôs-se depois da pancada e do susto, levantou-se, olhou através do para-brisas fumado e viu um homem loiro de uns cinquenta anos que, tal como o seu veículo deslumbrante, estava fora de sítio naquele inferno.

Deslizou sobre o capô para não perder nem um segundo, abriu a porta do lado do pendura e lançou-se para dentro, fechando-a atrás de si.

– Quem és tu? – perguntou o homem, com ambas as mãos apoiadas no volante.

– É blindado? Por favor, não me mande embora…

Os olhos azuis do homem continuavam bem abertos. Os verdes--acinzentados de Mika enchiam-se de água, suplicando compaixão.

– Põe o cinto.

Acordou os quatrocentos cavalos do *Aston Martin* com uma só pisadela no acelerador e saiu disparado rua abaixo. Mika começou a perguntar a si própria se teria sido boa ideia entrar naquele carro. Esquivaram-se por entre sacos de obras, furgonetas estacionadas, passaram a roçar algumas casas. Ela agarrava-se ao banco. Os tiros ouviam-se cada vez mais ao longe. À terceira curva, tipo *Rally de Monte Carlo*, percebeu que não era nem a primeira nem a décima vez que aquele homem conduzia por aqueles sítios. Para além de ficar mais calma, assim que a tensão abrandou, relaxou completamente.

Quando chegaram a uma confluência de ruas, o condutor fez o carro derrapar e parou-o bruscamente. Uma nuvem de pó envolveu-os por completo.

Mika, ao perceber que estava longe da batalha campal, desatou a chorar.

– Diz-me quem és tu – voltou a perguntar o condutor sem se enternecer. Mika não conseguia falar, esfregava os olhos com as mãos sujas de pó e de sangue, formando-se uma máscara trágica por se misturarem com as lágrimas. – Falas português? – Ela respondeu com a cabeça e ele continuou a interrogá-la com a mesma frieza. – Conta-me alguma coisa ou desces já imediatamente do carro.

– Mataram o Purone – começou finalmente a responder no meio de soluços. – E eu dei… Eu dei…

– Quem é o Purone?

– Vim aqui para o ver…

– É algum *dealer*? – pressionou-a ele. – Tens um namorado *dealer*?

– Não é nenhum *dealer*.

Só conseguia dizer aquilo.

– Então vieste aqui para comprar droga, foi isso?

– Não! Era um amigo que chegou aqui há uns dias para pintar umas ruas num projeto de solidariedade – disse de uma só vez. – E agora está morto e eu também… Eu…

Não conseguia traduzir em palavras o que tinha acabado de fazer.

– Raios partam isto! O que é que vos passa pela cabeça?

– Tenho de voltar para avisar os outros! – Recomeçou a chorar num pranto desconsolado. – Está estendido no chão! Não posso deixar ali o seu corpo! Leve-me a eles, por favor.

– Isso é impossível.

– Não o posso deixar, não posso…

Sentiu que, aos poucos, perdia os sentidos. Tinha aguentado demasiado, o confortável assento de cabedal aconchegava-a, não podia mais, encontrava-se junto daquele homem cuja colónia, uma mistura de zimbro e de canela, inundava o carro, e gostava daquele perfume, arriscado e firme como um equilibrista, que lhe penetrava no cérebro e lhe pegava ao colo e a transportava para um lugar longínquo.

Não posso…

deixá-lo…

ali…

Céu

1

Acordou sobressaltada.

Olhou para ambos os lados.

Estava deitada numa cama. Não era o seu quarto na pousada. Também não era um hospital. Nesse período, entre o sono e a vigília, assaltou-a um pensamento que a fez estremecer. Afastou a manta que a tapava e sossegou ao verificar que ainda trazia vestidas as suas roupas; as calças de campanha com elástico nos tornozelos, a camisola de alças. Tudo estava no lugar, exceto os ténis. Inclinou-se e verificou que alguém os tinha posto aos pés da cama com a mesma escrupulosidade de um mordomo. Também lhe tinham tirado as meias. Esse pormenor fez com que se sentisse indefesa. Sentiu pó nas mãos e no peito e nódoas negras nos ombros. Não a tinham lavado, melhor assim. Sentou-se no colchão e sentiu uma tontura. Talvez lhe tivessem dado algum medicamento.

Recordou gradualmente o que se passara na favela. Os pensamentos voltaram à sua mente de uma forma aleatória – chamava «aleatório» a tudo aquilo a que não conseguia dar um sentido. – Em primeiro lugar, assaltou-a a imagem do carro desportivo prateado daquele homem que quase de certeza também era o proprietário daquela enorme cama. Porque a teria levado para ali? Conduzir um carro de duzentos mil euros não fazia dele um santo; muito pelo contrário. Talvez fosse um psicopata que, farto de possuir tudo o que podia comprar, precisasse de arranjar contínuos brinquedos e tivesse acabado de a converter na sua nova boneca.

Estou a perder o juízo. Se tivesse querido fazer-me algum mal não me teria aconchegado a manta sobre o corpo com tanto cuidado.

Por um momento, pareceu-lhe enternecedor, mas o eco das cápsulas das balas a caírem no chão trouxe-a de volta à realidade. Reproduziu, de seguida, a imagem dilacerante das bermudas havaianas salpicadas de sangue e tudo o resto passou para segundo plano.

O sangue...

Tapou a boca para não gritar. A expressão de Purone ao cair no chão, atingido por um buraco de bala na cara, ocupou todos os recantos do seu cérebro.

Começou a tremer, mas obrigou-se a reagir. Tinha de sair dali, mas antes ia ligar aos outros rapazes do Boa Mistura para saber se estavam bem e se tinham encontrado o corpo do amigo.

Saltou da cama e dirigiu-se para a sacola pendurada nas costas de uma cadeira. Quando estava à procura do telemóvel lembrou-se de que tinha caído no esgoto na altura em que se protegera da segunda rajada de metralhadora do bandido. Caiu-lhe o mundo em cima quando percebeu que o passaporte também não estava na mala.

Começou a lembrar-se.

Deve ter caído quando prendi a correia da sacola naquele ferro, quando me pendurei no telhado em frente da casa da Mamã Santa, ao fugir.

Estava incomunicável. Sem documentos. Uma náufraga no meio de um oceano de violência.

Respirou fundo e decidiu inspecionar a casa – o seu sanatório ou a sua prisão, ainda estava por decidir qual deles.

– Está aqui alguém?

Anunciou várias vezes a sua presença, mas ninguém lhe respondeu.

Caminhou em passos lentos sobre o soalho escuro. Uns painéis de correr separavam o quarto do resto da casa, que se revelava luminosa e clara. Teria uns setenta metros quadrados e estava concebida em formato de *loft*. Um espaço único com colunas e pilares de cimento à vista, cercado por estantes repletas de livros e de objetos exóticos. Só tinha móveis. Um grande sofá em frente a um ecrã de televisão e, a formar outro ambiente, um tapete circular com duas almofadas ao estilo árabe e uma mesinha baixa que tinha uma bandeja metálica com um bule e um jogo de copos de vidro trabalhado. Perto da porta de entrada havia uma ilha de cozinha com dois bancos.

Tudo estava disposto de tal forma que parecia nunca ter sido usado. Mika presumiu que aquele homem viveria sozinho. Examinou as estantes à procura de fotografias que lhe pudessem fornecer alguma informação sobre a vida do seu salvador-capturador. Não havia nenhuma. Nem um único vestígio da sua intimidade, a não ser aqueles objetos oriundos de antigas civilizações que não revelavam grande coisa. Aos olhos dela, bem podiam pertencer a um qualquer museu impessoal. Dispunha-se a dar meia-volta quando um deles a atraiu de uma forma especial.

Emitia um magnetismo quase físico.

Era uma estatueta preta, talvez de basalto. Mediria pouco mais de um palmo de altura. Representava uma espécie de sacerdote que segurava uma tábua com caracteres pictográficos de algum alfabeto ancestral. Assemelhava-se a algo egípcio, pelo estilo das roupas, da barba e do toucado. Mas esta figurinha olhava em frente, firme sobre os grandes dedos dos pés, e apresentava um sorriso misterioso e nada faraónico.

Como se estivesse sob o efeito de algum feitiço, esticou o braço e agarrou na estátua. Nesse preciso momento, sentiu uma espécie de choque elétrico que subiu até ao cotovelo e fez com que a largasse logo. Teria caído diretamente no chão não fosse a reação do felino que tinha dentro de si. Com um movimento rápido, apanhou-a no ar e, sem perder um segundo, devolveu-a à estante de onde a tirara.

O que é que estou aqui a fazer?

Mas como podia ir embora? Aproximou-se da porta e verificou com inquietação que estava fechada à chave. Começou a sentir falta de ar.

Atravessou a divisão a passos largos em direção a uma das três janelas do apartamento, mas estava trancada. A do lado também não tinha puxador. Nervosa, passou por cima da mesa pequena para experimentar a última janela. Derrubou os copos e o bule com um enorme estrondo, subiu para o sofá e aquela, sim, abriu-se. Os ruídos da cidade inundaram o compartimento. Estava no centro de São Paulo. O sol explodia a um palmo. Não podia sair por ali, devia estar pelo menos num trigésimo andar.

Debruçou metade do corpo para o exterior. O vento fustigava-lhe a cara como se estivesse na proa de um veleiro. Olhou para ambos os lados e não tardou a reconhecer o edifício. Encontrava-se no cimo do emblemático Copan, a construção em que o arquiteto brasileiro Oscar Niemeyer depositou todo o seu talento.

Construído meio século antes no coração da cidade, com os seus trinta e sete pisos e mais de mil apartamentos, somados à sua sensual morfologia em forma de onda, tinham-no convertido num ícone deste país.

O repentino barulho, o vento e a luz forte intensificaram a ansiedade dela. Fechou a janela bruscamente e, com dificuldade, tratou de recompor o ritmo da respiração. Reparou, então, num canto onde se encontrava uma mesa de vidro com pernas metálicas. Sobre ela, aguardava um computador portátil.

Não hesitou.

Aproximou-se e levantou a tampa. Era mesmo o que precisava, ligar-se à Internet e procurar informações sobre a batalha campal que tinha vivido em Monte Luz.

Também ia entrar na sua conta de *e-mail* e enviaria duas mensagens: uma ao seu pai, para lhe dizer que estava tudo bem – não era completamente falso, ao menos estava viva –, e outra mensagem para si própria, para ficar registada a sua estranha situação, a explicar que tinha acordado misteriosamente naquele *loft* do edifício Copan e a descrever pormenorizadamente o suposto proprietário do apartamento. Para já, não tinha por que alertar ninguém, mas consolava-a pensar que, se as coisas ficassem feias, a polícia encontraria logo essa informação quando fosse investigar a sua caixa de correio.

Carregou na tecla para ligar o computador e deu um suspiro de alívio ao verificar que não precisava de palavra-passe. Também tinha rede.

– Pelo menos alguma coisa que saia bem… – murmurou em voz alta para libertar a tensão.

Carregou no ícone do Google Crome e procurou a página de um jornal local. A primeira página do jornal diário *Folha de São Paulo* transbordava de artigos sobre o apagão e a estrela que se continuavam a multiplicar por toda a parte perante a falta de respostas da polícia e dos serviços de informações estatais sobre a autoria daquele estranho atentado. Mais à frente, por debaixo do seguinte título: «Ajuste de contas em Monte Luz», era recolhida informação fresca sobre o que tinha acontecido na favela. Fresca…

e inesperada.

Mika ficou de queixo caído quando percebeu que os meios de comunicação estavam a relacionar os confrontos com o morto que aparecia na fotografia partilhada pelo *Twitter*. Exatamente a mesma foto que vira pouco tempo antes de começar toda a batalha na altura em que inocentemente bebia uma cerveja com os amigos do Boa Mistura.

Não… é… possível.

Segundo relatava o jornalista, o rosto azulado com a língua saliente que tinha sido visto pelos mórbidos de metade do mundo através da rede social pertencia ao criminoso apelidado de *Poderosinho*, líder há vários anos do Comando Brasil Poderoso, um dos dois gangues de narcotraficantes que controlavam a favela. O corpo dele fora encontrado numa poltrona da sua própria casa, situada na zona mais alta do bairro. Por isso, o autor do crime só poderia ter sido um assassino do gangue que teve a coragem de se enfiar lá dentro depois de iludir todos os dispositivos de segurança que rodeavam a vítima. Os capangas de *Poderosinho* não ficaram à espera para confirmar a hipótese. Assim que descobriram o cadáver, deram rédea solta à sua sede de vingança ao mesmo tempo que desferiram um golpe de acerto de contas para reforçar a sua supremacia na comunidade.

Contudo, havia ainda algo por esclarecer: o significado do *hashtag* #PrimeiroDia que acompanhava a fotografia. Quereria isto dizer que iria haver um segundo dia com um novo assassinato?, perguntava-se o jornalista.

Era exatamente a mesma pergunta que Arkoh, do Boa Mistura, tinha lançado para o ar quando viram o *tweet* pela primeira vez. O que nem sequer imaginavam era que o cadáver estava a um passo do lugar onde se encontravam e, muito menos, que, cinco minutos mais tarde, as suas vidas iriam mudar para sempre.

No entanto, sem dar nenhum crédito ao que estava a ler, continuou por diante até terminar a reportagem, que incluía os diferentes pontos de vista de várias personalidades. O redator confirmava que no confronto tinham caído dezenas de bandidos de ambos os gangues – porque é que não mencionaria a morte de Purone?

Será que consideravam a sua morte como mais uma? –, mas advertia também do facto de o massacre não acabar com os problemas. A polícia, que já há algum tempo não intervinha na favela devido a um acordo tácito com os traficantes, tinha-se visto obrigada a lá entrar de uma vez por todas e fê-lo com o todo o aparato militar, incluindo até blindados.

Permaneceu uns segundos com os olhos fixos no ecrã sem ler uma única palavra.

O que é que ela tinha que ver com aquele conflito?

O que é que o seu amigo do peito tinha que ver com aquilo?

O tiro na cara, o sangue na *T-shirt*, sobre a pintura magenta…

Acedeu à sua conta de *e-mail* para escrever sem mais delongas as duas mensagens que tinha pensado enviar, mas antes verificou a caixa de entrada.

Havia uma mensagem nova, proveniente de uma direção desconhecida. Estava escrita com caracteres dispostos de forma aleatória:

«lcmetpeafehd?@gmail.com»

O mais provável é que fosse um *spam* que tivesse conseguido escapar aos filtros. Quando se dispunha a mandá-la para o lixo reparou no que estava escrito no assunto:

«Não me elimines a mim também»

Cheirava a vírus por todos os poros, mas, depois do que tinha acontecido, havia qualquer coisa no tom daquela frase que a impedia de carregar na tecla para apagar. Releu a direção do remetente.

Levada por um último impulso, decidiu-se a abri-lo.

Clique.

Uma tonelada de chumbo caiu em cima da sua cabeça.

Teve de o ler três vezes. Dizia:

«Purone = Dano colateral.
Até onde chegarias para mudar o mundo?»

2

Não conseguia afastar os olhos daquelas dez palavras, arcanas, diabólicas. Que tipo de jogo era aquele? Que insinuaria o cabeçalho «Não me elimines a mim também»? Estavam a acusá-la…

A cabeça dela deitava fumo. Tinha de ser alguma coisa de algum dos companheiros de Purone. Era o estilo típico dos Boa Mistura: inovador, subtil, embora nunca os tivesse visto utilizar a inovação e a subtileza a favor da crueldade.

Pensariam, mesmo, que fora ela que provocara a agressão por parte do bandido, que não tinha feito o suficiente para salvar o amigo, que tinha fugido e deixado o seu corpo estendido no chão? Quis voltar para os avisar, mas o homem do carro negou-se a dar meia-volta!

Tentou procurar ligações e não saltar nenhum pormenor. Dano colateral… mudar o mundo… Lembrou-se que podia estar a referir-se a uma coisa que ela tinha dito uma tarde, numa altura que o movimento 15M estava em plena explosão, no estúdio de Malasaña. Discutiram sobre os estragos sofridos pelos comerciantes e comparou a sociedade letárgica àqueles que se calavam perante a contemplação do Holocausto do povo judeu ou, o que era pior, às próprias vítimas que se deixavam exterminar sem sequer oferecer resistência. Naquele dia, inclinou-se para uma postura mais radical do que nela era mais habitual. Vociferou: *Lancemo-nos contra as baionetas*. Se calhar, agora pensavam que tinha sido ela que tinha lançado Purone contra a pistola-metralhadora do bandido… Como podiam eles pensar assim? Aquela não era a sua guerra!

Estava a ficar louca.

Não… Pelo contrário, estava muito lúcida. O suficiente para construir uma tese tão absurda que relegasse a única e indiscutível realidade: foram os traficantes quem lhe tinha enviado o *e-mail*. Tinha matado dois deles. A Mamã Santa, a estranha curandeira, tinha visto tudo.

Mas como é que o Comando Brasil Poderoso podia saber o seu endereço de correio eletrónico?

Infelizmente, demorou apenas um triste segundo a obter a resposta: através dos malditos cartões de visita que devem ter voado da sacola quando a puxou, ao trepar para o telhado enquanto fugia. Na mesma altura em que perdeu o passaporte.

Correu a confirmar essa difícil tese, suplicando que tudo não passasse de um falso alarme. Foi à sacola. Do molho de cartões que trouxe de Espanha, do qual tirara o elástico quando entregou o primeiro no escritório da embaixada, só restavam três ou quatro cartões soltos.

Deixei um rasto de migalhas de pão com os meus dados pessoais por toda a favela…

Faltava esclarecer uma coisa: como é que sabiam o nome de Purone? Mas após um momento de confusão, concluiu que, para isso, bastaria ter-lhe roubado a carteira.

Mais ansiedade. Mais angústia.

Aquela mensagem em código era um aviso.

Pior ainda, era uma sentença de morte.

De repente, ouviu barulhos do outro lado da porta. O coração sobressaltou-se. Tentou fechar corretamente a conta do *e-mail* para não deixar nenhum vestígio das páginas que tinha visitado, mas não teve tempo. Limitou-se a baixar a tampa e afastar-se o mais depressa possível da mesa.

Quando ele entrou, encontrou-a no meio da sala.

De pé.

Descalça.

Olharam um para o outro durante alguns segundos.

Tal como tinha pensado, era o mesmo homem que conduzia o *Aston Martin*. Uns bons cinquenta anos, louro, bem constituído, queixo proeminente, ombros largos… Tão perfeito que não parecia verdadeiro. Também não tinha ar de psicopata. Trazia umas calças curtas que lhe davam pelos tornozelos e que deixavam à vista uns sapatos castanhos impecáveis e uma camisa azul-clara arregaçada nas mangas até aos cotovelos.

Fechou a porta e deu uma volta à chave por dentro.

A rotação lenta da chave na fechadura soou-lhe a prisão perpétua. Mika aguentou firme, à espera de que ele soltasse a primeira palavra.

— Como estás?

— Quem és? — respondeu ela num tom imperativo e tratando-o por tu.

— Chamo-me Adam Green.

— Não és brasileiro?

— Em São Paulo cabem todas as nacionalidades.

— Porque é que me trouxeste para aqui?

— Desmaiaste no meu carro.

— E não podias ter-me levado para um hospital?

— Não estavas doente nem ferida. Só exausta.

— E a polícia?

— A polícia não é solução.

— E a minha pousada?

— Não tenho a menor ideia de onde estás alojada. Procurei na tua sacola, mas não encontrei nenhuma pista.

— Remexeste nas minhas coisas?

— Claro que sim.

Fizeram uns segundos de pausa. Adam, que ainda não se tinha mexido da entrada, tirou os sapatos, arrumou-os no chão ao pé da porta e caminhou descalço até à pequena ilha da cozinha.

Quebrado todo o formalismo, continuava a parecer um desses modelos maduros de roupa náutica que saíam nas revistas.

— Posso-me ir embora?

— Quando quiseres. Mas ficas a saber que eu já fiz tudo.

— O que é que fizeste?

— A única coisa inteligível que disseste no carro é que tinham dado um tiro ao teu amigo.

— E o que é que tu pudeste fazer em relação a isso? — perguntou Mika, inquieta.

— Fui ao consulado para ter a certeza de que tinham conhecimento do que aconteceu e já me deram as informações.

— Sabem alguma coisa sobre…?

— Os outros quatro estão bem.

— Oh, graças a Deus, menos mal…

— Devem estar a acabar de fazer as declarações na polícia. Suponho que a qualquer momento os vão mandar de volta para Espanha.

— A eles… e ao corpo do Purone, não? Diz-me, por favor, que o conseguiram encontrar.

— Ao corpo, como?

— Ao seu… cadáver.

Adam parou um segundo antes de lhe revelar:

— O teu amigo Purone não morreu.

Não morreu…

— O quê?

O coração galopava frenético. As batidas tão fortes faziam-lhe até doer. Estava tão nervosa que nem sequer era capaz de mostrar alegria.

— Está internado num hospital da cidade, embora não tenha conseguido saber ao certo em qual deles. Os responsáveis das unidades de pacificação não querem informar. Mas não te preocupes. Esta confusão de informação é normal em situações como aquela que aconteceu ontem.

Enormes lágrimas escorreram-lhe pela cara abaixo.

— Eu mesma vi o tiro na cabeça, tive-o nos meus braços... Oh, meu Deus! Quando é que me vão dizer onde está?

— Quando o pessoal do consulado souber alguma coisa, ficaram de ligar para este telefone.

Mostrou-lhe um *smartphone* de última geração.

— E isto é o quê?

— Tinha de deixar um número para te poderem localizar, mas quando vasculhei as tuas coisas não vi nenhum telemóvel. Por isso, dei-lhes este número. Espero que não te importes.

— Mas como é que eu me vou importar? Perdi o meu no tiroteio...

— Não te preocupes. É da minha empresa e podes utilizá-lo sempre que quiseres. Tem uma tarifa internacional, ligação à Internet, tem as aplicações das redes sociais e podes descarregar qualquer outra de que precises. Ah! Também te pus o meu número, para o caso de precisares de alguma coisa. Já sabes, Adam — lembrou-lhe.

— Muito obrigada, estou sem palavras.

— É o mínimo que podia fazer depois daquilo por que passaste.

O olhar de Mika perdeu-se no ecrã reluzente. Tinha como fundo uma fotografia em *macro* de umas folhas verdes com gotas de chuva.

— Tortura-me pensar que os amigos do Purone acreditam que o abandonei no meio do tiroteio, sabendo que estava vivo.

— Depressa tudo vai ficar esclarecido, Mika.

— Como é que sabes o meu nome? — irrompeu ela, procurando uma desculpa qualquer para se enfurecer. Tal como a aparência dele, tudo o que rodeava aquele homem parecia demasiado perfeito. Sentia-se obrigada a estar alerta.

Ele apontou para a sacola com os olhos.

— Não acredito que o talão do bilhete do avião que ainda trazes na tua carteira seja mentiroso. Importas-te que me sirva de um copo de rum? — perguntou rapidamente, apontando para uma garrafa dourada de *Ultra Premium Zacapa*.

— Faz o que quiseres, estás na tua casa.

— Apetece-te fazer-me companhia? Talvez não seja um mau pequeno-almoço num dia como este.

— O que é que queres celebrar? — retorquiu apaticamente.

— Não é uma questão de celebrar. Ando há horas de um lado para o outro e tenho sede. Além disso, sei que deverias sentir-te feliz. Inexplicavelmente, não mostras um só rasgo de alegria.

— Não percebo como podes ser tão insensível.

— Percebo que estejas afetada e confusa depois de tudo o que aconteceu com o teu amigo, mas...

— Afetada e confusa? — cortou ela. — Isso não resume nem um por cento do que sinto!

— Ia dizer que devias estar consciente da segunda oportunidade que o destino te concedeu. A vida é injusta com algumas pessoas, mas, no teu caso, a tragédia acabou ainda antes de começar.

Dirigiu-se ao computador e abriu-o furiosamente.

— Lê o *e-mail* que recebi e diz-me se tudo já acabou! Teclou rapidamente até que apareceu no ecrã aquela mensagem horrível e leu-a em voz alta. — «Purone = Dano colateral. Até onde chegarias para mudar o mundo?» O que é que isto quer dizer? E porque é que me enviam isto, a mim? Chego a pensar que tenho um esquadrão inteiro de traficantes ansiosos por me executar!

— Até onde chegarias... — murmurou Adam para si próprio. — É uma pergunta que todos deveríamos fazer pelo menos uma vez na vida.

Mika deu uns passos pelo *loft*, a tentar acalmar-se.

— E tu, o que é que queres de mim?

— Referes-te a quê?

— Manténs-me prisioneira na tua casa.

— Dizes isso por causa da porta de entrada?

— Enquanto estiveste fora, deixaste-a fechada à chave e a primeira coisa que fizeste quando entraste foi trancá-la de novo.

Adam esticou o braço para apanhar um bilhete que deixara em cima da ilha da cozinha e que Mika não tinha chegado a ver. Mostrou-lho. Nele explicava que, por motivos de segurança, convinha fechar a porta com duas voltas, especialmente se estivesse dentro de casa. Os ladrões da cidade eram peritos em abrir qualquer fechadura com um cartão de crédito e o pior que te podia acontecer era atravessares-te no seu caminho. Acabava a dizer que havia um jogo de chaves na primeira gaveta.

Mika fez um gesto com o qual pretendia pedir desculpa.

Era evidente que ela é que estava transtornada. Deteve-se a examinar a situação de forma objetiva: aquele homem tinha-a tirado do inferno em que ela se tinha metido na favela, tinha-a acolhido na casa dele sem a conhecer de lado nenhum e estava a portar-se como um verdadeiro cavalheiro.

— Agradeço-te muito tudo o que fizeste por mim — disse finalmente, mais calma. — Mas tenho de me ir embora. Quero ir, quanto antes, à polícia.

— Se não for imprescindível, eu não o faria. Este não é o teu país.

— Mas eu vi tudo! A cara do rapaz, as roupas dele, a arma dele. Quero que o identifiquem e que pague por tudo o que fez.

Sentiu um arrepio ao lembrar-se de que ela seria a primeira que teria de prestar contas. Empurrou o gordo dos calções de bermudas para o pôr na frente do franco-atirador e partiu o nariz ao que tinha pera.

Foi em legítima defesa…

Adam parecia ler os seus pensamentos.

— Eu mesmo te levo onde quiseres — ofereceu-se pacientemente. — Mas antes, se não for pedir muito, deixa que me sente cinco minutos e que molhe os lábios com este fluido mágico. Continuas sem querer acompanhar-me num copo?

Mika respirou fundo e empoleirou-se num dos bancos altos do balcão. Sentia-se oprimida por uma angustiante urgência. Mas, no fim de contas, não podia fazer mais nada a não ser esperar a chamada do consulado. Até chegar esse momento, o seu único objetivo teria de ser acalmar-se, voltar a pensar com clareza, recuperar o autocontrolo que sempre a caracterizara.

— Pronto, seja, duplo. Oh, meu Deus, vou perder a cabeça!

Adam pegou numa garrafa e em dois copos de vidro grosso que poisou cuidadosamente sobre a bancada metálica. Quando tirou a rolha, a cana-de-açúcar cultivada nas terras vulcânicas da Guatemala e o mel virgem de uma única prensagem inundaram toda a sala.

— Que sentiste quando acordaste? — perguntou enquanto servia.

— Referes-te ao pavor de abrir os olhos na cama de um desconhecido?

— Estas quatro paredes podem chegar a parecer-me tão estranhas como a ti. Passo a maior parte do tempo na empresa.

— Pois é uma pena — disse ela tentando mostrar-se amável. — Este apartamento é lindo. Um pouco…

— Podes dizer o que quiseres.

— Pequeno — sorriu, libertando tensão. — Pensava que os grandes empresários viviam em grandes mansões.

— Porque é que achas que sou um grande empresário?

— Com o carro que tens, ou grande empresário ou grande delinquente. E prefiro pensar que se trata do primeiro. O herdeiro rico, claro.

Ele soltou uma gargalhada. Aproximou-se de um dos copos e fez o gesto de brindar.

— Em São Paulo, os grandes chalés são difíceis de proteger. Demasiadas vias de entrada. Em alternativa, os governantes inventaram as mansões flutuantes, uns arranha-céus que parecem escritórios, mas que são casas ultraluxuosas que podem ter até mil metros quadrados de superfície. Imagina: uma em cada piso, com piscina, ginásio, sala de cinema… e, o mais importante, com uma única entrada para a rua. Basta deixar à porta meia dúzia de guardas armados com metralhadoras e um carro blindado em dois turnos, e está garantida a segurança de vinte pisos de alto luxo.

— O meu pai teria aqui muito trabalho.

— O que é que ele faz?

— Trabalha em segurança privada. Agora está na Líbia.

– Sim… – murmurou, perdendo-se em pensamentos.

– Mas tu, segundo vejo, nem mansão flutuante, nem mansão rasante.

– Digamos que não me identifico com nenhuma das duas. Na verdade, cada vez há menos coisas com as quais me identifique. Repara neste edifício, o grande Copan! Achava linda esta colmeia gigante, e neste momento… A fachada está a cair e ninguém se decide a arranjá-la. A comissão de moradores diz que estamos a viver num monumento nacional e os políticos respondem que se trata de um condomínio privado. – Fez uma pausa de alguns segundos, um tanto ou quanto disperso, antes de voltar a falar. – O teu pai, o que é que faz na Líbia?

– Como?

– Para quem trabalha?

– Para uma empresa petrolífera. É o chefe de segurança da plataforma. Contrataram-no depois dos ataques terroristas de há dois anos. Porque é que estás interessado em saber isso?

– És uma pessoa curiosa. A tua família, a tua… tatuagem.

Um arrepio percorreu-a de cima abaixo. Era verdade que tinha uma tatuagem de uma letra japonesa na anca direita. Custou-lhe mais do que uma discussão com o pai e uma infeção que demorou três meses a curar, mas nunca se tinha arrependido de a ostentar… até àquele momento.

– Não quero causar-te nenhum incómodo – continuou Adam. – Reparei nela quando te deitei na cama. Entende que foi preciso levar-te ao colo desde a garagem.

Ela aproximou o copo de licor dos lábios e anuiu.

– É o *Kanji* da palavra «*samurai*» – explicou-lhe, referindo-se ao ideograma japonês que decidira estampar na pele para não se esquecer do caminho do guerreiro.

– Conheço-o muito bem. A minha empresa sempre se regeu pelos preceitos do *bushido* desde o primeiro dia: a honra, a lealdade, o trabalho.

– Falas muito da tua empresa.

– É a única coisa que tenho. A única coisa que é realmente minha.

Instintivamente, Mika puxou a *T-shirt* para baixo, para tapar a zona da tatuagem, e perguntou-lhe:

– Não tens mulher? Filhos?

Negou num gesto de cabeça. Corrigiu logo um sinal de tristeza e fixou o olhar na pequena mesa baixa com a bandeja metálica onde Mika tinha derrubado o bule e os copos.

– Precisava de abrir a janela e estava com pressa – desculpou-se ela.

Adam apontou para o sofá.

– Vamo-nos sentar?

A Mika pareceu-lhe pouco próprio, mas não conseguia aguentar mais continuar a guardar só para ela as imagens da favela. Por isso, desfez-se de todos os cuidados, deixou-se abraçar pelas almofadas de lã fria e narrou àquele homem que cheirava a zimbro a história da sua amizade com Purone, do seu fracasso na última competição de karaté e da decisão de largar tudo e voar para o outro lado do mundo à procura de trabalho.

De repente, uma pergunta escapou da sua boca sem que a tivesse premeditado.

— Adam, o que é que estavas a fazer em Monte Luz quando me recolheste no teu carro?

Nesse momento, soou um telemóvel.

Ele pediu desculpa e foi falar para o outro extremo do *loft*.

3

—A gora sou eu quem tem de se ir embora – anunciou Adam, enquanto fazia contas a olhar para o relógio de pulso *Hublot Big Bang*.

A luz do Sol que se filtrava pela janela fazia brilhar a cerâmica preta do *bracelete*. Era uma edição limitada patrocinada pelos Depeche Mode em benefício da Charity: Water, uma ONG destinada a promover a consciência sobre o problema da água. Mika gostava da música dessa banda e tinha assistido à gala de apresentação do relógio nos jornais digitais que costumava devorar à noite no seu *iPad*. Nunca pensou que, alguma vez, iria conhecer alguém que comprasse esse tipo de artigos exclusivos. Fá-lo-ia, realmente, por caridade ou por consciência social? Ou melhor, por snobismo? Adam parecia desfilar por essa linha ténue. Caísse para que lado caísse, como percebera assim que entrou no apartamento, ele não pertencia ao mundo real.

– Tenho um evento às quatro e ainda faltam várias coisas por tratar. Percebes? Já te tinha dito que vivo para a minha empresa. É uma namorada ciumenta que nem sequer me deixa terminar uma conversa.

Estavam há mais de uma hora a falar, mas não tinha sido mesmo um verdadeiro diálogo. Ele só tinha dito uma única palavra, embora a verdade é que sabia ouvir. Deve ser uma coisa que se aprende com a idade, pensou Mika.

– Não te preocupes. Já fizeste muito por mim.

– O que é que vais fazer agora? – perguntou Adam enquanto deixava cuidadosamente os dois copos no lava-loiça, tão limpo que parecia que ainda estava na loja de mobílias de cozinha. – Posso deixar-te onde quiseres.

– Não te desvies do teu caminho por minha causa, eu cá me arranjo.

– Se o que queres é perder-me de vista, o que seria mais do que lógico, ligo a um taxista de confiança para que te leve.

Mas porque é que tenho tanta pressa?, perguntou-se Mika. *Estar neste apartamento é como estar numa sala de consumo de ópio.*

Sabia que lá fora a esperava o caos, uma cidade inteira à espreita como uma horda de *zombies*. Outra vez as interrogações, a ansiedade, as imagens da favela: barulho, esgotos de defecação, vidros, o ardor nas faces pelas balas a ferro e fogo. Os traficantes à espreita, a seguirem-lhe o rasto. Quero ópio, mais ópio, deixa-me ficar aqui! Ou, melhor ainda...

— Posso ir contigo?

— Comigo?

— Desculpa, não te devia ter dito nada. É só porque, até me informarem em que hospital está o Purone... A verdade é que não quero estar sozinha.

— Claro que podes vir.

Adam mostrou-lhe um tipo de sorriso que tinha guardado até àquele momento. Não tanto de surpresa, mas sim de grata surpresa. Aquele toque de espontaneidade tornava-o ainda mais atraente.

A sério que estou a pensar nisso? Estou mesmo transtornada...

— Faz-me um último favor: vem comigo até à minha pousada para eu poder mudar de roupa.

A que trazia vestida provocava-lhe comichão, aversão. O pó, as gotas de sangue do nariz do traficante, as gotas de sangue na perna das calças.

— Com certeza.

— E um duche. Juro que serão apenas cinco minutos.

A rececionista observou-a com desconfiança quando se aproximou do balcão. Mika pensou que podia ser por causa do carro desportivo do qual acabara de sair, por causa do seu lamentável aspeto ou pelas duas coisas juntas. Mas havia, também, outra razão.

— Um polícia deixou isto para si — disse a jovem, informando-a com brusquidão.

— Um... polícia?

Deu-lhe um cartão. Mika fez a mesma cara que teria feito se visse um tumor numa radiografia.

João Baptista
Investigador
Grupo de Operações Especiais (GOE)
Polícia Civil de São Paulo

No lado esquerdo, por cima da direção e do telefone, figurava o logótipo do GOE: um escudo com a cabeça de um tigre e duas espingardas de assalto típicas de um batalhão da Guerra do Vietname.

Permaneceu uns segundos sem desviar os olhos do pequeno papel, como se nas entrelinhas se escondesse um código secreto.

– Passou por aqui logo de manhã cedo – referiu a rececionista.

– Disse o que é que queria?

– Só disse que o contactasse o mais depressa possível.

Mika tirou do bolso o *smartphone* que Adam lhe tinha dado, mas não chegou a marcar o número. Pensou em Purone, nos dois traficantes a quem...

Culpada, vítima.

Culpada, vítima.

Lembrou-se dos avisos da Mamã Santa sobre os agentes corruptos, tentáculos dos traficantes, e das insinuações de Adam que iam no mesmo sentido. A grande urbe engolia-a... exceto quando estava com ele.

Agarrou na chave do seu quarto e subiu para fazer aquilo que lá a levara: tomar um duche e vestir roupa lavada.

Logo ligaria, mais tarde.

Decidiu nada contar a Adam sobre a visita da polícia. Conduziram debaixo de um sol abrasador em direção a noroeste, até ao bairro de Pacaembu. A zona exalava um aroma muito diferente daquele que Mika estava à espera de encontrar. Era caótico, mas também verde, e um tanto ou quanto familiar. Não tinha nada que ver com o parque empresarial onde se encontrava o Gabinete Comercial da embaixada, nem com o resto das pretensiosas áreas contíguas ao rio Pinheiros que viu quando ia no comboio.

– A que é que te dedicas? – perguntou, sem imaginar para onde se dirigiam os disparos: prensas industriais, montagens elétricas, embalagens de cosméticos...

– A criar.

– E o que crias?

– Tudo.

– Tudo, como?

Adam girou o volante e parou o carro em frente de uma vedação.

– Aqui tens a minha ciumenta namorada.

Perscrutou através das vigas. Entre as árvores de um jardim selvagem erguia-se uma mansão imponente. O portão de ferro abriu-se com o ritmo pausado de uma vénia, convidando-os a entrar por um caminho de gravilha.

Um agente de segurança fardado com um colete à prova de bala saiu da cabina blindada, espreitou pela janelinha para observar o ocupante do assento do pendura e cumprimentou-a de forma amistosa. Continuaram o percurso, serpenteando entre hibiscos floridos e quaresmeiras carregadas de violetas, até uma praceta empedrada aos pés de um palacete de época.

Não havia logótipos nem grandes cartazes. Só uma placa de metal na qual se distinguiam apenas sete letras: CREATIO.

— É o nome da tua empresa?

Adam anuiu e acrescentou:

— Como te disse, dedicamo-nos a criar.

Saíram do carro. Mika permaneceu uns segundos a contemplar o edifício. Era… diferente. Colonial, mas também neoclássico, salpicado de outros elementos anacrónicos a ambos os estilos, como era o caso de umas grotescas gárgulas, em forma de monstro com asas, que serviam não só para cobrir os algerozes, como para espantar os maus espíritos que ousassem aproximar-se.

— É uma loucura arquitetónica do princípio do século XX.

— É linda, não se parece com nenhuma coisa antes vista.

— É isso que a torna especial. Chamam-lhe corrente eclética, por estar inspirada em diferentes épocas. Foi a residência de um magnata do café. Nessa altura, queriam aparentar ser mais cosmopolitas e deixaram-nos joias como esta.

— E os anexos, foste tu que os construíste?

Apontou para uns pavilhões modernos em ferro e vidro que se divisavam na parte de trás. A sua limpeza extrema (o reflexo do sol não facilitava a sua contemplação), contrastava com a pedra do palacete.

Adam aquiesceu e explicou com um toque de nostalgia:

— À medida que fomos crescendo, vi-me obrigado a fazer ampliações. Felizmente, nos jardins originais havia sítio de sobra. Deixa-me mostrar-to por dentro.

Passaram a porta e a surpresa de Mika foi ainda maior. O grande átrio e as divisões adjacentes conservavam mobílias originais renascentistas, Luís XV, inglesas do estilo Sheraton e Chippendale… Mas o mais curioso era que entre os móveis tinham sido integradas mesas de trabalho equipadas com os sistemas informáticos mais avançados, ligados em rede como numa instalação governamental dos serviços secretos. Nas paredes, junto a telas impressionistas, estavam pendurados ecrãs planos com fotografias de alta definição de desertos e de planetas.

Para terminar a *collage*, por todos os cantos distribuíam-se outros elementos que não correspondiam nem à imagem de época nem à de ultrainovação; em vez disso, conferiam à empresa um toque juvenil de acordo com o seu espírito empreendedor intemporal. Suportes em tripé com grandes cartolinas cheias de anotações, consolas de videojogos em frente a pufes de todas as cores, para quando os trabalhadores quisessem relaxar… Quando a cabeça começa a rebentar, deviam pensar, é melhor ir rebentar marcianos.

O estranho é que a mistura não tornava o local asfixiante. Louco, talvez, e embriagante.

Assim que processou a estética combinada das instalações, Mika observou detalhadamente os empregados. Haveria uma meia centena, a maioria na casa dos trinta e todos talhados pelo mesmo padrão. Tanto eles como elas vestiam roupa básica, mas com um toque de última tendência que se podia apreciar, também, nos acessórios e nos penteados. Não tiravam os olhos dos ecrãs dos seus computadores ou dos dossiês que cobriam as mesas de reunião. Mais do que estarem concentrados, pareciam feitos de encomenda para aquele trabalho, oferecidos a ele como virgens sacerdotisas a um deus antigo. O certo era que muitos ouviam música através de auriculares, mas Mika ficou surpreendida pelo facto de nenhum se virar para olhar para ela, nem sequer para coscuvilhar sobre a inesperada acompanhante do chefe.

Enquanto Adam falava com a rececionista a propósito de umas visitas que estavam quase a chegar, ela deteve-se a contemplar um estranho ser que rondava as mesas e que parava a falar com alguns trabalhadores aqui e ali. Era um homem de idade semelhante à de Adam, muito magro, com o cabelo grisalho liso como uma tábua e trajado com uma camisola branca de malha fina de gola alta e um *blazer* grená estreito. Parecia mentira que fosse capaz de andar tão composto com o calor que assolava a rua.

— É o *Capitão Nemo* — informou-a Adam, virando-se para ela.

— O meu capataz.

— Não é uma má alcunha — pensou Mika em voz alta, enquanto voltava a fixar o olhar na grande sala de trabalho e descobria as muitas semelhanças com a ponte de comando do *Nautilus*, a meio caminho entre o gótico e o futurista.

Adam ergueu o braço para o cumprimentar. O *Capitão Nemo* observou-os durante alguns segundos com uma expressão tão peculiar como o seu fato e voltou a concentrar-se nas suas coisas.

— É um grande tipo — comentou, sem que parecesse estar a fazer uma frase feita. — Está a meu lado desde que montei a empresa.

— A alcunha… puseste-lha tu ou já vinha de fabrico?

— És um bocadinho nova, mas se te lembrares do filme *Vinte Mil Léguas Submarinas* saberás que o Capitão Nemo era um cientista tão culto como sombrio, que escondia a sua identidade por detrás desse nome tirado da *Odisseia*. Assim também é ele.

— Queres dizer com isso que o teu ajudante é um grande cientista ou que esconde a sua verdadeira identidade?

— Ambas as coisas.

— E tu? O que é que escondes?

— Pelos vistos, já estás bem acordada — esquivou-se ele com ironia.

Adam conduziu-a por entre as mesas do salão principal. Dali passaram para um gabinete sem porta onde havia um balcão de bar, junto a uma grande janela que dava para o jardim. Estava à disposição dos trabalhadores, tal como os pufes e as consolas. Não havia garrafas de bebidas alcoólicas. Havia refrescos, bebidas energéticas, máquina de café e vários tipos de chá, isso sim.

– O que é que te apetece?

– Depois de ter tomado rum ao pequeno-almoço, não sei o que posso tomar agora para não baixar o nível da festa.

– Deixa-me preparar-te um sumo de cenoura com gengibre.

Mika sentou-se num tamborete alto e observou atentamente como Adam tirava as verduras de um pequeno frigorífico e as punha no jarro de um liquidificador. Juntou uma maçã partida em dois bocados e cortou algumas lâminas do talo picante que lhe davam um toque especial. Seguia uma receita de televisão, só faltava ir narrando em voz alta cada um dos passos. Encheu um copo, limpou com o dedo a gota que tinha escorrido e levou-o à boca. Deu-lhe visto bom através do movimento curvo dos olhos e encheu outro copo que ofereceu a Mika.

Enquanto ela o bebia, sentindo o efeito curativo do aromático gengibre a deslizar pela garganta, Adam aproximou outro tamborete.

Os joelhos dos dois tocaram-se.

– O que é que os teus empregados fazem, exatamente? – perguntou Mika, desviando as pernas alguns centímetros.

– Tentam parecer-se com Deus.

– Como?

– Deus foi o primeiro criativo da História. Inventou o mundo a partir do nada, exatamente a mesma coisa que nós procuramos fazer para os nossos clientes. Damos forma a qualquer coisa que nos peçam: desde uma cadeira com duas pernas até uma democracia para um país totalitário.

– Estás a gozar comigo – exclamou Mika, soltando uma breve gargalhada.

– Estou a falar mesmo a sério. Neste momento, temos uma encomenda de um *trust* empresarial do Ocidente que quer instaurar uma democracia num país africano cujo regime está muito longe de se pautar pelos princípios da igualdade e da liberdade. Felizmente, os nossos clientes estão conscientes de que, para o conseguir, não basta levar uma urna a cada bairro e distribuir uns papelinhos com quadrados para marcar o seu candidato preferido. Por isso recorreram a nós. É preciso fazer um estudo em profundidade da conjuntura histórica, económica, religiosa e cultural que atravessa o país e procurar a melhor solução para *essa* situação concreta. Muitas vezes, o ser humano empenha-se em aplicar soluções *standard* a problemas que lhe parecem semelhantes, sem se dar conta de que não há dois problemas iguais. Cada chávena de chá é diferente da anterior, dizem os budistas; e se for igual, então foste tu quem mudou.

– Então vocês fabricam tanto protótipos como ideias – concluiu Mika, fascinada. – E que tipo de preparação é preciso ter para se poder fazer este trabalho?

A pergunta trazia uma clara intenção. Trabalhar num lugar assim seria o sonho de qualquer pessoa.

– Não há requisitos específicos. Entre o meu pessoal encontras engenheiros, desenhadores gráficos, informáticos, eletricistas, economistas, arquitetos, advogados… o verdadeiro segredo não é tanto a diversidade, mas sim a transversalidade.

– O que é que queres dizer?

– Que todos fazem um pouco de tudo. Ou melhor, que todos aplicam os seus respetivos conhecimentos e faculdades a campos que não lhes são específicos.

– Por isso trabalham todos juntos no mesmo espaço.

– Aqui não há espaços individuais. As salas fechadas só se utilizam para reuniões ou entrevistas e, como podes ver, têm divisórias de vidro.

– Então também não há chefes?

Não conseguiu esconder outra breve gargalhada.

– Sim, há diretores para cada projeto, mas não estão aí para marcar linhas de trabalho nem para dar ordens. Antes servem para fixar algumas restrições criativas. A nossa política é deixar que aflorem as paixões pessoais, porque são um motor insuperável, mas alguém tem de pôr um limite e dizer «até aqui consegue-se chegar». De qualquer maneira, os meus empregados têm o caminho livre. Fomentamos a cultura do «não peças autorização, pede licença», e todos andam para a frente como se a sua vida dependesse disso.

Apontou para um papel preso com pioneses a uma parede. Nele alguém tinha escrito com um marcador verde fosforescente: «Sê cavalo, não carroça.»

– Aqui, todos somos cavalos – declarou Adam.

– Nunca tinha ouvido nada assim…

– Não existe nada assim – sorriu. – Por isso é que nos pagam tanto dinheiro.

Beberam em uníssono os respetivos sumos. Mika reparou que ele ficava com a marca alaranjada por cima do lábio superior. Enquanto o lambia com a língua, olhou para ela sem qualquer sinal de pudor.

– Que tipo de evento têm hoje?

– Uma mostra coletiva de «apresentações de elevador».

– Desculpa outra vez a minha ignorância, mas não sei o que é isso.

– Microdiscursos de menos de três minutos sobre um projeto criativo inventado. É um modelo importado de Silicon Valley. Ali, os empreendedores que vão à procura de mecenas têm de ser capazes de captar a atenção de um possível investidor, no mesmo tempo que demora um elevador a chegar ao rés do chão; condensar a sua ideia e limitar-se a explicar apenas o que a ideia tem de revolucionário. Por isso é que tem esse nome. Uma vez por mês, todos os meus empregados se juntam na sala multiusos e aqueles a quem toca intervir fazem a sua apresentação, e quanto mais doida for, melhor. Não estamos à procura de projetos vendáveis no mercado real. O importante é a sua originalidade e que sejam capazes de os defender sem exceder o tempo limite.

— Parece-me fascinante...

— Bom, a verdade é que há dias em que estamos mais imaginativos do que noutros, mas o importante é lançar-se, procurar o que é novo, aquilo que ninguém imaginou antes. Posso assegurar-te de que é um exercício fantástico para depois poder ser aplicado aos verdadeiros projetos que os clientes nos encomendam. As pérolas criativas costumam surgir das ideias mais descabeladas.

— Se se trata de apresentar ideias descabeladas, talvez me lance a contar-vos como rejo a minha vida por estes dias — brincou Mika com um certo ar de tragédia na voz. — Se bem que sejam demasiadas loucuras para conseguir fazer um resumo em três minutos.

— Ainda estás a tempo de subir para o estrado e experimentar.

— Não acredito que as minhas desgraças interessem a alguém.

Esfregou os olhos em sinal de cansaço. Cada vez que baixava a guarda caíam-lhe sobre os ombros todos os acontecimentos vividos no dia anterior.

Agarrou no telemóvel e, disfarçadamente, verificou se havia alguma mensagem do consulado sobre Purone. A caixa de entrada estava vazia. Ficava aterrada por pensar nos possíveis motivos para a demora.

— Tenho de atender uns clientes que vieram assistir ao evento — desculpou-se ele. — Sabes bem, pela formação que tens: o *marketing* é que manda nos dias que correm.

— Já te distraí bastante por hoje. — Mika levantou-se do tamborete. — Eu, se não te importas, vou aproveitar para fazer uma chamada.

— Lá em cima estarás mais tranquila. Antes tinha-te dito que não temos gabinetes, mas eu tenho um quarto... para as noites em que fico cá a dormir.

— Que devem ser muitas, a julgar pela forma como tens a casa.

— O que é que estás a insinuar?

— Que tive eu de lá aparecer para enrugar os teus lençóis.

Mika arrependeu-se imediatamente de ter dito aquilo, pois soou escandalosamente a conversa de *flirt*. Ele não pareceu perturbar-se. Subiram uma escada em caracol. Sentados entre o segundo e o terceiro pisos, dois homens e duas mulheres vestidos com o mesmo tipo de roupa que levariam a um concerto *indie* comentavam os gráficos que acabavam de rabiscar num caderno. Uma delas dirigiu a Mika um olhar de censura e cochichou qualquer coisa com a que estava ao lado.

4

O quarto privado era muito semelhante ao apartamento do edifício Copan, não tanto na decoração, mas mais na ausência de objetos pessoais. Nem uma fotografia com amigos em Copacabana, nem uma placa comemorativa ou um diploma. Junto a uma claraboia circular que dava para um terraço, um sofá-cama de desenho italiano coberto por um edredão de penas esticava os seus braços tentadores. No lado oposto, repousava uma mesa de gabinete procedente da mansão, em que era fácil imaginar o seu primeiro proprietário a preencher colunas de débito e de crédito impregnadas de aroma de café.

A primeira coisa que Mika fez, assim que ficou sozinha, foi ligar a Sol, a companheira do pai. Era uma pessoa suficientemente próxima para lhe contar o que lhe acontecera, sem nenhuma reserva, mas não o bastante para servir de estandarte do lema típico «volta já para Espanha», uma coisa que não iria fazer sem o seu amigo Purone.

Nunca mais te volto a abandonar.

Além disso, Sol tinha exatamente o perfil de que precisava: uma programadora informática que a podia ajudar a descobrir o computador a partir do qual lhe tinham enviado o perverso correio eletrónico.

Foi falar para o terraço, que rodeava completamente o terceiro – e último – piso do palacete. Dali viam-se claramente os tetos dos dois modernos pavilhões anexos e as extensas superfícies do jardim que, mesmo depois de ter sido mutilado para albergar as ampliações, continuava a conservar a frondosidade que o tornava no pulmão do bairro. Enquanto passeava em círculos, passando a mão pela balaustrada e pelo cocuruto da cabeça das gárgulas, Mika contou a Sol com todo o pormenor tudo o que tinha acontecido desde a sua chegada.

– Estás a dizer-me que depois de «Purone = Dano colateral» só punha mais «até onde chegarias para mudar o mundo?» – exclamou Sol num tom ainda mais agudo do que lhe era habitual.

– Isso mesmo.

— Mete medo.

— A quem o dizes.

— E estás aí sozinha...

— Por favor, imploro-te que não contes nada disto ao meu pai.

— Estás-me a meter cá num compromisso, Mika.

— Não quero que me comece a bombardear com telefonemas. Eu mesma lhe vou contar quando tudo estiver esclarecido.

— É normal que te queira bombardear com telefonemas ou com o que seja. Se fosses minha filha, eu ia agora mesmo buscar-te e arrastar-te pelos cabelos.

— Sabes perfeitamente que se volto para casa de cabeça baixa, nunca mais a vou poder levantar. E sabes também que o meu pai iria pensar de mesma forma que eu.

— A quem o dizes. Foi ele quem te ensinou a ser assim.

Houve uns segundos de silêncio.

— Não me puxes pelo sentimento — disse Mika com verdadeiro carinho. — Só te peço que me dês uma mão nisto, por favor.

— Se o que pretendes é averiguar o lugar de onde foi enviado o *e-mail* — acedeu, por fim, com ar professoral —, podes consegui-lo analisando o código fonte.

— Terás de partir de alguma coisa mais simples...

— Tens aí o portátil?

— Não.

— Então arranja alguma coisa onde apontares.

— Voltou a entrar no quarto para procurar na sua sacola.

Encontrou uma caneta reles trazida de algum hotel. Papel, papel...

Olhou para ambos os lados. Mas que empresa tão sofisticada era aquela que não tinha nem um pequeno bloco de *post-its*?

Inclinou-se, com uma certa reserva, para espreitar o interior da mesa. Tinha duas colunas de gavetas dos dois lados da cavidade para as pernas. Hesitou uns segundos.

«Ainda aí estás?», ouviu-se do outro lado do telefone.

Pediu a Sol que esperasse um momento e começou a abrir a primeira gaveta da esquerda.

Estava vazia, salvo umas amostras de perfume e de creme hidratante. *Que vaidoso*, pensou. Experimentou a segunda gaveta onde encontrou um envelope de uma velha loja de revelação de fotografias. Na terceira gaveta, havia um bloco de folhas.

— Já cá estou.

— A primeira coisa que tens de saber é que uma mensagem de *e-mail* consta de duas partes — explicou Sol: — o corpo que contém o texto e o cabeçalho que é onde figura a informação técnica. A forma de a extrair depende de teres uma conta de Yahoo, Outlook...

– Gmail.

– Sim, pode ser… – raciocinou durante uns segundos e começou a ditar.
– Abre a mensagem, clica sobre o triângulo que aparece junto à opção *reply*,
seleciona *show original* no *menu* e vai abrir-se uma janela com o cabeçalho do
código fonte. Assim que o tiveres, faz o *download* de uma aplicação do tipo
Header Tracer de correio eletrónico. Embora, agora que penso nisso, acho que
o Gmail esconde o IP e só mostra a direção dos servidores. Nesse caso…

– Sol, espera – cortou Mika, parando de apontar.

– O que é?

– Podes fazer isto tu?

– Se não vês nenhum inconveniente em me dar a palavra-passe do
teu *e-mail*…

Não teve nenhuma reserva em fazê-lo. Também lhe pediu para guardar aquele número de telefone brasileiro, já que o seu telemóvel se tinha
perdido nas profundezas fecais da favela.

Ao fim de cinco minutos, Sol devolvia-lhe a chamada.

– Vem da Noruega.

– O quê?

– Ou querem que acreditemos nisso. Tenho as supostas coordenadas
de longitude e de latitude, embora alguma coisa me diga que não vem
realmente de lá. O remetente terá usado algum sistema de desvio, só que,
para analisar isto, preciso de mais tempo. Não te preocupes. Vou investigar
o percurso completo desse *e-mail* diabólico e aviso-te assim que o tiver.

Mika sentou-se na borda do sofá-cama com o telefone desligado na mão.
À sua frente a secretária de escritório.

Dentro da secretária, pensou de repente, está o envelope com as
fotos da loja de fotografia.

Olhou para a porta. Como iria conseguir fazê-lo?

O que é que me impede?

Correu para a gaveta, como se a coscuvilhice feita depressa a exonerasse
de qualquer responsabilidade, agarrou o envelope e tirou as fotografias que
estavam lá dentro. Havia cerca de uma dezena e tinham sido tiradas na selva.

Na selva amazónica, presumiu.

Não eram fotos artísticas, com grandes entardeceres à contraluz entre
os troncos, nem era nenhuma *macro* de algum inseto a sugar um fruto.

Tinham mais uma aura de fotografia de família. Fotos de momentos
quotidianos de um grupo de indígenas. Vestiam roupas ocidentais, mas
as suas feições conservavam a pureza das tribos ainda por explorar. Uma
mulher sentada na porta de uma cabana dedicava-se a coser a bainha de
umas calças, enquanto um miúdo deitado numa rede brincava com um
papagaio. Um homem aproximava-se de um cais, equilibrando-se em
cima de uma jangada carregada de sacos. Na última, Adam pousava com

um casal. Os três abraçados no meio da floresta, com os pés cheios de lama e uma serenidade de fazer inveja no rosto.

Apesar de Adam estar bem conservado, notava-se que tinham passado alguns anos desde que tinha tirado aquelas fotografias. Parecia um jovem missionário.

Quem és tu, Adam Green?

Voltou a guardar as fotografias na gaveta e deitou-se no sofá-cama. Encostou a cabeça a um rolo de cabeceira feito de penas. O que seria normal era que tivesse adormecido. Estava tão cansada... mas impedia-a o barulho de uma batedeira que estava a transformar os seus neurónios em puré. Naquela hora, a única coisa que lhe vinha ao pensamento era o risinho da funcionária com quem se tinha cruzado na escada.

Começou a imaginar a sua caricatura. A fugir à polícia. A fugir à polícia! Estendida no sofá-cama de um milionário tão misterioso quanto atraente.

Atraente o quê? Lá estás tu outra vez!

Sem esperar pelo regresso de Adam, saiu do quarto – a porta estava aberta, nenhuma tranca – e foi à procura dele.

Desceu as escadas e atravessou a sala de trabalho até que chegou à entrada. Perguntou à rececionista, que se esforçava por conter o sorriso para que não se sentisse humilhada devido à brancura dos seus dentes, um deles ligeiramente encavalitado, para deixar bem patente que não eram de porcelana. Assim eram todos naquele lugar: cuidadosamente imperfeitos.

– Está na *fábrica* – informou-a.

Referia-se ao primeiro pavilhão erguido atrás do palacete. Mostrou-lhe um atalho a partir de um plano de evacuação para incêndios e entregou-lhe uma acreditação, semelhante a um cartão de crédito branco com o nome da empresa. Seguindo as instruções, Mika caminhou até uma porta de emergência, atravessou um corredor, afastou umas cortinas de um plástico grosso e transparente e achou-se dentro de uma verdadeira fábrica... de utopias.

Ali era onde se elaboravam os protótipos físicos que depois apresentavam aos clientes. Tal como Adam dissera, para além de democracias e de outros projetos de natureza intelectual, também criavam objetos tangíveis. As paredes, tal como as de uma grande galeria de arte moderna, estavam povoadas de expositores que acolhiam tudo aquilo que tornara a Creatio merecedora do seu prestígio: móveis de estilo, acessórios para telemóveis – capas e dispositivos sem fios – que, no seu momento, foram revolucionários, eletrodomésticos que conseguiram incorporar ao acervo popular e até peças que melhoraram o rendimento de algumas armas do exército em condições extremas.

Criamos tudo, dissera ele.

Aparentemente, era mesmo verdade.

A nave tinha separadores para delimitar pequenas oficinas de onde saltavam faíscas e farripas de madeira. Numa das oficinas estavam a ser polidos metais e noutra experimentavam-se componentes elétricos em barris de água, como se fosse o laboratório de um cientista louco. Era curioso ver como os trabalhadores vestidos com fatos-macaco discutiam com os profissionais a que Adam se referira: não são só engenheiros, mas também médicos, licenciados em Direito, financeiros, todos eles a espremer os seus cérebros para destilar gotas de conhecimento nos tornos mecânicos.

Um guarda aproximou-se dela, avisando-a de que entrara numa área de acesso restrito.

— Vim com o senhor Green — defendeu-se Mika sem se deixar intimidar. Tirou do bolso o cartão e mostrou-lho com um gesto espontâneo de detetive. — Podia levar-me até ele?

O guarda conduziu-a ao espaço que era utilizado como sala multiusos. Tal como esperava, não se tratava do habitual espaço escuro com alcatifa e cadeirões cheios de buracos de cigarros. Era uma florida estufa de inverno construída no segundo pavilhão, coberto com vidros articulados e fumados que filtravam a luz.

O pessoal da manutenção arrumava cadeiras numa disposição em semicírculo, frente a um estrado onde aguardavam uma equipa de som e um ecrã para projeções. Dispostos pelo chão, entre as plantas, havia cubos de borracha cheios de gelo com bebidas sem álcool. Numa ponta, dois empregados de *catering* preparavam uma refeição ligeira à base de *quiche* de vegetais, talos de aipo recheados com carne de caranguejo e caviar de beringela.

Mika percorreu toda a estufa com o olhar à procura de Adam. Os que iam subir ao palco nessa tarde, para fazer as suas apresentações de elevador, andavam já por ali. Uns, sentados no chão com os portáteis em cima dos joelhos, acabavam de montar os *powerpoint*; outros ensaiavam os discursos de cronómetro na mão. Estava também o grupo que tinha visto nas escadas do palacete quando subiu ao quarto de Adam. Tinham abandonado a aura enigmática e falavam em voz alta.

Mika tremeu ao perceber que discutiam sobre a incursão das UPP — Unidades de Polícia Pacificadora — na favela de Monte Luz.

— Já deviam ter entrado há mais tempo — queixava-se veementemente um dos homens, muito magro e com um penteado e bigode à Clark Gable. — No fim de contas, foi preciso assassinar esse sacana para que tudo rebentasse.

— Também intervieram nas favelas mais tumultuosas do Rio — acrescentou o outro, mais baixo e com o cabelo encaracolado aclarado pelo sol. — Pelo menos, esses governantes distraídos aproveitaram a inércia.

– Já falaram disso no noticiário.

– Viste as imagens de Caju?

Referia-se à favela da zona portuária, que tinha sido tomada a tiro pelos agentes do Batalhão de Operações Especiais, o bastião de valor e de legalidade policial a que apenas acedia uma elite capaz de suportar um treino excessivamente intenso.

– Como eu gosto de ver esses gajos! Com aquela farda preta recém-engomada, como se estivessem num simulador só que com balas bem verdadeiras… A ver se o mundo percebe de uma vez que isto é pior do que o mercado de Bagdad.

Apontou uma espingarda imaginária.

– Eu também vi e foi horrível.

Falava uma das mulheres, uma bióloga, escondida atrás de uns óculos estilo anos oitenta que lhe tapavam metade da cara.

– O que é que estás dizer? Foi fantástico!

– Não me parece assim tão fantástico que tenham posto a mão de uma criança a voar.

– Qual criança?

– Não disseste que tinhas visto as imagens na televisão?

– Vão dizer que sou cruel – continuou o do bigode –, mas os fins justificam os meios. Quando acabarem de pacificar Cajú e… como é que se chama a que está ao lado?

– Barreira do Vasco – assinalou o outro.

– Isso. Quando acabarem com essas duas, tenho a certeza de que vão finalmente começar a pacificar o Complexo da Maré. Já chega de narcotraficantes e de milícias parapoliciais. Se fazia falta um empurrão como o de Monte Luz para fazer reagir o governo, pois foi muito bem-vindo. Para ter favelas em paz, temos de assumir os danos colaterais.

Danos colaterais…

Mika já não aguentava mais.

– Seja qual for o preço? – interveio ela.

Voltaram-se para ela com o sobrolho franzido, mas sem questionar a sua presença ali.

– O que é que queres dizer?

– Que qual é o preço pessoal que estarias disposto a pagar pela pacificação. Uma filha tua? Como a menina que saiu nas notícias? Um sistema que aceita danos colaterais em humanos não é legítimo.

– Porquê? – perguntou alguém atrás de si.

Mika reconheceu imediatamente o proprietário daquela voz. Virou-se. Era Adam, que se aproximava acompanhado de *Capitão Nemo*.

Fitaram-se os dois durante alguns segundos.

– Porque não – respondeu ela.

– Isso não é resposta. Pelo menos, não nesta empresa.

– É o lógico.

– O lógico também não é uma resposta válida. E menos ainda quando se fala de seres humanos. Somos tudo, menos lógicos. O grupo de trabalhadores observava-os, expectante.

– O que é que esperam que eu diga? – irrompeu Mika. – É o vosso evento de discursinhos, não o meu.

– Foste tu quem se meteu no meu carro. Duas vezes.

Sabia que Adam estava a pô-la à prova. Não lhe queria dar esse gosto, mas tornava-se difícil resistir. Demasiada indignação acumulada. E depois do que acontecera em Monte Luz… A cada minuto que passava, esfumavam-se mais as possibilidades de voltar a ver Purone com vida. De certeza que aqueles meninos, com o seu trabalho invejável e as suas *T-shirts* alternativas, nunca tinham sequer pisado uma favela na sua vida. Não estava para se dar por vencida logo no primeiro assalto.

– Não é legítimo porque uma vida humana merece a mudança de qualquer estratégia – declarou. – Porque somos milhares de milhões de pessoas neste mundo e a única coisa que esperamos dos nossos dirigentes é que pensem em cada um de nós como o mais importante de todos. Eu não sou nenhuma especialista em política, mas, durante a minha preparação como atleta, estudei a fundo *A Arte da Guerra,* o livro escrito por Sun Tzu há dois mil e quinhentos anos. E ele afirmava que a suprema habilidade de um general é submeter-se ao inimigo sem se livrar do combate e, sobretudo… – fez uma pausa e olhou para o do bigode –, sem danos colaterais. Sun Tzu dizia que um governo violento nunca deveria congregar um exército, pois um país destruído não poderá recuperar e, muito menos, fazer reviver os seus mortos. O uso excessivo da força contradiz a pacificação, que é a quinta-essência do projeto original do vosso governo nas favelas.

»E não falo apenas das vidas que os tanques levam à frente. Também estou certa de que quando acabar esta campanha a que vocês chamam "de pacificação", os polícias retirarão os seus carros blindados e as pessoas das favelas ficarão de novo à mercê dos traficantes que voltarão a nascer. Pois agora vão matar todos os que existem, mas não vão conseguir acabar com o espírito humano corrompido que ali se respira. Não basta limpar, é necessário regenerar.

Sentia necessidade de respirar, como se tivesse atravessado uma piscina debaixo de água.

– És uma caixinha de surpresas – disse Adam.

– Não penses que sou só eu que o digo. Esta manhã, ao ler um jornal digital na tua casa… – Nesse momento arrependeu-se de ter dito aquilo, pela forma como poderia soar aos ouvidos dos empregados.

Observou um ligeiro movimento na sobrancelha direita do *Capitão Nemo* e prosseguiu sem dar mais voltas. – A responsável da Rede Comunitária Contra a Violência dizia que estes sistemas são só uma forma mais de controlar os pobres e não resolvem a exclusão social, que é a base do crime que se pretende combater. Eu também penso que um plano baseado em manter indefinidamente a ocupação armada está condenado ao fracasso.

– E o que é que propões em vez disso?

– Combater a desconfiança que os habitantes das favelas mostram em relação às unidades de pacificação. Investir na saúde, na educação, no desporto, e gerar fontes de rendimento para os seus habitantes. Ensinar-lhes o caminho, mas não os levar pela mão. Ficarão a saber que as instituições confiam neles, em todas as coisas boas que podem conseguir, que a entrada repentina do Estado nas suas comunidades é para garantir o seu direito à segurança e não para os converter em vítimas.

»Vi crianças aos tiros – concluiu. – Não teriam mais do que doze anos e já agiam como soldados. Como é que não vão querer ser iguais aos traficantes? Eles têm namoradas, joias, ténis de marca, um carro *legal*... dão-lhes uma arma para as mãos e convertem-se em deuses. Essas crianças não têm de ser mortas; têm de ser cultivadas. Têm de conseguir que floresçam por si próprias como uma flor-de-lótus, com todo o seu esplendor, nas águas mais turvas.

Todos os que ali estavam permaneceram calados durante alguns segundos.

– Não terá sido, exatamente, uma apresentação de elevador, mas poderá dizer-se que superaste o exercício – disse Adam.

Mika ficou ainda mais séria do que já estava.

– O estado de coma do Purone não é parte de um exercício.

– Meu pequeno cisne branco... – sussurrou Adam de forma condescendente.

Cisne branco?

Porque teria dito aquilo? Mika pensou que podiam censurá-la pelo que fosse, menos por fragilidade. Sentiu vontade de se ir embora. Ela não era parte daquele submarino de fantasia. Naquele momento, devia limitar-se a estar preparada, com ambos os pés na terra, para receber a chamada do cônsul. Agradeceu a Adam todos os cuidados dispensados e perguntou-lhe onde é que podia apanhar um táxi.

– O motorista da empresa pode levar-te – disse ele.

O guarda anuiu e escoltou a convidada em direção à rua.

Em direção ao mundo real.

5

Decidiu ir ter diretamente com o polícia que lhe tinha deixado o aviso na pousada. Não podia continuar a esconder a cabeça na areia.

Sentia-se inquieta. Mais do que isso, tinha medo que a lançassem para um calabouço infeto, à espera de um julgamento por duplo homicídio que iria demorar anos até que acontecesse. Não conhecia as leis do país e ainda há pouco tinha visto no YouTube as imagens brutais, decapitações incluídas, de um motim numa prisão brasileira.

Enquanto se dirigia para lá, passou os olhos pelo ecrã do telemóvel à procura de informação na Internet sobre o Grupo de Operações Especiais, cujo emblema do tigre enfeitava o cartão de visita. Conhecido pelo acrónimo GOE, era o braço de elite da Polícia Civil do Estado de São Paulo. Fora criado no início dos anos noventa para agir em operações estratégicas de alto risco relacionadas com instituições penais, só que, com o tempo, as suas funções diversificaram-se: serviam de apoio à Polícia Judiciária, eram enviados para resolver todo o tipo de conflitos que implicassem perigo e tinham o seu próprio serviço de inteligência. Os chamados «investigadores» – o cargo da pessoa com quem tinha a entrevista – eram equivalentes aos habituais inspetores de outros corpos internacionais da polícia.

– É ali – apontou o motorista da Creatio.

Pararam em frente às grandes instalações que o grupo possuía em Campo Belo, na zona sul da cidade.

Mika observou, de dentro do *Lexus*, o aglomerado de edifícios, pintados totalmente de preto. Ainda ia a tempo de não descer do carro e voltar para Espanha pelo caminho mais rápido. Não achava que o seu caso fosse tão importante para os controlos fronteiriços já terem recebido um *fax* com o seu nome e fotografia. Era óbvio que tinha agido em legítima defesa.

Respirou fundo e saiu do carro, determinada.

Passou os primeiros controlos, mostrou o cartão de visita do investigador e entrou no interior do recinto. O coração cabia-lhe numa mão fechada. Na sua, ainda, curta existência vivera mil experiências – tanto sozinha como com o seu pai, nos diferentes países por onde tinham passado –, mas nunca antes tinha estado numa esquadra de polícia.

Por detrás dos muros pretos coroados de espinhos dividia-se a infraestrutura típica de uma base de operações especiais: um polidesportivo no qual se praticavam todos os tipos de artes marciais – Mika sentiu uma ponta de nostalgia ao ver como um pequeno grupo treinava *aikido* no exterior –, paredes de *rapel*, oficinas de manutenção de armamento, enormes hangares para as unidades móveis e, por fim, o edifício de logística e os escritórios.

O agente que guardava a entrada avisou da chegada dela pelo intercomunicador.

– O investigador Baptista estava a jogar uma partida de futebol do campeonato inter-regional de polícias – informou com um ar trocista. – Mas estão a dizer-me que já saiu do balneário.

Conduziu-a a um gabinete. Mika ficou contente por verificar que não a fechavam na clássica sala de interrogatórios com um espelho falso. Na parede havia um cartaz colado com fita-cola com o título ORAÇÃO DAS FORÇAS ESPECIAIS, e rezava assim: *«Oh, Deus Todo-poderoso! Concede-nos a sabedoria da tua mente, do teu coração, a força da tua coragem, a força do teu braço e a proteção das tuas mãos…»*

O investigador Baptista entrou daí a pouco como um elefante numa loja de porcelanas, a empurrar com o joelho um cesto de papéis que tombou, dando origem a um chorrilho de queixas por parte dos colegas.

– Está bem! Está bem! – exclamou.

Não se parecia nada com o tipo de inspetor que Mika tinha imaginado, com fato e gravata cinzenta. Era um homem rude e musculado que vestia a farda preta da unidade com o felino do GOE cosido no ombro. Exalava a frescura de um perfume com cheiro a sabão.

Sentou-se do outro lado da mesa de trabalho, afastou com o cotovelo um já amarelado teclado de computador e deixou cair o ficheiro que trazia na mão esquerda. Com a direita, segurava um café num copo de plástico e um cigarro acesso que deixou em equilíbrio sobre um agrafador para não o apoiar diretamente na mesa.

– Queres um? – ofereceu.

– Não, obrigada.

– Importas-te que eu fume?

– Não.

Mika lançou um olhar para o cartaz de «Proibido Fumar» pendurado na parede de um dos lados da mesa.

– Em Espanha também não é permitido fumar dentro dos edifícios, não é? Aqui andam-nos a chatear com essa história. A nova lei aumentou tanto o tamanho das mensagens de aviso nos pacotes de tabaco que já nem conseguimos distinguir as marcas.

Levou a mão ao bolso e tirou um pacote de *Galaxy* que mostrou a Mika com um gesto de indignação. O aviso ocupava um lado e toda a parte de baixo da embalagem.

– Wagner! – chamou pelo seu ajudante. – Vais ou não vais trazer o maldito portátil?

– Estou a atender uma chamada! – queixou-se o outro na sala do lado.

Era evidente que iam registar o seu depoimento.

– Logo havia de lhes passar pela cabeça a fantástica ideia de proibir o fumo durante os jogos do Mundial... – continuou Baptista, a fazer passar o tempo. – E a FIFA aplaudiu a medida! Porque é que os gajos do futebol se têm de meter onde não são chamados? Não percebem que somos o segundo maior país produtor de tabaco do mundo? Ainda vai chegar o dia em que me vou ter de prender a mim próprio por esconder um pacote de cigarros na minha mesa de cabeceira. O que é que achas?

Bebeu um gole de café.

– Já cá estou – ouviu-se a voz do outro.

Entrou no gabinete com um portátil aberto que deixou na ponta da mesa. Puxou uma cadeira e sentou-se num dos lados.

– Apresento-lhe o agente Wagner – disse Baptista.

Vestia a mesma farda preta. Era menos fornecido do que o investigador, mas nem por isso perdia o aspeto marcial acentuado pelo cabelo rapado.

– Porque é que queria falar comigo? – perguntou Mika enquanto o ajudante abria o programa e compunha uma imagem de estenógrafa.

O rosto do investigador mudou no mesmo instante.

– Diz-me tu. Foste-te meter onde não eras chamada, como os da FIFA?

Mika valorizou a sua situação. Um passo de cada vez, pensou. Sem dizer nada além do necessário, para não meter a pata na poça. Começou a falar, seguida pelo bater instantâneo das teclas do agente Wagner.

– Ontem, na favela de Monte Luz, dispararam sobre o meu amigo Purone.

– Já falei com o consulado – retorquiu o investigador Baptista. – Diz-me qualquer coisa que eu não saiba.

– Pensei que estivesse morto.

– Lógico, tinham-lhe esburacado a cara. – Remexeu nos papéis. – Porque é que não começas pelo princípio?

— Desde que cheguei à favela?

— Melhor, desde que chegaste ao Brasil.

— A sério, quer que lhe conte tudo?

— Se achas que é preciso, retrocedermos até ao momento em que chegaste a este mundo. Acabo de passar pela bomba de gasolina da maldita paciência e tenho o depósito cheio.

Mika respirou fundo.

— Aterrei mesmo antes do apagão.

— Como é que chegaste à Pousada do Vento?

— De táxi.

— Lembras-te do número do táxi?

— Essa agora.

— Alguma coisa de diferente.

— O condutor tinha uma *T-shirt* dos Metallica.

— Estás a brincar...

Mika olhou à sua volta.

— Já aqui está um ambiente suficientemente festivo para eu me pôr, ainda, a contar anedotas — disse, disfarçando a ansiedade com um certo atrevimento.

Baptista riu-se e virou-se para o colega.

— Não deixes de escrever tudo, Wagner! Acho que aqui hoje vamos conseguir arranjar material de sobra para ganhar o concurso de monólogos deste ano. — Voltou-se de novo para ela. — Desculpa se fazemos troça de ti. Fazemo-lo com muito carinho, não é, Wagner?

— É, investigador — respondeu o outro, sem deixar de teclar.

— Não me parece que isso da *T-shirt* me sirva para comprovar a tua versão.

— Metade de São Paulo veste-se na Galeria do Rock. Com certeza que já lá foste! É fantástica: um centro comercial inteiro com sete pisos cheios de lojas de roupa gótica e de estúdios de tatuagens.

Imitou com a boca o som das pistolas de agulhas de tatuar.

— Tivemos um acidente — recapitulou Mika, cortando o zumbido. — Isso, sim, pode verificá-lo.

— *Chapeau!* Onde é que foi isso?

— Acabávamos de chegar a Vila Madalena. Deu-se o apagão, uma moto atravessou-se de repente e o táxi bateu num carro estacionado.

— Então tiveram de prestar declarações. Falaste com algum colega meu?

Fez um gesto de negação com a cabeça.

— O taxista obrigou-me a sair rapidamente. Nem sequer me quis cobrar.

— Desculpa? Estás a dizer-me que o taxista não te cobrou a corrida? Agora, sim, tenho a certeza de que estás a mentir.

– Disse que perdia o trabalho se os seus patrões soubessem que o carro tinha tido um acidente com uma turista lá dentro.

Baptista e Wagner olharam um para o outro.

– E o que fizeste depois?

– Fui a pé até à pousada. Quando lá cheguei, passei a noite colada à televisão. Tal como você, imagino.

– Eu andava à caça de morcegos. A escuridão é o estado ideal para aqueles que escolhem a vida do mal.

– Mas a história da pousada, sim, pode verificá-la...

– Já o fiz – disse ele, cortando-a bruscamente. – Passemos à manhã seguinte. Onde estiveste antes de ires para Monte Luz?

Mika recordou a sua entrevista com Cortés, o responsável pelo Gabinete Comercial da embaixada. Ia começar a responder, mas, no último momento, susteve o ar nos pulmões. Se revelasse que tinha tido aquela reunião, o investigador Baptista iria telefonar a Cortés para verificar a informação e, com tantos processos para arranjar trabalho à espera de serem atendidos, o que menos lhe interessava era manchar o seu currículo.

– A passear – mentiu. – Já lhe disse que tinha acabado de chegar à cidade, estava assustada por causa do apagão e com o sono trocado.

– A passear, por onde?

Mika olhou-o nos olhos, em desafio.

– Por aqui e por ali. Ainda não conheço a cidade para saber mostrar--lhe num mapa. Quando me cansei de dar voltas, subi para um autocarro que me levou até Monte Luz e procurei os meus amigos pelo labirinto das ruas. Bom, entretanto...

– Não pares.

– Estive em casa de uma mulher.

– Uma mulher?

– Uma sacerdotisa de candomblé. Deu-me uma pomada para uma entorse.

– Não te vejo lesionada. – Ergueu-se sobre a mesa para lhe observar as pernas. – Andas com muletas ou alguma coisa dessas?

– Era apenas um tornozelo torcido. – Ia para lhe contar que já tinha isso desde os campeonatos europeus de karaté, mas preferiu ocultar a sua condição de lutadora profissional. – Magoei-me nuns cem degraus de cimento que subi e desci.

– Tu conhecia-la de algum lado? Refiro-me a essa mulher.

– Como é que eu ia conhecê-la? Nunca a tinha visto na minha vida. Só sei que se chamava Mamã Santa.

– Bonito nome – interveio o agente Wagner.

– O que aconteceu depois, já o sabe: encontrei finalmente os meus amigos do Boa Mistura e começou a batalha.

– O que é que fizeste depois de deixar esse tal Purone?

– Corri o mais que pude para tentar encontrar a casa da Mamã Santa, só que, antes de lá chegar, um rapaz de uns vinte anos fez-me refém. Tinha uma *T-shirt* de basquetebol e tinha pera. Trazia uma pistola-metralhadora.

– Continua.

– Arrastou-me para um beco onde estava outro membro do seu bando à espera. Gordo, com umas bermudas. Queriam utilizar-me como escudo, por isso… defendi-me.

– Que queres dizer exatamente com isso de que te defendeste?

Engoliu em seco. Tinha chegado o momento.

– Desembaracei-me do das bermudas e dei um pontapé que o projetou para fora do beco. Quando ficou na linha de tiro, um rapaz do bando rival furou-o todo com balas. Ato seguinte, com outro pontapé, esmaguei a cana do nariz do da pera. Foi tudo em legítima defesa.

– Grande leoa… – Mika lembrou-se do pai. «A minha pequena pantera», teria ele dito. Essa recordação fez com que se sentisse vulnerável, mas tinha de aguentar aquele tipo. O investigador Baptista retomou o interrogatório. – O que é que fizeste depois? Foste por onde tinhas vindo?

– Não.

– Então diz-me lá.

– Trepei para uma varanda. Empoleirei-me no telhado e saltei para outra rua depois de atravessar de gatas os telhados de metade da favela.

– Porra, não havia ninguém que acreditasse nesse filme?

– Como?

– E quem olhar para a tua fotografia, tão feminina, muito menos.

O investigador Baptista abriu uma gaveta de onde tirou qualquer coisa que lançou para cima da mesa.

– O meu passaporte!

– Podes levá-lo. A tua versão coincide com a dessa Mamã Santa.

– Falaram com ela?

– Foi essa bruxa quem entregou os teus documentos ao meu pessoal. De acordo com o que ela disse, caíram quando trepavas pela varanda.

Mika respirou fundo, disfarçando para que não o percebessem.

– Então, já acabou?

Baptista fez uma careta.

– Por agora, não tenho matéria para te prender.

– Como, por agora? Está a acusar-me de alguma coisa? Acho que percebeu que agi em legítima defesa.

– Se te estivesse a acusar formalmente de alguma cosa – sussurrou Baptista, inclinando-se sobre a mesa –, estaríamos a conversar num tom bastante menos relaxado. Mas não consigo deixar de pensar nalgumas peças que não encaixam. Que coincidência que apareças na favela e logo nesse dia... este trabalho ensinou-me a não acreditar em coincidências.

– Peço-lhe que seja mais claro.

– Vou-te falar tão claro como quando digo que o Neymar não chega nem aos calcanhares do Pelé. – Fez uma pausa de segundos e declarou: – Não é costume termos uma tartaruga ninja estrangeira às piruetas pelos telhados das minhas favelas no mesmo dia em que assassinam o inatingível chefe de um cartel.

– Não está por acaso a insinuar que fui eu! Porque é que havia de querer fazer isso?

– A resposta costuma ser: por dinheiro.

– Os benditos reais – acrescentou o agente Wagner.

– Está a sugerir que sou uma bandida do outro gangue? Por amor de Deus, entre uns e outros quase que me matavam!

– Do outro gangue ou de... quem sabe? Há muitos interesses criados à volta da pacificação das favelas.

– Que interesses?

– A sério que precisas que te conte? Esta batalha obrigou-nos a entrar com tanta intensidade que agora temos de ficar para evitar que a opinião pública nos caia em cima. À medida que forem passando os meses, o governo vai querer compensar a despesa e vai começar a cobrar pela luz e pela água, cujas canalizações não foi ele que pagou, o que obrigará os habitantes de Monte Luz a deslocarem-se para outras favelas por pacificar, onde podem continuar a viver de graça, submetendo-se ao senhorio feudal de outros traficantes. E esse êxodo permitirá ao governo delimitar determinadas zonas de Monte Luz para que os seus amigos empresários da construção especulem e se tornem ainda mais ricos. É o ciclo de sempre. Mas tu já o conheces, não conheces?

– Tudo isto é absurdo. Estamos a falar como se de facto eu tivesse participado em alguma coisa dessa história...

– Para mim, não é tão absurdo – retorquiu, olhando-a nos olhos.

Levantou o processo para retirar alguns papéis de maneira que Mika não conseguisse ver o que continham. Releu alguns parágrafos enquanto comprimia os lábios. Estava quase a fazer-lhe mais uma pergunta, mas fechou, bruscamente, a pasta do processo.

– Dá-me o teu número de telefone. Quero ter-te localizável.

– Um momento – disse ela enquanto tirava o último que lhe tinha dado o Adam Green.

– Não sabes o teu próprio número?

– É novo.

– Sim...

Era óbvio que esperava mais explicações, mas ela não lhas queria dar. Ditou o número. O investigador apontou-o na capa do processo.

— Posso ir-me embora?

— Se não tens mais nada para me contar…

Na realidade, sim, ficava qualquer coisa na gaveta. Mika lembrou-se de que o enigmático proprietário da Creatio não chegara a explicar-lhe o que é que estava a fazer na favela quando a apanhou com o seu flamejante carro desportivo.

Baptista, sem dúvida, notou a hesitação dela. O tiro seguinte foi certeiro.

— Responde-me a uma última pergunta: como conseguiste escapar daquele inferno?

— A correr.

Assim que acabou de o dizer sentiu um súbito latejar no tornozelo. A entorse reclamava a sua atenção, avivada por aquela segunda mentira.

O investigador Batista voltou a inclinar-se sobre a mesa e falou-lhe em voz baixa. Mika sentiu o cheiro dele, a champô, inundar-lhe as fossas nasais.

— Pois é melhor que ainda te restem forças para continuares a correr.

— Porque é que me está a dizer isso agora? Está-me a assustar.

— Não sou o único que pensa que te dedicas a partir pescoços. A família do *Poderosinho* também está de sobreaviso.

— Mas o que é que está a dizer?

— Devias ter batido com mais força ao da pera.

Sentiu um nó no estômago.

— Então não… o matei?

Baptista negou com a cabeça.

— Segundo nos contou essa bruxa da Mamã Santa, reanimou-se e escapou antes da nossa chegada. Podes ter a certeza de que saiu dali a buzinar para ir contar ao novo chefe do cartel tudo sobre a tua existência.

No meio daquela angústia crescente, sentiu-se aliviada por saber que tinha um cadáver menos a pesar-lhe nas costas; e também pela emoção súbita, já que se sentia tão sozinha, de saber que não tinha sido a Mamã Santa quem a denunciara. Mas esse desafogo durou-lhe pouco tempo. Aquilo confirmava a sua tese sobre o *e-mail* que tinha recebido quando acordou. Tinham sido os traficantes a enviá-lo. Estavam a avisá-la e, a qualquer momento, iriam lançar-se sobre ela. E o pior é que não a iriam perseguir por ter acabado com a vida de um par de esbirros. Queriam vingar a morte do maldito *Poderosinho*, nem mais nem menos.

Vieram-lhe à memória os cartões de visita que tinha espalhado pela rua inteira quando ficou com a sacola presa. Temia que, além de terem o nome e a morada do *e-mail*, também tivesse escrita, a caneta, a morada da pousada. Pensara fazer isso durante o voo – tinha a reserva paga e era certo que iria passar ali uns tantos dias durante o início da sua residência, logo, estaria melhor localizada enquanto procurava o seu primeiro emprego –, mas acabou a viagem tão cansada e com sono que não conseguia ter a certeza se essa ideia não tinha passado de uma mera intenção.

– Venham cá ver isto! – gritou alguém do outro lado da parede, interrompendo as suas reflexões. – Corram!

6

O investigador Baptista e o agente Wagner saíram disparados para a sala ao lado. Ao fim de meio minuto – e com a sensação de que se tinham esquecido dela –, Mika levantou-se e aproximou-se. O outro gabinete era maior, mas igualmente asfixiante por terem lá arrumado, de uma maneira impossível, três mesas de trabalho em cima das quais se acumulavam pastas repletas de documentação.

Os polícias não se aperceberam da sua presença. Tinham os olhos cravados numa televisão colocada em cima de um armário de metal. Tinham subido o volume até um nível ensurdecedor para ouvir a transmissão em direto que estava a ser emitida a partir de um helicóptero.

«Aproximamo-nos de outro dos acampamentos da companhia Global Madeiras Lda. que, há pouco mais de uma hora, explodiu pelo ar…»

Era um repórter especial do canal TV Brasil, o mesmo através do qual Mika tinha seguido o debate noturno de Eloísa Meneghel na noite do apagão. Segundo se lia no rodapé do ecrã, sobrevoava um lugar da região amazónica de Mato Grosso. Devia ter acontecido alguma coisa muito grave, mas Mika não tinha espaço na sua mente para problemas alheios.

Voltou-se para a mesa onde o investigador Baptista tinha estado a fazê-la prestar declarações. Entre o barulho dos cabos do computador e o copo do café rodeado de cinza, encontrava-se o seu processo.

Olhou para um lado, depois para o outro.

Não podes fazer isto…

Não havia ninguém a vigiá-la. Tanto o investigador Baptista como os seus colegas da secção, os que estavam a trabalhar na sala central que ela tinha atravessado para chegar ao gabinete estavam pregados a outra televisão que transmitia o mesmo programa em direto.

Nem pensou duas vezes. Aproximou-se rapidamente da pasta e abriu-a. Começou a remexer nos papéis sem conseguir fixar a atenção em nenhum. O coração parecia que lhe ia saltar do peito.

Entretanto, o repórter procurava fazer-se ouvir por cima do barulho dos motores.

«É o terceiro acampamento de extração de madeira que sobrevoamos, mas os nossos colegas da outra unidade aérea já nos informaram de que estão a arder vários outros.»

«Já foram sete no total», confirmava a voz em *off* do apresentador do noticiário, a partir dos estúdios centrais do canal.

Mika continuava o seu propósito, passando de forma errática fotografias da favela, dos mortos caídos durante a batalha, relatórios que não tinha tempo para ler... O que estava à espera de encontrar? De repente, ocorreu-lhe que talvez pudesse haver câmaras de vigilância, mas já era tarde de mais para fazer marcha-atrás. A todo o momento levantava a cabeça para verificar se alguém entrava e, quando voltava a remexer na pasta, já perdera o fio da meada. Estava quase a desistir quando viu uma fotocópia do seu passaporte. Nela, o investigador Baptista tinha escrito duas palavras.

Com um marcador e em maiúsculas.

Leu-as várias vezes.

Que significa isto?

Deixou tudo como o tinha encontrado e voltou a aproximar-se do gabinete do lado tentando aparentar normalidade. Ninguém reparou nela. O apresentador do noticiário continuava a falar com o repórter que sobrevoava Mato Grosso e a cruzar informação sobre o que parecia ser um atentado terrorista no meio da selva.

«Enquanto estabelecemos ligação com os colegas da unidade móvel que se dirige para o acampamento situado a nordeste – dizia –, *confirma-nos uma coisa: as imagens que nos estão a chegar parecem apresentar o mesmo* modus operandi *em todas as explosões. Poderemos afirmar que se trata do mesmo autor?»*

«Sem dúvida, foi uma ação coordenada, mas para levá-la a cabo precisariam de um esquadrão inteiro. Isso é o que mais assusta. Os sete alvos encontram-se na mesma zona, mas mal existem acessos e estão completamente rodeados de mata.»

«Não há perigo de que o fogo se propague?»

«Não, realmente. Como podem ver nesta imagem panorâmica – o ecrã mostra a clássica clareira no meio da floresta –, *os acampamentos são construídos em zonas que já estão previamente limpas de vegetação; e os rebentamentos foram suficientemente fortes para fazer voar na totalidade as instalações e o material, mas não para afetar a selva primitiva que está à volta. É óbvio que se trata de uma ação maquiavelicamente calculada.»*

«E os trabalhadores da Global Madeiras, Lda.? Estão todos bem?»

«Só conseguimos ver alguns deles a correr de um lado para o outro, empenhados em abafar o fogo.»

A câmara móvel continuava a enviar imagens dos armazéns destruídos e das máquinas cortadoras transformadas num emaranhado de ferros, como se fossem hangares ou tanques bombardeados. A Mika, pareceu-lhe estranho que as madeiras carbonizadas soltassem um estranho fumo laranja que, aos poucos, ia invadindo o céu.

– Grande bronca – murmurava Baptista. – E dizem que rebentaram todos ao mesmo tempo?

– Exatamente no mesmo instante – confirmou um dos polícias sem tirar os olhos do ecrã.

O vento mudou e o helicóptero teve que dar uma volta rápida para não se meter todo no meio da densa coluna de fumo que subia até ao céu.

– Que espécie de merda estão ali a fumar?

– A primeira explosão soltava fumo verde – informou o colega, com cara de quem não conhecia a razão –, a segunda, violeta e, esta, laranja. Disseram que deve ser devido a qualquer coisa dos materiais que utilizaram para a combustão.

– Não sei... – murmurou Baptista, pondo, inconscientemente, em ação a engrenagem da sua mente de investigador. – O que rebentou ali não foi uma dessas bombas caseiras que os rebeldes universitários fabricavam com nitrato de potássio e açúcar mascavado. Parece-me fumo a mais e laranja a mais.

– É preciso esperar para ver o que os bombeiros vão encontrar. Pelo menos não nos calha a nós ter de lidar com este imbróglio.

– Até nem calhava nada mal – brincou Baptista. – Com tanto colorido, mais parece um arraial. Já a música, púnhamo-la nós.

– Ratatatatá! – exclamou o agente Wagner, a imitar o barulho de uma metralhadora.

– Os da Global Madeiras é que não iam achar muita graça – disse o quarto polícia, que até então tinha estado calado.

– Não me digas que os acampamentos são todos da mesma empresa.

– Todos os sete.

– Porra! Alguém os tomou de ponta, apesar de não me estranhar. Estão a deixar a selva mais rapada do que o peito do Wagner.

– Eu faço isso por ser higiénico.

A televisão mostrava como a imensa coluna de fumo laranja continuava a subir. O investigador Baptista aproximou-se do ecrã. Quase ficava com os olhos lá colados.

– No que é que estás a pensar?

– Ainda não sei, mas há qualquer coisa que não me está a cheirar bem.

– A chamuscado – disse o colega, seguido pelas gargalhadas dos outros todos.

Nesse momento, o apresentador do noticiário que se encontrava nos estúdios centrais interrompeu o repórter que continuava, a partir do ar, a relatar os trabalhos de extinção do fogo colorido. Suspenderam a transmissão e apresentaram uma imagem do *plateau*, enquanto preparavam um vídeo que acabava de chegar à redação.

«Senhoras e senhores espetadores – começou o apresentador com a voz ligeiramente trémula –, *dentro de alguns instantes apresentaremos as imagens que nos acabam de enviar a partir de uma das avionetas de extinção de incêndios que está a sobrevoar a zona dos atentados. Pedimos desculpa pela má qualidade das mesmas. Foram tiradas a partir de um telemóvel, mas isso não ensombra a sua…»* – Fez uma pausa que deixava perceber que estava a improvisar, sem seguir um guião escrito no teleponto. – *«Não sabemos como descrever o que está a acontecer. É… desconcertante. Vejam por vocês mesmos.»*

O canal passou o vídeo.

Da avioneta, podia-se ver uma vista geral da zona da selva onde estavam localizados os sete acampamentos alvo do atentado simultâneo. Podia ver-se, com toda a clareza, como, de cada um eles, emergia a respetiva coluna de fumo. Concentradas, como sete tornados, e, cada uma, com uma cor diferente: vermelho, laranja, amarelo, verde, azul, anil e violeta.

Acabavam por se fundir no topo, formando uma imagem impressionante.

Um arco-íris.

Um arco-íris de fumo, terrível e maravilhoso.

– Valha-nos o Santo Cristo do Corcovado! – exclamou o agente Wagner.

O investigador Baptista voltou-se com uma nada habitual sensação de desconcerto e reparou em Mika.

– Tu, o que é que estás aqui a fazer?

– Só lhes queria dizer que me vou embora – improvisou.

– Já devias ter ido há muito tempo. Vamos, andor!

Sacudiu a mão no ar e ficou a olhar enquanto a espanhola virava as costas àquele arco-íris, a parecer-se, cada vez mais, com uma careta trágica a apoderar-se do céu.

7

O motorista da Creatio tinha ficado à espera dela, solícito, à porta da esquadra. Mika pediu-lhe que a levasse para a pensão e recostou-se no assento de trás. Não conseguia tirar da cabeça a ideia de que, aos olhos da polícia (e, o que era ainda pior, aos de um bando de traficantes), se tinha transformado na principal suspeita do assassinato do chefe do Comando Brasil Poderoso.

O telefone que Adam lhe tinha emprestado começou a vibrar no bolso.

O consulado...

Tirou-o a correr, mas ficou branca como a cal ao reconhecer o número.

Papá?

Tinha uma terrível vontade de falar com ele, mas não era o momento. Sentia-se incapaz de lhe explicar a confusão em que se metera, e muito menos tinha ânimo para fingir que não estava a acontecer nada. Se lhe estava a ligar para aquele número é porque Sol lho devia ter dado.

Pedira-lhe muito para que ela, pelo menos, mantivesse a sua palavra de não lhe contar o que tinham falado sobre o assunto do *e-mail*, sobre cuja origem tinha ficado de fazer o rastreio.

Deixou-o tocar. Sentiu muita pena. Se a noite se estava a apoderar de São Paulo, na Líbia seriam três ou quatro da madrugada. Que repercussão é que estariam a ter noutros países as notícias dos insólitos acontecimentos que se viviam no Brasil?

De certeza, estaria a cobrir o turno de algum dos seus empregados, acabava de ver na televisão o que tinha acontecido no Mato Grosso e teria ficado desesperado a imaginar a sua filha a atravessar para além do arco-íris, qual ingénua Judy Garland n'*O Feiticeiro de Oz*.

Deixou que se perdesse a chamada e enviou uma mensagem a dizer--lhe que estava com pouca rede, que estava tudo bem e que noutra altura ligaria com mais calma. Não podia ser menos verdade. Nada estava bem. Sentia uma crescente inquietação, talvez por causa das duas palavras que descobriu escritas na fotocópia do seu passaporte quando estava a remexer no seu processo.

Percebeu que já estavam há um bom bocado parados num engarrafamento entre o final da Avenida Paulista e a Vila Madalena. Não dava jeito nenhum. Toda a gente regressava a casa depois do trabalho e parecia que tinha havido um acidente alguns quarteirões à frente.

– Temos coisa ainda para um bom bocado de tempo – comentou o condutor ao perceber a sua impaciência.

– Vou a pé – decidiu Mika.

Saiu do carro sem esperar por uma resposta e começou a andar pelas ruas empinadas do bairro em direção à pousada. Sentiu um arrepio só de se lembrar que, assim que acabara de chegar à cidade, teve de arrastar a mala às escuras por aquela montanha-russa, ignorando ainda o que estava para vir. Quando se enfiou pela última ladeira, um ruído ensurdecedor que vinha de um armazém sobrepôs-se às buzinadelas do trânsito.

– O que é que foi agora? – resmungou.

Ao passar pela porta, parou a olhar. Sobre o dintel, um letreiro de vinil dizia: ESCOLA DE SAMBA.

Esticou o pescoço para espreitar. Ali dentro estariam umas duzentas pessoas. A julgar pela organização que se intuía pela gritaria, devia tratar-se de um dos grupos que iam participar na competição oficial do iminente Carnaval.

Estavam em pleno ensaio, entregando-se de corpo e alma como se tivessem acabado de saltar para o sambódromo.

Ficou presa àquele ritmo alienante. Sentiu uma vontade de fechar os olhos e de se deixar levar, de se lançar lá para dentro e desenhar movimentos inebriantes por entre as dançarinas em delírio. Enquanto os percussionistas praticavam as suas batidas, a rainha e o seu séquito cobriam-se com os moldes dos vestidos – naquele ano tinham-se inspirado no antigo Egito – que as modistas retocavam sobre os corpos exuberantes e firmes como esculturas de mármore.

Não havia ofício que não tivesse lugar nas escolas, que acabavam por ser associações de moradores fortemente representativas de bairros inteiros. Cada uma delas escolhia como motivo um evento histórico, uma personagem ou uma lenda brasileira, e refinava cada detalhe da música, da coreografia e do vestuário para se impor aos outros participantes e deslumbrar durante o desfile.

Mika lembrou-se do que lhe dissera o responsável pelo Gabinete Comercial da embaixada: «O Carnaval paralisa o país.»

À vista do que estava à sua frente, não lhe parecia estranho. Aquele grupo de gente, ainda vestida com roupa de todos os dias e a uns quantos dias da estreia, libertava mais energia do que a central da barragem de Iguaçu. Era óbvio que os carnavais brasileiros estavam à altura da sua fama. Chegados da Europa no século XV e reinventados como a única festa do novo continente partilhada pelos homens livres e pelos escravos, não tinham nada que ver era com o original *carnelevarium* latino, assim batizado pela proibição do consumo de carne durante a Quaresma cristã.

Um rapaz de pele morena – tal como os brasileiros brancos chamavam de forma eufemística aos discriminados compatriotas de raça negra –, reparou nela e atirou um frasco de água que trazia na mão, fazendo com que um jato de água atingisse o peito de Mika.

– Mas o que é que estás a fazer? – disse, zangada. Não estava para brincadeiras.

– Estou a convidar-te para entrares na nossa escola.

– Que raio de maneira tens de o fazer!

– Já percebi que não conheces o Entrudo – disse, condescendente.

– O quê?

Mal o ouvia no meio daquela algazarra, distorcida cada vez que repercutia nas paredes e no teto de chapa. Percebeu que o rapaz era um pouco infantil e arrependeu-se de ter sido tão bruta.

– Há muitos séculos – explicou ele, a dizer uma lição aprendida de cor –, ao Carnaval chamava-se Entrudo por causa de um jogo no qual as pessoas atiravam água para purificar o corpo.

– Não o sabia, desculpa.

– Os ricos proibiram-no porque diziam que causava infeções, mas não é verdade. Era, também, porque atiravam frutas podres. Não percebiam nada! – riu, mostrando uns dentes grandes e amarelados. – E tu, também não percebes nada!

Mika ouvia as batidas que continuavam a aumentar de volume e pensou que o rapaz tinha razão. Desde que chegara ao país sentia-se como um fantoche conduzido por um obstinado ritmo tribal que pairava no ar.

Secou a *T-shirt* com a palma da mão.

– Obrigada pelo convite, mas não me posso distrair neste momento.

Estava para se ir embora quando outros três rapazes que acabavam de sair do armazém se juntaram à conversa.

– Entra e dá uma volta, que nós tomamos conta de ti.

Aqueles eram diferentes. Mexiam-se devagar, ajustando-se ao ritmo dos tambores num gingar de ancas e de troncos que, contrariamente ao que se pudesse pensar, se tornava muito masculino... e intimidante. Algumas escolas de samba tinham uma relação muito estreita com os bandos de traficantes que dominavam as favelas. Financiavam-nas para brilharem no Carnaval e, no fim, exigiam aos seus representantes as contribuições que noutras alturas eram muito difíceis de satisfazer. Esses incumprimentos tinham já provocado o assassinato de alguns diretores, como o da escola da Mangueira, que foi encontrado decapitado e queimado depois de ter enfrentado os seus benfeitores.

Mika afastou rapidamente aqueles pensamentos. Se queria pensar com clareza, não podia sucumbir a manias de perseguição.

– Fica para outro dia – recusou. – Acho que não têm água que chegue nessa garrafa para me purificar.

O rapaz, instigado, lançou-lhe outro jato. Mas Mika deu um salto para trás e aproveitou para se afastar, despedindo-se com um aceno de mão.

– Quando aqui voltares vou-te ensinar a mexer essa bundinha! – gritou um deles no meio da batucada de tambores.

Continuou a caminhar numa passada rápida até à pousada. Pediu a chave e subiu as escadas que conduziam ao seu quarto.

O compartimento estava situado no primeiro piso, ao fundo de um corredor que, de um lado, tinha um par de portas com letreiros muito literários onde se lia SUITE PESSOA e SUITE ANDRADE, dois reverenciados poetas da língua portuguesa, e, do outro lado, um pátio interior coberto de trepadeiras.

A luz da Lua, que já se apoderara do céu, projetava sombras que dançavam sobre os ladrilhos do chão.

Quando ia a meter a chave na fechadura, pareceu-lhe ouvir alguma coisa no interior.

Estás paranoica…

Rodou a chave devagar. Manteve-se agarrada à maçaneta enquanto dava uma vista de olhos rápida pelo quarto às escuras. Tudo parecia estar no sítio. Os móveis modestos, com um certo toque de charme, como se tivessem sido comprados numa feira da ladra, o espelho na parede do fundo por cima do lavatório de porcelana. Parou a ver o seu próprio reflexo distorcido pela penumbra. Por alguma razão, não largava a maçaneta…

Quando reparou na sombra que se mexia já não teve tempo de reagir.

Um homem agachado empurrou a porta de repente, batendo-lhe, com ela, na cara. Mika caiu para trás. Bateu com a anca na ombreira e soltou um grito de dor, mas a adrenalina fez com que se recompusesse num instante. Quando o homem tentou sair do seu esconderijo, Mika contraiu a sua perna esquerda e bloqueou-lhe a passagem. Com a outra perna, ainda no chão, deu-lhe um pontapé na genitália que o atirou contra a cabeceira da cama. O homem recuperou como se nada fosse e pôs-se em pé com uma flexibilidade prodigiosa. A forma como ele se

arqueava assustou-a. Reconheceu os movimentos de um lutador de capoeira, a arte marcial brasileira que, como todas as disciplinas de defesa
pessoal, podia transformar qualquer pessoa numa arma letal.

Permaneceram uns segundos olhando-se de frente, Mika na porta e
ele no meio do quarto, cada um à espera que o outro desse o primeiro
passo. O homem tinha a cara descoberta. Mika aproveitou para lhe fazer
uma fotografia mental: cerca de trinta anos, *T-shirt* escura e calças estreitas pretas, barba feita na perfeição, uma profunda cicatriz em forma de
fecho de correr que lhe cobria o braço esquerdo...

O lutador começou a desenhar movimentos oscilantes com uma das
mãos, preparando-se para lançar um novo ataque. Na outra mão, tinha
um objeto parecido com uma capa. Mika reconheceu o estojo do seu
computador. Por um momento, sentiu-se aliviada ao pensar que não
passava de um simples ladrão, mas de imediato pensou que se havia alguma coisa que não podiam roubar era o seu portátil. Naquele disco
duro armazenava fotos, arquivos pessoais e toda a informação que precisava de enviar para o Gabinete Comercial da embaixada: as digitaliza-
ções das cartas de recomendação, o projeto de fim de curso e, sobretudo,
os seus *posts* por publicar! Os artigos de denúncia social que tinha combinado mostrar a Cortés para conseguir destacar-se perante o resto dos
candidatos a emprego.

Lembrou-se de que não tinha cópia de segurança destes últimos.
Tanto esforço investido para os escrever... Porque não os enviou a si
mesma por *e-mail*? Devia tê-lo feito antes de tirar o portátil de casa.
Embora o pior não fosse perdê-los, mas, sim, a certeza de que não os
conseguiria voltar a escrever. Tinham surgido de uma forma espontânea,
em momentos muito precisos, nos anos em que viveu em Madrid, durante e depois do curso, o difícil período em que teve de construir uma
vida própria longe do pai. Por isso, além de conter a sua tese e os seus
pensamentos filosóficos, estavam ali gravados os seus diferentes estados
de ânimo ao longo dos tempos, como se fossem marcadores do seu
crescimento pessoal.

Naquele disco duro armazenava não só o seu futuro laboral, mas
também o seu passado mais íntimo.

Atirou-se sem pensar contra ele. Usava os braços para bloquear a
ofensiva do lutador, ao mesmo tempo que dava pontapés no seu melhor
karaté a que ele se esquivava sem se imutar.

Após se ter agachado para lançar um potente *yoko geri kekomi* com o
calcanhar dirigido contra o queixo dele, o lutador varreu o chão com um
ataque em curva que lhe atingiu o tornozelo magoado, fazendo com que
se encolhesse toda. Ele aproveitou para dar um salto com ambas as
pernas em leque e, passando por cima dela, caiu no meio do corredor.

Da *suite* Pessoa saía um homem corpulento e de fato, com o nó da gravata lasso e um telemóvel na mão, alarmado pelo barulho da luta. Interpôs-se sem ser consciente de que se estava a enfrentar a um profissional. O lutador hesitou em dar-lhe um forte empurrão. Tê-lo-ia derrubado mais facilmente do que a um fardo de feno, mas decidiu não complicar e procurar outra saída. Empoleirou-se no varandim e saltou em direção ao pequeno pátio da pousada. Ressaltou sobre um telhado que cobria uma zona de lavagem e escorregou até ao fundo. Mika não pensou duas vezes. Girou ambas as pernas sobre o varandim e foi atrás dele.

Uma vez no chão, afastou uns lençóis estendidos que se enrodilharam na cara e acelerou para alcançar o homem que subia já pela vedação de madeira que colidia com a rua.

Esticou o braço e chegou a agarrar-lhe na *T-shirt*, mas ele escapou-se-lhe por entre os dedos. Então, agarrou a parte de baixo das calças, mas o homem sacudiu o pé, roçando o nariz dela pela bota desportiva e, de novo, conseguiu safar-se antes de desaparecer pelo beco.

Mika trepou atrás dele, mas magoou a mão num prego que saía na parte de cima da vedação. Caiu no chão e apertou a ferida, soltou um gemido mais de raiva do que de dor e meteu-se na zona de lavagens, confiando que teria saída para o outro lado. Afastou a atónita empregada da limpeza que dobrava toalhas em cima de uma mesa e atravessou uma porta que, tal como tinha previsto, dava para a receção. Passou junto ao antigo bebedouro que servia de acesso e saiu para a rua.

Olhou para ambos os lados. Faróis esmorecidos. Veículos à procura de um lugar de estacionamento. Cadeiras no passeio, junto aos bares que ofereciam a preço de saldo as últimas fritadas de peixe. Uma Lua de lobisomens impondo-se no céu contaminado pejado de helicópteros.

Mesmo antes que o homem dobrasse uma esquina, Mika distinguiu ao longe a sua roupa preta. Quis pensar que ia a coxear. Talvez estivesse ferido com os pregos da vedação. Começou a *sprintar* atrás dele, certa de que o alcançaria, e tê-lo-ia feito em menos de duzentos metros se não tivesse tido um encontro na rua ao lado: boa parte dos integrantes da escola de samba saíam do armazém para partilhar com os vizinhos a algazarra do ensaio geral.

– Agora não! – gritou Mika sem parar de correr.

Na porta do local aglomeravam-se músicos, bailarinas, elementos do coro e as suas hostes de acompanhantes, mexendo-se ao compasso da música. Os tambores soavam profundos, as ancas bamboleantes toldavam a vista. As mulheres exibiam nos rostos os desenhos de purpurinas que as maquilhadoras tinham ensaiado. A rainha trazia, em jeito de antecipação, um dos complementos que iria vestir durante o desfile: o diadema de penas sobre um imponente toucado que acabaria por transformá-la num objeto de desejo daqueles brasileiros com alma de pavão.

Mika reconheceu no meio da marabunta o tipo da garrafa de água. Lançou-se a perguntar-lhe:

– Viste um homem vestido de preto com um computador na mão?

– Olá! – exclamou ele contente por voltar a vê-la.

Começou a dançar de uma forma pouco feliz, deixando-se levar, à sua maneira, pelo ritmo enfeitiçador.

– Agora não posso dançar contigo! Preciso que me digas se viste um homem que corria nesta direção a coxear!

O rosto do rapaz ficou sério. Fez uma espécie de beicinho e apontou para dentro do armazém. Mika começou a abrir caminho às cotoveladas entre os membros da escola. Pensou que iria ser impossível encontrá-lo. Aquele lugar que parecia uma velha cooperativa têxtil, a julgar por algumas máquinas enferrujadas, desterradas nas esquinas, estava ainda mais abarrotado do que a rua. Aguentando os empurrões como podia, foi percorrendo com os olhos cada canto. Abalançavam-se sobre ela rostos de êxtase, em ânsia pela festa dos homens livres e dos escravos, na qual ninguém pedia satisfações a ninguém.

Finalmente, reconheceu a figura do lutador. Estava empoleirado numa passarela de metal que circundava todo o recinto a uns seis metros do chão.

Como teria conseguido chegar ali?

Não via escadas, nem outra maneira de subir.

Alguém lhe tocou por detrás. Era um dos três rapazes com quem tinha estado a falar um bocado antes.

– Sabia que ias voltar à minha procura! – exclamou, e começou a dançar junto dela, mexendo-se de uma maneira que lhe lembrava a lambada.

Mika tentou esgueirar-se, mas ele agarrou-a pelo braço e continuou a contorcer-se. Inevitavelmente, voltaram à sua mente os cartéis dos traficantes que financiavam algumas escolas e perguntou-se o que estaria a fazer a perseguir aquele homem, além de se estar a meter na boca do lobo e a favorecer que lhe caíssem em cima todos os bandidos de Monte Luz. Mas, logo de seguida, reafirmou o seu objetivo: recuperar o computador.

Voltou a examinar todo o recinto. A maior parte do espaço estava ocupada por um enorme carro alegórico da escola que esperava pelo momento em que ligariam o mecanismo trator que o iria conduzir pelo sambódromo. Representava uma esfinge egípcia semelhante à de Gizé, em cujo toucado se situava o trono da rainha. O corpo era o de uma serpente, com sucessivas curvas que terminavam numas tarimbas onde iriam dançar a porta-estandarte e toda a sua escolta. De lado, soltava-se uma fila de palmeiras douradas, tal como o resto dos ornamentos. O resultado era imponente. Mas o melhor de tudo era que, pela parte superior da esfinge, Mika podia subir até à estrutura de metal por onde o lutador avançava.

Desembaraçou-se do seu pretendente com um empurrão e saiu disparada. Saltou para a plataforma exterior do carro alegórico, montada para os bamboleios da comissão de vanguarda, tal como chamavam aos bailarinos mais experientes, e, dali, subiu por uma escadinha de madeira que tinham construído para chegar ao trono.

As pessoas gritaram assustadas, com medo que danificasse o ornamento antes da estreia. Mas não se deteve. O lutador tinha acelerado o passo em direção a uma grande janela com um autocolante de EMERGÊNCIA. Mika esticou-se sobre a cadeira do trono, agarrou-se com ambas as mãos a um corrimão do varandim e subiu finalmente para a passarela.

Mas, nessa altura, o homem tinha desaparecido.

Correu em direção à janela. Espreitou e viu que era uma saída de incêndio com a escada separada. Olhou para baixo e verificou que o lutador, apesar de estar a arrastar a perna de forma cada vez mais patente, se dispunha a virar para a rua do lado, em direção à praça Américo Jacomino. Não era uma boa notícia. Ali se encontrava a estação do distrito de Alto dos Pinheiros.

Desceu sem parar para pisar degrau a degrau, escorregando à força de fazer pressão em ambos os extremos com as mãos e com os pés. Chegou ao chão num abrir e fechar de olhos, mas teve de parar durante uns segundos para calar o grito de dor – a fricção tinha-lhe queimado a palma da mão que tinha ferido antes com o prego – e desatou, novamente, a correr, entrou na estação e ficou a olhar para as diferentes opções, confiando receber algum impulso intuitivo: ónibus, ligações com a Cidade Universitária, Barra Funda…

Para onde é que tu foste?

Decidiu-se pela linha verde do metro. Passou, discretamente, junto das bilheteiras, saltou o torno giratório onde se metem os bilhetes e acelerou em direção à escada rolante. Por sorte, a estação de Vila Madalena era no fim da linha – só havia um apeadeiro.

Quando estava a chegar, ouviu a locução que anunciava a próxima saída. Olhou rapidamente por entre as colunas. Nenhum rasto do lutador. Tinha de ter já entrado. Deu uma última vista de olhos. Não podia estar escondido atrás de um pilar; se fosse assim, tê-lo-ia visto. Voltou a olhar para o comboio. Era um modelo de última geração e os vagões estavam ligados uns aos outros, pelo que podia percorrê-lo do princípio até ao fim antes de chegar à estação de Sumaré. O que iria fazer quando se encontrassem frente a frente, logo resolveria.

Para cima.

Mas e se ele não tivesse subido?

Não posso falhar agora. Depressa, decide...

Entrou no vagão no último momento. A porta prendeu-lhe um braço e teve de dar um puxão para evitar que voltasse a abrir.

Arrancou.

Já só tinha de atravessar o comboio até se cruzar com ele. Mas quando o comboio começou a andar, viu, através da janela, como o lutador saía detrás de uma coluna e se aproximava da via.

Não podia acreditar. Estava fechada naquela serpente de metal rumo a parte nenhuma enquanto o lutador, lá do apeadeiro, lhe mostrava sarcástico o seu computador fora do estojo.

Quando passou ao seu lado, nesse enésimo de segundo, apercebeu-se de que tinha uma tatuagem no pescoço que mal conseguiu distinguir devido ao tom escuro da sua pele. Tentou reter a imagem na sua mente. Era um retângulo com uma espécie de olho no centro.

Era-lhe surpreendentemente familiar.

Um retângulo,

com um olho no centro...

Deixou-se cair num dos reluzentes assentos da carruagem. Exausta mentalmente, deitou a cabeça para trás. Ouviu então o toque da mensagem de um telemóvel. Pertencia ao passageiro do assento do lado. Ele tirou-o e brincou durante alguns segundos com o ecrã táctil. Por fim, exclamou:

— Outra vez!

Mika voltou-se. O homem, com uma expressão de perplexidade, tornou-a participante do que estava a ver.

Rede social do Twitter.

Uma mensagem composta por uma fotografia e por um *hashtag* que, em poucos segundos, se tinha tornado viral através da rede.

Vinha de um perfil chamado @1234567?.

A fotografia: o rosto de um cadáver. Com os olhos abertos, mas com uma expressão já conhecida, a boca dilatada devido ao inchaço da língua e a pele alterada por uma repulsiva tonalidade de azul.

O *hashtag*: #SegundoDia.

Mar e Terra

1

Amazónia brasileira,
vinte e cinco anos antes

As máquinas engoliam selva com a voracidade de um cão acorrentado. Enquanto o Diabo esfregava um olho, aqueles cruzamentos de tanques com gruas cortavam o tronco, desfolhavam-no no ar e lançavam para ambos os lados as vestes de cortiça. Avançavam como uma mão obscena sobre a terra virgem. Sem impedimentos, sem misericórdia. O barulho dos motores encapotava a sinfonia amazónica.

Um dos capatazes afastou da boca o *walkie-talkie* que o conectava ao escritório móvel e colocou as mãos em forma de megafone para se conseguir fazer ouvir por cima do ruído.

– Americano!

Dirigia-se a um jovem que, sentado numa pilha de tábuas, escrevia qualquer coisa no seu caderno. Estava a trabalhar há apenas um par de semanas para a madeireira e ninguém lhe tinha, ainda, perguntado o nome. Naquele acampamento perdido trabalhava-se e bebia-se, não havia tempo para conversas à volta da fogueira. Ao capataz, bastava-lhe saber que o novo engenheiro tinha nascido nos bosques de Yellowstone, o lugar do urso dos desenhos animados, e que, por isso, sabia tanto de árvores.

– Americano! – insistiu.

O jovem levantou os olhos. Deixou o que estava a fazer e aproximou-se, mas o capataz levantou a mão, indicando-lhe que não era necessário.

– Dá um pontapé a esse macaco! – foi o que lhe pediu.

Referia-se a um dos peões indígenas. Levava toda a manhã deitado no chão, acocorado em posição fetal junto a uns cepos. Talvez não tivesse mais do que trinta anos, mas as rugas e a deformação dos pés faziam com que parecesse um ancião. Apertava contra o peito um colar de contas e não parava de tremer.

O engenheiro bufou.

– Não vês que está doente?

— Pois ele que vá morrer para outro lado! Não quero que um ramo lhe caia em cima e que o chefe da tribo passe a noite inteira a fazer-me vudu.

— Mas aqui não fazem vudu...

O capataz proferiu qualquer coisa pelo seu intercomunicador, caminhou a passos largos até ao lugar onde estava o indígena e atirou-lhe dois pontapés, um nas costelas e outro no rabo, quando, a grande custo, este se pôs de gatas para ir até à montanha de troncos que os colegas estavam a empilhar.

— Tens alguma coisa a objetar? — escarneceu ao voltar quando passava perto do americano. Este não respondeu, mas o seu olhar de fúria fez com que o capataz parasse de repente. — Tens a certeza de que queres trabalhar aqui? Posso sempre recomendar-te como jardineiro para um pequeno hotel que conheço em Ipanema.

O americano aguentou firme durante uns segundos. Concentrou-se a olhar para outros trabalhadores da empresa que se empenhavam nas suas tarefas, com os bonés oferecidos pela petrolífera ou com o capacete amarelo, as ferramentas penduradas à cintura e um lenço na boca para não engolirem o fumo ou as lascas. Respirou bem fundo o cheiro da resina. Isso acalmava-o.

— Só se vieres comigo para tratares das camas de rede... — respondeu finalmente.

O capataz soltou uma gargalhada.

— Mais vale que faças uma marca com um ferro em brasa que diga o que diziam os conquistadores portugueses — aconselhou-o, enquanto voltava ao seu posto.

— O que é que diziam?

Voltou-se por um instante e falou por cima do rugido das máquinas:

— Que para lá do trópico não há pecado!

Quando acabou a jornada de trabalho, o americano puxou uma cadeira para a porta do seu barracão e sentou-se a saborear os primeiros minutos de silêncio do dia. As cortadeiras resfolegavam exaustas, como uma manada de búfalos à beira de um charco. O pôr do Sol arrebatava alguns reflexos dourados na plumagem dos tucanos.

O acampamento madeireiro assemelhava-se a uma vila do Velho Oeste. Os empregados abrigavam-se sob as coberturas móveis instaladas junto a um tejadilho debaixo do qual se reuniam para jantar. Nessa altura, todos tinham ocupado já os seus lugares e esperavam com impaciência o momento de raspar os seus pratos metálicos. O americano não tinha fome. Emagrecera três ou quatro quilos desde que chegara, mas mal conseguia comer, exceto alguma fruta que apanhava das árvores. Atribuía a falta de vontade ao clima sufocante e não lhe dava importância; o seu corpo atlético tinha reservas de sobra.

Em frente aos barracões encontrava-se o armazém, a única construção erigida com uma certa solidez. Ali guardavam a comida e as armas, além de uma secretária de escritório com os papéis privados do patrão, que passava várias horas submerso em negócios que o americano preferia nem saber.

Um jipe da madeireira apareceu pela estrada aberta no meio da floresta. Parou à porta do acampamento. Dele saíram o capataz – de onde viria? Nem sequer o tinha visto ausentar-se – e um par de gorilas brancos com pinta de militares, vindos de uma qualquer guerrilha clandestina. Observou-os escudado pelas sombras que se abatiam sobre o acampamento, enquanto abriam o porta-bagagem e tiravam um pesado caixote de madeira que meteram dentro do armazém.

Demoraram uns minutos a sair. O capataz certificou-se de que fechava bem o cadeado e permaneceu de pé junto ao portão, enquanto o veículo se afastava pelo mesmo caminho por onde tinha vindo. Quando se dissipou a nuvem de pó, foi juntar-se aos outros, disposto a esvaziar uma daquelas garrafas sem rótulo que bem podia conter o mesmo combustível que era bebido pelas máquinas.

Aquela cena inquietou o americano. O mais provável é que a sua inquietude se devesse ao calor sufocante ou às picadas dos mosquitos que àquela hora arrasavam cada centímetro da sua pele. Decidiu sair dali até à hora de se meter no catre. Levantou-se e, tal como já tinha feito noutros dias ao pôr do Sol, resolveu caminhar pela selva. A vegetação saltava pelo meio da área desflorestada. Não havia caminhos nem marcas de sinalização. Sobre o solo agitavam-se várias camadas de vida animal e vegetal. Era como entrar noutro mundo com regras próprias, linguagem própria e sons. Vagueava pelo meio dos troncos, querendo imaginar que contornava as colunas de uma enorme catedral, mas sentia-se mais próximo de um réu a deambular entre as grades de uma prisão.

Como é que podia faltar o oxigénio em metade do pulmão da Terra? As coisas não eram exatamente como as imaginara, mas aguentaria fosse como fosse para que pudesse atingir os seus objetivos.

Amava as árvores e tinha-se matado a estudar – inclusive tirara um curso de língua portuguesa, convencido de que iria acabar a viver na Amazónia –, até que fez o doutoramento com uma tese revolucionária sobre o corte seletivo, uma forma de exploração artesanal em que imperava o respeito pelo ecossistema. Era óbvio que não se parecia nada com os procedimentos da madeireira, mas precisava daquele primeiro emprego. Estar na posse de uma certa experiência no terreno era um requisito indispensável para que o Ministério do Meio Ambiente brasileiro analisasse a sua proposta e o deixasse montar o seu próprio acampamento experimental.

Enquanto caminhava lentamente, tentando relaxar, concluiu que o seu desgosto tinha outra causa bem definida. Apesar de tentar dissimulá--lo – e de se enganar a si mesmo –, perturbava-o a forma como tratavam os peões nativos. A sua situação não era melhor do que a dos escravos da antiga colónia. Quanto maior fosse o seu isolamento social e geográfico, maior era o abuso dos madeireiros; o mogno e o cedro costumavam crescer em terrenos das comunidades com menos contacto com o homem branco e, por conseguinte, mais ingénuas. Os castigos físicos e as execuções estavam na ordem do dia; as mulheres consideravam que era perfeitamente normal prostituírem-se por uma garrafa de gasosa... Por enquanto, ele tinha de olhar para o lado e continuar o seu trabalho.

Contemplou o céu através das copas das árvores. O universo verde que tinha imaginado tingia-se de vermelho-sangue vomitado pelos excessos de trabalho e de álcool, do vermelho da ambição, do vermelho da tinta do pau-brasil, a madeira que deu o nome ao país no tempo dos conquistadores e que se converteu na sua sentença de morte.

A certa altura, pareceu-lhe escutar alguma coisa no meio do matagal. Parou de repente, com medo de se ter atravessado no caminho de algum jaguar. Inspecionou cada palmo de vegetação até que, a um passo do lugar onde se encontrava, uma sombra mudou de posição. Deu um salto para trás antes de perceber que era um dos trabalhadores indígenas. Estava recostado em cima de umas enormes folhas de árvore-da--borracha – *Ficus elastica*, ressoou, no seu cérebro de cientista – a sorver figos caídos.

– Vou-me embora daqui para sempre – declarou.

O americano não percebeu porque lhe fazia aquela confissão. Fazia--lhe confusão a pronúncia entrecortada, que fazia parecer o som das castanholas, e a sensação de que aquele encontro não era nada casual.

– Do acampamento – pontualizou o nativo. – Vou-me embora e nunca mais volto.

– Porque é que me estás a contar isso? Não tens medo que vá contar ao capataz?

– Tu não és como ele. Nem sequer percebo o que estás aqui a fazer.

O americano suspirou e voltou a olhar para o céu que, a solidarizar--se com o seu desânimo, se tornou definitivamente preto. Uma rajada de vento fez bulir os ramos mais altos provocando uma chuvada de raminhos.

Sentou-se no chão. Ao seu lado, o nativo parecia ainda mais pequeno. Pouco maior do que um camaleão sobre as folhas salpicadas de seiva.

– Para onde queres ir? – perguntou, evitando falar de si próprio.

– Para a Serra Pelada.

— Não me digas que agora te vai chegar a febre do ouro...

— Contaram-me que quando chove consegues encontrar pepitas na terra. Por todo o lado, sem precisares de mergulhar na lama da cratera.

— Duvido que seja assim tão fácil.

— Dizem que o chão brilha tanto que parece refletir as estrelas do céu.

Não quis insistir. É bem possível que aquele indígena acreditasse, realmente, naquilo ou talvez fosse suficiente para ele ter um sonho que conseguisse alcançar.

— E a dívida? — O americano sabia que os recrutadores da madeireira utilizavam as mentiras mais sujas para que os peões nunca conseguissem compensar com o seu trabalho o valor dos empréstimos, insignificantes para a outra parte, que lhes abonavam ao ocuparem as suas terras. — Não tens medo que o patrão te persiga e te faça mal?

— Nós, os Arara, somos uma tribo de guerreiros e não tememos ninguém. E, ao patrão, não lhe devemos nada. Queixa-se de que cortamos mal a madeira que depois não serve para vender, mas leva-a de qualquer maneira.

O americano ficou surpreendido com a forma de o nativo se expressar. Tinha lido relatórios da OIT sobre indígenas que trabalhavam nas explorações a partir do momento em que aprendiam a andar. Talvez fosse um deles. No entanto, porque é que de repente lhe revelava os seus planos de fuga?

— Como é que está o teu colega? Aquele que estava doente.

O nativo Camaleão levantou-se com parcimónia da cama de folhas e pediu-lhe que o seguisse.

Caminharam até à ponta sul do acampamento.

Atravessaram, em silêncio, a clareira onde dormiam os monstros mecânicos e chegaram às coberturas onde viviam os peões. Construídas com um punhado de tábuas e telhados de ramos, confundiam-se com a floresta que crescia atrás de si.

O americano nunca tinha chegado até ali e, talvez, tivesse sido melhor nunca o ter feito naquela noite. Dirigiram-se a uma portinhola entreaberta por onde escoavam murmúrios e lampejos de velas. A choça estava repleta de membros da tribo dos Arara. Alguns sentados, outros de pé com a sua pequena estatura, formavam um círculo à volta do corpo sem vida do trabalhador.

— Não sabia que tinha morrido... Sinto muito.

Permaneceram alguns minutos na entrada, à espera de que o ancião mais velho terminasse uma oração. De novo aquele som gutural. A pouco e pouco, começaram a sair, um a um. Primeiro as mulheres, depois os homens mais fortes trazendo o corpo. O americano afastou-se discretamente, mas o nativo camaleão fez-lhe um sinal para que se integrasse na procissão de duendes que entrava pela selva.

Chegaram até uma clareira na qual tinham construído uma plataforma de ramos. Não podia ser uma pira funerária; teria sido uma loucura acender um fogo debaixo dos enormes chapéus de chuva das árvores gigantes como as lupunas e os castanheiros milenares.

Parecia mesmo um altar.

Ali depositaram o cadáver. O americano demorou-se a observar cada um dos elementos dos Arara. Sabia que não devia afeiçoar-se a eles, que qualquer contacto que fosse além do que exigiam os certificados de abate, que todos os dias redigia, lhe traria muitas dores de cabeça. Contudo, era difícil desviar o olhar...

Uns fustigavam-se com ramos para espantar os mosquitos, outros, mal mexendo os lábios, cantarolavam orações aos deuses da natureza, acompanhando-as com a melodia dos grilos; uma mãe apertava um dos peitos para amamentar uma cria de macaco aranha que devia ser a mascote do menino que se abraçava à sua perna.

Decididamente, era difícil não olhar.

Algum tempo depois, desfizeram fileiras e encaminharam-se de regresso às coberturas.

— Vais deixá-lo aí?

— Há dívidas que *devem* ser saldadas — sentenciou o nativo.

O americano tinha lido nos seus livros de antropologia que a tribo Arara não enterrava os mortos. Abandonava-os à intempérie para que devolvessem (a qualquer ser vivo que passasse por ali) as substâncias vitais que, após o falecimento, permaneciam no corpo. Em justa correspondência com a linha de crédito da criação.

Regressaram à mesma choça onde tinham celebrado o velório e reuniram-se numa espécie de conclave, desta vez apenas os homens. O americano observou como iam tomando os lugares, apertando-se para que ninguém ficasse de fora. Surpreendia-o o facto de ninguém se importar com a sua presença naquele ato tão íntimo. Ainda que não o quisesse admitir, sentia-se cada vez mais à vontade.

Aqueles homens eram a própria selva, as pernas deles eram os troncos, e os braços, os ramos, eram as árvores que durante os anos de faculdade tinha desenhado a carvão nos seus cadernos de argolas.

Tentou localizar nalgum canto sinais distintivos da tribo. Os Arara que nunca tinham sido contactados pelo homem branco caracterizavam-se pelos mórbidos troféus que exibiam após as batalhas. Conservavam a pele da cara dos inimigos, construíam flautas com os ossos e ostentavam colares de dentes. No entanto, simultaneamente, foram uma das tribos que mais cedo se integraram no modo de vida dos invasores brancos. Não lhes restou outro remédio. A estrada Transamazónica atravessou as suas plantações e as zonas de caça e rasgou as vias de comunicação entre as diferentes cidades pertencentes à etnia, fazendo com que se desvanecessem as possibilidades de sobrevivência como grupo isolado.

Um adolescente que vestia uma *T-shirt* rota do Hard Rock Café de Belo Horizonte apareceu com uma tigela de madeira. Estava cheia de pasta de urucu, uma leguminosa peluda, com sementes de cor vermelha que os Arara utilizavam nos rituais de iniciação e de guerra. Entregou-a ao ancião que tinha pronunciado as preces, o qual untou as polpas dos ossudos dedos do indicador e do médio e pintou duas riscas em cada um dos lados do seu rosto.

Uma mostrava a sua tristeza, a outra, a sua ânsia de luta.

O americano sentiu o cheiro de alguma coisa que lhe tinha passado despercebido. O que é que estavam a queimar? Procurou fumo, mas os seus olhos continuavam tapados pela gaze vermelha do sangue, da escravidão, da ambição, e pela tintura do pau-brasil... e agora, também, pelo vermelho do urucu, a mesma pintura que séculos antes amedrontava os portugueses.

— Tens de nos ajudar — disse o nativo camaleão.

O americano ouvira na perfeição, mas estava tão aturdido que lhe pediu para repetir a frase.

— Não sei o que posso fazer por vocês — desculpou-se. — Paguei os meus estudos a trabalhar e vim para aqui com o dinheiro contado. Até receber o primeiro salário...

— Não queremos dinheiro. Tens de nos ajudar a fugir.

A fugir...

Todo o seu corpo estremeceu.

— O que é que estás a dizer?

— Só te pedimos isso.

— Como *só*?

Quis-se levantar e sair dali, mas qualquer coisa o impedia de mexer um só músculo que fosse. Olhou para baixo e sobre o chão de terra reconheceu o cinto de contas do peão falecido. O estranho cheiro intensificou-se e também os outros odores que inundavam o barracão: o cheiro a couro húmido, a suor, a restos de comida. Sentiu um vómito que conseguiu disfarçar.

— Basta que vás à casa do guarda e te sentes a conversar com ele.

Convenceu-se de que o encontro na floresta não tinha sido fruto de um acaso. Tinham tudo preparado. Negou repetidamente com a cabeça.

— Tenho a certeza de que sabes como entretê-lo — prosseguiu o nativo. — Podes contar-lhe coisas sobre as mulheres do teu país.

– Cala-te, por favor.

– Como é que lhes chamam lá, *guajiras*? É o que dizem alguns dos maquinistas estrangeiros...

– Cala-te!

Toda a cabana emudeceu. Até os grilos lá fora emudeceram.

– Só precisamos de alguns minutos de cobertura – insistiu o nativo. – O suficiente para pegarmos nas armas do armazém e nos distanciarmos do acampamento.

Aquilo era de mais. Tratou de argumentar sem ficar nervoso.

– A sério que estás a pensar em assaltar o armazém para roubar as espingardas? Vocês não podem desafiar assim a madeireira.

– Com a tua ajuda, não vão conseguir apanhar-nos.

– Se cometerem um erro, vão dar-lhes razões para vos fazer pagar caro.

– Não tenhas medo, nunca te vão relacionar connosco.

– Estou a ver que não me estás a ouvir. Não estou a falar de mim. E não digas que eu vou sair impune. O mais provável é que alguém me tenha visto a acompanhar-vos no funeral.

– Não acredito. Os brancos têm medo dos nossos espíritos e não se aproximam.

– Eu sou branco.

– Tu tens alma de árvore.

– E depois? – irrompeu, alterado. – O que é que vão fazer depois? Perderam a cabeça!

– Somos guerreiros Arara. Quando chegou a Transamazónica, lutámos contra os militares.

– E perderam.

– Continuar a viver desta maneira, isso sim, é que é perder.

– Vão-vos perseguir até à Serra Pelada, vão-vos encontrar e matar-vos.

– Já estamos mortos.

O cinto de contas... As riscas vermelhas de urucu...

– Quando é que pensaram fazer isto?

Porque é que continuava a interessar-se? As palavras saíam da sua boca sem terem sido processadas primeiro no cérebro. O mero facto de manter aquela conversa denotava que estava tão louco como eles.

O nativo sorriu e respondeu:

– Agora mesmo.

– O quê?

– Nas noites de funeral não fazem rondas de vigia.

– Por causa dos espíritos...

– Só temos de evitar que o guarda nos surpreenda a levar as armas. Não vão dar conta de nada até ao amanhecer e nessa altura já teremos suficiente vantagem.

— Vantagem! Por muito que corram, o *Land Cruiser* do patrão alcança-vos num abrir e fechar de olhos.

— Pela selva virgem?

— Enviam um par de bandidos que vos vão abater, um a um, como se fosse um *safari*! Porque é que não fazem as coisas como deve ser e vão à polícia para denunciar o contrato com a madeireira?

O nativo esboçou uma expressão tão vazia de conteúdo que falava por si só.

O americano levantou-se, afastou com nervosismo os indígenas que se interpunham entre ele e a porta. Assim que se encontrou fora, parou a alguns passos da cabana e perdeu-se a olhar por entre as sombras das máquinas. Sentiu sob os seus pés o latejar de uma cicatriz sobre a qual a selva primitiva nunca mais se voltaria a regenerar. Pensou em cada uma das horas que tinha passado a estudar, a praticar português, e, sobretudo, nas horas, vinte e quatro por dia, trezentos e sessenta e cinco dias por ano, que tinha amado as árvores…

O nativo camaleão, que saíra atrás dele, junto da porta desferiu-lhe o golpe definitivo.

— Nós, os Arara, acreditamos que as árvores escutam as penas do ser humano. Contudo, há cada vez menos árvores e mais penas.

O jovem engenheiro arqueou as sobrancelhas. Suspirou profundamente, maldisse o dia em que o júri da tese enalteceu as suas estúpidas ideias sobre como preservar o ecossistema amazónico e dirigiu-se para a casa do guarda.

Bateu algumas vezes na parede de metal e entrou sem esperar autorização. O guarda, que estava a ler um jornal antigo, esticou o braço para pegar num revólver que tinha em cima da mesa. Quando reconheceu o visitante, afrouxou a tensão que o susto lhe tinha provocado, mas continuou a observá-lo com desconfiança. Já então, a mente do engenheiro o avisava:

Claro que te vão relacionar com a fuga.

Ainda assim, sentou-se num banco e ouviu a sua própria voz dizer:

— Tenho a certeza de que tens aí uma garrafinha escondida algures…

O guarda, ainda mudo, abriu um caixote e ofereceu-lhe uma garrafa de rum de cachaça. Toda a gente dizia que ele estava louco, mas o americano sabia que o seu problema era o álcool. Num caso ou noutro, aquela casa asfixiante era o único sanatório onde o tinham admitido.

A mesa do guarda estava situada junto a uma janela por onde controlava tudo o que acontecia no acampamento. O americano tinha de conseguir, fosse como fosse, que mudasse de posição ou, assim que pudesse, que perdesse o ângulo de visão. Durante quanto tempo? Não tinha combinado nada com o indígena. Como é que estavam a pensar abrir o armazém para levar as armas? Confiava que tivessem arranjado uma chave e que não tivessem de forçar o cadeado que fechava o portão. Qualquer ruído estranho iria alertar os trabalhadores que dormiam nos barracões próximos. *Isso não é problema teu*, disse para si próprio. *Limita-te a manter o guarda entretido.* De que é que lhe podia falar? Não se via a ter conversas íntimas sobre *guajiras*…

Começou a tagarelar sobre as saudades que tinha de Montana, onde se encontravam flocos de neve ainda em pleno verão. Perguntou-lhe se sabia onde ficava Yellowstone e contou-lhe que quando tinha oito anos, num desfile de carroças de Salt Lake City, afastou-se dos pais e passou toda a noite perdido no bosque. *Vai pensar que sou estúpido*, censurou-se a si próprio. Mas continuou o seu monólogo em frente ao guarda que já semicerrava os olhos, sem dúvida pela sonolência que provocava aquela lengalenga de banalidades.

De repente, o eco de um tiro nas proximidades percorreu cada canto do acampamento.

Sentiu um sobressalto no coração.

Tinha acabado tudo. Ainda antes de começar, tal como estava destinado.

O guarda agarrou no revólver, afastou o visitante com um empurrão e saltou para fora da barraca.

O capataz e os outros trabalhadores saíram dos barracões, empunhando as suas pequenas armas. Os indígenas corriam em debandada para a selva. Os madeireiros organizaram a perseguição e foram atrás deles. O capataz apercebeu-se de que a porta do armazém estava aberta. Largou uma maldição que lhe saiu das entranhas e correu para lá. Aproximou-se com o profissionalismo de um *marine*, os braços tensos a segurar com ambas as mãos a arma e uma lanterna, e entrou com um grito. O foco de luz percorreu todos os cantos. No chão estavam dois indígenas desarmados. O nativo camaleão estava ajoelhado ao pé de outro, mais jovem, que se retorcia com a coxa da perna cravada por uma bala. Tinha disparado sobre si próprio quando roubava a espingarda, dando o sinal de alarme.

— Macaco estúpido… — resmungou o capataz enquanto se regozijava ao ver as golfadas de sangue.

O nativo camaleão inspirou o último alento do seu companheiro, afagou-lhe o cabelo e correu para o fundo do armazém para se introduzir num respiradouro. O capataz foi-se aproximando, passo a passo, enquanto o indígena desesperava a tentar arrancar a rede que tapava o buraco. Levantou a arma e, quando se preparava para disparar, o americano que o tinha seguido até ali, deu-lhe um golpe por detrás com uma tábua de madeira.

O capataz caiu inconsciente no meio de umas caixas. O jovem engenheiro permaneceu também imóvel, com a tábua na mão e a face desfigurada. O nativo camaleão voltou-se e agarrou-lhe no braço.

– Temos de sair daqui!

– Meu Deus, o que é que eu fiz?

– Pendura às costas um par de espingardas desse armário!

– O que é que eu fiz? – repetia constantemente.

O nativo aproximou-se do caixote de madeira que o capataz e os outros dois gorilas tinham descarregado do todo o terreno algumas horas antes. Estava escondido debaixo de uma manta. Pensou que iria conter munições e não quis perder a oportunidade de encher o saco com umas quantas fitas de balas. Procurou um ferro para fazer uma alavanca. A tampa estava selada com ganchos e pregos que lentamente foram cedendo, deixando ver o que havia lá dentro.

Os seus olhos achinesados abriram-se de uma forma surpreendente. A boca, ladeada por duas riscas de urucu, esboçou uma careta de horror. Fincou os joelhos no chão e juntou as mãos.

O americano ouviu a sua respiração acelerada e virou-se devagar. O nativo estava a rezar... ou talvez a pedir clemência, tremendo em frente do caixote de madeira como um esquilo ferido.

Quando viu o que tinha lá dentro, também ele se ajoelhou. Não sabia como agir. Apenas desatou a chorar, como um recém-nascido que, pela primeira vez, vem ao mundo.

2

Deitada de barriga para cima na cama da pousada, Mika não conseguia tirar da cabeça a tatuagem do lutador de capoeira que lhe tinha roubado o portátil. Depois de ter dado mil voltas a pensar, começava a duvidar se era mesmo verdade que já a tinha visto antes.

Um retângulo...

Com um olho no interior...

Não queria, sequer, imaginar que o bandido tivesse sido enviado pela família do traficante *Poderosinho*. Mas como é que podia ser um roubo isolado?

Não podia haver dúvida. Sabiam onde morava.

Era um pesadelo. Primeiro, Purone, e agora ela. Nunca em toda a sua vida se sentira tão sozinha. Nunca tinha tido tanto medo.

As buzinas na avenida, ali perto, começaram a sua tão característica sinfonia. O barulho de um helicóptero fez estremecer o teto. Os primeiros raios de sol entraram pelo rendilhado da portada da janela. A metrópole reclamava a sua presença e ela não tinha conseguido conciliar o sono mais do que alguns minutos durante toda a noite. Reclinou-se e ficou a olhar, no vazio, para o mesmo canto onde tinha surpreendido o bandido agachado. Estava esgotada, mas tinha de se mexer. Era perigoso continuar ali e, além disso, se continuasse a deixar que passassem as horas sem fazer mais nada, a não ser olhar para o ecrã do telemóvel à espera que se acendesse com a chamada do consulado, acabaria por ficar louca. Começava a pensar que essa chamada nunca iria chegar. Que Purone nunca iria acordar.

Durante a interminável vigília, tinha tido tempo para rever palavra por palavra as declarações prestadas no quartel do Grupo de Operações Especiais. Quando mencionou a *T-shirt* do taxista que a trouxera do aeroporto ao chegar ao país, o investigador Baptista falou-lhe da Galeria do Rock. Segundo afirmou, era um centro comercial que se dedicava a roupa gótica e... a lojas de tatuagens.

Um retângulo...

Com um olho no interior...

Talvez estivesse a ficar obcecada por esse símbolo maldito, mas... Não. Já estava mesmo completamente obcecada. E sabia que não iria parar até desfazer o nó que a oprimia. Tinha de localizar, fosse como fosse, o bandido (o único fio condutor para a tirar do meio do caos) e reunir-se outra vez com o polícia. Convencê-lo de que ela não tinha nada que ver com o que acontecera em Monte Luz, de que ela era apenas mais uma vítima. Na sua primeira declaração, mentiu. Duas vezes. Escondeu a sua entrevista de trabalho no Gabinete Comercial da embaixada para que não ligassem a confirmar a visita e que com isso manchassem o seu currículo, e também ocultou a fuga no carro desportivo de Adam Green. Movimentos erráticos. Terrivelmente temerários. Agora sabia que o eram.

Não podia culpar-se. Sentia-se sozinha e tinha medo...

Para vencer o medo, bastaria enfrentá-lo. Era um ensinamento básico do caminho do guerreiro.

Vou à tua procura.

Tomou um duche rápido e vestiu uma saia branca comprida. Previa-se um calor asfixiante e não estava para sofrer mais do que o estritamente necessário. O calor impedia-a de pensar com clareza. Combinou um cinto fino de chapa dourada, igual à das sandálias, e completou o conjunto com uma *T-shirt* de alças também branca. Viu-se ao espelho e suspirou fundo. O aspeto angelical não correspondia ao inferno que estava a viver por dentro, mas, quem sabe, poderia ajudar a compensá-lo. Pôs um travessão no lado esquerdo do cabelo, deixando-o solto no outro lado, e desceu à receção.

Ao vê-la, a jovem do balcão afastou-se instintivamente para trás. Depois da perseguição pelos corredores e pelo pátio da pousada, de certeza que preferia não a ter como hóspede. Mas quando Mika lhe perguntou onde ficava a Galeria do Rock, o gesto arisco da rececionista desapareceu atrás de um súbito sinal de simpatia.

— O melhor é ires até à estação da Praça da República e que perguntes aí. Quando chegares à Galeria, sobe ao quinto piso e procura o estúdio da Sarita. É a artista que me fez isto.

Mostrou o duende que ostentava sobre a omoplata direita, um ser de grande nariz e chapéu em bico que andava nos bicos dos pés, como se estivesse mesmo quase a fazer uma travessura.

— Vou dizer-lhe que venho da tua parte, obrigada.

— Já pensaste no que vais pôr? O nome do teu namorado?

— Não há nenhum namorado.

— A sério? A Sarita tatua umas letras que parecem hastes de flores...

Quando deixou os asseados túneis do metro e foi até à praça, em pleno centro histórico, foi atacada por um caos diferente. O fumo e o barulho do trânsito conviviam com o persistente chilreio dos pássaros e das verdejantes árvores tropicais que bordejavam o lago. Era o lugar de vagabundos de qualidade incerta, mas também o vértice de ruas de comércio animado, cheias de restaurantes e de cibercafés, quiosques de colares e frutarias ambulantes que anunciavam sumos recém--espremidos. O bairro trazia impregnada a marca de uma existência de muita agitação.

No passado, fora o centro financeiro e administrativo, contudo, quando as empresas se mudaram para as zonas modernas nascidas após a explosão económica – como a área de Brooklin Novo, onde estavam situadas a Câmara de Comércio e a Embaixada Espanhola –, o governo do Estado também fez as malas e voou para um palácio no Sul da metrópole. O esvaziamento da zona trouxe a degradação, a delinquência e a especulação, problemas que algumas associações privadas, acreditadas por intelectuais ou empresários nostálgicos, se esforçavam por erradicar, empenhadas em preservar a sua breve história e cultura.

Começou a andar enquanto tentava encontrar alguém a quem perguntar onde ficava a Galeria do Rock. No meio de blocos de casas impessoais elevava-se o edifício Itália, um icónico arranha-céu da idade de ouro do centro. A seus pés, uma multidão aglomerava-se junto a um cordão de segurança da Polícia Metropolitana.

O acesso ao imóvel estava cortado. Para lá da fita de plástico, presa nas árvores e nos candeeiros para marcar o perímetro, havia agentes armados posicionados nas esquinas. Os curiosos que ocupavam os passeios falavam entre si. Meteu-se no meio de um grupo maior, que tinha formado um grande círculo.

No meio do círculo, um homem de uns quarenta anos com uma túnica e um chapéu de padre santeiro praticava uma espécie de cerimónia. Pelos artefactos que agitava e pelos peculiares colares que trazia, devia ser um ritual de candomblé, a religião animista brasileira. Tinha um aspeto ambíguo, com as sobrancelhas arranjadas e o cabelo que aparecia debaixo do chapéu pintado de branco. Estava acompanhado de outras santeiras mais novas que queimavam ervas aromáticas e espalhavam o fumo pelas pessoas que assistiam. Ele, enquanto isso, movimentava--se de uma maneira que só podia ser o resultado de alguma bebida ilegal que tomara.

Aproximou-se de Mika, permaneceu uns segundos a olhar para os olhos dela e ia passar umas conchas pelo seu cabelo.

Mika afastou-se instintivamente.

– Não te assustes – disse alguém.

Virou-se. Era uma das ajudantes do santeiro. Imediatamente, ambas se fundiram num espalhafatoso abraço.

– Mamã Santa!

– Mika, minha filha! O que é que estás aqui a fazer?

– E tu?

– Eu estou a trabalhar, bendita Iemanjá!

– Dedicas-te a fazer rituais de candomblé em plena rua?

– O Pai Erotides costuma chamar-me quando precisa de ajuda – disse, apontando para o homem que, naquele momento, já dedicava as típicas convulsões aos outros transeuntes. – Há um terreiro não muito longe daqui.

– Um *terreiro*?

– Um templo de candomblé. Mas não imagines nenhuma catedral, pois nós, os afro-brasileiros, somos pobres por natureza! É uma velha casinha onde a sua família celebra o culto há meio século.

– E o que é que vos trouxe hoje aqui?

– Os proprietários deste arranha-céu encarregaram-nos de o purificar. A primeira coisa a fazer é desterrar os espíritos maus que rondam à sua volta.

Mika sentiu cair-lhe em cima tudo o que vinha a padecer desde a sua chegada.

– Comigo têm muito trabalho que fazer. Devo estar possuída da cabeça aos pés por espíritos maus.

– Mika, Mika… – Agarrou-a pelas bochechas como se fosse uma criança. – Não sabes como me alegro por te ver depois do que aconteceu. E que linda que tu estás! Com essa saia branca, podias juntar-te a nós. Pareces uma sacerdotisa de primeira, só te falta o turbante.

– Já sei que prestaste declarações à polícia a meu favor – agradeceu-lhe, tentando não mostrar como estava emocionada.

– Eu só contei o que vi. Nem a teu favor nem contra.

– De qualquer maneira, obrigada por te teres envolvido.

– O medo não é o único motor que faz mover a minha comunidade. Cada dia que passa, somos mais os que caminhamos a pensar no futuro para que as ruelas da favela fiquem mais limpas, sem deixar de pensar, também, que são as mais empinadas. Olha para estas pernas nascidas na Baía. – Levantou a saia e deu umas palmadas na sua própria coxa. – Podes ter a certeza de que aguentam todos os degraus que fizerem falta.

– Espero, do fundo do coração, que não tenhas problemas. As coisas estão muito feias lá em Monte Luz?

– Não são dias fáceis. Silêncio e lágrimas, má mistura. Ouvi que dispararam sobre um dos artistas espanhóis…

Mika tencionava pô-la ao corrente de tudo, mas não conseguia falar. O mero facto de pensar em Purone impedia-a de respirar. Continuava sem receber o telefonema do consulado e, por isso, começava a imaginar o pior. Calma, disse para si mesma, paciência, o Purone é forte, sê forte tu também. À sua volta, o santeiro continuava a sua dança catártica.

— Porque é que este sítio precisa de ser limpo? — perguntou, para desviar a conversa. — E porque é que está guardado pela polícia?

— Vamos para outro lado falar com mais calma — sugeriu Mamã Santa, pegando-lhe no braço.

— Podes escapar-te agora?

— Ainda vão demorar um bocado com os preparativos. Junto-me ao Pai Erotides quando entrar no edifício.

Atravessaram para o passeio em frente. Era engraçado ver a baiana a desviar-se dos carros com aquela mistura de desembaraço e de desprezo, como se estivesse isenta de ser atropelada por estar envolta nalgum tipo de bolha protetora. Sentaram-se na beira de um pequeno parque de erva seca e Mamã Santa declarou:

— É costume realizar rituais de limpeza em escritórios para que os negócios a que se dedicam tenham maior prosperidade. Mas, neste caso, a coisa vai mais longe. Com aquilo que se passou aqui na segunda-feira passada, estão convencidos de que acumulou tanta energia negativa que acabará por corroer os cimentos e deitá-lo abaixo.

— Estás a dizer que…

— Lá em cima foi onde se acendeu a estrela, a luz que iluminou as favelas no meio do apagão.

Então era isso. Estavam junto ao arranha-céu que viu lá de cima do morro de Vila Madalena. Olhou para cima. A interminável fachada, estreita e cinzenta, confundia-se com as nuvens que se tinham instalado sobre a urbe.

— Como conseguiram fazer subir o material? Quem o fez teve de transportar os focos até ao telhado, embora por peças, e, uma vez lá, montá-los e pôr o sistema todo a funcionar. Como é possível que ninguém tenha dado por isso?

— Tinham tudo muito bem planeado — explicou Mamã Santa. — No piso 44 há um restaurante chamado Terraço Itália que se aluga para congressos. Pratica uns preços obscenos, mas tem também um terraço onde se pode obter uma vista de trezentos e sessenta graus sobre a cidade. Os construtores da estrela sabiam-no e reservaram o piso inteiro durante três dias, por isso tiveram acesso permanente sem que ninguém os incomodasse.

— Sim, mas como atravessaram a receção e se esquivaram a todos os agentes de segurança com peças dos canhões de luz?

– Passaram-nas dentro das caixas de madeira do *catering*.

– Bem pensado... E o apagão?

– O secretário de Estado da Segurança ainda não concretizou nada, embora tenham detetado um assalto ao sistema informático que regula a ligação com a barragem.

Mika esboçou um gesto de perplexidade.

– Como é que sabes isso tudo?

– Saiu em todos os jornais de hoje, minha filha.

Franziu a sobrancelha.

– O que me estranha é que a polícia vá filtrando a informação em tempo real.

– Suponho que o governador tenha decidido dessa maneira para conseguir a ajuda da população, mas...

Parou, como se não tivesse a certeza se devia dizer o que estava a pensar.

– Mas quê?

– Está a provocar o efeito inverso.

– Estás a dizer...

– Estou a dizer que o povo brasileiro, ou, melhor dizendo, que todo o planeta está a favor desses valentes. O noticiário qualifica-os como terroristas, mas não o são. São uns heróis.

– Heróis como? Tu também achas isso?

– Claro que sim.

– Mas assassinaram pessoas!

– Pessoas que mereciam – corrigiu Mamã Santa, retocando o turbante, insegura.

– Já se conhece a identidade do segundo morto do Twitter?

– A foto dele sai na primeira página do *Jornal do Brasil*: Gilmar Barbosa, presidente da Global Madeiras.

– Não me digas que era o dono dos acampamentos que arderam na selva.

– Esse mesmo, esse desprezível corta-árvores. A Global Madeiras é a empresa que controla grande parte do corte indiscriminado do nosso pulmão amazónico. Começou por escravizar indígenas e acabou a comprar meio governo para conseguir licenças de desflorestação indecentes. Pena é que antes de o matarem não lhe tenham cortado o seu tronquinho minúsculo.

– E os trabalhadores da empresa mortos nas explosões? Que culpa é que eles têm?

– Mas não morreu nenhum! Onde é que tens andado nas últimas horas, minha filha? As televisões de todo o mundo não falam de outra coisa. Os autores do atentado avisaram com tempo suficiente para que o pessoal desalojasse as instalações, mas sem lhes dar oportunidade para desativar os temporizadores. Quem quer que tenha feito isto, é um génio. Primeiro, o apagão e a estrela de luz a apontar para as nossas favelas, entre elas a de Monte Luz, onde mataram o *Poderosinho*. Depois, os incêndios simultâneos e esse arco-íris maravilhoso a enfeitar o céu da selva, por cima dos escritórios onde o Barbosa foi encontrado com a sua venenosa língua de fora... E tudo isso sem provocar uma única baixa, exceto os convidados especiais, claro. Trata-se de... como é que lhe chama o *Jornal do Brasil*? Ah, sim: um assassino em série seletivo. Um narcotraficante, um madeireiro sem escrúpulos... Vamos lá ver quem é o próximo.

Um assassino em série seletivo...

Mika não queria aprofundar a discussão sobre a legitimidade daqueles justiçamentos e, muito menos, pôr-se a avaliar as consequências posteriores. De certeza que Mamã Santa, levada pelo frenesim dos acontecimentos, diria que os vingadores secretos não eram responsáveis pela reação posterior dos gangues, nem pela incursão da Polícia Pacificadora. Ressoaram na sua mente as malditas palavras «efeitos colaterais» (aquelas duas palavras martelavam-lhe as paredes interiores do crânio como se cada uma levasse com um taco de beisebol) e novamente visualizou o *e-mail* que lhe tinham enviado os traficantes. Até onde chegarias para mudar o mundo? Ela não tentava mudar nada. Não estava nas suas mãos.

Não queria morrer.

— Suponho que para apanhar os autores bastará seguir o rasto da reserva do restaurante — comentou, voltando às pesquisas policiais para afugentar os seus próprios fantasmas.

— O governador é que gostaria que fosse assim, fácil. O restaurante foi contratado por uma empresa estrangeira de organização de eventos que pagou adiantado. Estão a investigá-la, mas, ao que parece, deram de caras com uma enorme cadeia de empresas.

— E ainda não conseguiram chegar ao ponto de origem.

— Nem vão conseguir chegar, vais ver.

Do passeio em frente, uma das jovens santeiras fez sinal a Mamã Santa para que voltasse a juntar-se ao ritual.

Antes de se despedir, Mika aproveitou para lhe perguntar como se chegava à Galeria do Rock.

— Para que é que queres lá ir?

Mika ia falar-lhe da tatuagem do lutador de capoeira que lhe roubara o portátil, de que precisava de localizar quem o tinha feito e destruir esse fio condutor, o único fio condutor, para através dele conseguir chegar até à família do *Poderosinho* e voltar, de novo, à polícia com uma prova segura. Mas o tal Pai Erotides esperava do outro lado da rua já com as mãos na cintura.

— Prometo-te que te conto outro dia.

— Vai por essa rua em frente — indicou Mamã Santa resignadamente — e vais dar de caras com uma praceta chamada Largo do Paiçandu. É um sítio muito especial. Parece mentira que esteja ao pé desta galeria infernal.

— Também não será para tanto.

— Nós inventámos a Bossa Nova, minha filha. Isso, sim, é que é música. Elegante, lírica... É um som para ir vivendo devagarinho a vida. Sabes bem o que cantava o João Gilberto a esta cidade. E à medida que se afastava, começou a cantar empenhadamente:

Alguma coisa acontece no meu coração
que só quando cruzo a Ipiranga e a Avenida São João.
É que quando eu cheguei por aqui eu nada entendi
da dura poesia concreta de tuas esquinas,
da deselegância discreta de tuas meninas...

3

Separaram-se como duas velhas amigas com a serena certeza de que os seus caminhos se voltariam a cruzar. Mika andou pela teia de ruas pedonais perseguida pelos versos de *Sampa* (o título da canção e, ao mesmo tempo, o topónimo carinhoso de São Paulo). Tal como o compositor, ela também não percebia nada do que estava a acontecer desde que pusera os pés na cidade.

Como tinha dito Mamã Santa, depressa chegou a uma praceta encravada no meio de grandes edifícios. Não era de estranhar que o lugar fosse tão especial para a baiana.

No centro, erguia-se a pequena igreja de Nossa Senhora do Rosário dos Homens Pretos, construída por brasileiros negros num lugar que, originariamente, se destinava a rituais animistas; ao lado, o arrepiante Monumento à Mãe Preta mostrava uma escrava africana a amamentar um menino branco e a chorar por causa da fome pela qual passavam os seus verdadeiros rebentos.

Girou à volta de si mesma, percorrendo, um por um, os edifícios que cercavam a praça até que localizou a Galeria do Rock. Os seus sete pisos sem fachada erguiam-se etéreos, abertos para a rua com umas varandas sinuosas, nada apropriadas a quem sofresse de vertigens.

Era óbvio pelo aspeto de quem lá se encontrava que era o ponto de encontro de todas as tribos urbanas da região, desde os góticos, que o Baptista tinha mencionado, até aos seguidores de qualquer outra imaginável corrente estética *underground*: *punk, heavy, hip-hop, grunge, mod,* rastafári e até *otakus* japoneses. Pensou, para si própria, que nunca tinha sentido necessidade de demonstrar uma fidelidade semelhante nem por nada nem por ninguém e decidiu entrar.

Além de ser o paraíso da tatuagem – muitos dos seus habitantes tinham mais superfície corporal pintada do que livre –, em cada um dos pisos sucediam-se pequenas lojas de *skates, T-shirts* de bandas musicais e fatos completos para as tribos, acessórios, CD, objetos de culto insólitos como máscaras de Dark Vader ou réplicas de tamanho real dos *orcs* de *O Senhor dos Anéis*… abundavam também os locais de profissionais do *piercing*, dispostos a espetar os lóbulos de quem solicitasse brincos convencionais, a introduzir cornos de alumínio na testa se o cliente cultivasse tendências mais radicais ou a provocar escoriações cutâneas típicas das tribos ancestrais etíopes do rio Omo.

Entrou na escada interior que ligava os sete pisos daquele edifício (ora *backstage* de concerto, ora museu dos horrores) abrindo caminho entre as pessoas e o cheiro a *kebab* dos sítios de comida rápida. A luz natural que penetrava pelas clarabóias do teto, misturada com os focos dos corredores e os néones das montras, dotava o lugar de uma atmosfera onírica. As aparelhagens *hi-fi* dos espaços — todos com as portas abertas de par em par — tentavam impor as preferências sonoras dos seus proprietários; contudo, havia um som endémico naquela ilhota: o som de um enxame. Como realçara o investigador Baptista, as máquinas dos estúdios de tatuagens produziam um zumbido inquietante que ressoava como um milhão de abelhas por cima de toda a algazarra.

Tendo em conta o tamanho da galeria, Mika ficou contente por ter uma referência para começar as suas pesquisas. Subiu até ao quinto piso e perguntou pela Sarita, a tatuadora que lhe tinha recomendado a rapariga da pousada.

Não foi difícil encontrá-la. Empurrou a porta de vidro e dirigiu-se a uma receção com um par de cadeirões forrados a pele de leopardo e uma mesa baixa coberta com pastas de desenhos propostos pela artista. Um cartaz pendurado com pioneses na parede preta sugeria: CRIA A TUA PRÓPRIA TATUAGEM, CRIA O TEU PRÓPRIO EU. Numa montra de vidro exibiam-se as pistolas, filas de frascos de tinta e o material cirúrgico que garantia a máxima higiene quando a tinta penetrasse na epiderme.

Uma cortina de correntes de alumínio servia de separador da divisão ao lado. Mika aproximou-se. Sobre um estrado estava deitado um rapaz de barba abundante que esticava o pescoço para ver as letras romanas do seu músculo gémeo. A seu lado, Sarita remexia nas gavetas da mesa de apoio. Teria mais ou menos a sua idade. Vestia umas calças bombachas e, por cima, apenas um sutiã preto que, a muito custo, continha os seus generosos peitos operados, ambos tatuados com uma teia que vinha desde o umbigo.

O cabelo roxo redemoinhava-se cada vez que a ventoinha colocada num canto do teto dava uma volta.

– Olá – cumprimentou com simpatia. – Importas-te de esperar lá fora até acabar aqui? Podes ir dando uma vista de olhos nos blocos que há em cima da mesa.

– Por mim, não me importa que fique – interveio o cliente com um sorriso malandro.

– OK, mas não te aproximes muito. Se me tocas no braço, fazemos uma boa porcaria neste borracho.

Mika atravessou a cortina metálica e encostou as costas à parede. Cheirava mais a consultório médico do que a bar de estrada frequentado por anjos dos infernos.

– É a primeira vez? – perguntou Sarita enquanto mudava de agulha.

Mika levantou a *T-shirt* e mostrou-lhe o hieróglifo *samurai* que tinha na anca, aquele símbolo servia sempre como tocha quando lhe era difícil dar o primeiro passo em alguma coisa. Sarita anuiu condescendentemente e continuou o seu trabalho. Assim que terminou as linhas e o relevo do desenho que tinha entre mãos, escolheu a cor preta e começou a fazer as sombras, acrescentando um toque de cor água e de branco.

– Isto já está quase – anunciou por fim, erguendo-se para trás para articular o pescoço. – Só falta dar brilho a estas letras e depois atendo-te.

– Na verdade, não me vim tatuar.

– Então, o que é que queres?

– Preciso que me ajudes a localizar o autor de uma tatuagem.

– *Que legal!* – exclamou o rapaz.

– Tu não te metas – resmungou Sarita. – Eu vivo de fazer tatuagens, não de dar informações.

– Tenho pena, esperava mais corporativismo no grémio – contra--atacou Mika com sarcasmo.

– Tens de ser mais corporativa – repetiu o rapaz.

– Cala-te! – gritou-lhe Sarita, ameaçando-o com a agulha. Nesse momento, poisou a pistola sobre a mesa de apoio e acrescentou: – Não me tenhas em má conta, os donos das galerias andam-me a lixar com as faturas por pagar.

– Não te preocupes. Quem me mandou cá foi uma cliente tua que te pôs nos píncaros.

– Ah, sim? Quem?

Deu-se conta de que não sabia como se chamava a rapariga.

– Trabalha como rececionista da Pousada do Vento.

– Não caio…

– Fizeste-lhe um duende nas costas.

Mika fez um gesto a imitar a criatura do bosque.

– Já me lembro! Uma miúda muito forte. Não soltou uma única queixa.

– Então, vais ajudar-me?

– Como é que te chamas?

– Mika.

– És de onde?

– De todo o lado.

– Gosto disso. – Voltou-se para o cliente e disse-lhe, recuperando o tom profissional: – Vamos deixar que a tua pele descanse uns minutos. Quando voltar, acabo os brilhos e protegemos bem para que não infete com este calor, OK?

Mika e Sarita saíram para a receção e sentaram-se em dois cadeirões de pele de leopardo. A tatuadora tirou as luvas hipoalergénicas e atirou--as para um caixote de lixo com tampa.

– O desenho que procuras, foi algum colega da galeria que o fez?

– Não faço a mais pequena ideia.

– Conta-me como é.

– Melhor que isso, faço-te o desenho.

Sarita passou-lhe uma folha e um marcador e Mika desenhou com a maior exatidão possível.

– Um retângulo e um olho. Simples, mas curioso.

– Já percebi que não te soa a nada.

– Meu não é, digo-te já.

– E não estás a ver quem possa…

– Isto podia ter sido feito por qualquer um. Pensava que fosse alguma coisa mais sofisticada, não me leves a mal.

– Fui una ingénua ao pensar que seria chegar e andar.

– De qualquer maneira…

A tatuadora virou-se para o lado de fora e fez uns gestos a um par de miúdos que estavam encostados a uma banca de gelados para virem até à porta do estúdio.

– Conhecem o Kurtz? – perguntou-lhes.

– *O Louco*?

– Tragam-no cá que eu compro-vos um daqueles.

– Podes começar a pedi-los!

Desataram a correr para a escada em caracol.

– Um para os dois! – gritou Sarita.

– Quem é o Kurtz, *o Louco*? – perguntou Mika assim que ela voltou para o cadeirão.

– Um clássico do sítio. Dizem que está na galeria desde a inauguração, em 1961.

– Trabalha aqui?

– Diz antes, vive aqui. Tem tido uma vida difícil, mas todos gostamos muitíssimo dele. É como um pai espiritual para nós, conseguiu regressar de todo o tipo de viagens.

– Psicotrópicos.

– Isso mesmo. – Sarita voltou a concentrar-se no desenho da tatuagem. – Pode ser inventado, embora essa cena simbólica do olho também possa ter sido copiada de algum desenho do neolítico.

– Do neolítico, como?

– Ou anterior. Num glaciar dos Alpes encontraram uma múmia com uns cinco mil anos… com cinquenta e sete tatuagens nas costas! Dizem que, nesse caso, não era um ritual, mas sim uma forma de terapia como a acupuntura. É óbvio que naquele tempo eram muito mais espertos do que nós.

Sarita mudou a música que saía de um *iPod* ligado a um altifalante. Trocou os Kings of Leon por uma versão calma da Adele interpretada ao piano e na voz pelos Linkin Park.

Pouco tempo depois, um dos miúdos apareceu à porta do estúdio.

– Aqui está o Kurtz, *o Louco*!

– Não lhe chames isso à frente dele, pá.

Kurtz entrou a arrastar os pés. Era um homem magro e alto como um junco, afundado dentro de uma *parka* com capuz três tamanhos acima do seu e, com aquilo, naquela altura do ano, devia estar com uma temperatura interna de cem graus.

Sarita foi à caixa registadora tirar uma moeda para dar aos miúdos, mas Mika adiantou-se.

– Isso é comigo.

– OK. Kurtz, importas-te de te sentares uns minutos connosco?

– Achas que vou dizer que não a duas belezas juntas só para mim? Ainda me resta uma migalha de cérebro intacto. A migalha de reconhecer as rainhas do Carnaval quando me aparecem à frente.

– És um querido. – Passou-lhe um banco cilíndrico de cabedal branco. – Olha, esta é a Mika. Está à procura de quem possa ter tatuado este desenho. Diz-te alguma coisa?

– Claro que sim.

Mika, instantaneamente, sentiu um nervoso miudinho.

– *Claro que sim* como? – resmungou Sarita. – É assim tão fácil?

– Não me perguntes o nome do presidente do Brasil, mas o autor de um *tattoo*…

– Estás a ver? – festejou Sarita. – Já te tinha dito.

– São obra do Maikon, o do segundo piso.

– *São*? Como é que é isso?

– Já tatuou mais do que uma igual a esta, tenho a certeza absoluta.

Sarita levantou-se bruscamente e enfiou a cabeça no espaço onde estava deitado o seu cliente.

– Não te mexas daqui, borracho, volto já num minuto. Se alguém entrar, diz-lhe para se sentar e para não mexer em nada.

Desceram a toda a pressa para o estúdio de Maikon. Para além da sala de operações, tinha uma exposição e venda de material para outros colegas da profissão: tintas com as cores mais sofisticadas, pistolas personalizáveis, sistemas de esterilização... Atendeu-as a empregada, uma asiática de pele escura, mas nem por isso menos tatuada. Os braços com riscas de zebra; no pescoço, uma corrente de espinhos.

— Saiu para almoçar — informou.

— Merda! — queixou-se Sarita —, nem que trabalhasse num banco. Sabes onde?

— Já sabes que gosta de *sushi*.

— Nem sabia que o Maikon gostava de *sushi*, nem compreendo como é que alguém consegue comer peixe logo de manhã.

— Há algum restaurante japonês perto? — interveio Mika.

— No sétimo piso há um oriental.

Outra vez para cima.

Nesse instante, soou uma cativante melodia de xilofone.

— Acho que é o teu telemóvel — disse Kurtz a Mika.

O *smartphone* que Adam lhe tinha emprestado...

Procurou na mala nervosamente e respondeu.

— Estou.

— É a Mika Salvador?

Era um homem que se dirigia a ela num castelhano perfeito. Um arrepio percorreu-lhe as costas de cima a baixo.

— Sim, é a própria.

— O meu nome é José Pérez-Terreros, do consulado espanhol de São Paulo. Deixaram-nos este telefone de contacto.

— Sim, sim. Tem notícias do meu amigo Purone? Do coletivo Boa Mistura...

— Antes de mais, desculpe a demora. Temos tido alguns problemas de coordenação com as Unidades de Polícia Pacificadora que se ocuparam da evacuação da favela, mas já está tudo resolvido. Acabam de nos informar que no mesmo dia da batalha, o seu amigo foi levado para o Hospital da Clínica da Faculdade de Medicina, onde ainda está internado.

Mika deu um suspiro e disse num fiozinho de voz:

— Agradeço-lhe tudo o que estão a fazer.

— Encontra-se no melhor centro médico do país, por isso não se preocupe. E já deixou bem patente que é um rapaz forte. Mas temos de esperar.

— O que quer dizer com esperar?

— Ainda tem o projétil alojado na região para-temporal.

— O que é que está a dizer?

– Entrou pela zona da maçã do rosto e fraturou-lhe a base do crânio. Mas nós assegurámo-nos de que está a ser tratado pelos melhores especialistas.

– Oh, meu Deus... Qual é o prognóstico?

– Não a vou enganar. Está em coma e em situação crítica, mas, pelo menos, não há morte cerebral. Precisam de estudar a evolução e detetar...

Desligou sem ouvir o final da frase. Olhou para Sarita e para Kurtz, que olhavam para ela em silêncio. Gostaria de ter podido partilhar com eles o que sentia, mas não sabiam nada sobre o que acontecera. Não sabiam nada sobre ela. Era uma estranha no meio daquele corredor infestado de guitarras distorcidas e de bocas de serpente.

– Tenho de me ir embora.

– Agora? E a tatuagem de que andavas à procura? Acho que o Maikon está nesse sítio de comida oriental do sétimo...

Desatou a correr em direção à rua e apanhou um táxi que rumou direito ao hospital, serpenteando entre um ónibus e duas camionetas de distribuição. Olhou pela janela, tentando conter as lágrimas e libertar o peso que se tinha instalado no peito e que lhe comprimia os pulmões. As obstinadas nuvens de aço continuavam a tapar o Sol, pesavam sobre ela, tal como a recordação de todos os momentos partilhados com Purone. Precisava de o ver, convencer-se de que não continuava caído numa ruela da favela, enquanto a vida lhe escorria pelos canos de esgoto abaixo.

4

—Só temos de subir mais esta avenida para dar a volta – anunciou o taxista enquanto procurava a forma de contornar um engarrafamento na Avenida Doutor Arnaldo.

Mika regressou ao mundo dos vivos. No outro extremo da rua, uma vedação verde delimitava um recinto com um arvoredo abundante.

– Não se preocupe, desço aqui.

– Cuidado, que ainda é atropelada!

Fazendo ouvidos moucos aos gritos do taxista, Mika pagou o valor que o taxímetro marcava, apeou-se entre buzinadelas e fumo e contornou seis filas de carros que deslizavam com dificuldade, desengatando o travão de mão e pondo à prova as embraiagens desgastadas. Alcançou o passeio oposto, correu até encontrar uma entrada de acesso à portaria e meteu-se pela rua que servia de artéria ao complexo. Edifício de Pediatria, de Medicina Tropical, de Virologia… O Hospital de Clínicas da Faculdade de Medicina da Universidade de São Paulo era o maior centro hospitalar da América do Sul, uma pequena cidade com trezentos e cinquenta mil metros quadrados, sete institutos especializados e mais de duas mil e quinhentas camas. Começou a angustiá-la a falta de informação detalhada sobre o paradeiro de Purone.

Seguindo os cartazes, chegou à porta do Instituto Central. Procurou o guichê de admissões e deu o nome do seu amigo à funcionária.

– Não sabe em que área se encontra? Trauma? Neurologia?

– Só sei que está em coma.

– Intensivos. – Procurou durante uns segundos no computador. – Tem de ir por aquele corredor até ao fundo, descer para o nível inferior e uma vez lá deixar-se guiar pelos letreiros. – Quando Mika ia para se retirar, a auxiliar reteve-a. – Mas terá de esperar pela tarde.

– Porquê?

– O acesso está restringido, de manhã, a uma hora, que está quase a acabar, e outra a partir das dezassete e trinta. A Unidade Médica de

Intensivos não funciona como os quartos das outras especialidades em que vocês entram e saem como se estivessem no café da esquina.

Mika não estava na disposição de se deixar travar por protocolos de horários. Saiu disparada por onde lhe tinha sido indicado, e depois de conseguir ultrapassar um labirinto salpicado de carrinhos de comida, guardas e especialistas que comentavam, entre sorrisos, os seus relatórios médicos, alheios à angústia dos familiares, lançados como espetros para as zonas comuns, chegou a um corredor coroado com as iniciais UMI que terminava numa porta de vaivém.

Inspirou, empurrou-a com determinação e enfiou-se na sala. No centro, situava-se o controlo de médicos e de enfermeiras. À volta, os doentes alojavam-se em isolamentos individuais de vidro. Estendidos nas camas articuladas, entregavam-se submissos às mudanças de posição e às limpezas das auxiliares, que se aplicavam com as suas esponjas, esfregando cada cantinho dos corpos moles.

Onde é que estava Purone? Reinava um silêncio estranho. Silêncio humano, quebrado pelo apito inquietante dos monitores e pelo fole dos ventiladores. Uma enfermeira baixinha e roliça apressou-se a detê-la, pondo as mãos à sua frente.

— Não pode passar. Saia, por favor.

— Venho ver um amigo.

— Já lhe disse que saia.

— Não vou até o encontrar — resistiu, esticando-se para olhar por cima da touca branca.

— Claro que vai! Já passou a hora e, além disso, é proibido entrar sem roupa asséptica.

Olhou para o único familiar que ainda permanecia no interior de um dos isolamentos. Vestia bata verde, gorro e calças de plástico.

— Onde é que posso arranjar aquele fato? Visto-o e acabamos com isto.

— Fornecemo-lo nós, depois de preencher o impresso que justifica a relação com o doente, mas terá de ser esta tarde. Já esvaziámos a unidade.

— E aquele ali?

Apontou para o visitante demorado.

— Ele está à espera de um dos médicos.

Mika falou-lhe em tom de súplica, alterando a estratégia.

— Nem sequer me concede um minuto? Não pude vir antes, acabam de me telefonar do consulado espanhol...

— Está à procura do rapaz do tiro na cara?

— Sim, sim, por favor, só quero vê-lo! A sério que não me vai deixar passar? Por favor...

A enfermeira suspirou. Quando parecia que já ia ceder, objetou:

– Não lhe podia dar permissão mesmo que quisesse. Só permitimos uma pessoa de cada vez.

O visitante da bata...

Estava de costas, mas, como se as tivesse ouvido, voltou-se lentamente. Mika sentiu um arrepio quando, apesar do fato de plástico higienizado, conseguiu reconhecê-lo.

Era o *Capitão Nemo*.

O braço direito de Adam Green que conhecera na Creatio.

Que estás tu aqui a fazer?

Olhou para ele desconcertada. Em que tipo de intrigas se teriam envolvido?

Que planeava aquele homem, com a sua expressão de prepotência, a um palmo do ventilador de Purone? A cabeça fervia-lhe. Imaginou-o a desligar o pulmão artificial para provocar uma morte angustiante por asfixia ao seu amigo do peito.

Lançou-se a correr na direção dele, apanhando de surpresa a enfermeira que não teve tempo para a deter. Desviou como pôde uns carrinhos cheios de material para curativos e afastou uma auxiliar que saía de outro isolamento para ver o que estava a acontecer. Quando estava quase a chegar, uma dupla de guardas possantes interpôs-se no seu caminho e prendeu-a por ambos os braços. Ainda teve forças para se esticar e saltar como quem quer colar a cara à Lua. O *Capitão Nemo* observava-a impávido e sereno.

– Soltem-me! – gritou, revolvendo-se. – Tirem esse homem daí!

Os guardas atiraram-na para o chão, puxando-a grosseiramente pelos cabelos e, sem qualquer consideração, levaram-na de rastos até ao corredor. Um pôs-se à frente da porta enquanto o outro permanecia junto a Mika para garantir que não voltaria à carga.

Longe de tentar tirar partido das artes marciais contra aqueles dois homens que apenas faziam o seu trabalho, agachou-se num canto com as mãos na cara, subjugada pela sua impotência. Nesse instante, chegou um médico alto, de bata recém-engomada e um relatório na mão.

– O que é que está a acontecer?

– Não se preocupe, doutor Souza – explicou um guarda. – Esta mulher perdeu a cabeça, mas já está tudo controlado, não é verdade?

– Só quero que se ponha bom – soluçou Mika.

– Está a falar do rapaz espanhol do tiroteio?

O guarda confirmou.

– Não sei se vou conseguir aguentar outra vez – continuou ela.

– O que é que quer dizer com *outra vez?*

Ergueu a cabeça e explodiu:

– Já morreu nos meus braços na favela! O que é que faz aquele homem lá dentro?

O médico cochichou qualquer coisa ao guarda.

– No que depender de mim, não vai acontecer nada ao seu amigo – disse calmamente.

– Quem é o senhor?

– O neurocirurgião que está há dois dias à procura de uma solução para que o seu amigo saia daqui rapidamente. Vinha, precisamente, falar com a pessoa que a família designou para receber os boletins de saúde.

A pessoa que a família designou…

– Refere-se ao homem que está com ele?

– Suponho que falamos do mesmo. Enviou-o aquela empresa, como é que é o nome dela…?

– Creatio – respondeu Mika num fio de voz, cada vez mais confusa.

– Essa mesma, Creatio.

– Não posso acreditar…

– Enquanto as seguradoras resolvem o assunto, garantiu o custo do tratamento.

– O que é que está a acontecer aqui?

– Já sabe como são estas coisas: conflitos relacionados com riscos cobertos pelos seguros, o que cobrem as apólices… É triste, mas o hospital precisa de ter garantias de que vai conseguir cobrar.

– Não me refiro a isso. Meu Deus, a cabeça vai rebentar-me.

Levou ambas as mãos às têmporas.

– A sério que estava com ele quando levou o tiro?

– Pensei que tivesse morrido… e deixei-o lá caído.

A enfermeira apareceu para ver se a situação estava controlada.

– Esta senhora visitou o doente? – perguntou-lhe o neurocirurgião.

– Não lhe foi permitido.

– Traga-lhe roupa.

– Mas, doutor…

– Faça o que eu lhe digo.

– Não sobraram luvas – batalhou a enfermeira. – Mandei vir algumas caixas para o turno da tarde.

– Não há bactérias, por isso servem só a bata e as calças.

– Obrigada, doutor – disse Mika, ao mesmo tempo que se levantava.

Quando entrou e viu Purone ao perto, caiu-lhe a alma aos pés. A cabeça vendada, o tubo na boca, o êmbolo a subir e a descer, a sonda urinária a aparecer debaixo da camisola, o monitor a marcar o ritmo cardíaco, a tensão arterial, a saturação de oxigénio…

Ele a viver através das máquinas.

Voltou-se para o *Capitão Nemo*, que a observava impassível. Não sabia o que pensar. O neurocirurgião falou com eles enquanto segurava a porta de vidro.

– O tiro que lhe atingiu a perna não me preocupa. A ferida está limpa e vai sarar sem complicações. Mas o outro… A situação é crítica, não vos vou enganar. Irei baixando a pressão do ventilador para ver se consegue aguentar sozinho e, brevemente, será necessário pensar numa sonda alimentar para substituir o soro. Teremos de lhe fornecer alimento por via venosa ou por via enteral, com um tubo através do nariz até ao estômago. Mas tudo isso só acontecerá se eu não decidir operá-lo antes. Se fosse só por mim, esta mesma noite retirava-lhe a bala.

– A sério que pode fazer isso? – animou-se Mika.

– Isso era exatamente o que vos vinha dizer. Penso que encontrei a forma de aceder, a forma de proceder e a forma de sair. Só preciso do acordo do neurologista, que é quem se vai ocupar da recuperação após a intervenção.

– Confiamos em si, doutor Souza – autorizou o *Capitão Nemo*, abrindo finalmente a boca. – Faça tudo o que considere melhor para o seu doente.

– Muito bem, então.

– Já que parece que é o senhor quem põe e dispõe – espicaçou Mika, dirigindo-se ao peculiar executivo da Creatio –, será melhor que me explique isto tudo.

– Deixo-vos sozinhos. – Só vos peço que não demorem muito a sair. Já viram que temos a enfermeira-chefe com as garras de fora.

– Obrigada, novamente – disse Mika.

O médico anuiu, pensativo, e acrescentou:

– Mais uma coisa. Procurem não discutir ao pé dele. É suposto deixarmos os familiares vir ao quarto para transmitir amor aos doentes. Podem ter a certeza de que ele, de uma forma ou de outra… está a ouvir-vos.

Esboçou um gesto de amabilidade e retirou-se. Mika agarrava-se com força a um canto do lençol que tapava Purone. O apito do monitor. O êmbolo do ventilador. Aquele isolamento era uma panela de pressão.

– Por onde quer que eu comece? – ofereceu-se o *Capitão Nemo*.

Mika olhou compassivamente para o amigo Purone.

Vais ter de me perdoar, meu querido, mas tenho de o fazer.

– Pelo princípio – ordenou, lembrando-se do interrogatório a que ela própria fora submetida pelo investigador Baptista. – Diga-me o que estava a fazer o Adam na favela no dia da batalha.

O *Capitão Nemo* inspirou e falou pacientemente.

– O senhor Green tinha lá ido, como costuma fazer todas as semanas há alguns anos.

— Todas as semanas? Por que razão vai a Monte Luz de forma tão periódica?

— Gosta de controlar pessoalmente o funcionamento da sua ONG.

— Não sabia que dirigia uma ONG.

— Essa organização é muito importante para ele. Se conhecesse bem o senhor Green, já o teria ouvido dizer que a fundação dessa organização foi a melhor coisa que fez na vida.

— Fale-me dela.

— Chama-se «Bem-vindos» e dedica-se a apoiar os indígenas que chegam à cidade procedentes da selva. Todos os dias, famílias inteiras abandonam as regiões amazónicas e deslocam-se para as grandes urbes à procura de um futuro que se lhes afigure mais prometedor, mas as únicas coisas que encontram são desenraizamento e miséria. As favelas de São Paulo por pacificar estão cheias de imigrantes que não têm nada. A falta de trabalho rouba-lhes o futuro, uma tragédia que acontece também a muitos brasileiros não indígenas, mas que, neste caso, também não possuem passado, porque os madeireiros lhes queimaram as terras, as tradições e as memórias. A ONG Bem-vindos encarrega-se de os integrar na vida da cidade e de os dotar de recursos para que se consigam defender enquanto tentam encontrar o seu caminho.

— Dão-lhes dinheiro?

O *Capitão Nemo* abanou a cabeça para ambos os lados de forma indeterminada à procura das palavras exatas.

— Sim, cobrem-se algumas necessidades básicas dos recém-chegados através de doações, mas mais importante do que a caridade temporária é fornecer-lhes assistência médica, educativa e psicológica. Muitas vezes, o que mais precisam é de alguém que os escute e lhes pergunte o que querem fazer com a sua vida.

— Nem por sombras poderia imaginar tal coisa — reconheceu Mika.

— O trabalho da ONG não acaba com a integração imediata dos indígenas. Também temos serviços de assistência jurídica para evitar que, uma vez construída a sua nova vida nas favelas, os mandem embora.

— Agora está a referir-se ao governo?

Confirmou.

— Quando as Unidades de Polícia Pacificadora conseguem expulsar os traficantes, instala-se a tranquilidade, mas instala-se também a especulação. Veja que algumas das comunidades mais pobres estão nos morros que têm a melhor vista para a cidade, lugares nos quais a classe média ficaria encantada se ali pudesse construir as suas moradias. Por isso, à medida que avança o processo de limpeza policial, as unidades do Serviço Municipal da Habitação aprovam planos de urbanização e apresentam-se no meio da noite com os seus *bulldozers* para derrubar as

barracas, alegando que os moradores não têm título de propriedade...
E o pior de tudo é que as pessoas deixam. Não conhecem os seus direitos, muitos nem sequer sabem que quem está há cinco anos a ocupar uma casa, por muito precária que seja, pode exigir que a restituam com chave na mão por outra semelhante num morro próximo e muitos acedem a assinar contratos duvidosos a troco de futuras casas sociais e ajudas económicas que nunca se chegam a materializar. Aquando dos abusos especulativos que a concessão do Mundial e dos Jogos Olímpicos suscitou, a própria ONU denunciou o assunto, mas para resolver os problemas do mundo faz falta atuar no terreno.

— Fazem falta organizações como as de Adam Green — murmurou Mika, perdendo-se nos seus pensamentos.

— Diga, antes, espíritos como o de Adam Green — corrigiu o *Capitão Nemo*. — Está satisfeita? Ou ainda continua a acreditar que todos os membros da Creatio estão empenhados em acabar com a vida do seu amigo?

— Diga-me o senhor — insurgiu-se, ganhando alento. — Parece-me que ainda ficam muitas perguntas sem resposta. O que é que tem que ver o Purone com a ONG Bem-vindos e com a Creatio? Ainda ninguém me disse porque é que está aos pés desta maldita cama.

— Eu contratei o seu amigo.

— O senhor?

— Sim, eu mesmo — confirmou, entediado. — Estranho que o Purone não lho tenha contado.

— Não teve tempo para me contar nada, maldito filho da...!

Teve de engolir a raiva que sentia.

— Se não se acalma, vou-me embora sem dizer mais uma palavra que seja.

— Está bem — bufou Mika, fechando os olhos e escutando a respiração de Purone através do tubo.

— Eu não a insultei, em nenhum momento.

— Já lhe disse que estava bem — voltou a elevar a voz.

O *Capitão Nemo* deixou passar alguns segundos antes de continuar, num tom professoral:

— Contratei o coletivo Boa Mistura para que levasse a cabo a intervenção artística em Monte Luz.

— Então o senhor era o tal mecenas que os financiava.

— De facto, o dinheiro saía das contas da Creatio. Fora a assistência imediata que a ONG presta aos indígenas, o senhor Green gosta de cultivá-los a longo prazo através de projetos culturais: ciclos de cinema, *workshops*, concertos... Há uns meses, leu uma notícia sobre a participação do Boa Mistura na Bienal da Arte da Cidade do Panamá, na qual

realizaram um projeto pictórico original num dos bairros mais confli-
tuosos dos subúrbios, e pensou que podíamos copiar o modelo. Pediu-
-me que os contactasse e que os convencesse a dar cor a Monte Luz.

— Então o Adam sabia desde o início quem era o Purone… Porque
é que não me disse nada?

— Talvez porque não lho tenha perguntado.

Mika pensou na manhã em que acordou no solitário apartamento do
edifício Copan depois do tiroteio, na conversa que manteve com Adam,
na tranquilidade que, tão ingenuamente, sentiu ao seu lado.

— Ainda assim, não consigo acreditar que não me tivesse posto ao
corrente de tudo.

O *Capitão Nemo* manteve-se firme, tanto que até o plástico da sua
roupa esterilizada se mantinha sem qualquer ruga, mas pareceu ficar mais
suave, interiormente, porque a partir de então passou a tratá-la por tu:

— Talvez o senhor Green pensasse que se ficasses a saber que ele era
o motivo para o Purone estar na favela, irias culpá-lo do sucedido e re-
cusarias a sua ajuda. E depois do que passaste, era óbvio que precisavas
de alguém ao teu lado.

— É evidente que quem, sim, está informado de tudo de fio a pavio
é o senhor.

— De facto, ainda continuas a precisar. Quem sabe o que te poderiam
fazer os traficantes se te localizassem.

— Isto é de mais. Tenho de sair desta gaveta, não consigo respirar.

Acariciou o seu amigo Purone por cima do lençol.

*Deixo-te todo o amor que sou capaz de dar, todo. Muito mais do que o que o
teu neurocirurgião conseguiria imaginar. Mas, por favor, põe-te bom. Promete-me
que não deixarás de lutar.*

Atravessou a porta de vidro e encaminhou-se para a saída através do
posto de controlo das enfermeiras.

— Não te esqueças de que o Comando Brasil Poderoso acredita que
tu é que mataste o seu líder — ouviu nas suas costas.

— Sei tratar de mim sozinha — disse em voz baixa sem olhar para trás.

5

dam Green não iria permitir que tratasse de si sozinha. Quando saiu para o parque de estacionamento do Hospital de Clínicas para apanhar um táxi, o elegante dono da Creatio esperava-a encostado ao capô do seu *Aston Martin*. Vestia um fato azul-escuro de corte moderno, com uma camisa branca sem gravata.

Depois de tudo o que tinha ouvido antes, nem sequer ficou surpreendida por vê-lo ali.

Novamente a sua aura magnética, a irradiar uma luz tão intensa que poderia ficar impressa numa fotografia. Que tinha aquele homem? Não era o seu físico atraente que a seduzia. De facto, não era nada o seu tipo, já que preferia alguém mais jovem e menos composto. No entanto, ao voltar a vê-lo tinha sentido um estremecimento.

Enquanto caminhava em direção a ele, teve tempo para o examinar e para racionalizar essa reação de adolescente. Talvez fosse devido ao tom de melancolia que Adam deixava transparecer, como se dissesse: «Tenho tudo, mas preciso de ti.» Não, não era melancolia… era algo mais profundo. Como se, de dentro da sua bolha de perfeição, sentisse compaixão pela dor dela. Mais, era como se sentisse compaixão por toda a dor alheia. Ou, talvez, o que a cativava era a ideia de ter a seu lado um homem que substituísse a figura paterna nestes momentos precisos em que, tal como quando perdeu a sua mãe e Saul a abraçou dia e noite, vagueava sem cabo pelo espaço exterior.

Afastou a ideia com uma certa aversão e perguntou:

— Foi o *Capitão Nemo* que te avisou de que eu estava aqui? Não o vi fazer…

— Anda, entra no carro.

— Não, até me explicares porque é que me ocultaste que eras o mecenas que contratou os meus amigos Boa Mistura.

— Se já dispões dessa informação, deve ser porque o *Capitão Nemo* te contou. E, nesse caso, também te deve ter explicado a causa do meu silêncio.

— Explicou-me o que ele supõe que foi a causa. Quero ouvir a tua versão.

— Entra no carro — insistiu.

— Aonde é que vamos?

— Arrisca.

Na mente de Mika borbulhavam endiabradas contradições. Precisava de alguns segundos para se convencer de que tomava a decisão certa.

— Agora que sei mais coisas de ti e da tua ONG, acho que este carro desportivo não combina nada — disse, para ganhar tempo.

— Estive a coordenar umas inovações para os fabricantes e ofereceram-mo… ou isso, dizem eles. Na realidade, estiveram a brincar a ser generosos para logo depois renegociarem o preço final do meu trabalho. O que é certo é que agora não me posso livrar dele. Estou à espera que nos contratem para um novo projeto de i+D e não iam achar graça nenhuma se conduzisse outra marca.

Não lhe ocorria mais nada para perguntar. Adam aproveitou o momento dubitativo para lhe abrir a porta e ela entrou sem contestar. Quando o viu a rodear o carro pela frente a passar a mão pela chapa, sentiu-se de novo à sua mercê. Aceitava a situação, quase lha agradecia. Estava exausta e Adam salvaguardava-a de qualquer perigo, podia deixar de estar alerta. Ele ocupou o assento do condutor, arrancou como se acariciasse um puro-sangue, atravessou o parque de estacionamento do hospital e acelerou em direção à Avenida Paulista.

Uma vez lá, deambulou por ruas secundárias cuidadas, entre blocos de casas com os pisos térreos vedados e vigilantes de colete antibalas e arma pronta a disparar, discretamente sentados atrás de jardins floridos — a falta de cercas e de sacos de areia na incorporação do dispositivo de segurança era apenas por uma questão estética. A certo momento, Adam virou e parou em frente da porta de uma garagem.

O vigilante levantou a cancela. Apesar de estar escuro, Adam serpenteou pela rampa com perícia. Ouvia-se o chiar das rodas a virar sobre o pavimento. Estacionou num lugar do segundo piso da cave, debaixo de um letreiro pendurado em que se lia RESERVADA.

Saiu do carro. Mika esperou, paciente, sentada no seu assento, que ele lhe abrisse a porta. Já que se tinha entregado ao seu jogo, queria levá-lo até ao fim. Apeou-se como uma diva e foi atrás dele até ao elevador. Adam passou um cartão magnético por um sensor e ambos entraram em silêncio. Era estreito, mas não se chegaram a roçar um no outro.

Os botões chegavam até ao piso trinta e foi nesse que Adam carregou. Dirigiram-se ao sótão de um arranha-céu. Enquanto subiam, Mika imaginou ao pormenor a cena que a esperava a seguir: *a porta que se abre deixando ver um* hall *de madeira nobre e luz ténue, acedemos a uma* suite, *Adam senta-se na grande cama de lençóis recém-engomados e contempla-me enquanto eu permaneço de pé, pede-me para deixar cair a saia, as minhas pernas tremem, não de medo mas de excitação, o algodão enrola-se nos meus tornozelos...*

O que é que se passa comigo?, disse para si mesma. Mas, imediatamente corrigiu: *Mais vale que não me faça de púdica. Estou dentro deste elevador porque quis, a acompanhar um milionário até ao seu sótão secreto, e tenho as maçãs do rosto a mil graus...*

A porta abriu-se, finalmente, mas não na luxuosa antecâmara que Mika tinha imaginado. Muito pelo contrário, saíram para um corredor de cimento que apenas tinha como decoração um foco amarelo e uma câmara de segurança no teto. Caminharam em direção a um portão metálico com um leitor digital, no qual Adam voltou a passar o seu cartão.

– Já chegámos! – exclamou enquanto empurrava o portão com ambas as mãos e atravessava para o outro lado.

Mika teve de fechar os olhos. O vento e a súbita luz bateram-lhe com muita força. Estavam no telhado. As antenas cintilavam devido à luminosidade filtrada por entre as nuvens.

Semicerrou os olhos e percebeu que se tratava de um heliporto. Um pequeno aparelho esperava por eles com as hélices a funcionar.

– Vamos subir para ali?

– Se quiseres voltar para trás, ainda estás a tempo.

Entregue ao seu jogo...

O piloto, um jovem coberto por um fato preto, tal como o helicóptero, ajudou Mika a entrar para a cabina. Era um MD-500E, um aparelho militar ultraligeiro reconvertido para uso civil. Tinha apenas espaço para ambos no banco corrido de passageiros, atrás do tripulante. A cabina estava fornecida de grandes janelas com a forma de olhos que acentuavam o seu aspeto de mosquito. Adam passou-lhe uns auscultadores com umas almofadas enormes.

– Atenuam o barulho e têm um intercomunicador que permite que fiques em comunicação comigo – explicou-lhe, fazendo gestos com o dedo para se fazer entender.

Mika colocou-os com cuidado para não ficar com o cabelo preso, embaraçado por causa do rodopio das hélices, e apertou o cinto. O rotor aumentou a velocidade de rotação. Sentiu uma ligeira sacudidela e aos poucos separaram-se do telhado. Docemente, como uma borboleta que desata a voar da palma da mão. Ao perder o contacto físico com o chão, durante um instante – talvez embriagada pela adrenalina – sentiu-se mesmo em paz.

Espreitou por cima do ombro do piloto através da janela de vidro da parte da frente e pareceu-lhe que estava pendurada numa bola de sabão, conduzida pelo vento por cima dos telhados.

ANDRÉS PASCUAL

Em poucos segundos, ganharam altura e avistou o Hospital de Clínicas, o centro histórico, os bairros adjacentes ao rio, as favelas. A massa de edifícios prolongava-se até onde a vista conseguia alcançar. Adam observava, sem qualquer sinal de constrangimento, cada uma das reações dela.

– É incrível como construíram tudo isto em poucas décadas – disse ela.

– Pena é que não se tenha feito melhor. O caos é o meio natural da nossa espécie.

Debruçou-se na direção do piloto para lhe transmitir uma qualquer indicação.

– Este helicóptero é teu?

– Pertence a uma cooperativa.

– Queres dizer com isso que o partilhas?

Adam confirmou.

– Nesta cidade, ter um helicóptero privado é o suprassumo para quem se quer destacar na sociedade. Se queres comprar um fato nas galerias Daslu ou em qualquer outro centro comercial da moda, o melhor que tens a fazer é aterrares nos seus telhados, senão os empregados até te olham com desdém. Em certas ocasiões, é a única maneira que tenho de chegar a tempo e com segurança aos meus encontros de trabalho. O bom disto tudo é que podes associar-te a uma cooperativa e partilhar os custos da compra, a manutenção dos aparelhos e o salário dos pilotos.

– Por isso é que há tantos às voltas o dia inteiro. Pensava que eram da polícia.

– Também os usam, mas a maioria pertence a privados. Esta cidade tem o maior tráfego de helicópteros do planeta. Se em Nova Iorque há uns cinquenta heliportos, aqui há quase quatrocentos.

Mika olhou pela janelinha. Já tinham deixado para trás os bairros do centro, encaminhando-se para leste.

– Estás a oferecer-me uma volta turística?

– Vamos para a costa – foi tudo o que Adam revelou enquanto a dianteira do helicóptero se inclinava suavemente para a frente e alcançava a velocidade de cruzeiro de 135 nós.

Sobrevoaram os arranha-céus da cidade moderna. Pouco tempo depois, o cinzento do cimento foi mudando para verde. As gruas confundiram-se com as árvores e o helicóptero introduziu-se numa zona que deixava entrever um passado agrícola. Adam explicou-lhe que foi D. Pedro II quem atraiu para a região os primeiros imigrantes qualificados, americanos sulistas que fugiram da sua pátria depois de terem perdido a guerra civil.

– O imperador foi um empreendedor – explicou. – Oferecia-lhes, a preços irrisórios, algo tão sagrado como a propriedade da terra em troca da sua tecnologia e dos seus conhecimentos agrários. E os confederados estiveram à altura. Ergueram novas plantações sem a ajuda da escravidão que, até à data, era o que tinha sustentado a sua economia. Gosto desta história porque todos sabiam bem o que fazer. Em tempos difíceis, é preciso reinventarmo-nos.

Reinventar-me...

Era o que eu pretendia fazer ao chegar a São Paulo.

Continuaram a rota numa implacável linha reta sob as nuvens baixas que cobriam a região como um teto falso.

– O mar! – exclamou Mika quando avistou o primeiro reflexo no horizonte. – Dá vontade de saltar.

– Se tiveres coragem...

– Tenho muito mais do que tu imaginas.

– Tenho visto.

Debruçou-se para olhar para baixo. As montanhas afundavam-se na água, provocando um rebentamento de onde nasciam pequenas enseadas.

– Não imaginava assim o litoral brasileiro.

– As praias do Norte são parecidas com as das Caraíbas, mas esta costa é única.

– Tão abrupta...

– Tão violenta, tão real.

O helicóptero rumou a nordeste, seguindo o traçado da costa. Pouco depois, Mika avistou uma povoação no meio de palmeiras que deslizava pela montanha até se fundir com as ondas.

– São Sebastião – apontou Adam.

O piloto fez um gesto com a mão e iniciou a descida. Um bairro industrial rodeado de barracas e uns enormes depósitos de cimento desfiguravam o seu encanto colonial. Depois de Américo Vespúcio aqui chegar, o estabelecimento original fez-se a partir do cultivo da cana-de-açúcar, do café e do tabaco, mas a verdadeira revolução chegou quando o pequeno porto piscatório se transformou em ancoradouro para os barcos que transportavam o ouro da região de Minas Gerais.

Mika reparou numa ilha paradisíaca que emergia umas milhas mar adentro.

– Chama-se Ilhabela – informou-a Adam. – A sua areia branca serviu de refúgio para piratas e contrabandistas, e, hoje, continua a atrair muito turismo da capital, mas eu fico com a minha querida São Sebastião. Traz-me memórias de um tempo feliz, quando...

Interrompeu a frase. Voltou a inclinar-se para o piloto, que continuava concentrado na manobra de aproximação ao ponto de aterragem. Nessa altura, voavam tão baixo que as rodas do aparelho quase roçavam nos postes dos cabos elétricos. Numa planície perto do mar tinha sido instalado um grande palco. Rios de gente dirigiam-se para lá.

– O que é que estão a festejar?

– Estão à minha espera.

– À tua espera?

– Vão-me conceder a medalha de cidadão sebastianense. O reconhecimento anual ao seu forasteiro favorito.

Por isso usava aquele fato, impecável de cima a baixo, apesar do calor.

Mika examinou a praça e as enormes instalações que exibiam uma grande apresentação de luzes e de som.

– Não me entendas mal, mas esta montagem toda...?

– Vai-me tocar ter de dizer algumas palavras, mas não serei o único. A minha nomeação é parte dos atos institucionais da inauguração do Glorifica Litoral. Sou o padrinho desta edição.

– O quê? – falou mais alto para o intercomunicador.

– Um festival famoso de música evangélica que dura cinco dias. Mistura sermões e canções.

– *Gospel*?

Adam anuiu no meio do barulho.

– Pôs-se tão na moda que os políticos aproveitam o ato de abertura para fazer uma lavagem de imagem e pousar para banhos de multidão.

– Porque é que te dão a ti a medalha?

– Achas que não a mereço.

– Sabes bem o que quero dizer. O que é que tu fizeste *exatamente* para a ganhares e protagonizares esta cena toda.

– Premeiam a minha ONG Bem-vindos. O ano passado comprei uma fazenda portuguesa dos arredores e reabilitei-a para ampliar o meu raio de ação.

– Que bom. Dedicam-se aqui à mesma coisa que em São Paulo?

– Mais ou menos. Na favela de Monte Luz prestamos apoio aos indígenas que se deslocam para a urbe e, aqui, acolhemos os camponeses que abandonam as suas terras e se mudam para a costa com a falsa crença de que o petróleo é uma inesgotável fonte de recursos. Desde que a Petrobras construiu o seu terminal no porto, São Sebastião não tem parado de crescer... sem muita sorte. Os recém-chegados acabam a construir barracas em bairros marginais como a Topolândia ou, o que é ainda pior, em zonas proibidas da Mata Atlântica, extremamente propensas a sofrer deslizamentos de terras.

– E é aí que entra a tua ONG, fundada para atuar no terreno, enquanto outros se dedicam a fazer discursos.

– De onde é que tiraste essa frase?

– O *Capitão Nemo* comentou qualquer coisa parecida esta manhã.

– A fazenda está, sobretudo, pensada para acolher os filhos dos camponeses – prosseguiu –, que são quem mais sofre as consequências do exílio. Dispõe de salas de aula, salões de jogos, centro desportivo...

— Tens de ma mostrar.

Adam levou a mão aos auriculares, como se estivesse a haver uma interferência. O helicóptero começou as manobras de aproximação a um terreno plano perto da Praça de Eventos onde estava previsto acontecerem os atos. Mika observou o público. Além dos habitantes do lugar e dos que tinham chegado em autocarros, um grupo de convidados de fato e gravata e vestidos de gala enchiam uma zona VIP ao pé do palco. Passou a mão pela sua saia de algodão. A Mamã Santa tinha-lhe dito que parecia uma sacerdotisa de candomblé.

— Estás linda — disse ele, lendo os seus pensamentos.

— Eu não tenho tanta certeza.

— Esta não deixa de ser uma festa na praia, por isso vais ser a única vestida de forma adequada. Garanto-te que vou ser a inveja de todos estes manda-chuvas.

— Não me digas que lá em baixo há gente *muito* importante...

— Depende do ponto de vista. Veio o Gabriel Collor.

Mika lembrou-se do *placard* publicitário do grupo Collor Corporation que viu no táxi no primeiro dia, mesmo antes do apagão. Até falou das siglas Co. Co. com o condutor, que foi quem comentou que Gabriel era a pessoa mais rica do Brasil e que estava perto de se converter na mais rica do planeta.

— A sério que está aqui? Tu conhece-lo?

— Desenvolvi muitos projetos para as suas empresas. Digamos que me quer mostrar a sua gratidão com a sua presença num ato público.

— E dizes isso como se nada fosse!

— É uma pessoa como tu e eu. Com as suas virtudes e os seus defeitos.

Mika sentiu o helicóptero a aterrar.

— Responde-me a mais uma coisa: qual é a verdadeira razão por que escolheste São Sebastião para ampliar a ONG?

— O que queres dizer com *verdadeira*?

— Há bocado, disseste que passaste aqui um tempo feliz.

— É uma história antiga.

— Estás a dever-ma. É a minha paga como acompanhante de luxo.

— Não sejas ordinária, eu não disse isso.

— Disseste que ias ser a inveja de todos os manda-chuvas.

Adam sorriu e suspirou.

— Há algum tempo, passei momentos inesquecíveis neste sítio. Acompanhava-me uma pessoa a quem amei com toda a minha alma.

— Quem era? — perguntou Mika com ousadia.

O piloto abriu a porta e gritou debaixo do barulho do rotor.

— Fim do trajeto, senhor Green!

— Quem era, Adam?

— Vamos sair, Mika. Estão à nossa espera.

6

Afastaram-se em passo rápido do helicóptero. Tinha começado a chover. Não era o melhor arranque para um evento daquele tipo, mas o programa não tinha ar de vir a ser interrompido. Num dos extremos do terreno plano onde tinham aterrado, debaixo de um chapéu de chuva desdobrável, esperava um trabalhador da ONG Bem-vindos.

– Este senhor é Silas Dahua – apresentou-o Adam. – Apesar do penteado à *viking*, o apelido amazónico denuncia-o. É o gerente da fazenda, embora, às vezes, pense que me engana e que passa o tempo todo a fazer *surf.*

– Não brinques – respondeu ele –, que no próximo fim de semana festejam a terceira etapa do *Hang Loose Surf Attack* na praia da Baleia e eu estou a pensar fechar a tua ONG e subir para uma prancha.

– A sério que querias participar?

– Já conheces a minha grande lata, não sejas mau.

Esboçou um gesto de pena. Efetivamente, o seu cabelo era tão liso e tão loiro que mais parecia um nórdico de mochila às costas do que um descendente de terceira geração de indígenas brasileiros. Devia ter a mesma idade de Mika. Por causa da etiqueta do evento, vestia uma camisa preta fora das calças de ganga e um *foulard* de riscas verdes para dar ao conjunto um toque de festa ou, talvez, para reivindicar o seu espírito livre no meio de tanto protocolo.

– *Tudo bem?* – perguntou-lhe Mika com simpatia.

– *Tudo bom* – respondeu Silas Dahua. Voltou-se para Adam. – Estava a ficar preocupado.

– Ainda não começaram…

– Ainda estão nos bastidores, mas já sabes como são os políticos. Não gostam nada que haja quem chegue depois deles para não lhes roubar o protagonismo.

Atravessaram à pressa o centro histórico. Casas brancas de apenas um piso com as janelas e as portas pintadas de cores vivas, a Câmara Municipal em frente à pequena igreja Matriz…

Os paralelepípedos irregulares da calçada obrigavam a caminhar olhando para o chão. Um ligeiro tropeção ao dobrar uma esquina foi suficiente para que Mika se lembrasse do momento em que torceu o tornozelo quando andava à procura de Purone pelo labirinto da favela.

Pouco depois, chegaram à Praça dos Eventos. As instalações erguidas para o Glorifica Litoral pareceram-lhe ainda maiores do que vistas a partir do ar. Haveria umas três mil pessoas. Algumas abrigavam-se da chuva debaixo dos toldos laterais. A maioria permanecia no terreno fronteiro ao palco, molhando-se sem qualquer problema para combater o calor do verão austral.

– Eu cá não gosto desta música – comentou Silas Dahua –, mas este palco convoca estrelas de nível nacional e o pessoal fica doido, já vais ver.

Mika olhou para o céu. As gotas no rosto.

– Se continua assim...

O indígena *viking* mostrou a sua acreditação ao pessoal da segurança VIP. Atravessaram a zona. Mika notou os segredinhos dos convidados. Ficou contente quando subiram a escada de metal lateral dos técnicos de som e desapareceram atrás da cortina do palco.

Naquele *lobby* improvisado, à volta de um punhado de pequenas mesas por onde circulavam os empregados de mesa de um *catering* à base de bebidas sem álcool e de empadinhas, e onde se apinhavam a nata da sociedade sebastianense, alguns membros do governo do Estado de São Paulo e diretores da petrolífera Petrobras e de outras empresas com interesses no porto. Tal como tinha indicado Adam, o facto de aparecer num evento que fundia cultura e religião beneficiava a imagem de qualquer servidor público. A música e a espiritualidade eram dois combustíveis imprescindíveis para fazer avançar a abundante e variada população do Brasil.

– Já está aqui o nosso convidado de honra atrasado!

O vozeirão pertencia a Bruno Araújo, presidente da Câmara de São Sebastião, um homem bem entrado em anos que vestia um fato em ponto de espiga igualmente com a experiência de mil batalhas. Apesar de tudo, conservava um porte de autoridade digno de um tribunal romano. Era um desses políticos a quem os aspirantes arrivistas que rondavam o *catering* observavam com suspicácia, enquanto se perguntavam o que teria feito na vida o velho camponês para que toda a gente o cumprimentasse com afeto fraternal e segredasse ao ouvido dele debaixo dos *flashes* dos repórteres fotográficos.

Adam deu-lhe um abraço.

– Querido Bruno.

– Estavas a fazer-te rogado, filho. Sim, eu sei, olha que não te dou a medalhinha.

— Não me ralhes. Tive de ir buscar uma pessoa.

O autarca olhou para Mika sem disfarçar e deu-lhe umas palmadinhas no pescoço antes de sair com ele, levando-o pelo braço.

— Anda, deixa-me apresentar-te toda a gente, embora o principal já o conheças. Aqui está o doutor Gabriel. Senhor Collor, olhe quem finalmente chegou!

O multimilionário, que estava absorvido numa conversa com um afro-americano que tinha o dobro do seu tamanho, virou a cabeça. Era mais baixo do que parecia nos painéis publicitários. A pele morena curtida por muito sol. Fato cinzento à medida com todos os acessórios: botões de punho da *Gucci*, alfinete de gravata a fazer jogo, lenço às bolinhas para dar um toque sofisticado à indumentária de banqueiro. O cabelo penteado para trás com brilhantina. Os olhos pretos, tão penetrantes que pareciam pintados com *Kohl*. O presidente da Câmara e Adam juntaram-se à conversa.

— Então este é que é o famoso Gabriel Collor — comentou Mika, em voz baixa, a Silas Dahua.

— O próprio. Grande filho da puta.

— Estou a ver que gostas muito dele.

— De facto, não sei como é que o Adam pode dar-se tão bem com ele. Quero acreditar que seja só por motivos comerciais.

— Mas o que é que ele fez?

— Ele, pessoalmente, penteia-se todas as manhãs com aquela brilhantina de mafioso. Mas as suas empresas... Não se priva de nada. Minas onde trabalham crianças, navios contaminadores... Mas o pior de tudo é a sua construtora. Nesta mesma zona, já ganhou milhões de reais a expropriar camponeses das suas terras, que acabaram nas mãos de petrolíferas. Mas o que nunca lhe vou perdoar foi o que ele fez em Papagaio. Uma das minhas primas de Manaus vivia lá e foi vítima de um massacre.

— Não ouvi falar disso.

— Claro que não, porque o governo federal tratou de o esconder. O grupo Collor Corporation financia o partido.

— Mas o que é que aconteceu?

— Há três anos, dois mil efetivos da Polícia Militar começaram o desalojamento de um bairro social de São Paulo, chamado Papagaio. Os afetados estavam ali há uma eternidade, não se tratava de umas poucas famílias acolhidas de forma provisória pelo Movimento de Trabalhadores sem Teto, mas sim de toda uma comunidade com licenças de autorização da Secretaria de Estado da Habitação. E, apesar de tudo, não conseguiram fazer nada. A construtora do grupo Co. Co. promoveu a limpeza da área para construir urbanizações de luxo, o vice-governador da região aprovou o plano e a polícia entrou com os seus tanques. Sabes os valores que atingem esses terrenos no mercado livre?

– Infelizmente, vocês não são os únicos a sofrer os efeitos da especulação.

– E por isso é que o Adam Green é tão importante. Uma pessoa que triunfou e que, em vez de se empenhar a acumular mais fortuna a fazer jogos nos centros de poder, dedica-se às periferias. Lança-se aos poços cegos dos subúrbios onde se afundam os indígenas recém-chegados e gasta toda a energia a dar-lhes o seu apoio…

Enquanto ouvia os ribombantes elogios que o indígena surfista não conseguia poupar relativamente a Adam, Mika sentiu um ameaço de desfalecimento. Deu-se conta de que raramente tinha comido nos dois últimos dias. Esticou a mão à passagem de uma das empregadas e meteu na boca uma empada de galinha.

– Estás bem?

Ainda um pouco tonta, olhou para ele e pensou que Silas Dahua era jovem e atraente com o seu cabelo e o *foulard* que ela própria teria escolhido se tivesse de lhe comprar uma prenda. Mas, ao lado de Adam, parecia um pobre adolescente sem experiência, sem brilho. Ficou contente por Adam a ter convidado. Novamente, o seu anjo da guarda. Às vezes, sentia que ele era inatingível, como um planeta grandioso, o qual só se consegue observar através de um telescópio (e quando ele decidir soltar-se da sua atmosfera nebulosa). No entanto, apesar da distância que os separava, queria acreditar que estava a construir pontes.

– Já passou – respondeu finalmente. – Estou morta de fome e estou um pouco aturdida por causa da viagem de helicóptero.

– Vou ver se encontro alguma coisa mais consistente do que aquela empada – ofereceu-se Silas Dahua, dirigindo-se à rampa traseira que fazia a ligação com a carrinha do *catering*.

Como se tivesse ouvido os seus pensamentos, Adam voltou-se para Mika e, ao vê-la sozinha, acenou-lhe para se aproximar do grupo.

– A menina Mika Salvador – participou aos restantes quando ela se pôs ao seu lado. – Licenciada e desportista de elite, recém-chegada de Espanha.

– Uma joia – disse Gabriel Collor, dirigindo-se a Adam como se ela não estivesse presente.

Cumprimentou-os um a um, enquanto Adam lhe explicava calmamente quem eram, dedicando-lhe tanta atenção que a fez sentir-se a verdadeira rainha da festa.

O gigante afro-americano era Ivo dos Campos, o pastor evangélico cuja fotografia aparecia nos cartazes do evento. Tinha uma legião de fiéis que escutavam os seus sermões através do canal de televisão da congregação, muitos dos quais tinham viajado de muito longe para se aquecerem pessoalmente com a chama divina que ardia no peito dele. Era a verdadeira estrela da noite, ainda mais do que as cantoras. O poder das igrejas evangélicas não parava de crescer. Controlavam alguns meios destacados e tinham conseguido assegurar representatividade no Congresso graças às doações que, paradoxalmente, vinham dos bairros populares. Tinham sabido conquistar os seus moradores à base de prestar atenção aos problemas sociais descurados pela Igreja Católica. Bastava passear um domingo à tarde na periferia de São Paulo para escutar a música e a gritaria dos seus fervorosos devotos.

O pastor abriu os braços.

— Bem-vinda ao nosso evento. Devemos agradecer a Deus poder desfrutar de uma coisa como esta. És crente, filha?

A pergunta apanhou-a desprevenida. Quando ia responder que preferia falar de amor sem rótulos, o pastor continuou.

— Estas reuniões implicam uma redenção cristã e revitalizam valores morais que estão a perder terreno. — Virou-se para Adam. — Por isso, está muito bem que a Câmara torne o senhor Green cidadão sebastianense. O senhor tem um coração que transborda amor de Deus.

— Lisonjeia-me, pastor; contudo, creio que exagera.

— Pois eu opino exatamente o mesmo — ratificou Gabriel Collor. — Não só é um bom exemplo para esta cidade, como também para todo o mundo. Repare no que aconteceu por estes dias em São Paulo e na selva de Mato Grosso. O planeta inteiro fala do Brasil como se fôssemos um país de loucos, e têm razão! Isto não é bom para a nossa economia.

O presidente da Câmara dirigiu-se a Mika:

— O senhor Green comentou que viste com os teus próprios olhos a estrela sobre o edifício Terraço Itália.

— Tinha acabado de chegar ao país.

— A mim, ainda me impressionou mais o arco-íris — interveio o pastor. — Raio de acontecimento... Até agora, os terroristas limitavam-se a pôr bombas e a distribuir tiroteios. Tem razão o doutor Gabriel quando diz que vamos ficar todos loucos...

— Não fale de terroristas, pastor — interveio com voz prudente o presidente da Câmara, Bruno Araújo. — Ninguém reivindicou essas ações. Deixemos a polícia investigar.

— Já o fez — informou Gabriel Collor em tom confidencial.

— Por acaso sabe de alguma coisa? — perguntou o presidente da Câmara.

— Não deveria revelá-lo. As minhas fontes vêm diretamente de...

— Já sabemos de onde vêm as suas fontes, doutor Gabriel! — irrompeu o presidente da Câmara com tanta naturalidade que nem sequer soou ofensivo. — O senhor pode beber de qualquer torneira deste país.

– A FLT – desvendou o multimilionário.

– A FL quê? – enrugou o nariz o pastor.

– A Frente de Libertação da Terra – esclareceu Mika com um certo fascínio.

Gabriel Collor cravou nela o olhar.

– Já estou a ver que os conhece.

Anuiu, um pouco arrependida da sua mostra de entusiasmo.

Fora o seu amigo Purone quem, algum tempo antes, lhe falara deles. Ao pensar nele, sentiu o nó que tinha no peito apertar-se mais ainda.

– Porque é que dizes com tanta certeza que foi essa gente? – avançou Adam.

– Porque lhes apanharam o líder no sítio dos acontecimentos.

– Pensava que era um grupo sem direção, umas quantas células independentes, sem dirigentes – comentou Mika.

– Ao que parece, o sujeito que prenderam andava há um tempo a organizar uma rede de comandos para preparar atentados de maior envergadura. Está tudo documentado nos processos confidenciais que remeteram para o governo.

– Tempo, tempo! – cortou o presidente, esboçando com as mãos um T, como se fosse um treinador de basquetebol. – Que demónio é isso da FLT, que toda a gente conhece menos eu?

– A Frente de Libertação da Terra – começou Gabriel Collor com parcimónia professoral – é um grupo ecologista mais conhecido pela sua denominação anglo-saxónica *Earth Liberation Front*, ou ELF. Por isso, os seus discípulos fazem-se chamar de «os elfos». Um coletivo anónimo de células que utilizam a sabotagem económica e a guerra de guerrilha para, segundo dizem, parar a exploração e a destruição do meio ambiente. Já reivindicaram ataques em mais de uma dezena de países.

O autarca parecia ofendido.

– Está a dizer-me que quem nos está a pôr a vida em suspenso é uma... pandilha de *hippies*?

– Saiba que, em 2001, já foram classificados pelo FBI como a maior ameaça terrorista doméstica do país. Queimaram uma estação de esqui no Colorado provocando perdas de mais de doze milhões de dólares porque, segundo dizia o seu comunicado, entre as estradas de acesso e as zonas esquiáveis estavam a arruinar o último *habitat* de linces do Estado. Vejam lá, o *habitat* do lince!

– Ecologistas radicais – interveio o pastor Ivo dos Campos, procurando trazer alguma coisa ao diálogo.

– Não sei se serão ecologistas, mas não há dúvida de que são radicais e, como tal, têm de ser eliminados – sentenciou o multimilionário sem

piedade. – É-me igual que se vistam de libertadores dos animais, antica-
pitalistas, anarquistas verdes ou antiglobalização.

– Não encaixa – murmurou Mika.

– O que é que não lhe encaixa, menina?

– Se me estou a lembrar bem, o decálogo da FLT exige aos seus
grupos que tomem as precauções necessárias para evitar qualquer dano
aos seres vivos. De facto, se ganham a simpatia de muitos jovens é porque, num mundo propenso à violência, se mantiveram fiéis a esse código: nunca iniciar um fogo se houver perigo de ferir. É óbvio que, dentro
desse enquadramento, não encaixam os dois assassinatos desta semana.

– Está a defendê-los?

– Lamento interromper esta interessante conversa, mas chegou a
hora – acalmou o presidente da Câmara. – Todos para o palco.

7

Mika procurou um lugar na lateral, junto à mesa dos monitores. Sentou-se numa das caixas de alumínio cheias de cabos e desejou que a tempestade não piorasse. Mesmo com o palco coberto, as rajadas de vento lançavam cortinas de água pelas extremidades. Perguntou-se se isso iria afetar os sistemas de som. Os charcos que se formavam junto às tomadas não preconizavam nada de bom. Em baixo, o público aguardava estoicamente. Alguns tinham aberto o chapéu de chuva, outros continuavam a apanhar a carga de água como se fosse parte do festejo.

Olhou para o céu.

Nuvens cada vez mais negras. Mas com um brilho estranho. Pareceu ver um relâmpago num clarão momentâneo. Daí a pouco, outro.

Havia alguma coisa lá em cima.

Um ajuste no microfone devolveu-a ao evento. O presidente aproximou-se de um púlpito em acrílico, colocado no centro, e cumprimentou o público agitando ambas as mãos de forma bem-disposta. Agradeceu à assistência, às personalidades que permaneciam em pé, de ambos os lados, e começou com os discursos institucionais prévios ao festival. Depois de discursar sobre os novos projetos da rede de esgotos, o termo das obras da autoestrada de Tamoios e sobre os avultados investimentos das concessionárias do porto, apresentou o seu novo cidadão sebastianense e padrinho do festival.

– O nosso país passa pelo seu melhor momento e isso obriga-nos a estar à altura – concluiu. – Por isso, agradecemos a ajuda dos forasteiros que se incorporam à nossa grande família. – Voltou-se para Adam. – Como o senhor Green, uma pessoa que, desde o momento em que pisou as pedras das nossas ruas, não deixou de impulsionar dois importantíssimos valores: a humanidade e o compromisso.

Aplaudiu efusivamente, virado para Adam, e acompanhou-o até ao centro do palco, onde lhe entregou a caixinha que continha a medalha, e lhe passou a palavra. Depois de cumprimentar os membros do governo regional e agradecer de forma protocolar à Câmara Municipal a distinção que lhe era feita, o recém-homenageado puxou da sua voz mais profunda.

— Passaram vários anos desde que preguei o primeiro letreiro da ONG Bem-vindos à entrada de um lugar alugado na fustigada Monte Luz. Desde então, são muitos os indígenas chegados a São Paulo que atravessaram essa porta. Atravessavam-na para o seu interior cheios de incerteza e de medo por não saberem o que vão encontrar e, passado algum tempo, atravessavam-na para fora dela com o espírito renovado e com as mãos fechadas a conterem-se por sentirem uma vontade imensa de agarrar o mundo. — Baixou, por um breve momento, os olhos e arqueou as sobrancelhas. — O único inconveniente é que, na maioria das vezes, foi o mundo que acabou por os agarrar. Com ou sem a minha ajuda, são muito poucos os que conseguiram escapar do insaciável tufão inerente à nossa civilização. Um tufão devastador que engole os mais fracos para continuar a crescer e a agravar as desigualdades sociais.

Fez uma pausa e protegeu a cara da tromba de água que entrou pela frente do palco devido a uma súbita rajada de vento. Parecia estar a formar-se um tornado que de simbólico não tinha nada; contudo, o público continuava firme no seu lugar, participando da comemoração anterior à ministração da palavra de Deus.

— O nosso planeta está a converter-se numa favela global. Uma imensa e única favela salpicada por pequenos bairros ricos que se protegem da pobreza através de grandes muros guarnecidos com redes eletrificadas. Mas não vou sustentar esta alegação a partir da mera indignação. Pois a indignação, por si só, é uma virtude incompleta. A indignação tem de vir acompanhada da ação. Olhem para o horizonte. — Apontou para o mar. — Por muito que nademos para lá, ele continuará ali, inalcançável. Para que serve então conhecer os horizontes? Para nos animarmos e continuarmos a nadar. Por isso me animei a pendurar um novo letreiro da minha ONG Bem-vindos, apesar das dificuldades. Fi-lo em São Sebastião porque é um lugar que eu amo. — Virou-se por um momento para o pastor Ivo dos Campos. — Nesta luta contra o tufão, não calhava nada mal podermos contar com a ajuda de alguma divindade que, depois de tanto trabalho criador, não tenha ido dormir a sesta. — E voltou a olhar para o público, com tanta intensidade que os milhares que assistiam tiveram a sensação de que olhava para cada um deles em particular. — Embora, pensando melhor, o verdadeiro poder para mudar as coisas se encontre em cada um de nós, não é verdade?

Nesse par de segundos durante o qual o auditório não desatou a aplaudir por medo de quebrar a emoção do discurso, uma pessoa numa das primeiras filas levantou a cabeça para olhar a tempestade que não cessava.

– Que demónio é isto?

– Agora está a cair granizo! – exclamou uma mulher, apertando contra o seu peito a filha que levava ao colo, encharcada como se tivesse saído da banheira.

– Não é granizo, tem uma cor escura.

Aquilo fez com que abanasse a cabeça como se alguma coisa sólida lhe tivesse acertado no olho. Aos poucos, os que a rodeavam olharam também para cima. Os pontos multiplicavam-se por cima das suas cabeças, fundindo-se com os pingos da tempestade. Em poucos segundos, todo o público falava ao mesmo tempo, em atropelo.

– É lama!

– Não pode chover lama!

– Isto não é lama – disse um agricultor da zona, após agachar-se para recolher uma pista do imenso charco em que se tinha transformado o terreno. – Isto é... cacau.

– É cacau! – constatou Mika com estupefação ao observar, na palma da mão, uma semente que acabava de tirar do cabelo

– Que brincadeira é esta? – gritou o presidente da Câmara.

O guarda-costas de Gabriel Collor correu na direção do seu chefe para o cobrir com os braços e conduzi-lo a um lugar menos exposto.

– Não é nenhum franco-atirador! – gritou o multimilionário, tirando o agente de cima com um empurrão sem deixar de contemplar o manto de água salpicado de sementes.

A primeira reação das pessoas foi de absoluta confusão. A febre evangelista que envolvia o festival provocou choros nervosos e uma estranha sensação de júbilo. Estavam a tentar assimilar esta espécie de milagre, vivê-lo em pleno, sentir as sementes escuras a baterem-lhes nos corpos transbordantes de chuva. Alguns perguntavam-se se não as estariam a lançar com algum tipo de canhão de *confetti*, mas era fácil constatar que o cacau acompanhava as pingas a partir das mesmas nuvens. Por todo o lado, emergiam telemóveis a gravar e a tirar fotografias. Em pouco tempo, a confusão e o êxtase religioso deram lugar a uma explosão de medo. A massa começou a mover-se para um lado e para o outro como um ente único e demolidor.

Em cima do palco reinava o mesmo desconcerto. O presidente da Câmara sugeriu que todas as personalidades se agrupassem numa roda e ordenou ao seu efetivo policial que formasse um cordão de segurança para impedir que o público subisse para se refugiar.

Adam observava toda a cena com as mãos agarradas a ambos os lados do púlpito. Voltou-se para Mika e saiu do seu ensimesmamento.

Fez-lhe um sinal a pedir-lhe para não se mexer do lugar onde estava e foi juntar-se aos seus anfitriões.

Vendo-se sozinha no meio do tumulto, Mika lembrou-se do indígena surfista Silas Dahua. Procurou localizá-lo, mas foi interrompida por gritos que vinham da zona VIP situada aos pés do palco. Todos os convidados tentavam sair ao mesmo tempo e esmagavam-se uns contra os outros de encontro à barreira. Alguns de idade avançada e pouco habituados àqueles eventos, estavam a perder a consciência devido ao tampão humano e à pressão. As varetas partidas dos chapéus de chuva transformavam-se em perigosas agulhas.

O presidente da Câmara ordenou aos polícias que protegiam as personalidades que os fossem ajudar imediatamente. Seguiram-nos as escoltas privadas. Saltaram para a passagem que separava o palco da barreira e começaram a retirar os feridos por cima das grades de ferro que se lhes espetavam no tronco.

Mika olhou para a praça. A primeira coisa que pensou foi que parecia uma inversão do quadro que Adam tinha pintado no discurso. Ao fundo, estava a grande massa, a gente anónima chegada para demonstrar a sua fé e escutar as histórias de triunfo da boca do pastor, a elevar os braços para o céu numa mistura de espanto e de fervor, e, em primeiro plano, o pequeno espaço VIP atafulhado de acreditações de fatos de gala, rapidamente esmagados contra as barreiras de proteção, os seus próprios muros.

Alguém exclamou imediatamente:

– Onde é que está o pastor?

Os restantes membros daquele grupo seleto de personalidades olharam uns para os outros.

Onde é que estava o Ivo dos Campos?

O presidente da Câmara plantou-se na beira do palco, cobrindo-se com os braços para que a tempestade salpicada de cacau não o impedisse de olhar. Passou os olhos por todo o corredor de onde estavam a tirar os aprisionados da zona VIP, para ver se tinha descido para ir ajudar. Ao não o ver, começou a perscrutar toda a zona do público. Suspirou de alívio quando distinguiu o seu generoso corpo no meio da marabunta de fiéis.

– Pastor! – Alçou a mão. – Volte para aqui, pastor!

O gigante Ivo dos Campos voltou-se para ele e gritou, por sua vez, no meio da multidão:

– Estão a cair sementes do céu, presidente! – E riu com grandes gargalhadas, ao mesmo tempo que os devotos aterrorizados o abraçavam. – Como no Livro do Génesis, já viu?

– Venha abrigar-se!

Mas o pastor dedicou-se a recitar com a sua voz de trovão:

– «Disse Deus: "Cubra-se a terra de verdura, de ervas que deem sementes e de árvores de fruto que produzam frutos com a sua semente, segundo a própria espécie, e que levem a semente sobre a terra".»

O presidente Bruno Araújo ficou de pedra, pensando, sem dúvida, que o poder da Igreja Evangélica tinha chegado a muito mais além do que se supunha. Tinham sido eles a organizar aquela chuva? Seria parte do espetáculo? De repente, assaltou-o um novo pensamento.

– E o doutor Gabriel Collor? – perguntou para o ar, com consternação.

– Não o vejo… – respondeu um vereador.

– Onde é que está o guarda-costas dele?

Tal como o resto das escoltas, continuava a ajudar os VIP junto à barreira. Bruno Araújo voou para o chefe da sua polícia e segredou-lhe ao ouvido.

– Encontra o Collor em dez segundos ou a partir de amanhã passas a apanhar merda de cão na praia.

Os agentes que estavam a atender os feridos deixaram aquela tarefa em mãos de equipas de primeiros socorros e subiram para verificar cada recanto. E a isso se dedicou o improvisado mecanismo: dar voltas pelo palco à procura atrás dos amplificadores, da mesa de mistura, nos sítios mais absurdos. Saltaram, novamente, para o chão para olhar para debaixo do palco. Nada. Puseram-se a procurar no meio das pessoas.

Mika continuava sem se mexer de onde estava. Não queria incomodar e, além disso, começava a intuir que alguma coisa estava a acontecer. A chuva de cacau, outro símbolo extraordinário depois da estrela e do arco-íris. Estariam mesmo relacionados? Custava-lhe assimilar semelhante coincidência – estar presente noutra daquelas loucuras coletivas –, mas saltava à vista que assim era. E, nesse caso, só faltava…

O terceiro cadáver.

Primeiro, o traficante, depois, o madeireiro…

O multimilionário Gabriel Collor, disse para si mesma, levando as mãos à boca.

Lembrou o comentário de Silas Dahua acerca da expropriação de terras aos camponeses para favorecer as empresas com interesses no porto. As peças encaixavam na perfeição. Caíam novas sementes sobre o cimento untado de petróleo. Uma nova colheita. Tal como a estrela no cimo do arranha-céus, um novo começo…

Tinha de falar com Adam imediatamente, contar-lhe o que tinha deduzido, para que avisasse o seu amigo antes de que acontecesse o irremediável. Onde é que ele estaria?

Também ele tinha desaparecido do palco.

A cabeça dela centrifugou de uma ponta a outra.

E se se estivesse a enganar na vítima?

Sentiu um arrepio.

Não lhe pode acontecer nada, ao Adam não. Ele não merece um fim assim...

Aproximou-se da beira do palco e, quando começava a faltar-lhe o ar, localizou-o no meio do público que continuava na praça. O que é que estava a fazer ali em baixo. Avançava precipitadamente, afastando as pessoas para se introduzir mais e mais no núcleo de fiéis que rodeavam o pastor Ivo dos Campos. Também reconheceu Silas Dahua, quieto no meio da multidão, a um passo de ambos.

Quando Adam chegou junto do evangelista, abraçou-o e disse-lhe qualquer coisa ao ouvido. Depois, sem trocar mais palavras, rodou sobre si próprio, dirigindo-se, de novo, para o palco, afastando de cima de si a multidão que continuava a debater-se entre sair disparada ou permanecer junto do seu líder espiritual, fosse lá o que caísse do céu.

Atravessou o cordão policial e subiu ao palco pela escada lateral. Mika foi ao seu encontro. Quando lhe ia perguntar o que tinha dito ao pastor, um agente da polícia que apareceu bruscamente por detrás da cortina deu-lhe um violento empurrão que quase a atirou para o chão.

— Está na área reservada! — gritava.

Pouco depois, apareceu por si próprio o multimilionário Gabriel Collor com o telemóvel na mão.

— Quem é que foi ver na zona do *catering*? — indignou-se o chefe da polícia.

— Pode saber-se o que se querem de mim? Nem que fosse um delinquente.

— Não o encontrávamos, doutor Gabriel — defendeu-se o presidente da Câmara.

— Estava a falar com o governador!

— Peço-lhe desculpa, não tinha pensado nisso. Olhe, parece que parou a chuva.

Assim era. Já não caíam sementes. Mas a outra tempestade aumentava.

Adam abraçou Mika por trás, apertando as costas dela contra o seu peito. Ela encostou a cabeça no ombro dele. O sossego não durou muito tempo. Uma nova onda de gritos chegou vinda do campo de gente.

— E agora, o que é que se passa? — perguntou o autarca.

As pessoas fizeram uma roda. No centro apareceu um corpo estendido.

— Meu Deus... — murmurou Mika.

Era o corpo do pastor Ivo dos Campos.

Deitado, de barriga para cima, sobre o cimento encharcado.

As pessoas que o rodeavam fugiram horrorizadas.

— Que alguém se baixe para o ajudar! — ordenou o presidente.

Sem dúvida alguma, era tarde.

Devido ao manto de água e à distância que o separava do palco, Mika não conseguia ver o corpo do pastor com nitidez. Mas notava qualquer coisa estranha no seu rosto. Rapidamente, o que começara com um pressentimento tornou-se maligno como o rastilho de um cartucho de dinamite. Sem se separar do abraço de Adam, com os braços presos pelos dele, que se enlaçavam sobre os seus seios, tirou como pôde o telemóvel do bolso dele. Teclou com uma mão só, para que ele não percebesse, entrou no Twitter e carregou em *trending topic* para ver de que se falava na rede social.

A uma velocidade vertiginosa, milhares de pessoas em todo o mundo estavam a partilhar uma nova fotografia. Outro rosto inchado com a língua de fora e aquela tonalidade de azul.

O rosto do pastor Ivo dos Campos, desfigurado de forma fulminante.

E aquele texto estremecedor.

#TerceiroDia.

Mãe do Céu…

Sentiu frio, como se a tempestade fosse de gelo. O coração acelerou de tal forma que Adam, colado às suas costas, lhe sentiu as batidas. O abraço dele deixou de lhe parecer protetor, agora asfixiava-a. Tinha o cérebro bloqueado, não era capaz de reagir, nem sequer ouvia o burburinho à sua volta. Mantinha os olhos fixos no telemóvel. De alguma forma que não conseguia adivinhar, *oh, meu Deus!*, Adam acabara com a vida do pastor. Por que outra razão teria descido para ir falar com ele minutos antes? E a fotografia? Disso ter-se-ia ocupado Silas Dahua. Porque é que não se desembaraçava dele e desatava a correr? Devia estar doida para permanecer ao lado de um assassino. As perguntas acumulavam-se na sua cabeça. *Estarei a ficar paranoica? Porque quereria Adam matar o evangelista?* Pensou nos outros dois justiçados, o traficante de Monte Luz e o madeireiro. Aqueles, sim, mereciam-no. O pastor, no entanto, era uma pessoa admirada. Adam não faria mal a alguém assim, de certeza que não tinha nada que ver com o acontecimento. Mas não tinha, também, estado na favela quando estalou a revolta? O *Capitão Nemo* tinha-lhe oferecido um pretexto mais do que válido com aquela história das visitas à ONG, mas…

O chefe da polícia passou diante deles a caminho da escada lateral.

Mika chamou-o.

Sentiu um ligeiro pico de tensão no abraço de Adam.

— Em que posso ajudá-la, menina?

Uns instantes de silêncio.

Adam permanecia imóvel. Os seus braços eram correntes.

— Desculpe, menina, tenho de atender outra… — Deve ter visto o sofrimento nos olhos dela. — De certeza que se sente bem?

Mais silêncio.

Adam, quieto como uma escultura grega.

Mika ergueu, por fim, a mão e mostrou-lhe o ecrã do telemóvel. Mas nada acrescentou. Nenhuma explicação, nem sequer uma acusação.

O oficial observou a fotografia com expressão de cansaço. Sem dúvida que tudo aquilo era grande de mais para ele. Acariciou a pistola no coldre e saiu a correr em busca do presidente da Câmara que também mostrava sinais de estar para lá dos seus limites.

Adam soltou Mika.

Deveria fugir?

Ele agarrou-a pelo braço e arrastou-a para a parte de trás do palco.

– Não pares – disse-lhe, enquanto descia pela rampa que fazia a ligação com a carrinha do *catering*.

– Vamos para o helicóptero?

– Não.

– Para onde me levas?

– Tu, segue-me apenas.

Preciso de mais tempo para pensar...

– Não vais dizer nada ao teu amigo Gabriel Collor?

Parou e pôs-se à frente dela.

– Já levaram o Gabriel há um bom bocado. Se não fazemos a mesma coisa, em poucos minutos, cercam a zona toda e os investigadores não nos vão deixar sair até amanhã.

Mika sentiu alguma coisa escondida por detrás da urgência. Não se tratava apenas da necessidade de evitar o protocolo oficial. Sentiu como lhe apertava as mãos, com firmeza, mas, ao mesmo tempo, com doçura. A popa loura de ator dos anos cinquenta, encharcada, tal como o resto do corpo, colava-se-lhe à testa. Os olhos azuis brilhavam como dois faróis no meio do caos.

Adam...

Fechou os seus, por um segundo apenas, e correu com ele em direção à zona antiga da cidade debaixo da carga de água que regava as sementes recém-semeadas.

Estrelas

1

Deixaram para trás a Praça dos Eventos e meteram-se aos zigueza-gues por ruelas empedradas. Sem grande demora, Adam apontou para um edifício colonial com as portadas pintadas em amarelo. No cartaz da fachada lia-se, em letras de estilo gótico, POUSADA DO PORTO.

Atravessaram o portão. O rececionista fez um grande espalhafato e ausentou-se para regressar instantes depois com um par de toalhas. Consultou um quadrante desenhado a régua e caneta e estendeu-lhe uma chave atada a um pequeno peixe de madeira com o número 6 nas costas.

— Desculpe — disse Adam, ao mesmo tempo que secava o cabelo. — Preferia um no piso superior.

— Já aqui esteve antes?

— Sim.

— O encarregado deitou a Mika um olhar compassivo.

— Disse que ficavam só uma noite?

— Exatamente.

Recolheu o peixe chaveiro e deixou sobre o balcão um barquinho talhado pela mesma mão, com o número 8.

— Tenham uma boa estadia. Segunda porta das antigas cavalariças, ao cimo das escadas e à direita.

Mika sentiu um arrepio. Envolveu o pescoço com a toalha para se sentir mais tapada. Atravessaram uma grande divisão que fazia as vezes de sala de refeições e saíram por uma lateral para um pátio ladeado por vasos exuberantes. Seguiram o itinerário indicado até ao quarto. Assim que entrou, Adam aproximou-se do vidro de uma pequena varanda e vagueou o olhar pela chuva que continuava a cair a rodos.

— Quem é que tu trouxeste aqui?

Só naquele bocadinho, Mika tinha conseguido fazer já um pequeno charco debaixo dos seus pés.

Encolheu os dedos frios e tirou as sandálias de cabedal encharcadas. A saia também escorria. Colada às pernas, tão fina e branca, deixava transparecer umas pequenas cuecas brancas de algodão, sem rendas. Mal lhe conseguia ver a cara. A única luz do quarto era a que entrava pela janela. Mika pendurou-se no pescoço dele e beijou-o apaixonadamente. Nos lábios e na cara. Ele permaneceu estático como um manequim.

– O que é que se passa? Pensava que...

Afastou-se numa mistura de incredulidade, vergonha e... medo.

Fora ele quem a levara ao evento e à pousada debaixo de chuva. Não era a primeira vez que estava ali, era evidente que se tratava de um galã com escola. Tinha-a deixado excitada só com um simples encosto durante a visita à Creatio e quando subiam no elevador do heliporto. Não se podia culpar pela sua reação, estavam quase às escuras no mesmo quarto, o seu mundo cambaleava e tinha decidido fundir-se nos únicos braços que a faziam sentir-se segura...

Não me vais fazer mal nenhum, pois não?

Adam continuava a olhar para ela sem dizer uma palavra. Mika deu meia-volta para sair dali a toda a pressa, mas ele agarrou-a pelo braço com força.

– Solta-me.

Ele pressionou-o ainda mais. Ela voltou a pensar no que tinha acontecido na Praça dos Eventos. No que ele tinha feito ao pastor Ivo dos Campos. Será que lhe tinha feito alguma coisa? Só o tinha visto aproximar-se e dizer-lhe qualquer coisa ao ouvido. Será que um sussurro podia matar uma pessoa?

Aos poucos, foi afrouxando a mão. Mika não se mexeu. Ele inclinou-se e pegou-a no colo. Levantou-a sem qualquer esforço, atravessou o quarto num passo lento e depositou-a sobre a cama cuidadosamente.

Mika fechou os olhos.

Sem os abrir, sentiu como Adam se sentava na cama a seu lado. Sem os abrir, deixou que lhe tirasse a *T-shirt* e o sutiã. Porque é que não lhe tocava de uma vez por todas? Devia estar a contemplar os seus seios, não demasiado grandes, firmes devido ao trabalho diário no ginásio e ao mesmo tempo suaves como o resto da sua pele tostada, contudo, eriçada, os mamilos escuros tão duros que chegavam a fazer-lhe doer. Sem os abrir, esticou as pernas para que fizesse o mesmo com a saia. O cinto de chapas douradas não ofereceu resistência; as ancas também não, oscilantes de um lado para o outro, para que o tecido deslizasse pelas coxas, pelos joelhos, pelos tornozelos, até cair aos pés da cama.

Escutou como ele tirava a camisa.

O que ele fez de seguida desconcertou-a, mas conseguiu manter os olhos fechados.

Era como se ele lhe ordenasse que permanecesse assim.

Sentiu fios de água a cair sobre os seus seios. Sim, fios de água que deslizaram pelo pescoço, pelo ventre, alguns a derramarem-se por ambos os lados...

Estava a escorrer a camisa dele sobre ela.

Enquanto a água seguia o seu curso, ele encostou um dedo a um dos seus mamilos. Mika estava tão excitada que essa única pressão lhe provocou um estremecimento.

– Aqui nasce o rio Amazonas – sussurrou ao mesmo tempo que delicadamente marcava o ponto com a polpa do dedo. – Na Quebrada Apacheta, uma montanha que brota do Nevado Quehuisha, nos Andes Peruanos. Daqui até à sua foz no Atlântico, percorre zonas do Peru... – Deslizou o dedo pela parte interior do seio em direção ao outro, começando a subir devagar para, assim, chegar ao mamilo, provocando-lhe um novo estremecimento quando se entreteve a rodeá-lo em pequenos círculos –, Colômbia... – Desceu pela parte inferior em direção ao umbigo – e Brasil, ao longo de sete mil quilómetros em que se vai abrindo a novos rios... – Abriu a mão toda sobre o ventre e deslizou-a pelo costado direito, seguindo as cavidades que marcavam as suas costelas.

Gemeu ao sentir os cinco dedos molhados a chegarem quase até às suas costas. Arqueou a coluna.

– Mais rios de ambos os lados da selva...

A mão húmida de Adam regressou ao umbigo e, dali, seguiu para o lado oposto, sulcando a incendiada cartografia de Mika de uma forma tão subtil que parecia que nem lhe chegava a tocar, como se fosse apenas a fina camada de ar que corria entre os dedos e a pele dela aquilo que realmente a acariciava e lhe provocava aquela sensação de extremo prazer.

Tinha vontade de esticar o braço que continuava colado ao seu corpo nu, entregue àquele jogo, e de procurar com a mão o membro de Adam. Precisava de explodir de uma vez, senti-lo dentro de si, mas mantinha-se firme, deitada de barriga para cima com os olhos fechados, acumulando palpitações e tremores enquanto os rios de Adam subiam a cordilheira da sua púbis e se afundavam nos recantos mais secretos do mapa...

2

Um par de horas depois, Mika levantou-se da cama enrolada no lençol. Dirigiu-se à pequena varanda e recolheu uma folha agarrada à porta. A tempestade tinha passado. Os pingos que caíam de um algeroz repicavam contra a cobertura de *lusalite* onde se guardava a lenha. Aproveitando a calma, um transístor estridente inundava o pátio e os corredores da pousada.

Daquele quarto do piso superior, conseguia-se ter uma panorâmica da receção. O encarregado e mais outras duas pessoas tinham-se sentado num sofá em frente do balcão e, atentos, escutavam o noticiário.

A locutora de um *magazine* emitido a partir de Brasília esmiuçava o que tinha sucedido em São Sebastião. Acompanhava-a, em antena, num tom cuidadoso, um jornalista local com quem tinham estabelecido ligação por via telefónica. Ainda atónito, narrava o acontecimento que acabava de viver na primeira pessoa. Mika pensou que todos os noticiários do planeta estariam, nesse mesmo instante, a recolher as insistentes notícias locais para montar peças com as mais variadas especulações sobre a chuva de cacau que regara o assassinato do pastor evangelista. Após expulsar da sua mente a recorrente imagem do rosto do pastor Ivo dos Campos, encostou-se ao gradeamento da varanda para ouvir o noticiário, como se fosse mais um do grupo de amigos do rececionista. Cingiu ainda mais o lençol para contender a frescura que a tempestade tinha deixado à sua passagem.

Não era consciente da sensualidade que desprendia, capturando a sua silhueta na luz dourada que se filtrava por uma fissura no céu de chumbo, como uma presença angelical escapada de uma aguarela romântica que Adam, da cama, contemplava sem pudor.

«Asseguro-te que não consigo, ainda, acreditar», exclamava em antena o jornalista de São Sebastião, tão nervoso por aquilo que acabava de presenciar como por se ter convertido, tão perto da reforma, num correspondente por um dia para os meios de comunicação de metade do mundo.

«*Tens a certeza de que não assististe a um espetáculo de magia do David Copperfield?*», perguntava a locutora.

«*Eu próprio cheguei a pensar que se tratava de uma ilusão* – respondia o jornalista com ar sério. – *Mas não só o vi com os meus próprios olhos, como também toquei e cheirei, tal como todos os que estavam ali a gravar com os seus telemóveis. Basta entrar no YouTube. Alguns dos vídeos já somaram milhares de visitas em poucas horas, e não é para menos. No meio da chuva caíam sementes de cacau.*»

«*E, enquanto isso, dá-se o assassinato do pastor Ivo dos Campos…*»

«*Exatamente. Tal como as duas ações que precederam esta semana demencial, a estrela de São Paulo e o arco-íris da selva de Mato Grosso, a desta tarde foi fruto de uma complexa operação coordenada.*»

«*A polícia afirma que as sementes foram lançadas a partir de helicópteros. Conseguiste falar com alguém que os tenha visto?*»

«*Não. A tempestade impedia de ver para lá das nuvens. Mas várias pessoas de terras vizinhas alheias aos festejos asseguram que ouviram o barulho de hélices.*»

A locutora passou a palavra a um convidado que também estava ligado por via telefónica, o diretor do INMET, Instituto Nacional de Meteorologia do Ministério da Agricultura, Pecuária e Abastecimento.

«*Diga-nos: é assim tão fácil como parece lançar um grão de cacau por cima de grandes nuvens e projetá-lo para cair no chão num ponto exato?*»

«*As nuvens são apenas gotas de água ou de granizo em suspensão, mas isso não quer dizer que seja fácil* – começou o meteorologista, num tom afetado. – *Pode dar-se o caso de o cacau ter ficar retido na nuvem e se de ter deslocado ao longo de uma distância impossível de prever. Há que ter em consideração vários fatores para conseguir um resultado tão preciso como o que vimos.*»

«*Poderia falar-nos um pouco mais desses fatores?*»

«*Em primeiro lugar, tem de se conhecer as correntes ascendentes e descendentes que operam de forma caótica na atmosfera, formadas pela convergência de ventos que desviam e empurram para cima e para baixo as chamadas nuvens de desenvolvimento vertical, o grupo a que pertencem os cúmulo-nimbos que provocam as tempestades. Quem quer que tenha provocado esta chuva de cacau, sem dúvida, estudou a evolução dessas correntes na zona, a sua densidade e altura*».

«*A altura pode variar muito?*»

«*Diga, antes, muitíssimo: desde uma grande proximidade do solo até mais de trinta mil pés. As nuvens da tempestade que caiu sobre São Sebastião encontravam-se a pouco mais de mil e quinhentos pés, uma distância em relação ao solo ideal para desenvolver esse estrambólico plano. Por um lado, eram suficientemente altas para ocultar os helicópteros; e, por outro, suficientemente baixas para ter a certeza de que o lançamento da carga iria cair no lugar exato.*»

«*Custa a crer que se consigam prever condições meteorológicas tão precisas.*»

«Como delegados da Organização Meteorológica Mundial, eu e a minha equipa dispomos de simuladores de última geração e de um banco de dados que recolhe tabelas desde 1961, para não falar dos doze milhões de documentos históricos que estamos a incorporar para estabelecer estatísticas desde 1900. Se alguém jogar com todas essas cartas, obviamente é mais fácil ganhar a partida.»

«E, por aquilo que vejo, os autores deste acontecimento jogavam com o baralho completo.»

«É a única explicação. Não sei como, mas conseguiram entrar nos arquivos do Ministério e desencriptaram os ficheiros do IMET...»

Instintivamente, Mika levou a mão ao tornozelo.

Aproveitando o facto de estar descalça, massajou-o e rodou-o.

Da cama, Adam começou a cantarolar numa suave cadência.

A terra despida e fria
Vestiu-se com árvores gigantes
Entre os ramos o vento assobiava
Shhh... Shhh... Shhh...

Mika analisou as suas próprias reações perante o facto de estar ali, a sós com ele, depois do que tinha acontecido no festival. Não lhe causava nenhum temor. Muito pelo contrário, era como se a canoa na qual durante três dias tinha descido os rápidos de um rio tivesse alcançado a margem num remanso de calmaria.

— Pensava que estavas a dormir.

— Talvez esteja. Pareces saída de um sonho.

— Que galante. O que era isso que estavas a cantar?

— Uma velha canção indígena. E tu... estás bem?

Apontou para o tornozelo.

— Não é nada. Quando íamos para a Praça dos Eventos assentei mal o pé e reavivei uma velha lesão.

— Não tinha reparado.

— Já a tenho desde antes do Natal. Na véspera do meu último combate fiz uma entorse no treino.

— Eu já fiz mais do que uma pelas escadas da favela.

— Embora prefira entorses a que me partam o nariz — brincou ela. Não queria falar de Monte Luz.

— Eu também prefiro isso.

— A que nariz é que te referes, ao teu ou ao meu?

— Aos dois, suponho.

Fez-lhe um sinal para voltar para a cama. Mika caminhou devagar, subiu para o colchão e sentou-se encavalitada em cima dele.

Adam acariciou-lhe as pernas. Esticou os braços para chegar até aos tornozelos dela, permaneceu alguns segundos sobre o magoado, como se estivesse a fazer-lhe uma imposição de mãos, e foi subindo lentamente até lhe alcançar os joelhos.

– Também não gosto nada de pancadas nos joelhos – sussurrou ela. Adam continuava o seu percurso pelas coxas. – São lesões difíceis de curar e deixam marcas.

– Não vejo cicatrizes por aqui.

Continuou a subir.

– Tenho fome – disse ela de repente.

Saltou da cama e dirigiu-se para a casa de banho deixando cair o lençol, que se estendeu pelo chão como se fosse a cauda de um vestido de noite.

Depois de tomar um duche e enquanto Adam fazia a sua higiene, fez a cama. Sabia que iriam pôr tudo a lavar quando deixassem o quarto, mas havia alguma coisa que a levava a esconder o que tinha feito.

Desceram para a receção. O rececionista e os seus amigos continuavam colados ao aparelho de rádio.

– Depois do que aconteceu, não acredito que encontrem nada aberto – informou-os o rececionista. – Já sabe o que dizem dos restaurantes por aqui: levam uma vida tão boa que até fecham para almoçar. Eu preparo-vos uma comidinha que já está incluída no preço.

Convidou-os a sentar-se numa das mesas da sala do lado. Ferveu água para fazer um chá e tirou de um armário um bolo de chocolate ainda quente. Uma armação de rede fina protegia-o dos mosquitos.

– Esta rede recorda-me a selva – disse Adam enquanto a retirava e servia uma fatia a cada um. – Se não cobríssemos cada um dos pratos, ficavam cheios de bichos. Até metíamos as pernas dos móveis em azeite para evitar que as formigas passassem.

Mika lembrou-se das fotografias que tinha visto na Creatio, na gaveta do seu escritório. Aquelas em que estava a pousar com uma família de nativos, no meio de papagaios e de enormes troncos.

– Viveste no Amazonas? – exclamou, fingindo-se surpreendida.

– Na província de Manaus. Muito tempo.

Soou nostálgico. Mika compreendia todo o seu empenho em integrar os indígenas que acolhia na ONG.

– E aquilo que estavas a cantar antes…

Adam não se fez rogado. Entoou, novamente, com melancolia:

A terra despida e fria
Vestiu-se com árvores gigantes
Entre os ramos o vento assobiava
Shhh… Shhh… Shhh…

— *Shhh… Shhh… Shhh…* — cantou em coro Mika, repetindo o assobio do vento entre as árvores.

— Os velhos da aldeia sussurravam a canção às crianças nas noites de tempestade para as adormecer.

— Não tinhas medo? Pelo menos, no início, com tantos animais à volta, a rosnar e a assobiar, com os olhos a brilhar por entre as árvores.

Abriu os dela e imitou umas garras com as mãos. Ele sorriu, mas respondeu-lhe com um ar sério.

— Claro que tinha medo. No entanto, o perigo da minha selva não se devia ao tamanho dos dentes dos predadores, como acontece na selva africana, mas sim às defesas químicas das suas infinitas espécies. Malária, dengue… A Amazónia não é voraz, é venenosa.

Mika meteu na boca um bocado de bolo demasiado grande que lhe manchou os lábios como se fosse uma menina pequena.

— Nunca tinha pensado nisso.

— De fora, só temos medo daquilo que conhecemos: das piranhas, dos morcegos-vampiros, das tarântulas, das formigas lava-pés. Mas o maior perigo pode estar numa rã de cores lindas e tão pequena como uma noz.

— Prefiro enfrentar-me a uma pobre rãzinha do que a um jaguar.

— Não estejas tão certa disso. A rã dardo dourada, como é conhecida a *Phyllobates terribilis*, é tão bonita que gostarias de a pôr num aquário da tua sala de estar, mas o seu veneno é quinze vezes mais potente do que o *curare*. Os indígenas usam-no para caçar. Aproximam a rã de uma fogueira para que segregue gotas do seu mortífero fluido e humedecem as suas flechas com ele. O efeito letal é tão potente que permanece ativo na ponta durante alguns anos.

— Tu chegaste a fazer isso?

— Referes-te a quê?

— A usar zarabatanas e a montar armadilhas.

— Estás a falar com um profissional.

— Não sei se acredito em ti.

— Pois devias. Adorava viver na selva. Era um exercício constante de criatividade.

Mika começava a entender muitas coisas. Aquele homem não podia ter tido um passado convencional. Emitia uma luz diferente, sugestiva e selvagem, como a própria selva.

— Então foi assim que se gerou a tua empresa…

Adam deteve-se a pensar.

— Lembras-te que te expliquei como na Creatio toda a gente faz coisas que não estão diretamente relacionadas com a sua preparação académica? Na Amazónia acontece o mesmo. Tudo se aproveita para fins diferentes do que inicialmente estava previsto pela mãe natureza. Até nas coisas mais vulgares de todos os dias. Podes curar a urticária com as tripas de uma lagarta, utilizar uma enorme folha de bananeira como chapéu de chuva aproveitando a sua textura plástica impermeável ou comunicar batendo um determinado tronco cuja frequência de vibração não fica encoberta por nenhum outro som da floresta. É um universo à parte, com as suas regras próprias, e os nativos souberam adaptar-se a essas regras. A sua sobrevivência está baseada na criatividade.

– E em vez de aprender com eles, usámo-los como bestas de carga.

Adam aquiesceu com pena.

– Tivemos, ao alcance de uma mão, uma base de dados de valor incalculável que se vai perder para sempre.

– Mas tu aproveitaste a tua oportunidade – observou Mika enquanto devorava outro bocado de bolo.

– Eu não sou ninguém. De que serve lamentarmo-nos agora quando foi assim toda a vida? Há muitos séculos, um governador chamado Francisco de Viedma escrevera, então, um relatório revolucionário sobre a estupidez dos ocidentais que contactavam com as tribos.

– Gosto desse Viedma. Não me parece que fosse muito politicamente correto.

– Absolutamente nada. Dizia que os conquistadores qualificavam os índios Moxos como selvagens porque se dedicavam a proteger, como se fosse ouro, uns paus cheios de riscos, sem reparar que era a sua forma de documentar os anais do seu povo, com sinais hieroglíficos que exigiam uma destreza intelectual e uma memória extremas. Terminava o seu relatório a dizer que se algum desses colonos vergonhosos tivesse visto Newton a calcular o movimento dos astros, a partir das formas positiva e negativa da álgebra, também teria dito que o grande cientista era um idiota, e que as suas teorias eram um conjunto de gatafunhos mais adequados para enfeitar a porta de um carvoeiro do que para ilustrar o entendimento humano.

Adam permaneceu algum tempo com o olhar perdido no vazio.

Para Mika, os silêncios não eram convenientes. Continuava presa àquela paz que sentia ao seu lado – ou melhor, a um encantamento consentido, como se se tratasse de um guru espiritual –, mas as perguntas e o medo, por estar a meter-se mais e mais na boca do lobo, aproveitavam para recuperar imagens na sua cabeça.

(Adam enfiando-se como uma serpente no meio do público do festival.)

(O rosto desfigurado do pastor.)

Lançou-se sem rede:

– O que é que vamos fazer?

– Estás a referir-te à preservação do acervo indígena?

– Estou a referir-me a ti e a mim.

– Eu tenho de voltar a São Paulo, mas tu podes ficar o tempo que quiseres. Não te preocupes com nada. Ponho na conta da Creatio.

Sentiu como se tivesse levado com um balde de água fria.

– Estás a dizer-me que não tens lugar para mim no helicóptero.

– Claro que tenho lugar.

– Então?

– Não quero que te sintas dirigida.

Mika negou repetidamente com a cabeça.

– Não me queres dirigir, mas pagas-me umas férias na praia longe de ti. Asseguro-te que esta segunda opção soa ainda mais paternalista, por isso agora não te faças passar por moderno.

– Porque é que estás zangada?

– O que é que achas?

Susteve o olhar.

– Só estou a tentar ser amável.

Mika levantou-se da cadeira. Deu uma volta sobre si mesma e apoiou ambas as mãos no encosto da cadeira.

– Tens razão. Não tenho nenhum direito de me zangar contigo.

– Deixa que me vá despedir do presidente da Câmara e num instante venho buscar-te.

– Combinado.

– Muito bem – confirmou ele, encaminhando-se para a saída.

– Espera! Só há uma coisa…

Adam voltou-se.

– Continuas a querer saber com quem é que eu vim a esta pousada pela primeira vez.

– Deixa. Não devia ter falado nisso.

– Estive aqui com o meu filho.

Com o teu filho.

– Mas…

– Agora já podes ficar tranquila.

– Disseste-me que não tinhas família…

Olhou-a como nunca o tinha feito antes.

Mika tentou desculpar-se, mas ele já estava a atravessar a porta.

Deixou-se cair novamente na cadeira. Nesse mesmo instante, tocou o telemóvel.

Não lhe foi difícil reconhecer o número.

Agora não…

Insistia. Depois de ameaçar um par de vezes, atendeu rapidamente.

— Estou.

— Quem fala é Baptista, Grupo de Operações Especiais.

— Já sabia que era o senhor. O que é que quer?

— Já percebi que não melhoraste o carácter. Gruaaaá ... – rugiu, imitando uma leoa.

— Gruaaaá – repetiu ela, indolente.

O investigador suspirou e mudou de tom.

— Explica-me, imediatamente, o que é que fazias esta tarde no palco de São Sebastião onde limparam o pastor ou mando emitir já um mandado de busca e captura em teu nome.

Mika sentiu uma garra no peito.

— Como é que soube?

— A primeira vez que me vieste ver coloquei-te um localizador na dobra das tuas calças sem que desses conta.

— Como?

— Vi-te na televisão, assim como outros cinquenta milhões de brasileiros. O canal local partilhou as imagens com os noticiários nacionais.

— Nem reparei que havia câmaras.

— Talvez porque estivesses concentrada no teu trabalhinho.

— Ou antes porque não tinha nada a esconder.

— Isso já iremos ver.

— Está a acusar-me outra vez ou continua a fazer papel de engraçado?

— Com quem é que viajaste para aí?

— O que é que isso interessa?

— Interessa-me a mim.

— Com ninguém.

— De onde é que estás a falar? Estou a ouvir-te normalmente.

Mika não sabia se realmente a ouvia mal ou se queria cortar a conversa e guardar todos os cartuchos para quando a tivesse à sua frente.

— Continuo aqui.

— Onde é aqui?

— Em São Sebastião.

Não ia ser tão ingénua para lhe dar mais pormenores.

— Pois volta mais depressa do que um raio para São Paulo e vem direitinha para o meu gabinete.

— Mas...

Baptista desligou sem lhe dar tempo para responder.

Suspirou.

Durante um bocado, dedicou-se a brincar com o garfo sobre o último pedaço de bolo. Alguma coisa ia ter de explicar ao investigador.

Na sua primeira declaração, não mencionou que Adam a recolhera da favela. Agora tinha muitas mais coisas para contar… ou ocultar. Se calava o que tinha visto e depois viesse à luz que ele era o assassino do pastor, ela acabaria por se converter, como por artes mágicas, em sua cúmplice. Cúmplice de assassinato. De dois assassinatos.

Reclinou-se na cadeira e deixou escapar um suspiro. Acabava de ir para a cama com ele e não conseguia tirar da cabeça cada um dos momentos vividos nessa cama. Estava enfeitiçada, e o pior de tudo é que gostava daquela sensação de submissão…

Adam, Adam. Qual é a tua história?

3

Amazónia brasileira,
vinte e quatro anos antes

O americano caminhava em direção ao rio afastando ramos à sua passagem. Castanheiros, palmeiras, jatobás, bagas de açaí... nas profundezas da selva amazónica, o termo biodiversidade adquiria um novo sentido. Em qualquer ponto fixo, o difícil era encontrar duas árvores irmãs. Praticamente cem espécies diferentes conviviam no terreno que ocupa um campo de futebol; dezasseis mil em todo o pulmão verde. Uma interminável erupção de troncos, serpentinas de lianas e *confetti* de folhas. Assim deve ter sido o Éden.

Por isso escolhera chamar-se Adam. Pelo seu feliz desterro no jardim sagrado.

A mudança de nome não respondeu a um capricho, nem sequer ao compreensível anseio de deixar para trás o seu passado. Foi uma forma de se adaptar aos costumes da tribo que o acolheu depois de ter vagueado durante meses com o seu amigo Camaleão após a fuga do acampamento madeireiro. Naquela comunidade, os pais esperavam que os filhos definissem os seus traços físicos e o seu carácter antes de decidirem pôr-lhes um nome. A uma menina saltitante que nunca parava de cantarolar acabavam de a batizar de Periquito. O irmão dela, inquieto e independente, era conhecido como Lombriga da Terra.

A travessia que ia iniciar também respondia a uma tradição enraizada. Era a viagem iniciática que todos os adolescentes deviam fazer ao chegar à idade adulta. No caso de Adam, este chegava um pouco tarde e, talvez por isso, necessitasse desse ritual de purificação mais do que nenhum outro membro da tribo.

— Antes de decidir se o teu destino está unido ao nosso — disse-lhe o líder da comunidade —, precisas de te encontrar a ti mesmo.

— Onde é que vou procurar?

— Hás de chegar à pedra das almas. Dorme uma noite aos seus pés e deixa que invada a tua. Está lá à tua espera desde o princípio dos tempos.

Dera-lhe apenas um punhado de indicações, além disso, um tanto encriptadas: remar rio acima durante cinco dias até à grande lagoa que se abria por detrás dos meandros da serpente. Adam confiava que essas curvas fossem suficientemente pronunciadas para as distinguir das outras que apareciam por todo o curso do rio. «Como um caracol», tinha-o tranquilizado o chefe, desenhando uma espiral com o dedo. Assim que alcançasse a lagoa, devia tomar um braço que derivava em direção ao Sul e seguir corrente abaixo até uma curva onde se erguia a enigmática pedra das almas.

A canoa, amarrada a uma raiz, baloiçava tranquila. Construída com madeira de sucupira, mediria uns quatro metros de comprimento por meio de largura. Tinha três tábuas atravessadas que serviam de assentos. As duas da frente estavam cobertas por uma rede sobre a qual descansava um arpão. Ali deixou também o seu facão.

Desfez o nó e subiu para dentro a tentar equilibrar-se. Achicou a água do fundo do barco com meia garrafa de plástico que boiava junto a duas cabeças de peixe. Fixou o tampão de borracha, agarrou no único remo e apoiou-o na lama do fundo para impulsionar o barco.

Estava-se a meio da tarde. Inspirou uma golfada daquele ar, tão puro que provocava comoção. Oxigénio recém-libertado com aroma a madeira húmida, a terra e a verdura. Sentou-se e, antes de começar a remar, deixou-se levar durante um bocado por uma ligeira corrente para sentir-se parte do rio.

Durante os três primeiros dias, não detetou um único sinal de presença humana. Remava sem pausas debaixo da inspeção de iguanas e de preguiças e dormia em cima de um leito de folhas, confiando que não chamaria a atenção dos caimões cujos olhos brilhavam sobre a superfície da água. Na manhã do quarto dia, avistou junto à margem uma malha de lianas, as redes que algumas tribos utilizavam para manter submersos os cadáveres dos seus falecidos a fim de que as piranhas acelerassem a sua decomposição.

Estava cansado de remar, por isso decidiu aproximar-se. Parecia tratar-se de uma pacífica comunidade ribeirinha. Todos os seus membros se amontoaram na margem com um ar circunspecto, como se a embarcação que se aproximava fosse a caravela *Santa Maria*. Encalhou a canoa numa curva de areia e ofereceu-lhes o presente que trazia, prevendo uma situação como aquela: um par de moedas americanas que levava no bolso no dia em que escapou de rompante da sua vida anterior. O chefe examinou-a com o ar de um antiquário florentino e convidou-o a ficar para dormir. Adam pensou que a qualquer momento rebentaria uma tempestade, daí que não seria má ideia passar a noite numa cabana.

Talvez tivesse declinado a oferta se soubesse o que lhe iriam oferecer depois do jantar. Após uns saborosos cogumelos e umas tartes de *yuca* brava, trouxeram-lhe uma panelinha com una pasta amarelada. Eram os ossos moídos do cadáver cuja carne fora entregue às piranhas, temperados com gema de ovo e banana. Adam ouvira dizer que algumas tribos honravam desse modo os seus mortos, pelo que fechou os olhos e engoliu até não ficar nada.

Daí a pouco, começou a chover. As famílias recolheram-se nas choças. Aproveitando a trégua dos mosquitos, Adam permaneceu à porta da sua. Um miúdo chapinhava na lama e abria a boca a olhar para o céu.

Pensou naquilo que o tinha levado para ali. Primeiro, as ilusões. Os seus estudos de Engenharia Florestal e do Meio Natural no Yellowstone Baptist College de Billings, Montana; o prémio extraordinário da sua promoção; os elogios do júri do doutoramento, ao escutarem o seu projeto de desbaste controlado com o objetivo de reduzir o impacto da desflorestação sobre o ecossistema brasileiro. Depois, a realidade com a qual deu de caras: os abusos, a exploração. Via aqueles nativos tão inocentes e vulneráveis… Alguns madeireiros utilizavam um meio de recrutamento conhecido como «enganche», através do qual os indígenas assinavam, sem o saberem, a sua prisão perpétua.

Os gatos – assim chamavam aos patrões – reuniam-se com os líderes tribais e acordavam cortar pequenas quantidades de madeira dos seus territórios em troca de lhes construírem infraestruturas tão absurdas como um campo de basquetebol ou de lhes fornecerem arroz, botas para a chuva, sal e alguma espingarda velha à qual atribuíam um valor vinte vezes superior ao real. Deste modo, e dado que os gatos se esmeravam dando adiantamentos, dispunham sempre de um crédito que os indígenas tratavam infrutiferamente de pagar, permitindo mais e mais extração de madeira que eles mesmos acabavam a cortar, submersos num eterno círculo de dívidas e de ameaças.

Adam observava-os e queria ajudá-los, avisá-los, prepará-los para resistir. A selva era a base da sua identidade e da sua sobrevivência. A selva dava-lhes a vida. Mas, sobretudo, queria aprender com eles. Via em cada um dos grupos indígenas uma pequena experiência sobre como configurar uma sociedade. Todos tinham as mesmas necessidades e sonhos: falavam, riam, comiam, apaixonavam-se, tinham filhos, adoeciam, envelheciam e, claro, morriam. Careciam de tecnologia e da segurança da civilização moderna, mas guardavam valiosos ensinamentos que clamavam por ser transmitidos. A educação, o tratamento da velhice, a resolução de conflitos, a resistência à doença, ao perigo e ao isolamento, transcendendo o seu eu individual para se sentirem parte física e espiritual da comunidade… Era outro mundo. Era o seu jardim sagrado.

Despediu-se dos seus anfitriões logo depois do amanhecer e continuou a sua viagem. A meio da manhã, rebentou uma nova tempestade.

Vista do rio, parecia ainda mais trovejante, sacudia as copas das árvores sobre as ribeiras, provocava remoinhos. A canoa inundava-se sem lhe dar tempo para a achicar. A qualquer momento afundar-se-ia, mas continuou a remar contra a cortina de chuva. Sentia que estava perto do seu destino. Um tipo de atração puxava-o para meandros cada vez mais profundos. Estaria no interior da espiral? Nem sequer via a proa pontiaguda.

Doíam-lhe os braços e as costas, tanto que dificilmente se conseguia manter sentado na tábua. Invejou a força das plantas, dos seus eficazes mecanismos de adaptação e de defesa.

Algumas geravam folhas insípidas, difíceis de digerir ou pouco nutritivas, para que os insetos tivessem de dedicar tanto esforço a comê-las que preferiam ir mordiscar outra espécie. Pensava em tudo isso enquanto continuava a meter o remo, uma e outra vez, em qualquer direção desde que a canoa não se virasse. Até que, da mesma forma viral que começou, a tempestade parou, dando lugar a uma luz celestial que atravessou as nuvens.

Encontrava-se a meio da grande lagoa, prateada e densa como uma bandeja de mercúrio. Garças, gaviões e martins-pescadores desataram a celebrar a bonança. Seguindo as instruções que lhe tinham dado, remou em direção ao braço do rio situado a sul. Ao introduzir-se no afluente, sentiu uma presença. Um jaguar, erguido sobre duas patas como as esculturas que guardavam os templos do passado, espiava-o com o olhar sereno a partir da margem.

Duas ou três horas mais tarde, percebeu que tinha chegado ao seu destino. Numa curva atrás de um longo troço, como um altar ao fundo de uma abóbada feita de ramos, erguia-se a grande pedra das almas.

Era um enorme monólito em forma de menir. Nunca tinha visto nada igual, pelo menos na selva. Desde o primeiro momento, percebeu que tinha sido colocado naquele lugar de propósito. Mas por quem? E quando?

Atou a canoa a umas lianas que caíam para dentro do rio, saltou para a água e caminhou em direção à pedra. Tocou na superfície talhada. Rodeou-a e meteu-se pela terra adentro para inspecionar a zona. Ficou chocado por encontrar uma área vazia, sem praticamente nenhum arvoredo. Apenas mato e arbustos baixos. Qualquer coisa no chão chamou a sua atenção.

Agachou-se para afastar a folhagem. Era um canal de pedra de uns quarenta centímetros de largura, uma espécie de conduta de água que ia até ao rio. Continuou a limpar as ervas do canal com o facão. Em algumas zonas estava mais à vista, noutras, quase tapado por folhas e raízes, mas em nenhum momento se alterava o seu percurso retilíneo.

Terminava num declive natural de metro e meio de altura que tinha chegado a ser um murete também construído pelo homem. Empoleirou-se nele e, lá do alto, contemplou a vastidão da paisagem com a boca literalmente aberta. Não podia acreditar no que tinha à sua frente.

O murete seguia o traçado de um fosso redondo de dois metros de profundidade por outros dois de largura, reforçado com pedra no interior. Um imenso e perfeito círculo que ultrapassava os cem metros de diâmetro. Mas aquilo não era tudo.

Continuando, avistavam-se mais fossos que formavam novos círculos e retângulos ligados entre si por caminhos e canais.

Estava em cima de um geóglifo colossal.

Assim se chamavam as estruturas arqueológicas de figuras, por vezes geométricas, outras antropomórficas ou de animais, construídas para serem vistas a partir do céu. As mais conhecidas eram as Linhas de Nazca, no solo peruano, mas a desflorestação da Amazónia brasileira ia trazendo à luz outras igualmente impressionantes que estavam há milénios escondidas pela vegetação.

Talvez fossem enclaves religiosos, talvez fortalezas. A única certeza é que só uma civilização avançada podia tê-las realizado.

Adam desceu ao fosso ajudado pelas pedras salientes e começou a andar. Encontrou bocados de cerâmica, restos de pratos ou de vasilhas que examinava e voltava a deixar no seu lugar. Ao fim de um bocado, viu a estatueta aos seus pés.

Era preta, talvez de basalto. Mediria pouco mais do que um palmo de altura. Representava uma espécie de sacerdote que segurava uma tábua com inscrições num alfabeto que Adam não soube reconhecer. Assemelhava-se ao egípcio, à semelhança do estilo das vestimentas, da barba em pera e do chapéu. Mas a pequena escultura olhava para a frente, firme sobre os grandes dedos dos seus pés, e exibia um sorriso confuso nada faraónico. Agachou-se para a agarrar, mas um choque elétrico subiu até ao cotovelo e teve de a largar.

Contemplou-a, caída na pedra coberta de mofo. *Há quanto tempo estás aqui?* Esticou, de novo, o braço para ela, lentamente, como quem se aproxima de um animal selvagem para o acariciar. Desta vez, não lhe devolveu a descarga.

Saiu do fosso, sentou-se no cimo do murete e encostou-a ao peito. *Quem povoou esta terra antes de se cobrir de selva?*, perguntou-se. *Que espécie de atlantes, mais antigos do que as árvores?* Pensou em quantas civilizações terão nascido e caído nos cinco continentes. Olhou para o monólito, a grande pedra das almas que se erguia na margem do rio, e uma pergunta se impôs sobre todas as outras: *que mal fizeram vocês para merecer o castigo do esquecimento?*

4

São Paulo, na atualidade

O vento soprava forte durante a manobra de aproximação ao heliporto de São Paulo, mas o piloto pousou o aparelho suavemente em cima do H pintado no telhado. Desceram diretos para a garagem do arranha-céu e caminharam em silêncio até ao lugar onde esperava o carro desportivo que Adam se via obrigado a passear por uma questão – dizia ele – de fidelidade ao fabricante, bom cliente da Creatio.

Será também igualmente comprometido com tudo o que faz parte do seu universo privado?

Pensava para si própria.

Adam apressou-se a abrir-lhe a porta do lugar de copiloto com o seu habitual cavalheirismo, mas Mika declinou o convite.

– Tens a certeza de que não queres que te leve a algum lado?

Não lhe queria contar que tinha combinado com o investigador Baptista. Nem sequer tinha mencionado a sua existência (embora talvez o Grande-Irmão-Adam-Green já se tivesse informado por si mesmo).

– Prefiro ir sozinha.

– É perigoso andar por aí de madrugada.

– Apanho um táxi.

– Deixa, ao menos, que te leve até à rua.

– Vou subir a rampa a pé e assim posso esticar os músculos. Aqueles miniassentos do helicóptero deixaram-me as pernas esmagadas. – Pôs uma careta de dor. – A sério, não te preocupes. Vou olhando para o céu.

Adam lançou-lhe um olhar de desconfiança.

– Só eventualmente – continuou ela. – Não estou habituada a que me chovam em cima sementes de cacau.

Soprou para o ar para desviar a franja e cravou os seus olhos verdes nos dele.

Nenhum dos dois dava o primeiro passo para se ir embora. Na garagem reinava um silêncio de túmulo, salpicado de pingos cobertos por um inquietante eco.

— De certeza que estás bem?

Não era uma pergunta trivial concebida para preencher um silêncio incomodativo.

— Na verdade, bastante impressionada com o que se passou com o pastor. Acabara de falar com ele e parecia tão…

— Tão santo.

— Bastava ver como olhavam para ele os seus fiéis. Mas…

Voltou a interromper a frase. Desta vez, Adam demorou mais tempo antes de a completar.

— Mas, por alguma razão, foi engrossar o grupo dos justiçados.

— Gostaria de pensar que o merecia, embora não fosse do estilo dos anteriores.

— Não acredito que existam categorias de maldade, mas não lhes ficava atrás. Enriquecia com o dinheiro da fé, espoliava os pobres, prometendo-lhes a vida eterna. O poder e o dinheiro eternos, isso era a única coisa a que Ivo dos Campos aspirava. Aposto que, agora que morreu, as redações dos meios de comunicação estão a deitar fumo à procura de informação sobre as suas tramas de corrupção e as contas que tinha em paraísos fiscais. Espera alguns dias e verás as sumarentas primeiras páginas dos jornais.

Porque é que tem de haver sempre alguma coisa escondida por detrás do que mostramos aos outros?

— De qualquer forma, haverá quem considere que foi um castigo excessivo.

— E no caso dos outros dois?

— Suponho que também.

— Um pastor corrupto que rouba aos mais pobres, um narcotraficante que converte crianças de oito anos em viciados no *crack* para os utilizar como escravos e um madeireiro que está a aniquilar a selva amazónica por interesses económicos. Três tumores: de coração, de cérebro e de pulmão. Não é legítimo extirpá-los para curar o resto do corpo?

Mika percebeu que ele estava a provocá-la, tal como na terça-feira, quando visitou a Creatio e a impeliu a discursar sobre os danos colaterais. Era óbvio que Adam se divertia com aquele jogo, e, porque não admiti-lo, ela também. Tinha gostado sempre de entrar a matar quando apareciam temas fraturantes, até nas conversas caseiras mais inócuas, e não estava disposta a calar-se diante da pessoa a quem mais desejava impressionar.

— Só disse que muita gente pensa que a sociedade não deve pôr-se ao mesmo nível do delinquente, que é preciso tentar curar o membro doente em vez de o extirpar. E, porque não, também existe a visão dos cristãos, que refere que cada vida é sagrada porque vem de Deus. Mas não faz falta metermo-nos em questões morais ou religiosas. Muitos dos que estão contra a pena de morte só o são por meras razões práticas: nem sequer é mais barata que a prisão perpétua, dado que há que contar com os custos de repercussão social que as sempre questionadas execuções acarretam; nem é dissuasiva para os potenciais transgressores, pois continua a haver delitos. E, desde logo, não respeita as garantias jurídicas mínimas. Um veredito erróneo é irreparável.

– Não está mal para um parque de estacionamento de madrugada.

– Não perguntasses. Vivi com o meu pai em alguns países que aplicam a pena capital dia sim, dia sim, e falámos disso mais do que uma vez. Além disso, o que é que esperavas? Que te desse razão, sem mais?

– De que razão falas?

– Por aquilo que disseste há bocado, pareces apoiar sem falhas estas execuções.

– Não há um só centímetro quadrado deste planeta que não tenha falhas. Qualquer tese tem o seu contraditório. Imagina que alguém pretendia fundamentar a pena de morte em razões de justiça. Poderia socorrer-se da antiga Lei de Talião: «Vida por vida, olho por olho, dente por dente»; os pecados têm de ser expiados e, por pura equidade, o delinquente deve sofrer uma pena equivalente ao seu delito. Parece um raciocínio rotundo, mas caberia contra-alegar que a Lei de Talião não é um princípio fundamental, antes pertence à ordem do instinto natural, e que a lei não deve emular a corrompida natureza humana.

– Antes deve corrigi-la.

– Exatamente. Outro possível argumento a favor: faz-se justiça no exercício da legítima defesa que a vítima não pôde exercer. Este é ainda mais fácil de rebater, já que se pressupõem intenções que não podem ser demonstradas. E se a vítima tivesse podido expressar-se, será que não reclamaria vingança, mas sim perdão? Poderemos continuar este exercício de toma lá, dá cá quando quiseres.

– Mas tu continuas sem me dizer em que equipa te encontras mais confortável, se na dos argumentadores ou na dos rebatedores.

– Já me vais conhecendo suficientemente bem para intuíres que a soberba que leva consigo o facto de dispor da vida dos outros me produz repulsa. – Mika não pôde evitar mostrar-se surpreendida perante uma afirmação tão taxativa. Não o esperava, depois de tudo o que tinha visto… ou acreditado ver. Adam fez uma pausa calculada e continuou. – Isto, naturalmente, analisando caso a caso.

Uma nova janela.

– Porquê esta pontualização?

– Porque a minha postura poderia variar se estivéssemos a falar de um plano superior.

– Que queres dizer com superior?

Adam concentrou-se uns segundos numa mancha de humidade no teto e regressou com firmeza.

– Além da responsabilidade pessoal do delinquente, há a sociedade que gerou esse delinquente, o sistema que, de um modo ou de outro, o criou. Imagina que esses justiçamentos visavam castigar toda a sociedade.

Mika estremeceu. Porque é que não perguntava de uma vez e sem rodeios qual era o verdadeiro grau de implicação dele nas ações e nas mortes que estavam a acontecer desde segunda-feira? Talvez fosse porque a amedrontava conhecer as duas respostas possíveis. Temia a eventual «implicação total, sou o líder de uma organização terrorista». Mas também temia escutar qualquer coisa como «sou apenas uma peça tangencial» ou até «não tenho nada que ver». Embora lhe custasse admiti-lo, excitava-a pensar que estava com o único artífice daquele estrambólico juízo final, uma espécie de deus omnipotente. No fim de contas, os princípios de Adam eram parecidos com os seus, com a diferença de que ele, além do mais, tinha o valor de conduzir as suas ideias à prática.

– Não seria nada má ideia, essa de dar uns valentes açoites à nossa decadente sociedade – brincou, confiando que fosse ele quem continuaria a falar. – Abaixo os arranha-céus. Todos de volta ao Amazonas em tanga.

Adam limitou-se a sorrir sem lhe dar troco, por isso foi ela quem continuou.

– A sério, sou a primeira a pensar que a nossa civilização está subjugada por essa espiral doida de dinheiro e de poder que infetou o pastor.

– E o que é que fazes relativamente a isso?

Mika negou com resignação.

– A minha geração perdeu a capacidade de mudar as coisas. Ando há anos a tentar ajudar em projetos em que se questiona o mundo em que vivemos. No 15M saímos para a rua, mas será que tivemos verdadeira capacidade de influência? Faltava-nos poder porque também nos faltavam inimigos com cara definida. Antes, o inimigo tinha nome e apelido. Hoje, no mundo globalizado, não sabes para onde dirigir os teus disparos para mudar o sistema. Mas o pior…

– O que há de pior?

– Que eu mesma faço parte desse sistema. Queixo-me porque não encontro o trabalho ideal. Viajo para o florescente Brasil para encontrar um posto num arranha-céu que se ergue entre as favelas. Deixa-me furiosa ver que funciono assim, mas quais são as alternativas? Aceitá-lo? Recolher-me num convento alheado do barulho mundano?

Tens tu outra alternativa?

— Mas dou-me conta, agora — disse Adam —, de que ainda não te pronunciaste.

— O quê?

— Não te faças de parva. Dissertaste com mestria sobre a pena capital e perguntaste-me qual era a minha opinião. Mas, o que pensas tu? És a favor dos argumentadores ou dos rebatedores?

Mika não queria errar a resposta. Além do mais, tinha chegado o momento de se fazer desejar. Agarrou a porta que Adam ainda mantinha aberta e fechou-a definitivamente. Rodeou o pescoço dele com os braços e disse, a um centímetro da sua boca:

— Eu já não sei o que pensar de coisa nenhuma.

Beijou-o, deu meia-volta e dirigiu-se a pé pela empinada rampa para uma São Paulo submersa na escuridão.

5

Meia hora mais tarde, apeava-se do táxi em Campo Belo, em frente da porta principal do Grupo de Operações Especiais. Quem o visse do lado de fora, não diria que ali dentro treinavam os encorpados efetivos do corpo policial melhor preparado do Brasil. Os mesmos agentes que se enfrentavam aos cartéis da droga; em determinadas ocasiões, eram, também, os mesmos que, depois de vencer a batalha, se encarregavam de gerir na sombra as redes de narcotráfico que deixavam órfãos os cabecilhas eliminados.

Não tardou a ver-se sentada em frente da mesa do investigador. Cinza milenar, um frasco de vidro, que nos seus bons tempos teve azeitonas e agora servia para guardar canetas com a tampa mordida, gotas de café em cima dos processos que transpiravam a papéis confidenciais. O cubículo de um homem de ação obrigado a lidar com demasiada burocracia. Mika detetou um elemento novo: preso com pioneses na parede, junto à cartolina com a «Oração das Forças Especiais», havia uma folha gatafunhada com mil cores, sem dúvida a obra de arte de uma criança.

Baptista aparentava um aspeto mais rude do que no primeiro dia, talvez porque trabalhar a horas intempestivas lhe provocava um inchaço na veia do pescoço e tensão nos músculos que avultavam debaixo do polo preto. Mika sentiu saudades do cheiro a sabão que exalava na última vez, acabado de tomar duche.

— Hoje não houve jogo — murmurou.

— Porque é que dizes isso?

— Por nada.

— Ninguém fala nada por nada, *garota*.

Mika não pôde evitar pensar na conversa que acabava de ter com Adam na garagem do heliporto.

O agente Wagner não os acompanhava para estenografar a declaração, por isso o próprio Baptista reposicionou o teclado amarelado do seu PC e aproximou-se do ecrã, franzindo o nariz enquanto clicava no rato.

Para desespero de Mika, passou um bocado a ler um documento *Word*, como se precisasse de se lembrar dos assuntos que ia tratar. Por fim, passou a mão pelo rosto cansado e disse de forma atrevida:

— Porra, ó leoa, branco e em garrafa: leite.

— Fantástico, investigador. Parece-me uma conclusão digna do mais subtil Sherlock Holmes.

— Não faz falta ser o Sherlock Holmes para descobrir o teu papel nesta história. Até a sobrinha de três anos do Watson já teria percebido.

— Percebido o quê?

— A versão feminina de *O Último Samurai* passa a correr pelos telhados da favela onde é assassinado um traficante e dois dias depois vai a uma festa evangélica onde o morto é… o mesmíssimo Ivo dos Campos! A sério, queres que acredite que foi uma coincidência? Já te disse que não acredito em coincidências.

Mika ficou alguns segundos a meditar.

Teria Baptista descoberto a sua ligação com Adam?

Pode ter acontecido até que as câmaras os tivessem captado juntos…

Reconstruiu os factos: quando abandonaram a zona do *catering* e contornaram a cortina das traseiras em direção ao palco, antes dos discursos, foram separados; ela procurou um buraco junto à mesa do técnico de som, na lateral mais distante do estrado onde ficaram as personalidades; e quando Adam voltou do meio do público para a abraçar, já choviam sementes, pelo que todas as câmaras estariam a focar o céu… *A que é que eu estou a jogar?*, censurou-se ela. *De certeza que o investigador já tem toda a informação e está a pôr-me à prova.* Era chegado o momento de contar a verdade. Estava a dar-lhe a oportunidade de contar tudo desde o princípio: a corrida no carro desportivo pela favela; o abraço ao pastor minutos antes de cair fulminado…

— Não tenho culpa de ter escolhido mal as minhas visitas turísticas – foi o que saiu da sua boca.

Ela própria ficou surpreendida com a sua frieza. Estava feito. Só faltava seguir adiante.

— Pois, pois…

— Não se lembra de que eu estava neste mesmo gabinete quando assassinaram o madeireiro em plena selva? Está empenhado em relacionar-me com o primeiro dia e com o terceiro desta série, mas o do meio quebra-lhe o padrão.

— Não te faças de espertinha. Que conste que to digo com carinho, mas não estás em posição de te pores a brincar comigo.

— Também não sinto muito respeito da sua parte.

— Achas que eu sou o teu caçador, ó leoa, e não te falta razão. Mas também sou teu protetor. Os traficantes de…

— Vai-se a ver, o senhor é bipolar.

Baptista abanou a cabeça.

— Se continuas com essa atitude...

— Qual atitude? Porque é que me fez vir aqui, quando sabe que é fisicamente impossível que eu executasse o madeireiro?

— Sei que tu não o fizeste. Mas o que é que me dizes dos teus amigos? Acho que, entre todos, fazem uma boa equipa.

— Que amigos?

— Por favor, não insultes a minha inteligência.

— Refere-se aos Boa Mistura? Mas se são um coletivo artístico!

— Pois eu acho que são muito mais do que isso. Um grupo de criativos, jovens, socialmente comprometidos e, sobretudo, muito ativos. Ou seja, com um perfil mais do que coincidente com os integrantes da... FLT.

— O quê?

— A Frente de Libertação da Terra.

— Já conheço a organização. A sério que está a pensar que eles formam parte dela?

— Salta à vista. São um grupo que...

— Eles não têm nada de agitadores, tudo o que fazem é limpo e...!

— Deixa-me acabar, foda-se! — cortou-a dando um murro na mesa. — Um grupo, dizia eu, que chega a uma favela para pintar as ruas com mensagens simbólicas de Amor e Beleza e Orgulho e não sei que porra mais, na mesma semana em que se montam as balbúrdias não menos simbólicas da estrela e do arco-íris e da chuva.

Ainda por cima, curiosamente, escolhem a mesma favela onde tu, a amiga do peito e mais letal do que uma tartaruga-ninja, apareces logo na altura em que assassinam o cabecilha da droga. Diz-me lá se isso de vir pintar fachadas não soa precisamente a isso, a uma fachada simulada para ocultar os vossos verdadeiros objetivos.

— Isto é inacreditável. Tudo o que sai da sua boca são patranhas, umas atrás das outras. Desça aos seus calabouços ou onde quer que o tenham e pergunte ao líder da FLT, logo vê o que é que ele lhe diz.

— Sim, senhora, por esta não esperava eu. Acabas de te autoincriminar.

— O quê?

— Como é que sabes que apanhámos o seu líder? Temo que essa informação não se tenha, ainda, tornado pública.

Efetivamente. O que é que tinha ganhado com esse comentário? Não estava acostumada a mentir e muito menos ainda à polícia. Devia medir melhor os seus movimentos. Agora ia ter de revelar a sua fonte, o que implicaria dar mais pormenores sobre a conversa que tinha mantido nos bastidores do palco com o multimilionário... e com o próprio pastor executado. Seria melhor não mencionar este último.

— Antes de começar o evento de São Sebastião, o doutor Gabriel Collor revelou que…

— Espera, espera. Estás a referir-te ao mesmo Gabriel Collor que eu estou a pensar? Ao ultrarricalhaço da Collor Corporation?

— Sim.

— Não me lixes. Vais-me dizer que estava lá e que, ainda por cima, falaste com ele? Esta agora é que é boa.

Novo erro. Baptista não tinha conhecimento da presença dele. Agora ia seguir essa linha de investigação e, sem qualquer dúvida, acabaria por descobrir a sua relação com Adam Green.

Isto vai de mal a pior…

— Gabriel — recomeçou, falando dele como se o conhecesse de toda a vida para recobrar certa credibilidade — contou-me que os serviços de inteligência seguiam a pista da FLT, depois de terem capturado o seu líder no cenário do segundo assassinato. Por isso, estou ao corrente.

Baptista olhou-a nos olhos e mudou para um tom carregado de ameaça.

— Pode ser que até consigas escapar de mim, mas o Comando Brasil Poderoso vai acabar por te encontrar e vai fazer-te sofrer mais do que a tua mente não brasileira possa imaginar.

Mika ficou muda. Talvez estivesse enganada ao considerá-lo um inimigo. Mesmo quando tinha decidido não lhe falar de Adam, estava claro que não convinha fechar-se em copas. Um enfrentamento pessoal com o investigador iria pôr as coisas ainda mais complicadas.

— Já que estou aqui, ajudá-lo-ei em tudo o que estiver na minha mão — acedeu, mudando de estratégia e passando a mostrar o seu gesto mais submisso.

O investigador resgatou uma beata do copo de plástico vazio do último café e conseguiu acendê-la, apesar de já estar humedecida. Puxou uma longa baforada, expulsou o fumo em direção ao cartaz de NÃO FUMAR e disse:

— Dispara.

— O senhor é que tem a pistola.

— Está bem, faço-te uma pergunta muito concreta que só admite uma resposta igualmente concreta.

— De acordo.

— Se não cumprires o trato, vou levar-te, imediatamente, para uma cela e pedir uma ordem de prisão preventiva.

— Está bem, está bem.

O investigador demorou-se alguns segundos mais. No pequeno gabinete pareceu fazer-se um vazio momentâneo.

— És a assassina do Génesis?

— Que raio é isso?

— Errado! Vou ter que te deter.

— *Errado*, como?

— As únicas respostas possíveis eram sim ou não.

— Mas o que é que está a dizer? É a primeira vez que oiço um disparate desses!

Baptista analisou a sua fúria. Claro que era isso o que pretendia, tirá-la da sua zona de conforto para estudar cada movimento espontâneo do seu rosto — olhos, boca, testa — com o mesmo rigor de um polígrafo. Mika tratou de não exteriorizar as suas reações, mas deve ter exibido um catálogo inteiro de matizes ao lembrar-se de qualquer coisa que o pastor Ivo dos Campos mencionou quando desceu para partilhar a chuva de cacau com os seus fiéis. Extasiado, recitou uns versos do Antigo Testamento sobre a terra a cobrir-se de sementes.

— Pois não sei o que é que andaste a fazer desde que limparam o sebo ao evangelista — comentou Baptista —, porque, do Rio até Taiwan, não se fala de outra coisa. O assassino do Génesis para aqui, o assassino do Génesis para ali. Grande isco comercial para as televisões! Queres que a ligue? Tenho a certeza de que continuam a falar disso.

— Tive de vir de São Sebastião para aqui. Por isso, não sabia de nada.

— E antes de te telefonar, o que é que estavas a fazer? Já tinham passado umas horas desde que aconteceu tudo.

Mika engoliu saliva e com ela a explicação.

— Porque é que, em vez de me acusar constantemente, não me põe ao corrente dessa história bíblica? Assim, estaremos os dois em pé de igualdade para continuar esta apaixonante conversa.

Baptista riu da sua altivez. Era evidente que não se ia deixar intimidar. Voltou a pôr a beata no copo e abriu uma página da Internet na qual selecionou um texto que leu com voz solene.

No princípio Deus criou os céus e a terra. Era a terra sem forma e vazia; trevas cobriam a face do abismo e o Espírito de Deus movia-se sobre a água.

— Começa assim o Livro do Génesis — murmurou Mika.

— Sabe-lo muito bem, como sabes, também, que o mundo está neste momento no mesmo ponto em que estava no princípio dos dias; envolto em trevas. A nossa civilização está corrompida, tudo é escuridão.

Ela escutava-o com um espanto não fingido. Acreditava que Baptista perceberia o seu desconcerto e compreenderia que não tinha nada que ver com aqueles versículos. Mas o investigador começou a fazer um relato no qual dava por adquirido que Mika conhecia tão bem a palavra de Deus que o que seria estranho era que não a tivesse tatuada na sua omoplata:

— Neste estado de decadência, apareces tu e mais os teus amigos e montam uma primeira ação que é o fiel reflexo do primeiro dia da

Criação. Provocam um apagão e, no meio da escuridão, acendem uma estrela que abre caminho para a preconização de um novo Génesis.

Voltou os olhos para o ecrã e pigarreou antes de continuar a ler:

> Disse Deus: «Haja Luz.» E houve luz. Deus viu que a luz era boa, e separou a luz das trevas. Deus chamou à luz «dia» e às trevas chamou «noite». Primeiro Dia. Génesis 1:3-5.

Mika lembrou-se da estrela que se acendeu sobre o arranha-céu do Terraço Itália logo depois de aterrar em São Paulo. Sozinha na escuridão, como aquela primeira estrela do Universo que também brilhou no vazio, sem que ninguém a pudesse ver. Neste caso, tinha sido diferente; milhões de pessoas contemplaram a sua luz. Bela e épica como um nascimento. Como o nascimento de um novo Universo. Como é que não tinha percebido que se tratava de um ato simbólico?

— Por isso é que escreveu «*Big-Bang*» em cima da fotocópia do meu passaporte — murmurou Mika. — O senhor, sim, é que deu no cravo desde o princípio…

Não tinha voltado a pensar nisso. Na sua visita anterior às dependências policiais, quando Baptista foi ao gabinete do lado para ver a transmissão do arco-íris de fumo que acompanhou o assassinato do madeireiro, deixou-a sozinha no gabinete e ela atreveu-se a coscuvilhar o seu próprio processo. «*Big-Bang*», era isso o que o investigador tinha escrito. Que intuitivo! Afinal, era verdade que o rude brasileiro tinha qualquer coisa de Sherlock Holmes.

— Como raio é que sabes isso? — perguntou pausadamente Baptista.

Mika voltou de repente a ficar absorta.

— O quê?

— Isso que disseste do *Big-Bang*. Eram notas minhas. Quando é que as viste?

Deu-se conta de que tinha voltado a meter a pata na poça. Como é que podia ter sido tão estúpida, pondo-se a pensar em voz alta?

— Tenho ideia de o ter ouvido mencionar isso no outro dia.

— Foda-se, é evidente que tenho de ter cuidado contigo! Andaste a vasculhar nos meus papéis! — Soltou uma gargalhada nada animadora. — Tens valor!

— Não queria espiar…

— É melhor não dizeres mais nada — cortou-a de forma despectiva —, que me dá vontade de te meter, agora, imediatamente, dentro de uma cela.

— Não quero que fique a pensar que…

Baptista fuzilou-a com o olhar. Mika baixou os olhos e calou-se.

— O caso é que aquela primeira ação criadora do novo Génesis veio acompanhada do primeiro assassinato — retomou o investigador: — um

narcotraficante indesejável que exibiram nas redes sociais como um troféu, ou melhor, como um exemplo, com a legenda #PrimeiroDia, ao
mesmo tempo que a estrela iluminava a sua favela, a queda do seu reino
de taifas. Grande *garota*! Bem pensado!

– Efetivamente, tudo encaixa – admitiu Mika. – Mas isso não quer
dizer que eu tenha tido intervenção nessa trama.

– Continuemos a repassar a Bíblia:

> Disse Deus: «Haja entre as águas um firmamento que separe águas
> de águas.» Então, Deus fez um firmamento e separou as águas que
> ficaram abaixo do firmamento das que ficaram por cima. E assim foi.
> Ao firmamento Deus chamou «céu». Segundo Dia. Génesis 1:6-8.

Sorriu antes de continuar as suas deduções, remarcando as primeiras
palavras.

– E-então-chegas-tu-e-os-teus-amigos e desenhais no céu o seu símbolo mais famoso, um arco-íris. O mesmo que, segundo o Livro do
Génesis, Deus criou depois do Dilúvio Universal, como mostra da sua
benevolência e promessa de que o céu augura sempre um futuro melhor.

Mika escutava fascinada. Não era capaz de dizer nada.

– Do que eu mais gostei foi de terem desenhado esse arco celeste
por cima do pulmão da selva, cuja progressiva aniquilação está a provocar a morte por asfixia do próprio céu, sem camada de ozono, fustigado
pelas mudanças climáticas. Tenho de reconhecer que esta alegoria também foi bem pensada, sem dúvida alguma que sim.

– Ao mesmo tempo – comentou Mika, como se a coisa tivesse deixado logo de ter que ver com ela –, leva-se a cabo o assassinato do madeireiro responsável pela desflorestação, selado com a legenda #SegundoDia.

– Escolhes bem as tuas vítimas, bem jogado! Mas não nos desviemos.
Vamos ver como continua a palavra do Senhor…

> Disse Deus: «Ajuntem-se num só lugar as águas que estão debai-
> xo do céu, e apareça o elemento seco.» E assim foi. Chamou Deus
> ao elemento seco «terra», e ao ajuntamento das águas, «mar». E viu
> Deus que isso era bom. E disse Deus: «Produza a terra relva, ervas
> que deem semente, e árvores frutíferas que, segundo as suas espécies,
> deem fruto que tenha em si a sua semente, sobre a terra.» Terceiro
> Dia. Génesis 1:9-11.

– Então, chegamos, os meus amigos e eu… – antecipou-se Mika.

– Chegas tu e os teus amigos e espalhais sementes de cacau sobre a
terra, ou melhor, sobre os camponeses que já não a podem cultivar
porque foram expropriados em benefício das empresas petrolíferas, os

mesmos que gastavam as suas ínfimas poupanças a financiar os cofres desse predicador corrupto. E, não contentes com isso, abateis o figurão e mostrai-lo ao mundo inteiro com a legenda #TerceiroDia.

— Porque é que não estaciona já essa roda-viva? — rebentou Mika. — Não faço mais nada senão repetir-lhe que não matei ninguém!

Baptista inclinou-se sobre a mesa e falou-lhe em tom confidencial.

— Para te ser sincero, leoa, as pessoas estão contentes. Sobretudo, com este último assassinato. Entre tu e eu, Ivo dos Campos era o pior dos três. Se bem que o que não tem qualquer desperdício é a equipa que formam: um traficante, um madeireiro sem escrúpulos e um pregador corrupto. Grande pandilha para convidares para a tua festa de aniversário.

— Eu não matei ninguém — repetiu.

— Digo-te a sério! — exclamou Baptista a rir. — Se o assassinato de filhos da puta não fosse, igualmente, castigado pelo código penal como o assassinato de uma pobre freira, punha-me já a aplaudir.

Mika sentiu que estava a perder o norte. Precisava de voltar a tomar consciência do lugar onde estava. Olhou à volta: a insígnia do Grupo de Operações Especiais da Polícia Metropolitana de São Paulo, cinza, manchas de café, a oração do corpo de elite colada com fita-cola na parede, o gatafunho colorido de uma criança pequena, murmúrio de vozes e o barulho dos teclados de computador que chegava dos gabinetes vizinhos em pleno funcionamento, apesar de ser ainda tão de madrugada que já deixara de ser tarde para começar a ser cedo.

— E o que é que eu vou fazer amanhã? — perguntou, irónica. — Diga lá a quem me vai tocar matar, porque vou ter de pôr rapidamente mãos à obra.

— Pois, não sei. A mãe natureza não me dotou de imaginação como a vossa. Vamos lá ver o que põe aqui…

Disse Deus: «Que existam luzeiros no firmamento, para distinguirem o dia da noite; e que eles sirvam para marcar os feriados, os dias e os anos. E que esses luzeiros, colocados no firmamento do céu, sirvam para iluminar a terra.» E assim foi. Deus fez os dois grandes luzeiros: o maior deles para reger o dia, e o mais pequeno para reger a noite; e as estrelas. Quarto Dia. Génesis 1:14-16.

— Mmm… Acho que tem que ver com o tempo. Tiquetaque, tiquetaque. Dos dias e dos anos… — Negou várias vezes com a cabeça, franzindo o nariz. — Não me ocorre nada. Deixo a parte criativa para ti e para os teus amigos.

— Posso-me ir embora? Já que não lhe desvendei nada. Foi o senhor que me informou da ligação bíblica.

O investigador respirou fundo, enchendo-se de paciência.

— Olha uma coisa, leoa, inicialmente pensei que eras uma simples bandida contratada para matar o *Poderosinho*. Mais uma, como tantos outros assassinos que prendi ou abati no passado. Chegas a São Paulo, geras uma batalha em Monte Luz que mais parece uma guerra civil, consegues que finalmente a Polícia Pacificadora tenha uma desculpa para entrar com os carros blindados e limpar a favela e, com tudo isso, os promotores que te pagam têm, finalmente, o caminho aberto para começar uma guerra diferente, a da especulação. Isso, como te disse, já o vi muitas vezes. Mas é evidente que o vosso plano vai mais longe.

— E onde vai?

Queria realmente sabê-lo.

— Ainda não sei qual é a finalidade de todo este filme à Hollywood. É isso o que me preocupa, não saber nem onde, nem quando, nem como vai acabar.

— Gostaria muito de o ajudar — disse Mika com muito pouca convicção —, mas não sei nada.

— Lembra-te do que te disse antes: temos provas novas de que a família do *Poderosinho* anda atrás de ti. Distribuíram entre os seus esbirros fotocópias dos teus cartões de visita como se fosse publicidade da *McDonald's*, por isso, se não te ponho sob proteção, vais acabar em hambúrguer desse antro infame. Transformam-te num monte de carne picada e lançam-te para um esgoto.

— Suponho que não deve ser tão difícil esconder-me numa cidade de vinte milhões de habitantes.

— Isso é o que tu achas. O Comando Brasil Poderoso precisa de apresentar uma manifestação de autoridade depois da batalha de Monte Luz, e não está a poupar nos gastos. Puseram a tua cabeça a prémio. Tão alto que quem te agarrar terá suficientes reais para se fartar de *crack* durante uma década. Mas não penses que todos os perseguidores serão bandidos drogados. Dentro da rede há políticos, funcionários de vários departamentos com acesso a registos públicos e... — esboçou um gesto indefinido — também polícias.

— E o que é que teria de fazer para conseguir essa proteção?

— Colaborar.

— Como?

— Admite que és a assassina do Génesis, pelo menos um dos braços executores do teu bando; conta-me onde vai parar esta confusão e verei o que consigo negociar com o inspetor. Se me deres a tua equipa completa, posso conseguir-te a imunidade.

— Bando? Equipa?

— Sei que fazes parte da trama, mas também sei que não és a mais importante do grupo. Pode ser que tenhas assassinado, tu sozinha, esses cabrões, mas é óbvio que precisas de um bom suporte para montar as ações que acompanham as mortes. Tem de haver alguém que segure na batuta e que tenha preparado esta confusão, muito antes de aterrares no aeroporto de Guarulhos. É por isso que te quero proteger, porque preciso que me conduzas até à pessoa que é o verdadeiro manda-chuva na tua organização...

Adam Green.

Seria tão fácil como pronunciar em voz alta essas duas palavras.

É apenas um nome. Di-lo e acabará tudo ...

— Porque é que acha que, se o soubesse, o iria ajudar? — desafiou-o com uma recuperada ousadia. — A qualquer momento, posso apanhar um avião e voltar para a Europa onde estarei livre de qualquer ameaça.

— Nem tentes. Assim que saíres daqui, mandarei um alerta a todos os postos fronteiriços do País.

— Não tem nenhuma prova contra mim.

— Tens a certeza?

— Só teorias absurdas e umas imagens de televisão que me situam num evento ao qual acorreram milhares de pessoas. Por muito corrompido que esteja o seu sistema judicial, nunca lhe vão conceder essa ordem.

Batista riu.

— Não tenho provas, dizes! Mas se até andaste a vasculhar no meu processo assim que dei meia-volta! Não sei como estará tipificado no código penal, mas eu chamo-lhe «espionagem». Era documentação confidencial, *garota*.

— Como é que o vai provar?

— Está tudo gravado.

— Está a gravar esta conversa?

Baptista apontou para o tigre cosido no ombro da sua farda.

— Este gatinho não nasceu ontem.

Virou o telemóvel que, até então, permanecera voltado para baixo sobre a mesa, em cujo ecrã piscava uma luz-piloto vermelha.

Mika também queria ter-se enfiado num buraco pelo chão abaixo.

Tudo se estava a complicar. Novas dúvidas. Adam Green... Duas palavras... Olhou Baptista nos olhos. Quem lhe podia assegurar que o investigador era de fiar?

— Não sou a sua miúda — concluiu. — Devia começar a acreditar em coincidências.

Baptista esfregou os olhos, agarrou no rato e clicou com um movimento acentuado do seu dedo indicador para fechar o processador de texto.

— Então, terminámos.

— Vai-me prender?

Olhou para ela num misto de tédio e de compaixão.

— Vou-te dizer adeus. Dizer adeus para sempre.

— Isso quer dizer que não me vai incomodar mais?

— Isso quer dizer que estás morta.

6

Saiu disparada em direção a Vila Madalena. O táxi engolia a Avenida Paulista sem parar nos semáforos, como mandavam os cânones da segurança cidadã. Só reduzia a velocidade para se aproximar de ruas perpendiculares e para evitar uma colisão lateral com outro demente que circulasse àquelas horas intempestivas...

Mika festejava aquela forma de conduzir. Queria chegar quanto antes à pousada, meter as suas coisas, de qualquer maneira, na mala de *trolley* com a roda partida e ir-se dali embora. Estava agora convencida de que, durante a última escala do longo voo de Espanha até ali, tinha apontado a direção nalgum dos cartões que perdera, depois, na favela. Como não, se já tinha sido localizada pelo lutador que depois levou o seu portátil?

Tenho de me tornar invisível.

O problema era para onde se dirigir. Quando o taxista lhe anunciou que estavam a chegar, esteve quase para lhe perguntar por outra pensão, mais barata e mais bem escondida, mas convinha não deixar rasto. Além do mais, em qualquer um desses alojamentos familiares, tal como nos hotéis mais luxuosos, teria de preencher a ficha policial com a fotocópia do seu passaporte, com o que, mais cedo ou mais tarde, essa informação acabaria por cair nas mãos de algum dos funcionários corruptos a que o Baptista se tinha referido e ficaria, novamente, a descoberto.

Deixando de lado as pousadas e os hotéis, só lhe restava procurar alojamento numa casa particular. Não queria ir para o apartamento de Adam. Se se apresentasse a àquela hora, teria de lhe falar das visitas à esquadra, uma coisa que preferia continuar a guardar para si enquanto não esclarecessem a sua... relação. Além disso, não queria mostrar-se demasiado suplicante e estragar as coisas. Esperava que fosse ele a ligar-lhe novamente. Aparecia sempre. No meio da favela, na porta do hospital. De certeza que não demoraria a voltar a manifestar-se.

Entretanto, vou para onde?

ANDRÉS PASCUAL

Pediu ao taxista que a deixasse na esquina da Rua Harmonia. Era de
sentido único e não valia a pena contornar o bairro para chegar até à
porta da pousada que estava a pouco mais de cinquenta metros do cruzamento.

Assim que se apeou, viu uma coisa que a deixou presa ao asfalto.
O táxi já tinha arrancado atrás de si. Esteve tentada a mandar pará-lo
outra vez, mas reagiu tarde. Virou a cabeça apenas o necessário para ver
como desaparecia na névoa da madrugada, deixando-a sozinha.

Sozinha?

Sobre o passeio havia duas motocicletas apenas iluminadas pelo néon
do letreiro da Pousada do Vento que faiscava em frente. Pensou que
devia estar muito neurótica para se preocupar com isso. Duas motos?
Podiam pertencer a qualquer vizinho. Mas tinha motivos suficientes para
se mostrar prudente, e havia qualquer coisa – uma perceção real, muito
além de um pressentimento – que a impedia de dar um único passo.
Examinou-as atentamente, à distância, e detetou logo aquilo que, de
forma inconsciente, já tinha avisado o seu cérebro. O cérebro habituado
ao tapete das competições de karaté, a antecipar os movimentos do
adversário, a detetar qualquer ponto fraco no traçado dos punhos a que
se devia esquivar primeiro e, rapidamente, anular com um contragolpe
potente e certeiro.

«M-T.»

Ambas as motos tinham serigrafadas no depósito as letras «M» e
«T»… de «Moto-Táxi».

Eram moto-táxis das que circulavam pelas ruas principais de Monte
Luz, tal como por outras favelas de São Paulo. Durante o bocado que
passou à procura de Purone no dia em que chegou, viu várias delas a
levarem moradores que iam carregados ou que, por um real apenas,
poupavam o esforço que as escadas empinadas do bairro exigiam.

Assim parada junto ao poste onde se afixava o cartaz com o nome
da rua, procurou os seus donos. Localizou-os sentados na borda do
passeio, nas sombras de uma loja de cartuchos para impressoras. Balbu-
ciavam confidências em voz baixa junto a uma garrafa de litro de cerveja *Bohemia*. Um deles tinha o capacete colocado em cima da cabeça,
enfiado até às sobrancelhas como se fosse um chapéu; o outro, um boné
amarelo virado para trás, coroado com uns óculos de plástico. Ambos
de bermudas que mostravam as suas pernas magras. Ambos com uns
ténis-bota de basquetebol, grandes e fosforescentes. Ambos, pensou
Mika com terror, com um revólver enfiado nos genitais.

Deu meia-volta esperando que não a tivessem visto, mas assim que
o começou a fazer, sentiu como o do capacete inclinava o corpo para a
frente. Olhou de soslaio. Os bandidos tinham-se posto em pé.

Desatou a correr.

Dobrou a esquina e meteu-se a custo pela rua por onde o táxi a tinha trazido, esperando estar em melhor forma do que os seus perseguidores. Rapidamente percebeu que não lhe iria servir de nada. Escutou ao longe as pisadelas violentas sobre os pedais e o som do arranque das motos a rasgar a cidade adormecida, o clique da primeira e o andamento a todo o gás a fustigar os barulhentos cavalos.

Quando pensou que não tinha escapatória, uma carrinha da polícia que terminava a sua ronda pelo bairro apareceu vinda de uma rua ao lado e enfiou-se rua abaixo com o motor no *ralenti*. Ao ver a mulher a correr, travou a meio da calçada, que era de sentido único, e lançou um *flash* com as luzes de aviso. Mika continuou a avançar rezando para que, fosse quem fosse que estivesse atrás do para-brisas fumado, não pensasse que era ela a delinquente.

– Ajudem!

A porta do pendura abriu-se. Saiu um agente que deu ordem para parar com a pistola na mão. Mika parou de repente. Virou a cabeça para trás e verificou que os dois motociclistas dobravam a esquina e dirigiam-se para cima dela pondo à prova o ponteiro das rotações.

– Para o chão! – ordenou o polícia.

Mika obedeceu. Cravou os joelhos na calçada. Quando os motociclistas iam a cair-lhe em cima, descobriram que o veículo dos faróis deslumbrantes pertencia à Polícia Metropolitana. Derraparam a um palmo do corpo encolhido da sua perseguida, praguejando e fazendo cavalinhos com muita mestria para mudar de direção.

Os agentes esqueceram-se de Mika – em São Paulo não havia tempo para perguntar ou para se parar a pensar – e foram atrás dos outros dois que fugiam já rua abaixo. Acionaram a sirene e perseguiram-nos pela montanha-russa de Vila Madalena, roçando os guarda-lamas do carro em cada cruzamento.

Mika estava aterrada. Precisava de se afastar dali. Para onde? Desatou a correr no sentido oposto ao dos bandidos, a fazer um esforço sobre-humano para analisar a sua situação e procurar uma alternativa para as próximas horas, talvez dias.

Não era prudente aproximar-se do hospital onde Purone estava internado, pensou, ofegante. Podiam estar lá também à espera. E quanto aos seus amigos do Boa Mistura, deviam ter abandonado a casa da favela após a batalha e não fazia nenhuma ideia de onde pudessem estar. O consulado também não era uma opção. Lá, iriam fazer-lhe ainda mais perguntas do que na esquadra e informariam os seus familiares, coisa que queria evitar a todo o custo. Era primordial manter o pai e Sol longe de toda aquela loucura. Da sua loucura. A quem mais conhecia na cidade?

Pensou em Cortés, o diretor do Gabinete Comercial da Embaixada de Espanha, mas esse não era de fiar, nem pelo seu perfil institucional, nem pela sua atitude de malandreco e, consequentemente, imprevisível.

Passou junto à estação de metro, ainda fechada. Mesmo em frente, num autocarro noturno, estavam duas cinquentonas madrugadoras. Correu em direção a ele. A porta fechou-se-lhe no nariz, mas deu uns murros no vidro até que o condutor acionou o comando de abertura da porta.

– O que é que está a fazer? – queixou-se, tornando a reprovação mais suave ao ver que se tratava de uma mulher jovem. – Assustou-me.

– Para onde vai este autocarro?

– Até à Praça da República, e volta para trás.

Mika pagou com uma nota que tirou apressadamente da sacola e enroscou-se na última fila de assentos.

O autocarro arrancou.

Nem sequer se atrevia a olhar pela janela.

Quando se interrompeu o fluxo da adrenalina, o mundo caiu-lhe em cima.

Voltou a pensar no pai. Uma coisa era deixá-lo à margem da sua aventura complicada e, outra, torturá-lo com o seu silêncio, ao mesmo tempo que todos os *media* do planeta entravam em colapso com a informação que chegava do Brasil. Ele nunca teria cometido tantos erros.

Para começar, não teria ido enfiar o nariz no arquivo confidencial da polícia, a brincadeira que a tinha conduzido até àquela angustiante situação, vetando a sua saída do país se não colaborasse com o investigador Baptista, a quem só poderia acalmar dando-lhe a única coisa que não podia dar: Adam Green. Tinha de pensar com clareza. Passo a passo.

Dirigia-se à Praça da República… Perto dali ficava a Galeria do Rock. Lembrou-se de Sarita, a tatuadora. Também não servia. Demasiado jovem e endividada para lhe pedir que a escondesse – talvez até dormisse na maca do estúdio. – Muito já ela tinha feito para a ajudar a localizar Maikon, o colega do segundo piso que tinha tatuado o bandido que lhe roubou o portátil. O mesmo Maikon com quem, afinal, não tinha chegado a falar.

Tudo está a acontecer tão depressa…

– Quem mais se tinha cruzado na sua vida?

Pensou em Mamã Santa. Ela mesma teria sido a pessoa ideal. Comprometida, afetuosa e corajosa. Ideal, exceto num pequeno pormenor: vivia no coração da favela que tinha criado os bandidos de quem estava a fugir. Não podia pensar, sequer, em aproximar-se dali.

Então, sorriu. Não por ter enlouquecido. Ou, talvez, não completamente por esse motivo…

Pai Erotides, o santeiro que Mamã Santa acompanhava nos rituais de candomblé! Quando se encontrou com ela em frente ao edifício Terraço Itália, do qual se dispunham a afastar os maus espíritos, contou-lhe que Pai Erotides dirigia uma casa-santuário no centro da cidade, onde celebrava os seus rituais privados. Como é que ela lhe chamou? Um terreiro. Era o lugar perfeito para se esconder. No fim de contas, pensou com uma ponta de ironia (fruto do regozijo que sentia por ter descoberto uma saída), ali estaria sob a proteção das forças do Além.

Tinha de o encontrar. Se se apresentasse vinda da parte de Mamã Santa, de certeza que o Pai Erotides lhe daria abrigo. Bastaria chamar a sua simpática colega de cerimónias para confirmar que Mika era uma pessoa *legal*.

A madrugada adivinhava-se por entre as ruas orientadas a este. Respirava-se a quietude prévia às queixas dos engarrafamentos e ao ecoar dos helicópteros que, daí a pouco, cruzariam o céu. Um instante de paz, sem dúvida, demasiado belo.

Onde estaria a falha?

7

Apeou-se na Praça da República, entre sem-abrigo que rematavam sonhos desfeitos em cima de cartões e vendedores ambulantes que desenrolavam as bancas de pulseiras. Os cães metiam a cabeça nos caixotes de lixo dos quiosques de cafés e lambiam o papel dos pacotes usados de açúcar. Nesses momentos prévios ao bulício, os edifícios altos de estilo soviético adquiriam um aspeto desolador, como se ninguém vivesse neles. No meio daquele cenário pós-apocalíptico, ainda vestida com a saia cândida e a *T-shirt* que tinha andado a passear debaixo da chuva de cacau em São Sebastião, Mika sentiu-se um alvo perfeito.

Preciso de arranjar outra roupa.

Escondeu-se atrás de um portão até desmontarem as grades das Lojas Americanas, galerias nas quais poderia comprar roupa básica sem chamar a atenção, nem gastar demasiado. Não sabia até quando teria de esticar o pouco dinheiro que, ainda por cima, trazia consigo.

Ziguezagueou entre montras de ferros de engomar e de outros pequenos eletrodomésticos, até que chegou a uma fila de cabides.

Escolheu umas calças de ganga elástica cinzentas e uma *T-shirt* preta com uma pequena amostra de manga que esvoaçava em cima dos ombros. Dali, passou à secção de sapataria e escolheu uns ténis de sola grossa também todos pretos, exceto num pequeno logótipo verde. Experimentou-os ali mesmo, deixando as sandálias finas num canto com o cabedal que ainda não tinha secado completamente. Os ténis eram confortáveis e não lhe faziam feridas. Perfeitos. Tinha de estar preparada para qualquer coisa. Entrou no gabinete de provas. Enquanto se via ao espelho com o seu novo visual, disse para si mesma:

— Falta um pormenor.

Abandonou a sua roupa branca feita uma rodilha debaixo do banco, arrancou as etiquetas das peças que levava vestidas e pagou na caixa. No último instante, girou um expositor oxidado de óculos de sol, de onde tirou um modelo de aviador, de imitação, que deviam ser mais prejudiciais para a vista do que uma mão-cheia de sal, mas pensou que atrás deles se sentia mais protegida.

— Onde é que há um cabeleireiro aqui perto? — perguntou à empregada da caixa.

Saiu para a rua e seguiu as indicações até uma rua próxima. Meteu-se num lugar pequeno cuja montra anunciava «frisados», «tratamento anti-idade» e «branqueamento de pele» e outras técnicas que rasavam a prudência e talvez a legalidade.

Atendeu-a uma brasileira pálida e de cabelo ruivo com permanente até meio das costas, a quem pediu um corte de cabelo rápido.

— De certeza que não vens com esta pressa toda porque acabaste de discutir com o teu namorado? Porque eu corto-to depressa, mas depois para crescer é que vai demorar um bocado mais…

Sentou-a num cadeirão de napa e começou uma dança com as tesouras a seguir as instruções precisas da sua cliente.

Fez desaparecer meia cabeleira, quase a rapando atrás, mas manteve a franja desigual que, assim que terminou de cortar, Mika prendeu num dos lados com um par de ganchos.

Antes de se levantar, pôs os óculos e soprou para cima fazendo voar os cabelinhos que tinham ficado presos no nariz.

Agora sim.

Caminhou pela zona pedonal do bairro do centro, e já transformada num formigueiro — nada de rainhas, só formigas trabalhadoras, algumas dando duro nas vendas de rua, outras atraindo os transeuntes para as lojas como os idosos que seguram grandes flechas de cartão a apontar para lojecas de compra e venda de ouro. Um pregador que tinha subido para um muro captou-lhe a atenção.

Não parecia o típico demente atazanado por visões horríveis. Era um homem magro de raça negra, com o cabelo curto e um fato cuja jaqueta tinha dobrado cuidadosamente e colocado aos pés, deixando à vista a camisa azul de mangas arregaçadas. Fê-la lembrar-se de Barack Obama. Não tinha megafone. Valia-se da sua voz envolvente que já tinha conseguido atrair algumas dezenas de curiosos.

Falava do inquietante novo Génesis que monopolizava as conversas de toda a gente, mas fazia-o de uma perspetiva diferente, elevando os justiçamentos e as ações simbólicas para um plano místico.

— … e é melhor que peçamos perdão antes que acabe esta semana!

— Não podem mudar as coisas numa semana — gritou alguém espontaneamente.

— Não diz o Livro do Génesis que Deus criou o mundo em seis dias? — resmungou o pregador. — Quem é que pode afirmar que não foi literalmente assim? Disse o rei David que, «para Deus, um dia são mil anos», e São Pedro afirmou que, «diante do Senhor, mil anos são um dia e um dia são mil anos». Na verdade, foi Deus quem, como tudo o resto, criou o tempo. Fê-lo no Quarto Dia, mediante o mandato: «Que existam luzeiros no firmamento, para distinguirem o dia da noite; para marcar os feriados, os dias e os anos.»

Mika lembrou-se do que tinha falado com o investigador Baptista. Tiquetaque... brincou ele. Não tinha graça nenhuma, o pregador sabia--o. Acabava de começar o Quarto Dia. Era uma coisa muito mais séria.

– Por isso vos digo – prosseguiu o sermão – que mais vale que nós peçamos perdão antes de acabar esta semana. Não veem que as mortes de segunda-feira, terça-feira e quarta-feira foram apenas um aviso? Estejam preparados para o que tiver de vir...

Afastou-se do grupo e seguiu adiante em busca de um cibercafé. Não demorou a dar com um (o centro estava cheio deles), ao qual se acedia através de umas escadas estreitas que conduziam a uma plataforma de um rés do chão alto. Pagou meia hora de ligação, meteu-se num compartimento situado no fundo do local e digitou no Google as palavras «terreiro + lista + São Paulo». Não esperava encontrar um registo oficial, e parecia não o haver. Mas por entre o milhão e cem mil referências que o pesquisador propôs, apareceu uma revista de espiritualidade, patrocinada por empresas tão diferentes como as de impressão de *T-shirts* ou os distribuidores de perfis de alumínio, e incluía um separador chamado «Cadastro de Terreiros». Era uma relação feita de forma caseira, mas fazia uma resenha de dezenas deles, distribuídos por todo o país e entre os quais não foi difícil encontrar:

Erotides D'Ogum Alé
Av. da Liberdade, esquina Rua Doutor Rodrigo Silva
Dirigente: Pai Erotides
Cidade: São Paulo
Bairro: Centro
Telefone: (11)34913-00251

Já tinha aquilo de que precisava, mas continuou a teclar. Se havia tal avalancha de dados gerais, quis encontrar informação específica sobre o santeiro. Essa nova busca também deu os seus frutos. O seu nome aparecia no separador de notícias de uma página dedicada às seitas e às religiões minoritárias.

Tratava-se de um artigo divulgado em 2009 por vários meios de comunicação social do Brasil acerca da discriminação histórica que tinham sofrido os praticantes de candomblé. O redator enunciava o paradoxo de, mesmo antes do fim do ano, milhões de brasileiros vestidos de branco terem acorrido ao mar para lançar flores e pedir a Iemanjá um ano melhor, a maioria deles sem saber que estava a participar numa religião proscrita por preconceitos, agressões e racismo. Aprofundava as tensões que regiam as relações dos seguidores do candomblé com a poderosa fação evangelista dos neopentecostais e exemplificava com um acontecimento que alcançou repercussão nacional. Aí é que se fazia a colagem ao extravagante santeiro. Pai Erotides perdera a mãe, anos antes, devido a um enfarte. Era uma sacerdotisa *yalorixá*, tal como ele, chamava-se Mãe Rosemeire e dirigiu o terreiro até ao dia da sua morte. O interessante era que a desgraça acontecera justamente no dia seguinte a ser caluniada na *Folha Universal*. O diário, propriedade da Igreja Universal do Reino de Deus, publicou a sua foto com uma tira preta e um título que a taxava de charlatã e a acusava de prejudicar a vida e o bolso dos seus fiéis. Convencido de que o artigo tinha sido a causa do enfarte da mãe, Pai Erotides iniciou uma batalha judicial durante uma década que culminou com uma condenação a servir de exemplo e que obrigou a que fosse publicada uma retratação e que fosse paga uma indemnização por danos morais à família.

— É mesmo este o tipo de pessoas de que preciso ao meu lado — murmurou Mika ao mesmo tempo que entrava no *Google Maps* para ver qual era a forma mais rápida de chegar ao terreiro.

Depois de memorizar o mapa, abandonou o cibercafé e começou a andar, decidida, pelos canais do formigueiro. Atravessou o viaduto do Chá (uma passagem aérea que servia de plataforma de lançamento para aqueles que não suportavam o ritmo da megaurbe) e sobrevoou fileiras de veículos engarrafados, no mesmo lugar que noutros tempos acolhia as plantações que batizaram a ponte. Deixou a um lado a praça onde se erguia a Catedral Metropolitana e enfiou pela Avenida da Liberdade com cuidado para não passar o cruzamento com a Rua Doutor Rodrigo Silva.

Rapidamente localizou o cartaz anunciador, aparafusado na parede. Parou no passeio da frente e ficou a observar o local com alguma reserva. Os balõezinhos de papel e as lojas de *miso* indicaram-lhe que estava à porta do bairro japonês.

O facto de ali estar situado um santuário de candomblé, por sua vez tão perto do enorme templo cristão, não era senão uma mostra mais daquela complexa cidade, composta de diferentes *puzzles* obrigados a conviver na mesma caixa. Mika sentiu-se uma nova peça lançada para o monte, incapaz de encontrar o seu lugar.

Atravessou sem pensar mais.

O terreiro, encravado entre um armazém de fruta e um pavilhão para estacionamento, ocupava uma edificação de um só piso. As duas colunas que ladeavam a porta dotavam-no de um ar colonial decadente, mas também inspirador. Aproximou-se e bateu na porta com os nós dos dedos.

Abriu o próprio Pai Erotides. Desprovido de adornos de cerimónia, parecia outra pessoa. Teria uns trinta e cinco anos. Chamou-lhe a atenção o seu físico de culturista, cada músculo inchado com bomba pneumática debaixo da *T-shirt* da seleção nacional de futebol. Completavam a indumentária calças de cintura baixa e botas de vaqueiro de Mato Grosso. O que não tinha mudado eram as sobrancelhas arranjadas e o cabelo pintado de branco.

Convidou-a a entrar sem trocar palavra.

Atravessaram um vestíbulo e chegaram a uma grande sala vazia, com cadeiras alinhadas encostadas às paredes e um círculo pintado no centro. Era fácil imaginar as santeiras a dançar à volta para invocar os *orixás*, como chamavam às divindades do culto. Em frente, sobre uma plataforma, erguia-se uma espécie de trono para o Pai Erotides no seu papel de *pai de santo*. Numa esquina, agrupava-se uma secção de tambores e de outros instrumentos de percussão; no extremo oposto, um altar parecido com o que Mika tinha visto na casa de Mamã Santa, coberto das mais variadas figurinhas e fetiches.

— O que é que posso fazer por ti? — falou por fim, estando ambos de pé no meio da sala.

— Vinha procurá-lo a si. Vi-o outro dia em frente ao edifício Itália e…

— Queres uma sessão? Espera que vou buscar a minha agenda.

Perdeu-se num dos quartos do lado que usava como residência. Mika não se deteve. Aproximou-se de uma mesa coberta de folhetos informativos e de fotocópias de páginas de jornais locais que falavam do terreiro.

Ao que parece, Pai Erotides, além do seu trabalho como *babalorixá* — como eram conhecidos os sacerdotes que dirigiam os templos —, também desenvolvia funções de integrador social.

Promovia oficinas culturais, uma das mais populares era uma de danças afro-brasileiras à qual acorriam até fieis evangélicos que, algum tempo antes, consideravam aquele santuário um lugar diabólico.

Segundo apregoavam os folhetos, estava empenhado em dotar de uma nova vida o marginalizado candomblé, reafricanizando os seus santos, durante séculos disfarçados com nomes cristãos para iludir a repressão estatal e da Igreja Católica.

— Um dia, toda a gente saberá que não adoramos demónios com cornos e rabo — pregou ele, a partir da porta, ao vê-la consultar o folheto.

Mika levantou os olhos. Pai Erotides trazia um pequeno livro de argolas e de folhas quadriculadas. Observou-o mais uma vez: o cabelo branco, as botas de caminhada, aquela estranha serenidade que não ligava com o tronco musculado… Decidiu não se pôr com rodeios.

— Chamo-me Mika Salvador. Sou espanhola e amiga de Mamã Santa. Uma família de traficantes quer matar-me e preciso de um sítio para me esconder até que tudo seja esclarecido, pelo menos para poder ter um lugar para dormir. Não tenho nenhum outro sítio para onde ir.

Pai Erotides teve um gesto de surpresa tão acentuado que até Marcel Marceau o teria considerado bem feito. Pensou durante alguns segundos e saiu outra vez. Mika duvidou se se disporia a delatá-la, por medo do Comando Brasil Poderoso ou por mera preguiça de lhe estender uma mão. Esteve tentada a sair disparada pelo mesmo caminho por onde tinha vindo, mas depois do que tinha lido sobre o lado lutador daquela família, decidiu dar-lhe uma oportunidade.

Voltou pouco depois a falar a um telemóvel com uma capa de desenhos *manga*.

— Sim, mamãzinha. Ela está aqui. Vou-ta passar. Não ta passo? Ah, vens cá. Sim, claro. Não te preocupes, que eu dou-lhe uma *Coca-Cola*.

Desligou e ficou a olhar para a cara dela, mas não diretamente para os olhos. Era como se procurasse algum tipo de aura. Mika emocionou--se. Demasiada tensão. De repente, tanto afeto.

— Se não gostas da *Coca-Cola*, posso dar-te água — sossegou-a ele. — Ou *canjica* com leite de coco.

Mika pousou por um instante a sua mão sobre o músculo bicípite em sinal de agradecimento e foi sentar-se numa das cadeiras que rodeavam a divisão. Estava esgotada. Pai Erotides entrou na cozinha — ouviram-se ruídos de tachos. — Pouco depois, voltou com um copo de *cola* em cada uma das mãos e sentou-se ao seu lado.

O telemóvel de Mika começou a descarregar toques de sinos deses-perados. Quem teria selecionado aquele tom ensurdecedor? Era o pai. Atendeu. Saul falava com ela aos gritos, encobertos por um som indus-trial repetido de estalos, talvez produzido pelas engrenagens de uma cabeça extratora da estação petrolífera na Líbia. Que estás a tentar dizer--me? Intensificavam-se as interferências. Isso são tiros? Sim, eram tiros. Papá!

Acordou sobressaltada.

Tinha adormecido. Um minuto, uma hora? A cadeira de Pai Erotides estava vazia. Doía-lhe o pescoço por o ter mantido caído para trás. O coração batia de tal modo que sentia o seu latejar no paladar. Foi acalmando-se, tudo era silêncio, salvo o eco daquele grito que ainda persistia na sua mente.

Tenho de lhe ligar.

Tirou o telefone da mala. Ia marcar o número, mas continuava sem ter forças para falar. Olhou para o telemóvel calado na mão. O mesmo que Adam lhe entregara no primeiro dia. Nem sequer tinha feito questão de que o devolvesse. Examinou-o por cima e por baixo, como se se tratasse de uma pequena escultura incompreensível. Quem sabe se não tem algum sistema de localização...

Isso querias tu, teres a tua miúda controlada desde o início?

A brincadeira esfumou-se instantaneamente.

Seria isso o que Adam *realmente* queria? Controlar os seus movimentos? Será que não andava a dirigi-la, a seu bel-prazer, desde que a apanhou na favela?

Pensou no Novo Génesis, que, tal como tinha dito o polícia, convulsionava a alma dos cidadãos dali até Taiwan. Um plano no qual tudo estava calculado ao milímetro, e nada era coincidência. Se Adam era o seu artífice, não fazia sentido que exatamente no momento em que o estava a levar a cabo, andasse a perder tempo com ela. A não ser que... a tivesse escolhido para alguma coisa que ainda estivesse por acontecer. Escolhido? Soava tão épico... Se bem que não menos épica fosse a ligação bíblica que o polícia lhe tinha mostrado. Tinha a sensação de se encontrar em cima de um icebergue em que noventa por cento dele permanecia escondido debaixo de água.

Que as três primeiras execuções e as suas respetivas *performances* faziam parte de um plano superior com algum objetivo à escala global não eram, apenas, os pregadores de rua a avisar. O próprio Adam lho tinha apontado na garagem do heliporto... um minuto antes de lhe perguntar o que tinha ela feito para mudar esta sociedade decadente. «Sou a primeira a pensar que a nossa civilização está subjugada por essa espiral tresloucada de dinheiro e de poder que infetou o pastor.»

– Mãe do Céu... – murmurou.

De repente, lembrou-se do *e-mail* que recebera na segunda-feira, logo após ter acordado no apartamento do edifício Copan. Depois de mencionar Purone como um «dano colateral», enunciava: «Até onde chegarias para mudar o mundo?»

Arrepiaram-se-lhe os pelos todos.

Pela primeira vez, interpretou aquela frase como um convite.

Foste tu que mo enviaste, Adam?

E logo de seguida:

Porquê? É evidente que essa frase parece ter sido escrita de propósito para mim, mas nessa altura tu ainda não me conhecias...

Pegou no copo de *Coca-Cola* que tinha deixado no chão e bebeu um gole. Estava excitada e assustada em igual proporção. Sobretudo assustada, por se mostrar tão excitada.

Começou a encaixar algumas peças. Constatou que nenhum pormenor relacionado com Adam, por mais ínfimo que fosse, estava a mais.

Até o próprio relógio de pulso: um *Hublot* da série… *Big-Bang*. Gostava de jogar, tê-lo-ia comprado só por causa do nome. Também estaria a fazer jogo com ela? Ou, realmente, por alguma razão que não conseguia vislumbrar, estava a pedir-lhe que formasse parte de alguma coisa tão grandiosa? Em qualquer dos casos, como poderia recusar? Finalmente tinha a oportunidade de mudar o mundo… e, para mais, fazê-lo ao lado de Adam Green.

Nesse momento, ouviu a porta da rua. Pai Erotides falava com alguém no *hall*. Mika reconheceu facilmente a voz de Mamã Santa, chamando-a enquanto irrompia pela sala com a força de uma *orixá* recém-invocada.

— Minha filha!

— Mamã Santa, é a segunda vez que me resgatas — começou a dizer enquanto se levantava.

Esperava que a santeira lhe desse um abraço forte e se pusesse a consolá-la e a acariciar-lhe as bochechas com as suas mãos amorosas. Mas, em vez disso, a baiana parou no meio do círculo pintado no chão e disse:

— Não imaginas o que está a acontecer no edifício da Bolsa.

— Estás a falar da Bolsa de Valores?

Mamã Santa anuiu.

— Está perto da Câmara Municipal, não muito longe daqui.

— Mas o que é que está a acontecer?

— Sim, mamãzinha — interveio Pai Erotides, aproximando-se por sua vez. — Porquê essa cara de susto?

— Será melhor que vejam com os vossos próprios olhos.

8

Dirigiram-se apressadamente à Praça Antônio Prado, onde se erguia o edifício Bovespa, como era conhecida a Bolsa de Valores de São Paulo. Ao chegarem à Rua 15 de Novembro, juntaram-se a um mar de gente que também se dirigia para lá.

Quando Mika olhou para o primeiro homem, pareceu-lhe um louco e não lhe prestou muita atenção.

Depois olhou para o segundo.

Não podia ser uma coincidência. Deteve-se a observar fixamente. Todos os que caminhavam ao seu lado eram indigentes, mas o mais surpreendente era que todos eles, sem exceção, traziam uma máscara de cartão.

Uma máscara com a imagem de um relógio derretido.

Um relógio de bolso em que a esfera branca deformada coincidia em tamanho com o rosto, ligeiramente dobrada na zona das maçãs do rosto e mais esticada na zona do queixo, com os números em numeração árabe, a rodinha dentada para dar corda na parte superior e os dois ponteiros a marcarem dez e dez, como se fossem bigodes. Parou de repente. As caretas estavam inspiradas em *A Persistência da Memória*, o quadro surrealista de Salvador Dalí, mais conhecido como *Os Relógios Derretidos*.

Os portadores das máscaras eram, sem margem para dúvidas, gente sem-abrigo. Denunciavam-nos as roupas feitas de remendos, os pés descalços, a pele suja até dizer chega, que ainda parecia mais enegrecida debaixo das imaculadas esferas.

Mamã Santa anuía com os olhos muito abertos, como se lhes dissesse: «Já vos tinha avisado de que era uma coisa muito esquisita.» Mika tinha suspeitas sobre o que estava a acontecer, mas as interrogações avolumavam-se.

Mika aproximou-se do que lhe estava mais próximo.

– Onde é que arranjaram as máscaras?

O indigente afastou-se com uma reação animal, saltando para trás e seguindo o seu caminho enquanto a observava com receio através dos buracos do rosto horário.

Um outro que vinha atrás respondeu-lhe sem parar de andar.

– Não penses que as roubámos.

Mika retomou a marcha junto dele, atrás do singular casal de afro-brasileiros.

Outro que vinha atrás respondeu-lhe sem parar de andar.

– Quem é que vo-las deu?

Encolheu os ombros.

– Quando acordámos esta manhã junto às escadas do metro central, já lá estavam. Durante a noite deixaram caixas cheias por todo o lado. Então começou a correr a notícia.

– A notícia sobre quê?

– Sobre nós termos de nos concentrar esta manhã na Praça Antônio Prado.

– De quem terá sido a ideia?

O relógio humano voltou a encolher os ombros.

– Quando acordei já estavam a falar disso.

Devia ser verdade aquilo que contava. À medida que se aproximavam da praça do edifício Bovespa, mais e mais vagabundos com a carantonha posta incorporavam-se naquela marcha que avançava como lava vulcânica.

– Para que é a concentração? – continuou a interrogá-lo Mika.

– Também não sei.

– E então?

O vagabundo parou e apontou para os restantes.

– Nenhum de nós tem nada melhor que fazer. O facto de alguém contar com os sem-abrigo para qualquer coisa já é mais do que suficiente, ou não é? Sociedade de merda.

E continuou o seu caminho, voltando para a frente o seu inexpressivo novo rosto.

Quando avistaram a Bolsa de Valores de São Paulo, cortou-se a respiração a Mika. A praça na qual se situava o sóbrio edifício de seis pisos, tal como nas ruas adjacentes, estava a abarrotar de indigentes, milhares deles, todos com as suas máscaras. Até a polícia metropolitana tinha dificuldade em mover-se por entre a massa para chegar até às arcadas da entrada.

– Não via tanta gente desde que cá veio o presidente Lula para apadrinhar o lançamento da Petrobras – comentou Pai Erotides, referindo-se à cerimonia de oferta pública de ações da petrolífera, a maior da história dos mercados de capitais.

Ultimamente proliferavam as cerimónias mercantis. A Bolsa de Valores de São Paulo era a maior da América e uma das mais importantes do mundo desde que se fundiu com a Bolsa de Mercados Futuros em 2008. Ali se cotizavam centenas de empresas e todos os dias se realizavam intercâmbios de ações no valor de milhares de milhões de reais. Nos últimos anos, convertera-se num ícone do progresso económico do país e, pelo menos, do progresso oficial, de acordo com as campanhas institucionais apresentadas pelos órgãos de informação.

Mas, desta vez, não havia presidentes nem ministros nem executivos doutorados em Gestão de Empresas, exceto os engravatados *traders* que surgiam às janelas a observar a multidão.

Desta vez, os protagonistas eram os esquecidos, os últimos da fila social, rostos invisíveis que, por uma vez, se tornavam mais visíveis do que nunca por detrás das suas máscaras de relógio derretido.

Para que é que os convocaram para aqui?

Mika pensou que a cena se assemelhava à das ações do coletivo Anonymous. Este grupo de protesto global tinha adotado como símbolo a máscara que o desenhador Alan Moore criou para o herói anónimo da sua banda desenhada *V de Vendetta*, o grande lutador contra a opressão do sistema.

Os Anonymous proclamavam que usavam a máscara porque quando um deles atuava, fazia-o em nome de todos. Não precisavam de mostrar a sua identidade pessoal.

Nesta ocasião, eram também anónimos, também se fundiam num único rosto de relógio. Mas Mika sabia que aquilo não era um mero ato de protesto.

Fixou-se, de novo, nos *traders* que espreitavam às janelas. Com o rosto perturbado, agarravam-se nervosamente aos telemóveis. Além da concentração de indigentes que os estava a cercar ali à porta, alguma coisa de grave estaria a acontecer no interior do edifício.

Mika lembrou-se de uma história que lhe tinha contado o seu amigo Purone sobre Dalí e sobre *A Persistência da Memória*. Quando o génio acabou o quadro, disse qualquer coisa como: «Tal como me surpreende que nenhum bancário jamais tenha comido um cheque, também me assombra que a nenhum outro pintor, antes de mim, tenha ocorrido pintar um relógio derretido.»

— Tenho a certeza de que lá dentro estão a comer muito mais do que um cheque... — murmurou.

As unidades móveis dos meios de comunicação mais importantes faziam todos os esforços para conseguir um buraco no meio da multidão de forma que pudessem gravar as suas crónicas: TV Globo Internacional, Radio CBN de São Paulo... Os redatores editavam os textos em tempo real e os repórteres andavam às voltas com a câmara ao ombro. Uma caravana da TV Record aproximou-se do lugar onde estavam Mika e os seus dois companheiros. Abriu-se a porta lateral e dois jornalistas saltaram para o passeio como soldados para um campo de batalha.

A apresentadora do canal, uma mulher sedutora com ar de executiva, arranjou o penteado em frente a uma janela do veículo, alisou as rugas da saia e começou a interrogar os presentes que, tal como Mika, se encontravam na linha exterior à concentração. *Sabe de alguma novidade?*, perguntou a um homem com aspeto de reformado que continuava a observar a maré de máscaras, alheio ao microfone que aproximavam da sua boca. *Alguma novidade?*, pensou Mika. Aparentemente, os *media* é que tinham informação fresca chegada do Gabinete de Comunicação do Bovespa.

A apresentadora fez a mesma experiência com outras duas pessoas que lhe responderam com a mesma esquivez.

– O que é que aconteceu? – perguntou Mika, aproximando-se.

– Ena, finalmente alguém que não ficou mudo. Estás aqui desde quando?

– Acabo de chegar.

– Falaste com algum mascarado?

– Enquanto vinha.

– És brasileira?

– Não.

– Perguntei por causa do teu sotaque. Queres fazer uma declaração para o nosso programa de informação?

– Está bem – mentiu Mika. Sabia bem que não podia aparecer noutra transmissão que pudesse ser vista pelo investigador Baptista, mas queria aproveitar a disposição da correspondente para a sondar. Logo arranjaria forma de sacudir a água do capote. – Pode contar-me o que aconteceu lá dentro?

A apresentadora hesitou, mas viu que o operador de câmara ainda estava a montar o tripé.

– Houve um colapso na bolsa. Não conseguiu realizar operações durante uma hora.

– Que tipo de colapso?

– Às dez em ponto, que é a hora de abertura dos mercados, todos os relógios do sistema se reprogramaram para marcar as nove.

– Atrasaram-se uma hora de forma automática?

– Exatamente. O sistema sucumbiu ao erro e, pensando que ainda não tinha chegado a hora de abrir, bloqueou todas as operações negociáveis que os *traders* estavam a realizar.

– E isso pressupõe…

– Perdas incalculáveis. Sobretudo para as empresas de especulação.

– E sabe-se se foi…?

– Provocado? Se não estivéssemos diante desta multidão com cara de relógio, dir-te-ia que estávamos perante uma avaria acidental como aquela que originou o *flash crash* da Bolsa de Nova Iorque – comentou num tom afetado. Referia-se a uma suspensão temporária das operações que provocou a queda do índice Dow Jones em cerca de mil pontos, em 2010, dando lugar à maior queda da história num só dia. – Com a diferença de que os norte-americanos recompuseram o sistema enquanto o diabo esfregava um olho e aqui está suspensa há uma hora. Não quero imaginar as cabeças que vão rolar. – A apresentadora voltou-se de repente para o operador de câmara. – Falta muito? Vamos lá ver se também vou ter de te cortar a cabeça.

– Já está quase. Ajuda-me com o equilíbrio de brancos.

Passou um papel à sua chefe e, como sempre que iam começar a filmar, pediu-lhe que o inclinasse para a fonte de luz para equilibrar as cores.

– Mas isto não é acidental – retomou a apresentadora enquanto o operador de câmara terminava de fazer o ajuste. – Isto é um vírus. E, se não, repara neste espetáculo. Não faz falta que eu to diga, pois não?

– Dizer-me o quê?

– Que o assassino do Génesis volta a atacar.

Mika estremeceu. Não tanto pela revelação, pois saltava à vista que aquela *performance* saíra do mesmo cérebro que as três anteriores, mas sim pelo facto de voltar a escutar aquelas palavras. Parecia-lhe estranho pensar que, para o investigador do Grupo de Operações Especiais da Polícia Civil de São Paulo, era ela quem se escondia por detrás do épico pseudónimo.

O que era certo era que tinha começado o Quarto Dia. O próprio Baptista tinha referido o tempo dos relógios quando, à vista da passagem bíblica, especulou sobre o que poderia acontecer nessa quinta-feira. Os versículos ressoavam na mente de Mika:

> Disse Deus: «Que existam luzeiros no firmamento, para distinguirem o dia da noite; e que eles sirvam para marcar os feriados, os dias e os anos...»

Deus criou as estrelas para medir o tempo, cogitou, tratando de ligá-lo todo. Ali estavam milhares delas, estrelas que representavam um tempo derretido no qual tínhamos perdido a razão.

O câmara levou a mão aos auscultadores, com um ar circunspecto.

– O que é que está a acontecer agora? – aborreceu-se apresentadora.

– Chamam-te do estúdio.

– Não acredito nisto. Desculpa, um momento – disse, dirigindo-se a Mika.

Regulou um pequeno auricular que tinha no ouvido e o olhar perdeu-se no asfalto enquanto ouvia.

– Tomo nota, sim.

Dobrou rapidamente a folha que o câmara lhe tinha passado e começou a escrever nela, depois de passar o microfone ao seu colega e de se agachar para que as suas próprias coxas lhe servissem de apoio.

– Repete-me isso, por favor… Sim, negociação de alta frequência… Sim, continua… Contratação algorítmica… Sim, sim, eu estou a escrever, mas os espetadores do canal não vão perceber nada… Está bem, está bem… Redistribuição de ordens em milésimos de segundo… Já está. Tenho tudo.

Escutou o seu interlocutor durante mais alguns segundos, mas sem apontar.

– Sim, sim – cortou-o com enfado –, não te preocupes que meto tudo na crónica. Faço um par de entrevistas e envio-te o material para vocês montarem a peça. Queres que to leia todo de uma vez, para ver se está bem? Atenção, aqui vai – avisou, e repetiu, num tom de jornalista correspondente, o parágrafo que o redator-chefe lhe tinha ditado a partir do estúdio: – «As negociações de alta frequência que esta manhã foram suspensas temporariamente consistem num sistema operativo de transações que utiliza as ferramentas tecnológicas mais avançadas para obter informação dos mercados e, em função das mesmas, criar intercâmbios em ativos ou em opções. Um sistema cuja sofisticação radica na sua impressionante velocidade de atuação, baseada na contratação algorítmica. Perante qualquer alteração nos mercados, os computadores gigantescos recalculam o preço e redistribuem as ordens em questão de milésimos de segundo. Esta manhã, essas máquinas, capazes de lançar quarenta mil ordens de compra e venda no mesmo tempo de um piscar de olhos, ficaram paradas durante uma hora. Uma hora fatídica que os especuladores de São Paulo recordarão para o resto das suas vidas.»

– Achas que está bem? – perguntou ao seu interlocutor. – *Alô?* – Tapou a orelha que tinha o auricular. – Espera, que só estou a ouvir…

Era por causa de uma sirene que ressoava na praça.

Mika virou-se a pensar que deveria ser um dos carros da polícia que rondavam a concentração, mas verificou que pertencia a uma ambulância do INEM-192, o serviço de emergências da prefeitura. Introduzia-se, muito a custo, entre a multidão de indigentes mascarados, tratando de chegar às arcadas da entrada do edifício. Uma vez lá, três socorristas fardados com fatos-macaco azuis e malas de assistência saíram a toda a velocidade e perderam-se de vista por trás das portas de vidro guardadas por enormes agentes de segurança.

Chegou o momento de consultar o Twitter.

Tirou o seu *smartphone* e entrou na rede social. Tal como nas três ocasiões anteriores, não demorou a encontrar o que procurava. Nem sequer teve de aceder à janela do *trending topic*. Teclou diretamente o *hashtag* #QuartoDia e apareceu no ecrã um novo *tweet* do perfil @1234567?.

O quarto *tweet*.

A quarta fotografia.

O rosto de outro cadáver com os olhos abertos e aquela expressão já conhecida, a boca dilatada pela língua inchada e a pele alterada para uma tonalidade azulada.

Mika mostrou o ecrã à apresentadora.

– Minha mãezinha do céu! Então voltou a acontecer.

– Parece muito novo – comentou Mika.

– Não estás a conhecê-lo?

Olhou com mais atenção.

– Porque é que havia de o conhecer?

– É Aníbal Cirino.

– Nunca ouvi esse nome.

– É um famoso *broker* da Bovespa. Famoso não só pelos milhões de reais que acumulava, como também pela sua atração pela vida noturna. Um *habitué* das revistas do coração, nas quais passava a vida a fazer declarações de tipo atrevido e a distribuir fotos de si próprio como um bêbedo, abraçado a *sex symbols* de *reality-shows* ou a prostitutas de luxo. A verdade é que há já algum tempo que os *media* tinham deixado de o seguir.

– Porquê?

– Foi condenado por fazer parte de uma rede de pedofilia.

– Oh… – repugnou-se Mika.

– Por estes dias, ia ser deliberado o recurso que interpôs perante a Jurisdição Federal. Onde é que o terão encontrado? Os do INEM-192 entraram como um foguete. Pelo fundo da fotografia, parece uma das salas de descanso reservadas aos corretores.

Um pedófilo…

Mika pensou nos quatro justiçados, um por um e em todos ao mesmo tempo, e, de forma automática, recomeçou a centrifugadora na sua cabeça, às voltas com o *e-mail* que Adam lhe enviou – ou queria acreditar nisso – e em todas as restantes perguntas que a assolavam desde então. Porquê eu? Se não me conhecias de lado nenhum… Nesse momento – talvez se tenha passado definitivamente dos carretos –, teve a sensação de que tudo se começava a encaixar…

– Vamos gravar? – perguntou-lhes o câmara.

Mika virou-se de costas para a objetiva e desculpou-se à apresentadora.

– Pensei melhor e prefiro ceder a outro o meu minuto de fama.

– Mas...

– Desculpe – disse com um ar sério –, sou muito envergonhada.

Afastou-se deixando atrás de si uma série de censuras e foi reencontrar-se com Mamã Santa. Estava encostada à fachada de um edifício contíguo, a conversar com outra mulher no meio de gestos profusos que acentuavam o tom de cada frase.

– O que é que te estava a dizer a da televisão? – disse-lhe depois de se despedir da desconhecida.

Mika não respondeu. Estava já pensativa. Tinha parado quieta a um palmo da santeira.

– O que é que tens? Gosto muito da TV Record. Passam uma novela chamada *Pecado Mortal* que eu não consigo deixar de ver.

Mas Mika continuava ausente. Não fazia mais nada senão olhar por cima do ombro de Mamã Santa, como se tivesse visto um fantasma.

– Não te vires – ordenou-lhe com uma cara muito séria.

– Estás a assustar-me, filha.

Ela, sim, estava. Tinha o pressentimento – enorme e instantâneo, como esses alarmes que disparam com uma simples corrente de ar – de que um dos mascarados que permanecia encostado na mesma parede, a uns escassos metros, era... como dizê-lo? Um infiltrado. Não pela falta de dissimulação ao observá-las, acreditando que estava protegido atrás da máscara de relógio, mas sim pela roupa que trazia. Não estava vestido como os outros, com remendos, nem com a pele suja e com os pés descalços. Tinha umas bermudas aos quadrados, uma *T-shirt* colorida com um logótipo enorme da *Nike* no peito e aqueles ténis-bota de basquete-bol, grandes e fluorescentes, dos quais saíam umas pernas sem pelos...

Um arrepio confirmou o pior dos seus pressentimentos. Era um dos motoqueiros que estavam à espera dela à porta da pousada. De certeza que o outro deveria andar perto.

Seguiram a Mamã Santa...

Como pudera ser tão insensata ao ligar para ela? Tinha trazido até si os bandidos do Comando Brasil Poderoso. Sem dúvida que a estavam a vigiar desde a primeira hora. Sabia que a luta com o bandido da pera e a fuga pelos telhados da favela tinha acontecido em frente da porta dela, talvez até já soubessem que tinha estado um bocado dentro da sua casa e a tinham posto sob vigilância.

– Onde é que está o Pai Erotides? – perguntou em voz baixa.

– Não sei. Disse que queria ir para o meio da manifestação.

– Temos de sair daqui.

– Vais-me contar o que é que está a acontecer?

O bandido deve ter-se apercebido de que tinha sido descoberto. Pôs a mão debaixo da *T-shirt* e tirou uma pistola automática.

Mika agarrou na santeira pelo braço para se meter no meio da multidão, mas não teve tempo. O rapaz aproximou-se a correr e enlaçou Mamã Santa pelo pescoço. Ia levantar a arma quando nesse instante apareceu um punho saído do nada, seguido por um braço musculoso que caiu como um martelo em cima da máscara de relógio.

Era o Pai Erotides.

O bandido caiu desamparado sobre o asfalto. Aturdido, mas não inconsciente, ainda com a arma na mão. Mika quase se lançava sobre ele para lha tirar, mas não queria arriscar uma bala perdida, nem chamar a atenção dos polícias que rondavam a concentração.

— Vamos embora daqui!

Saíram borda fora a rasgar o mar de caretas que os observava como um coro de tragédia grega. Ao fim de um bocado, chegaram a uma ruela a abarrotar de lojas. Pai Erotides apontou para uma galeria cheia de corredores estreitos, com lojas de telemóveis e de aparelhos eletrónicos, pelo meio dos quais podiam escapulir-se.

— Quem era aquele? — resmungou assim que se encontraram lá dentro. As sobrancelhas mexiam-se para cima e para baixo numa espécie de tique nervoso.

— Os homens do *Poderosinho* estão a seguir-te — explicou Mika a Mamã Santa. — Não sabes como lamento ter-te metido nisto.

— Mas o que é que se está a passar com vocês as duas? — desesperava-se o pai de santo, levando as mãos à cabeça tingida de branco. — Venham comigo. Conheço o dono da loja do fundo, um arranja-tudo que tem um quartinho para guardar os cabos e essa quinquilharia toda. Ele vai esconder-nos até passar a confusão.

— Eu tenho de me ir embora.

Disse aquilo de forma tão espontânea que quase se apercebeu do que tinha decidido ao ouvir-se a si própria.

— Vais-te embora como? — irrompeu Mamã Santa. — Aonde é que tu vais?

— Parte-se-me o coração, mas, apesar de todos os problemas que te estou a causar, não to posso dizer.

— Mas, filha, olha para mim, sou eu. Lamento que tenha servido de isco.

— Como é que podes dizer isso? Não tens culpa nenhuma.

— O Pai Erotides ficará muito feliz por ficares no terreiro todo o tempo que quiseres, não é verdade? — voltou-se por um momento para ele. Este anuiu, resignado, enquanto abria e fechava a mão com que tinha batido no bandido. — Quem é que te vai proteger?

— Tens de me deixar ir embora.

— Ai de mim, bendita Iemanjá. Como é que me podes fazer isto?

— Por favor, diz que confias em mim.

A santeira tirou um colar do qual pendia um fetiche de ferro em forma de corno.

— Toma isto. Mais tarde ou mais cedo, servir-te-á de mais ajuda do que todas as minhas rezas e, pelo menos, quando olhares para ele vais lembrar-te da tua baiana.

Passou-o por cima da cabeça de Mika. Ela apertou o amuleto com força contra o coração.

— Como é que me vou esquecer de ti?

Ambas estavam emocionadas.

— Anda, tens de te ir embora, vai agora mesmo.

— E tu, o que é que vais fazer agora? Não podes voltar para a favela.

— Quem é que disse isso?

— Estão lá os traficantes.

— Esses brutos só me queriam para chegar a ti e, além disso... — aproximou-se do ouvido dela e falou-lhe com aquele tom que usava quando se dirigia a ela como se fosse uma criança, algo que Mika adorava. — Andam pela vida como se fossem galitos, mas têm medo dos meus poderes mágicos.

Poderes mágicos...

Mika pensou duas vezes, mas não conseguiu resistir a dizer-lhe:

— Vais-me matar, mas vou-te pedir um último favor.

— Nem que fossem mil.

— Conheces o Hospital de Clínicas?

— Infelizmente.

— O meu amigo Purone está lá.

Não fez falta dar mais explicações.

Mamã Santa acariciou-lhe docemente o rosto.

— Agora mesmo, filha. Vou-me sentar na beira da sua cama com toda a minha legião de *orixás*. Juro-te pela praia de Salvador que nem o mais forte dos tufões me vai arrancar dali até ele acordar.

Por um momento, apesar de tudo por que passava, Mika sentiu-se imensamente afortunada. Beijou Mamã Santa e Pai Erotides como se fossem dois membros da sua família e saiu a correr para o edifício Copan, o lugar onde despertara no dia em que tudo começou.

Peixes e Aves

1

Parada de frente para o edifício Copan, parecia-lhe mentira que só tivessem passado dois dias desde que acordara na cama de Adam Green depois da batalha da favela. Avançava tal como avança o ponteiro dos segundos naquela cidade de relógios derretidos, regressava à enorme onda de Niemeyer com o coração alterado e a mente lúcida. Ou, pelo menos, assim pensava.

Meteu-se dentro do emaranhado de galerias sinuosas à procura do portão certo entre todos os que pertenciam à comunidade. Era como meter-se na barriga de uma baleia. Trinta e sete pisos e mais de mil casas. Assim que se encontrou frente à portaria, também não se lembrava com segurança de qual era o *loft* do que já todos conheciam como…

Obrigou-se a dizê-lo em voz alta antes de aproximar o dedo do botão:

– … o assassino do Génesis.

Rostos desfigurados, línguas inchadas, pele azulada com aquele aspeto imediato de decomposição. Se desse o passo, também formaria parte disso. «Até onde chegarias?», tinha-lhe ele perguntado. Teria assim tão claro o desejo de prosseguir, fosse qual fosse o preço?

O telemóvel tocou dentro da sua mala. Não estava a dormir, alguém estava mesmo a ligar-lhe. O seu pai? O próprio Adam?

O investigador Baptista.

Maldito Grilo Falante…

Deixou-o tocar. Os olhos dela baloiçavam do telemóvel para a portaria. Telemóvel. Portaria. Telemóvel. Portaria.

Desligou o telefone e devolveu-o às profundezas da sua mala e apressadamente tocou à campainha confiando acertar no número do apartamento.

Silêncio.

– Sim.

Era ele.

– É a Mika.

Silêncio.
Zumbido elétrico na fechadura.
Estou dentro.

Recebeu-a vestido com umas calças de ganga e uma camisa impecável.
Mika observou-o durante alguns segundo do patamar da porta de entrada. Ele mantinha a porta aberta, a segurar na maçaneta.
– Vais entrar?
– Depende de até onde me deixas entrar.
– Até onde é que o desejas fazer?
Mika atirou-se para ele, abraçando-o, e beijou-o violentamente. Ele agarrou-a pela cintura, deu uma volta sobre si próprio para a levar para dentro do apartamento e fechou a porta com o pé.
Ela despiu-lhe a camisa. Ele fez o mesmo com a *T-shirt* preta dela, mas Mika afastou-lhe a mão.
– Desta vez mando eu.
E tirou-a ela mesma, assim como o sutiã, ao mesmo tempo que ele contemplava os seus peitos livres. Voltou a beijá-lo e caminhou para trás, empurrando-o por aquele apartamento que já conhecia, até que chocou com a parte de baixo das costas na bancada da ilha da cozinha. O contacto da pele com a bancada de metal provocou-lhe um arrepio, que, no estado de excitação em que se encontrava, se estendeu por todo o corpo como uma reação nuclear em cadeia.
Esticou os braços para trás e empoleirou-se, num salto, sobre a bancada.
– Agora, sim, é a tua vez – ordenou-lhe enquanto tirava rapidamente os ténis, pressionando o calcanhar, e esticava as pernas. – Arranca-me estas calças.
Adam obedeceu. Desabotoou o botão e puxou-lhe as calças até aos tornozelos, arrastando as cuecas ao mesmo tempo. Parou um momento a contemplar-lhe as pernas firmes por causa do desporto de competição, mas, simultaneamente, tão macias como se tivessem sido recentemente hidratadas.
Mika estendeu os pés em ponta para que as calças acabassem de sair.
Quando a encontrou nua sobre a bancada, agarrou-a pelas ancas e inclinou-se para lhe beijar os seios, o ventre, o sexo. Mas ela afastou-o com o pé, encostando-o ao tronco dele, e puxou-o para cima. Queria senti-lo dentro de si, agora. Já não estavam na pousada de São Sebastião a ouvir o gotejar da chuva, envoltos no perfume do bolo de chocolate recém-saído do forno. Estavam naquela megaurbe trepidante até à loucura e, porque não, viciante, na qual se morria e se amava sob o torvelinho dos helicópteros.
Adam, sucumbindo àquela urgência sôfrega, agarrou-a pelo tornozelo e colocou a perna dela em cima do seu ombro. Desapertou a fivela

do cinto e alargou as calças de ganga o bastante para deixar livre o membro já pronto.

Mika levantou a outra perna para a colocar na mesma posição. Ao fazer esse movimento, os sexos de ambos encontraram-se com naturalidade. Ela permaneceu um bocado apoiada nos cotovelos, olhando-o de frente, enquanto ele se entregava de uma forma arrítmica, medindo os tempos de cada investida de acordo com cada uma das respostas dela, dos seus gestos e tremores. Depois reclinou-se até ficar deitada sobre a bancada. Enquanto gemia como nunca se ouvira a si mesma, derrubou com os braços um objeto que não identificou e que caiu no chão. Mas nessa altura não ouviam nada, não viam nada. Não sentiam nada, a não ser o explodir da sua mútua paixão desatada, fundindo-se num só orgasmo intenso e verdadeiro como o que terá precedido a própria vida.

Adam pousou a chaleira fumegante sobre a mesa pequena do espaço decorado como uma tenda árabe no meio do *loft*. Mika, deitada como estava no chão sobre o tapete circular com uma almofada pequena a servir-lhe de travesseiro, pôs-se de lado. Vestia apenas as cuecas e a *T-shirt* preta. Estava calor, mas enrugava os dedos dos pés ao senti-los frios devido à baixa de tensão que se seguiu ao clímax. Lutava por não adormecer. Tinha a sensação de que se se deixasse arrastar por aquela sensação de aconchego entre tanta ordem e silêncio, demoraria dias a despertar.

Sem mexer um só músculo, dedicou-se a repassar com o olhar as estantes. Agora que sabia mais coisas sobre Adam, os objetos exóticos distribuídos por entre os livros – lá estava a estátua de basalto que lhe provocara um choque elétrico – já não lhe pareciam silenciosas peças de museu. Ainda sem conhecer a sua origem, vislumbrava uma história fascinante por detrás de cada uma delas. Talvez fosse melhor não conhecer essas histórias e preservar o mistério do universo Adam Green. Um universo onde cada estrela – desde a primeira que surgiu no meio do apagão – libertava uma luz enigmática e especial.

Adam, sentado na ponta do sofá, contemplava-a com placidez. Passado o frenesim, desfrutava de cada centímetro quadrado daquele corpo que respirava com uma serenidade infantil, prostrado de lado como uma sereia encalhada: a curva do ombro atlético descendo pela sua cintura estreita até à anca projetada para o teto; a cabeça – com aquele inesperado corte de cabelo que o deixava perturbado e, por isso mesmo, o atraía ainda mais – estendida sobre a almofada com um braço por debaixo. O outro braço pousado no tapete, à semelhança da pantera que tinha dentro de si.

Mika sentiu os olhos de Adam a deslizarem pela sua pele e encolheu as pernas até as juntar ao peito. Lembrou-se da conversa que tiveram quando voltaram de São Sebastião e disse:

— É preciso dar essas bofetadas à sociedade.

Sorriu. Tinha um rosto sério, mas quando sorria parecia que todos os objetos à sua volta também o faziam.

Adam esboçou um gesto sedutor.

— Nessa altura apetecia-me explicar-te tudo, mas a chave encontrava-se em perceberes tudo sozinha. Compreender o Novo Génesis e convenceres-te de que era legítimo. Vir aqui tinha de sair de ti.

— Eu sei.

— Não me refiro a vir pelo mesmo motivo de antes.

— Sei a que te referes.

Um segundo vazio.

— Esta manhã – contou-lhe Mika –, pus-me a analisar o *e-mail* que recebi na segunda-feira: «Até onde chegarias para mudar o mundo?» Encaixava na conversa que tivemos na garagem do heliporto, mas também pensei que o recebi logo depois de nos conhecermos e que, nessa altura, ainda não sabias nada sobre mim. Que sentido teria lançares-me um isco deste tipo? Ainda que te tivesses sentido atraído, não fazias a menor ideia do tipo de pessoa que eu era. Passado algum tempo, parada de boca aberta em frente do edifício Bovespa, pensei que todas as ações deste Novo Génesis (a estrela, o arco-íris, a chuva de cacau e os relógios derretidos, acompanhadas pelas execuções) faziam parte da mesma pintura, e não pude evitar lembrar-me dos meus amigos do coletivo Boa Mistura. As pinturas murais deles são também formadas por mil elementos diferentes que encaixam e se complementam na perfeição. O próprio Purone, antes da batalha na favela, elogiou a beleza plástica da estrela do arranha-céus. Desde o primeiro momento, considerou-a um símbolo que transcendia o caos do apagão. A questão é que ao começar a relacionar umas coisas com as outras, tudo se tornou claro para mim. Tu eras o mecenas deles e coincidiste com eles no consulado enquanto eu recuperava neste apartamento. Foram eles que, feliz ou infelizmente, te contaram coisas sobre mim. E estou certa de que me descreveram muito melhor do que eu mereço. Sem o saberem, os meus amigos estavam a escrever a minha carta de recomendação.

Adam fez o gesto de quem ia começar a aplaudir.

— O que eu ainda não consegui perceber é o significado do endereço que utilizaste para me mandares o *e-mail*: lcmetpeafehd?@gmail.com.

— Não era fácil.

— Mas de certeza que tem algum sentido.

Sorriu.

— São as iniciais de «luz», «céu», «mar e terra», «estrelas», «peixes e aves» e «feras e homens».

— Simbologia dos seis dias da criação… E o último «d» com ponto de interrogação?

– Explicar-to-ei no momento certo.

– Mais mistérios.

– Gostei disso que disseste de que as quatro ações formavam parte da mesma pintura – retomou ele.

– Ou de uma mesma sinfonia, dependendo de como queiras olhar. O caso é que de repente tudo encaixava até...

– Não pares.

Mika respirou fundo. Era como se continuassem imersos em pleno ato sexual.

– Até os assassinatos eram notas obrigatórias da partitura. – Arqueou as sobrancelhas e comprimiu os lábios. – Nunca pensei que chegaria a dizer isto, mas... quando me apercebi do historial de pedofilia do último executado, pareceu-me grandioso. Quarto Dia, Deus cria as estrelas para reger o tempo, os dias e os anos... Era óbvio que esse indesejável estava a mais no cenário. Alguém que não é capaz de respeitar o tempo, de esperar que chegue o momento adequado para cada coisa... – Esboçou uma careta de desagrado. – E, além disso, ligado à *performance* em frente ao edifício Bovespa e ao bloqueio dos sistemas para afundar os especuladores que espremem esse mesmo tempo até aos milésimos de segundo para enriquecerem a uma velocidade vertiginosa.

– A verdade é que me diverti muito a arquitetar esse truque.

– O das máscaras de Dalí foi genial, mas como fizeste para atrasar os relógios da Bolsa de Valores?

– Encarreguei o meu *hacker* de fabricar um vírus. No Bovespa utilizam servidores UNIX, um sistema que nunca tinha sofrido um ataque informático de repercussão. Sim, já tinham aparecido vírus menores; de facto, o primeiro *trojan* foi criado para o sistema UNIX, mas ninguém conseguia propagá-los.

– E aqui estava o desafio para a Creatio – declarou ela com solenidade, repetindo de seguida o que Adam lhe explicou na visita à empresa. – Tudo pode ser desenhado, desde uma capa para um *smartphone* até uma democracia que um *lobby* queira instaurar num país totalitário.

– E não precisava só de desenhar as entranhas de um vírus efetivo, mas também de o vestir com uma roupagem apelativa. Primeiro, pensei num vírus latente, daqueles a que chamamos «bomba lógica». Podia programá-lo para se executar a si próprio às dez da manhã com o objetivo de modificar o comportamento algorítmico do sistema e lançar ordens de venda maciça de *stocks* negociáveis que iriam dar cabo do mercado. Mas era demasiado óbvio, precisava de qualquer coisa mais... especial. E então lembrei-me do vírus que esta manhã acabou por operar, programado para atrasar a hora dos sistemas. Isso, sim, é que era jogar com o tempo.

Tanta criatividade… Mika precisava de saber porque é que a tinha escolhido, porque é que lhe abria as portas a algo tão magnífico. Só pela atração sexual? O desejo aflorava sempre que um deles estava à frente do outro, mas era evidente que devia haver outra razão. Antes de lho perguntar, continuou a amontoar os tijolos daquele castelo encantado.

– Quando apareci à tua porta, perguntaste-me até onde queria entrar.

– Sim.

– Não sou das que ficam só no *hall*. Gosto de entrar na cozinha.

– Já verifiquei isso – sorriu ele, lançando um olhar para a ilha.

– Estou a falar a sério. Se, por algum motivo, me vais tornar participante do teu plano superior, como lhe chamaste na garagem, quero ter a certeza de que me deixas ir contigo até ao fim.

– Ainda duvidas disso?

– Como é que não hei de duvidar? Tens ajuda de sobra. Se até deitaste a mão à FLT! Quando o teu amigo milionário Gabriel Collor mencionou que um dos líderes da Frente de Libertação da Terra estava implicado na ação de terça-feira contra o madeireiro, acreditei a pés juntos que eram os responsáveis de todo o plano.

– Não é ajuda o que eu procuro em ti. Como bem disseste, disso tenho de sobra. A engrenagem está organizada na perfeição e não me falta financiamento para ter toda a minha equipa contente.

– Então, de que se trata?

Adam fez uma pausa durante alguns segundos.

– De inspiração.

– Como assim?

– Para criar é preciso inspiração. Até Deus deve ter tido uma musa.

Mika, que continuava encaracolada sobre o tapete, esticou-se e sentou-se em posição de lótus.

– E tu terás tido a tua para criar tudo isto.

– Até agora, criei a partir da lembrança de antigas musas. Isso era o que eu tinha… até que apareceste tu.

– Ou seja, sou uma substituta.

Não soou despectivo. Adam continuou com o mesmo tom de intimidade.

– És quem és. Chegaste quando chegaste e fizeste-o no momento mais belo. Apareceste com a primeira estrela.

– Ainda me lembro de como fiquei quando a vi a brilhar por cima do arranha-céu – disse Mika, descontraída. – Porque é que me está a acontecer isto assim que acabo de aterrar?, pensei na altura. As pessoas gritavam «marcianos! terroristas!», e eu de pé, no meio da rua, a arrastar a minha mala de viagem com uma roda partida.

Ficaram calados alguns segundos para pensar em tudo o que já tinha acontecido desde segunda-feira. Sentiam uma nostalgia antecipada pela rapidez com que os acontecimentos se sucederam e, no caso de Mika, também uma grande expectativa pelo que estaria ainda por acontecer.

Em determinado momento, leu qualquer coisa escondida nos olhos daquele homem. Acabava de se deitar com ele. Não conseguia enganá-la.

– Há mais alguma coisa, não há?

– O que é que queres dizer?

– Não é apenas inspiração o que esperas de mim.

As suas pupilas mudaram como as de um gato.

– Deixa que as coisas fluam.

Mais interrogações, como a que terminava depois do «d» no seu endereço eletrónico. Mika alterou a sua expressão sonhadora para outra muito mais terrena. Como se, de repente, uma onda tivesse desfeito o idílico castelo de areia, deixando um lamaçal de contas por saldar.

– Estás bem? – preocupou-se ele.

– Queres saber a verdade? Ou preferes que permaneça em silêncio como tu costumas fazer?

Adam franziu o sobrolho.

– Faz o que achares melhor.

– Talvez eu te pareça uma maníaco-depressiva por esta alteração de humor, mas vejo-me aqui sentada tão tranquila, tão…

Baixou a cabeça.

– Estás a pensar no teu amigo.

Mika confirmou.

– O meu *bom* amigo Purone.

– Fui informado de que a coisa está a andar bem.

Fechou os olhos, deixando escapar uma lágrima.

– Obrigada…

– O neurocirurgião vai operá-lo esta mesma tarde, para extrair a bala.

Limpou a cara com as costas da mão.

– Esta sensação de o ter atraiçoado mata-me. Vim para o Brasil por causa dele, Adam. Em nenhum momento temeste que eu…?

– Podes perguntar-me o que quiseres.

Fixou os olhos nele.

– Que me deixe levar por aquilo que aconteceu ao Purone e te denuncie.

Adam levantou-se do sofá e dirigiu-se a ela. Agachou-se para ficar à sua frente.

– Não posso ficar mais tranquilo. Soube sempre que eras tu.

– Que era eu?

– A pessoa com quem eu quero estar de mãos dadas quando o Novo Génesis se tornar realidade.

Mika começou a respirar rapidamente.

– Mas…

— Pensava que ia viver isto sozinho, Mika. E, de repente, entraste no meu carro.

Beijou-a.

— És a minha musa.

Novamente, a sua musa.

Seria a sua forma de falar de amor?

Deram-se as mãos, antecipando o acontecimento definitivo.

— Diz-me só mais uma coisa — acrescentou ela, aproveitando a inércia. — O que é que fazias na segunda-feira no meio da batalha?

A pergunta não pareceu causar-lhe qualquer problema.

— Fui lá porque queria executar aquele bandido com as minhas próprias mãos.

Mika pôs-se de pé como se tivesse sido acionada por uma mola.

— Mataste-o tu mesmo? Mas, o que és tu? Uma espécie de exterminador da CIA ou qualquer coisa dessas?

Abraçou-a com força.

— Que diferença há entre pagar a um bandido ou executá-lo tu, pessoalmente?

— Custa-me a crer que tenhas sido capaz — disse ela encostada ao seu ombro.

— Houve um tempo em que me forjei para isto e para muito mais. Passei anos nessa dura selva com o meu amigo Camaleão.

— De quem é que estás a falar agora?

— Do meu irmão indígena.

— Isso era outra vida..

Adam consultou o seu relógio.

— Está na hora. O cenário do Quinto Dia está um pouco longe. Tens de decidir se estás preparada para me acompanhar.

— Estás a perguntar-me se eu estou preparada para ver como tratas disso pessoalmente? Precisas mesmo de continuar a pôr-me à prova, até ao ponto de ter de assistir a isso?

— Não sou eu quem vai matar amanhã.

— Menos mal...

— Vais ser tu a fazê-lo.

2

Mika permaneceu imóvel durante alguns segundos. Tinha Adam à sua frente, mas não o via. Não via nada, ou talvez passasse diante dos seus olhos toda a sua existência. As suas convicções, medos, frustrações e sonhos.

– Vamos sair agora – ouviu dizer a si própria.

Adam pôs um boné de beisebol e uns óculos *Persol* dobráveis que levava dentro do bolso. Caminharam em silêncio pela barriga da baleia até ao elevador, passaram a porta do prédio e enfiaram-se pela galeria comercial que era preciso atravessar para sair para a rua. Embora deteriorados pelo tempo e pela falta de manutenção, os corredores sinuosos revestidos de azulejos de grés e de madeira conservavam um toque de classe. Adam avançava alerta entre os moradores que iam e vinham. Mesmo antes de dar a curva que desembocava na Avenida Iparinga, onde tinha o seu lugar de estacionamento, parou e apoiou as costas à parede.

– O que é que se passa?

Indicou a Mika que também se encostasse junto ao muro e esticou o pescoço para espreitar.

– Já estão a chegar.

– Quem?

– Aqueles ali, os de cabeça rapada.

Mika olhou melhor. Eram dois homens de uns quarenta anos, ambos vestidos com *T-shirt, jeans* e botas de militar.

Caminhavam entre as mesas de um local da moda aberto na confluência da galeria com a rua, olhando fixamente, sem disfarçar, para os clientes que abarrotavam a esplanada. A maioria dos que ali estavam, em conversas animadas sobre aquilo que acabava de acontecer na Bolsa de Valores, era gente jovem com um aspeto fresco que contrastava com aquele par seboso de capangas.

De qualquer maneira, Mika ficou surpreendida com o facto de Adam os ter detetado com a rapidez de um *sonar*.

– Descobriram-te? – sussurrou.

– Se assim fosse, estavam a bater à minha porta e não a dar voltas por aqui abaixo. É a ti que procuram.

– O quê?

Um dos homens virou-se como se os tivesse ouvido falar, algo difícil dado o ruído do bar. Adam e Mika encostaram-se ainda mais à parede. Pelo menos, tinham a vantagem de o corredor estar às escuras, ao contrário da rua que estalava de sol.

– Lamento, Adam – disse Mika, angustiada –, tinha de te ter dito que a gente do *Poderosinho* anda à minha procura. Tentaram matar-me duas vezes. Pensava que não me tivessem seguido...

O homem desatou a andar na direção deles num passo muito lento, esquadrinhando cada canto entre as pessoas.

– Esses dois não são bandidos, Mika. São agentes da secreta.

Disse-o com uma calma arrepiante. Estaria ao corrente das suas reuniões com o investigador Baptista?

– Juro-te que não falei nada de ti à polícia.

– Eu sei.

Deu-lhe a mão e saíram disparados, dando meia-volta na direção da galeria. O agente chamou o colega e ambos desataram a correr atrás deles.

– Onde é que tens o teu carro? – gritou Mika, ofegante.

Adam teve de desviar com uma cotovelada um jovem que saía de uma porta.

– Se vamos para o meu carro, entregamos-lhes de bandeja a minha identidade. O mais importante é que não saibam quem eu sou!

Saíram para o exterior da galeria. O sol bateu-lhes nos olhos. Atravessaram a calçada sem parar, evitando a custo que os carros os levassem à frente, e meteram-se por uma ruela estreita que comunicava com o *boulevard* da Avenida São Luís. Adam deteve-se, pegou-lhe no rosto e expôs a situação calmamente.

– Devem ter-te perdido a pista quando te meteste no Copan, por isso não te preocupes. Não te viram entrar na minha porta.

– Mas...

– Neste edifício vivem cinco mil pessoas, e por essa razão não me chegaram a descobrir. Para eles, continuo a ser um homem com um boné e uns óculos. Está tudo em ordem. Está bem?

Mika quis voltar-se para a ruela por onde os agentes estariam quase a aparecer, mas Adam impediu-a.

– Está bem? – insistiu.

– Sim.

– Bom. Agora temos de conseguir que continue assim. Se estás no ponto de mira deles, o mais importante é que não me relacionem contigo.

Estremeceu.

– Vais-me deixar aqui?

Ele sorriu com doçura.

– És a minha musa, ou já não te lembras? Vamos despistá-los antes de chegar à pista de partida.

– Qual pista?

– Só te peço que confies em mim sem me questionares. Sim?

Os perseguidores apareceram finalmente. Um deles dava instruções através de um intercomunicador.

– Está bem, sim, sim.

Adam separou-se dela e caminhou decidido na direção de um estafeta que acabava de estacionar junto à berma uma *Yamaha WR125 Trail.* Os grandes espelhos retrovisores, como antenas de inseto, potenciavam a agressividade do *chassis* com a blindagem vermelha e branca. Enquanto o estafeta consultava a direção de uma encomenda sem tirar o capacete, Adam arrancou-lhe a chave da mão.

– Mas o que é que está a fazer? – gritou, estupefacto.

Adam agachou-se numa pose estranha e barrou a rua com a perna direita, apanhando o estafeta desprevenido e fazendo-o cair. Quando ia a levantar-se, Mika – acendendo-se automaticamente a sua mente de lutadora – imobilizou-o prendendo-lhe a mão direita junto às costas numa posição que, a julgar pelos insultos que proferia de dentro do capacete, devia causar-lhe uma dor extrema.

– Monta, já! – gritou Adam enquanto arrancava pisando com toda a força no pedal.

Saltou para a parte de trás do selim. Estava muito subido e separado da roda traseira fornecida com pneus mistos para poder andar em vias sem asfalto. Assentou bem os ténis no estribo e agarrou-se a Adam como se ambos fossem uma só pessoa. Este deu toda a potência que lhe permitiu a manete, fazendo acordar o motor monocilíndrico de quatro válvulas que respondeu instantaneamente, e saiu disparado pelo meio dos veículos na apinhada estrada de duas faixas.

Quando chegou à confluência na Rua da Consolação, dois carros da polícia atravessaram-se a toda a velocidade no seu caminho. Adam virou à esquerda e enfiou pelo sentido único da Rua Quirino de Andrade, esquivando-se às pessoas e aos carros, usando uma enérgica oscilação que rompia as leis da física. A meio da rua, verificou que a passagem ficava reduzida a uma só faixa, já que a outra estava impedida por umas obras de canalização. Pior ainda, o buraco estava, momentaneamente, ocupado por uma miniescavadora que tinha ultrapassado a linha de cones para ganhar espaço e poder empilhar com o braço algumas anilhas de cimento.

Adam olhou por cima do ombro. Tinha de pensar depressa. Os carros da polícia estavam-lhe no encalço e ele tinha-se metido num gargalo de garrafa, emparedado entre carros estacionados, a miniescavadora e, mais à frente, a vala da obra, o muro de contenção da contígua Rua Coronel Xavier de Toledo, toda a subir para um plano superior. Não podia passar nem esperar e, muito menos, voltar por onde tinha vindo. Apertou a fundo a embraiagem, avivou o acelerador com um rugido raivoso, girou a moto em círculo e começou a subir pela pilha de cilindros de cimento. Mika agarrou-se às suas costas e cravou os ténis no apoio do estribo para não lhe resvalarem as solas enquanto se colocavam em posição vertical. Empoleiraram-se no cimo do muro e, dali, saltaram para a rua de cima.

Continuaram a contornar carros e autocarros urbanos. Mika apertava os joelhos contra as coxas de Adam, temerosa de que a raspagem por algum guarda-lamas lhos arrancasse pela raiz. Pouco depois, deram de caras com uma praceta arborizada construída a duas alturas. Adam travou para estudar as possíveis vias de fuga. Se a rodeasse pela rua de sentido único que indicava a sinalização, afastar-se-ia do seu destino ainda mais do que já tinha feito. Não se tratava apenas de fugir. Precisava de se encaminhar quanto antes para o rio, perto do qual se localizava a pista de partida onde o esperava o seu transporte. Assim, ergueu-se de pé sobre a moto, introduziu-a no espaço pedonal da praça e lançou-se por uma escada de pedra até à zona situada mais abaixo.

Não contavam que ali os esperasse outro carro da polícia que tinha parado para identificar uns vendedores ambulantes. O condutor fez-lhes sinal de luzes para pararem enquanto o copiloto saía do veículo. Adam conseguiu travar *in extremis*, mas derrapou sobre as pedras da calçada. Mika saltou a tempo e ficou em pé. Adam, sem chegar a cair e mantendo-se agarrado à manete, endireitou a moto e pediu-lhe para montar de novo.

Durante alguns segundos, ficou paralisada. Estava a fugir da polícia… Mas não sentia medo, logo lhe pareceu uma coisa normal.

Montou de um salto e, antes que desse conta, já estavam novamente a ziguezaguear como numa pista de obstáculos, deixando à sua passagem um rasto de buzinadelas, chiados e marcas de pneus queimados no pavimento.

O carro da polícia ligou a sirene e saiu atrás deles como uma exalação. Apesar da fácil manobra da moto, só a muito custo conseguiam alguma vantagem. De facto, estava cada vez mais perto. Mika sentiu pânico quando viu que se aproximavam de um cruzamento abarrotado de filas indolentes de luzes de travão que avançavam centímetro a centímetro.

– Cuidado! – gritou, apertando-se contra as costas tensas que vibravam com o motor de quatro tempos.

Adam reduziu de repente várias mudanças, subiu a moto pelo passeio e abriu caminho entre peões histéricos. Jogava com a embraiagem para manter aceso o ponteiro das rotações e encavalitar todos os cavalos sempre que dispunha de uns metros de pista livre.

Ao ver que se aproximavam de uma ruela onde estava instalado um mercado de flores, travou de repente. A roda traseira deslizou sobre os mosaicos polidos, mas conseguiu controlar a derrapagem e parar à entrada. Fez uma pausa de alguns segundos para o observar. Desembocava numa zona que dava fácil acesso ao viaduto Doutor Plínio de Queirós, que era, sem dúvida, suficientemente estreito para que os seus perseguidores não coubessem e se vissem obrigados a esperar que o engarrafamento passasse ou a dar uma grande volta. No entanto, estava cheio de lixo e ao fundo havia uma grande vedação...

Voltou a olhar. O carro da polícia estava quase em cima deles.

– Segura-te – avisou, e acelerou sobre os sacos de lixo, provocando um rebentamento de desperdícios e de pétalas podres que durante alguns segundos se mantiveram no ar como *confetti* de pobres.

Felizmente, a vedação não tinha cadeado. Passaram para o outro lado ao *ralenti*. Não havia polícia. Tudo parecia normal. Um varredor com o seu fato-macaco laranja em frente a uma casa de câmbio, uma passagem elevada de cimento coberto de grafitis, mulheres com sacos de compras, um parque de estacionamento descoberto com anúncios de lavagens à mão na porta. Foram envolvidos pelo cheiro a queimado que vinha das rodas. Adam arrancou devagar e, a controlar a velocidade para não chamar a atenção, enfiou pelo viaduto na direção sudoeste.

Quando atravessaram o rio sob a imensa estrutura em forma de xis da ponte Octávio Frias de Oliveira, Mika sentiu-se livre. Pareceu-lhe uma porta de saída. Uma via de escape. E certamente que o era. O que não sabia é que, vista da perspetiva oposta, era também uma porta de entrada para um novo inferno que lhe dava as boas-vindas com as caldeiras a ferver.

Continuaram a conduzir até aos arredores. De vez em quando, apoiava a cabeça nas costas de Adam e fechava os olhos. O ruído ensurdecedor do tubo de escape deixava-a num estado de sonolência.

Após atravessarem dois polígonos industriais e um bairro dormitório com aspeto perpétuo de inacabado, fruto de improvisados planos urbanísticos, a paisagem mudou para uma planície seca sem praticamente nenhuma construção. Adam meteu-se por um caminho que conduzia a um terreno vedado. O cartaz da entrada anunciava:

AERÓDROMO DESPORTIVO
VOO SEM MOTOR
ACROBACIA AÉREA
BALÕES AEROSTÁTICOS
PARAQUEDISMO

Mika ergueu-se. Que demónios iriam fazer? Assimilava com muito custo o que conseguia ler. Foi então que se apercebeu de que tinha quase adormecido e caído da moto. O aeródromo parecia de brincar. Fora a torre de controlo, toda a sua estrutura se resumia à pista de levantamento e a uma rua de rodagem, e a dois hangares de manutenção. Frente a estes, repousavam um biplano de época, uma avioneta de fumigação e um planador ao qual estavam a mudar os lemes.

Pararam junto à fachada de uma pequena casa que fazia de receção e de café para os sócios. Veio recebê-los um *alter ego* de Adam: cinquentão, alto, com boné e óculos escuros.

Pareciam dar-se bem.

– Olá, senhor Green.

– Mauro.

– Já está pronta aquela beleza.

Apontou para uma avioneta de hélice que esperava na plataforma de estacionamento ao pé da pista. Uma RANS S-7 *Courier* dos anos oitenta que se tinha transformado na estrela dos voos fotográficos devido às amplas vistas do seu assento traseiro. A fuselagem estava pintada com duas faixas em branco e amarelo; as asas, com raios ocres ao estilo do Sol Nascente da insígnia naval japonesa da Segunda Guerra Mundial.

– Obrigado, como sempre.

– Para onde é que vão?

– Dar uma volta.

– Sabe a que horas vão voltar?

– Na realidade, não regressamos hoje. Por agora, faz constar que vou sair para um passeio de quatro horas e ao longo do fim de semana confirmar-te-ei a rota que segui para não teres problemas.

O tal Mauro anuiu.

Disse «ao longo do fim de semana», pensou Mika, *e estamos na quinta-feira. Não vamos voltar?*

Adam começou a andar para a avioneta, mas, mal deu dois passos, voltou-se.

– Outra coisa, Mauro: encarrega-te, por favor, de que alguém deixe esta moto junto a uma delegação da São Paulo Express, a empresa de estafetas.

Mika procurou um qualquer logótipo escondido na blindagem.

— O rapaz tinha um autocolante no capacete — explicou-lhe Adam sem presunção.

Levantou a portinhola e empoleirou-se no assento do piloto.

— Tu é que vais pilotar? — surpreendeu-se Mika.

Adam falou-lhe enquanto ajustava os cintos de segurança.

— Só tem dois assentos, por isso não há outra maneira de irmos os dois. Mas não tremas, que isto é como conduzir uma moto.

— Não sei se isso me deixa muito tranquila.

— Vejo que não perdes o sentido de humor.

— Não me deixas outra opção. Também hoje terei de esperar pela aterragem para saber onde vamos?

Sem esperar resposta, agarrou-se a uma das barras que uniam a asa à fuselagem, apoiou um pé no banco colocado junto à roda e entrou com um salto para o assento de trás. Colocou sobre as pernas uma manta que alguém ali tinha deixado — supôs que, mais tarde e mais acima, iriam precisar dela, e ajustou os cintos de segurança.

Adam pôs o aparelho a funcionar e voltou-se enquanto a hélice começava a puxar o aparelho.

— Vamos às cataratas de Iguaçu. Verás a maravilha que é.

3

De cada vez que Mika caía no sono, era sobressaltada por um salto repentino devido às mudanças de pressão ou à proximidade de uma montanha. Não sentia medo, apenas cansaço. Demoraram várias horas a chegar, mas quando, por fim, sobrevoaram o seu destino, a extraordinária beleza da paisagem compensou tudo.

Era noite de lua cheia. Uma Lua que brilhava tanto como qualquer Sol. Espreitou pela janela. Avistava cada um dos salpicos das gotas de água com uma claridade polar.

— Isto é lindo...

A água bramia ao precipitar-se em queda livre. O choque contra as rochas formava uma ténue mas incessante chuva. Densas colunas de vapor elevavam-se até ao céu. Tudo isto rodeado de selva exuberante. Por um lado, parecia o fim do mundo, como se o planeta inteiro se projetasse em direção ao abismo. Mas aquele lugar transformava a violência do rio num arrebatador poema natural. O estrondo era música; a espuma selvagem, algodão.

Ao longe viam-se as luzes de Foz de Iguaçu, a localidade ribeirinha que acolhia os visitantes do planeta inteiro atraídos pelas cataratas, pela barragem hidroelétrica e pela desembocadura do rio Iguaçu no Panamá, conhecida como a Tripla Fronteira, pois, naquele ponto, confluíam as águas do Brasil, da Argentina e do Paraguai.

Mika avistou uma inconfundível linha reta de balizas luminosas. Era a pista do aeroporto. Inclinou-se para a frente, para que Adam a conseguisse escutar.

— Vamos aterrar ali?

— Seria o mais fácil, mas não podemos. Amanhã por estas horas a polícia do Estado do Paraná estaria a passar a pente fino todas as entradas e saídas da escala de voos à procura de qualquer rasto que a conduzissem ao assassino do Génesis.

Virou a avioneta para se distanciar a tempo e não despertar a inquietação dos controladores aéreos.

— Então onde é que vamos?

— Há uma pista abandonada a alguns quilómetros, dentro da selva. Fazia parte do aeródromo privado de um empresário que organizava voos turísticos sobre as cataratas, mas foram proibidos. Fizeram o mesmo, também, com os banhos e as expedições em lanchas, e fecharam-lhe o negócio. Além disso, a pista não cumpria as condições mínimas.

— Não cumpria como? Podemos aterrar lá?

Adam virou-se para que Mika o visse a sorrir.

— Vamos saltar um bocadinho, mas o Mauro passou o dia todo a apertar cada um dos parafusos desta lata. — Ao ver que ela permanecia calada, compadeceu-se. — Esta avioneta acompanhou-me em muitos voos selvagens. Já a tinha quando vivia na zona de Manaus e asseguro-te que a pista que usávamos ali era muito pior: cheia de lama e de animais domésticos que tínhamos de espantar cada vez que se aproximava um avião. Esta pelo menos tem erva.

Virou-se de novo enquanto reduzia a altitude. Mika esticou o pescoço para ver onde é que ia morrer estatelada. Teve dificuldade em distinguir, dentro da tonalidade de verdes na escuridão, o retângulo delimitado no meio da floresta.

A avioneta saltou, e muito, mas Mauro deveria ter feito um bom trabalho, porque todos os parafusos aguentaram. Ao fim de um tempo, Mika sentiu-se até a deslizar. No fim da pista, Adam deu meia-volta para se pôr em posição de arranque e desligou o motor.

— Podes descer, se quiseres — sugeriu-lhe enquanto fazia uma chamada pelo telemóvel.

— O que é que vamos fazer?

— Esperar que nos venham buscar.

De acordo com o que Adam lhe contou, a Tripla Fronteira era não só um destino turístico, como um foco de delinquência. Naquele pote de etnias em constante transformação, serpenteavam foragidos por falsificação, tráfico de drogas, venda de carros roubados e contrabando de cigarros, de equipamentos eletrónicos ou de armas. Dificilmente existia uma forma de os controlar, visto que os negócios ilícitos costumavam ter origem na Ciudad del Este, a cidade do lado paraguaio, onde a legislação era tão elástica como uma chiclete.

No entanto, Adam não estava preocupado com os criminosos, mas sim com o exército. Abundavam as operações-surpresa das forças aéreas brasileiras encaminhadas para intercetar aviões suspeitos de pertencer às guerrilhas ou aos cartéis do tráfico de droga.

Demoraram pouco mais de dez minutos a irem buscá-los. Fizeram-no dois jovens numas *pick-ups,* qual delas a mais desengonçada. Tinham aspeto de *cowboys* do Oeste selvagem, com chapéu, botas e uma insolência despreocupada no olhar.

Adam entregou-lhes um envelope com dinheiro que não se deram ao trabalho de contar e recebeu, em troca, as chaves da *pick-up* mais velha – se é que àquele nível era possível estabelecerem-se graus de deterioração –, cuja carroçaria era uma lasanha de camadas de tinta preta dilatadas pela ferrugem.

Verificou uma caixa de madeira vazia que traziam na parte de trás do outro carro e, antes de se despedirem, perguntou:

– É preciso rever alguma coisa? Está claro, o plano?

– Claro como água, chefe.

– Temos as suas instruções marcadas a ferro em brasa – confirmou o outro, fazendo o gesto de quem está a marcar uma vitela.

Adam assentiu e subiu para a *pick-up* que lhe tinham designado.

Mika instalou-se no assento do pendura. Pôs os pés no *tablier* e aguentou pacientemente sem falar, para não perturbar a condução. Adam abria passagem pelo meio de caminhos improvisados na floresta, concentrado para não chocar contra nenhum camião de contrabandistas que fosse a circular sem luzes. Ao chegar ao alto de uma colina, aproximou a ponta do carro de um planalto. Dali, tinha-se uma vista panorâmica da cidade e das áreas circundantes ao parque natural.

– Vamos sair um bocado – disse.

Mika aproveitou para se esticar. Estava tensa por causa das horas passadas na avioneta e por uma inquietação crescente que não conseguia mitigar.

– Ainda não me contaste até onde vai o teu plano.

– Os *media* respondem.

Agarrou num jornal local, desfolhado, que os *cowboys* tinham deixado atrás do assento. «O assassino do Génesis: Deus ou Diabo?», escrevia-se no título, e até uma recompilação de primeiras páginas de outros jornais de diferentes países. Todos falavam disso. Não apenas das ações que estavam a acontecer no Brasil, mas também do contágio a outras zonas do globo. O juízo final de Adam Green estendia-se como uma pandemia em evolução. Em Singapura, tinham linchado em plena rua o político que autorizou o último projeto de roubar terreno ao mar para continuar a expansão dos arranha-céus. Em Genebra, uma multidão de cidadãos supostamente convencidos dos benefícios do sistema financeiro, tinha-se concentrado em frente ao Banco Nacional Suíço, ameaçando com paus, da forma mais primitiva, os trabalhadores que tentavam aceder às instalações.

Na vizinha selva equatoriana, tinham ido mais longe: imitando a ação de terça-feira no Mato Grosso, os membros de uma organização chamada Indignación Ecológica tinham iniciado uma batalha campal contra as madeireiras que atuavam no Parque Nacional de Yasuní, cujos armazéns ardiam perante a impotência da mesma polícia que vinha consentindo a exploração ilegal.

— Parece que o efeito de chamada vai disparado. Era isso o que pretendias?

— É só o princípio.

— E depois? — Adam não respondeu. — Pois, a interrogação. Não te pergunto mais. É apenas impaciência.

Subiu para o *capot* e recostou-se com as costas apoiadas no para-brisas.

Todas as estrelas do Universo se tinham juntado à festa da lua cheia naquela abóbada de planetário. Que divindade não quereria criar coisa tão bela?

— Ontem — comentou, sem deixar de olhar para aquele céu tão diferente do cor de laranja opaco de São Paulo —, ouvi um pregador de rua dizer que Deus criou o mundo em *exatamente* seis dias.

Adam também estava encostado ao *capot*, mas com os pés no chão, com o olhar fixo no vale.

— E o que é que pensaste?

— Que esse criacionismo radical é um absurdo.

— Depende do ponto de vista, como tudo na vida.

Mika lembrou-se da batalha dialética sobre a pena capital que tinham travado na garagem do aeroporto.

— Consegues defender, porventura, que a Criação (a primeira, não o teu Novo Génesis) foi levada a cabo em seis dias naturais? E não me venhas falar de fé nem da simbologia dos textos bíblicos.

— Consigo defendê-lo de um ponto de vista científico.

— Pois, pois!

— A ver se to consigo explicar... Einstein demonstrou que o Universo tem quinze mil milhões de anos, mas essa é uma idade contabilizada da forma como hoje entendemos o tempo. As nossas atuais coordenadas espaciotemporais são muito diferentes das que serviam de referência quando se produziu o Génesis. Naquela altura, o Universo era muito mais pequeno, não se tinha expandido. E, tal como o espaço, o tempo também não tinha sofrido essa expansão posterior. Se fizeres os cálculos de acordo com as regras da atual cosmologia física, ficarás surpreendida com o paralelismo que existe entre cada dia bíblico e os sucessivos estádios evolutivos em que foram aparecendo os seres que, por sua vez e na mesma ordem, são narrados pelo Livro do Génesis. É óbvio que as trevas do Antigo Testamento correspondem ao período arcaico geológico real. E depois surgiu a vida: as plantas, os peixes e as aves, os animais superiores e, por último... o ser humano, o fim da Criação.

– Mas, para ti, a Criação não acaba aqui – Mika apontou para a Lua.

Adam continuou a falar virado para o vale.

– A ciência diz-nos que a evolução parou no ser humano, que não vai existir nenhum avanço considerável no sentido biológico. No entanto, é evidente que, tal como estamos configurados, não funcionamos corretamente. Por isso, sabendo que não vamos desfrutar de uma evolução biológica, está na hora de introduzir uma evolução social.

Mika ergueu-se.

– Conta-me o fim do teu plano – insistiu. – O que é que vai acontecer depois do Sexto Dia?

– Se o fizer, destruirei a sua essência.

– Que essência é essa?

Adam voltou-se para ela e sussurrou:

– A surpresa.

Acariciou-lhe o rosto, depois o pescoço, passando a ponta dos dedos por cada centímetro de pele de uma forma tão delicada e sensual como só ele – e talvez algum escultor renascentista – era capaz de fazer.

– Conta-me, ao menos, para que é que viemos para aqui.

– Isso sim.

Respirou fundo para começar.

– Ou melhor, espera – pediu Mika.

Pegou no telemóvel e abriu as notas nas quais, antes de ir para o terreiro da Mãe Rosemaire, tinha descarregado uma página do Livro do Génesis. Leu em voz alta a parte que lhe interessava:

> Disse Deus: «Que as águas sejam povoadas de seres vivos e que entre a terra e o firmamento haja aves a voar.» E Deus criou os grandes cetáceos e toda a espécie de seres vivos que se movem e povoam as águas e ainda todas as espécies de aves. Quinto Dia. Génesis 1:20-21.

Esticou-se para a frente, beijou Adam nos lábios e então perguntou-lhe com vaidade:

– Com o que é que vais assombrar o mundo pela quinta vez?

– A *performance* segue o seu próprio curso, vê-lo-ás no momento certo.

– Nãoo!

– Agora temos de tratar de tudo o que é relativo à sua execução.

Não havia tempo para brincadeiras. Mika engoliu em seco.

– Sou toda ouvidos.

Adam abanou o dedo indicador de um lado para o outro.

– A cidade. A represa. A desembocadura. Ali atrás, as cataratas. Tudo aquilo já o viste a partir do ar. Contudo, há mais uma coisa que não aparece nos guias turísticos. Precisamente, o que viemos procurar.

Assinalou um conjunto de luzes de menor intensidade concentradas numa zona de selva.

— A Penitenciária do Paraná Oeste.

— Então aquilo ali é uma prisão… — murmurou Mika, tentando adivinhar na penumbra o que pareciam ser torres de vigia e os respetivos muros.

— Uma das mais duras, regida pelo mesmo procedimento dos centros de alta segurança ao estilo de Guantánamo. É uma cadeia de mulheres, as presidiárias passam vinte e três horas em celas de seis metros quadrados.

— E porque é que a escolheste?

— Nela vive Jaira Guimarães, a justiçada do Quinto Dia.

— É uma mulher? — exclamou Mika, como se essa circunstância mudasse de repente a sua visão das coisas.

Adam não entrou na discussão.

— Pelo menos, é uma condenada — relaxou-se de seguida. Sem dúvida, o facto de a iminente vítima ter sido condenada por um tribunal ajudava. — Está bem. Como é que vamos fazê-lo?

— Não é uma reclusa, Mika. Jaira Guimarães é a diretora.

— Porra! Pôs-se em pé automaticamente sobre o *capot*. O chefe de um clã de traficantes de droga, um madeireiro sem escrúpulos, um pregador corrupto, um especulador financeiro pedófilo e, agora, a diretora de uma prisão de alta segurança. — Qual foi a secção do seu currículo que a tornou merecedora do que lhe vai acontecer?

— É uma sádica.

— Com as prisioneiras?

— Não só com elas.

Uma rajada de vento trouxe o murmúrio das cataratas.

Mika saltou do *capot* para o chão

— Fala-me mais coisas desta mulher.

— Antes de se tornar diretora desta prisão, esteve noutras: Vila Velha, Barreto Campelo… Eu conheço-a desde a época em que foi diretora da penitenciária feminina de Manaus. Já então a comparavam à Cadela de Belsen, a sanguinária supervisora de prisioneiros dos campos de concentração nazis durante a Segunda Guerra Mundial. Jaira Guimarães gosta de misturar as preventivas com as condenadas, as acusadas de crimes leves com as perigosas, o que dá lugar a constantes agressões e violações. Embora as piores perversões aconteçam no seu próprio gabinete.

— Porque é que ninguém a detém?

— Sabe bem como se proteger. Para fazer o trabalho sujo, concede privilégios a algumas prisioneiras que se transformam no seu esquadrão privado, permitindo-lhes até o uso de armas brancas. Como ela própria afirma desavergonhadamente, é uma forma de matar a serpente com o seu próprio veneno e não sujar as mãos.

— Agora vais dizer-me que vamos entrar nessa prisão, como se nada fosse, para acabar com ela.

— Isso seria impossível. Embora pudéssemos entrar, não nos encontraríamos em nenhum momento ou lugar isentos de vigilância. A estrutura da prisão responde ao modelo panóptico, com um posto de controlo situado no centro e a partir do qual são vigiados os pavilhões de celas distribuídos em círculo. Além disso, como foi inaugurada na década passada, dispõe de painéis eletrónicos para regular a abertura automática de todas as portas e um sistema de controlo, através de vídeo, de cada centímetro quadrado das galerias, incluindo uma rede moderna de alarmes e de detetores de metais fixos e móveis.

— Mas...

— Mas há uma altura durante a semana em que a diretora sai da prisão.

— E se transforma numa cidadã comum.

— Anónima e desprotegida — completou Adam, complacente.

— Então vai ser ela a vir ter connosco. Quando é que isso vai acontecer?

— Depois do amanhecer. Seguindo a rotina que mantém há muitos anos.

— E onde é que pretendes intercetá-la? Quando entrar na zona da selva que rodeia a prisão?

— Há agentes à volta vinte e quatro horas por dia.

— Então?

— Vamos fazê-lo ali, durante a sua pausa habitual.

Apontou para um edifício com duas luzes que vibravam numa escura estrada de terra, nos arredores de Foz de Iguaçu.

— Club L'Amour? — Era o que dizia o letreiro. — É uma casa de alterne?

— O contrabando e o tráfico de estupefacientes costumam andar juntos com a exploração sexual, por isso há muitos clubes semelhantes àquele. Mas é deste que a diretora mais gosta. No seu dia de folga, toma a sua primeira infusão (juntamente com mais alguns pozinhos) num dos quartinhos enquanto espanca uma das prostitutas.

— Porque é que ninguém faz nada? — indignou-se Mika. — Supostamente, ali não teria as muralhas do feudo a protegerem-na.

— Ameaça as raparigas dizendo que as prende se abrirem a boca. É uma espécie de peagem que têm de pagar por trabalharem aqui.

— Não posso acreditar. Este mundo é uma lixeira.

— Nós é que o tornámos nisso.

— Mas este país... Devia ser um exemplo para o resto do mundo. Em pleno florescimento, com tantas possibilidades...

— Este país é como todos os outros. Milhões de brasileiros vivem assolados pelas desigualdades e pela corrupção. Olha à tua volta. Até esta selva maravilhosa tem os seus dias contados. Para cultivarem soja, todos os anos desflorestam superfícies tão grandes como alguns países da Europa. É o nosso vício, agimos sempre a pensar no imediato. Dentro de pouco tempo, dirão aos estrangeiros que vierem visitar as cataratas: há alguns anos, o Brasil tinha índios e árvores!

– Sim…

Adam sentiu um lampejo de dúvida na mente da sua pupila.

– Até agora, as pessoas têm saído à rua em movimentos espontâneos que aparecem a partir da Internet. Massas sem líderes que assustavam políticos e analistas, mas que, tal como apareciam, desapareciam. Nenhum chegou a alterar este sistema doente. No entanto, o Novo Génesis perspetivará uma mudança radical. Não te preocupes com as tuas reações (é bem sabido que o corpo é reativo às mudanças), mas também não hesites em enfrentar-te com elas. É o momento de gritares para ti mesma: «Acorda!» Quando contemplares o mundo com os teus novos olhos, sem passar pelos filtros que nos impõe o mesmo sistema que queremos combater, verás que estamos a fazer uma coisa necessária e inevitável.

Mika assentiu.

– É como se me estivesse a ouvir a mim própria, com a diferença de que tu levas o discurso até às ultimas consequências. Realmente, admiro-te.

– Vamos ao Club L'Amour. Tens de te ambientar antes do teu encontro com a diretora.

– O que é que estás a dizer?

– A *Madame* já tem o teu quarto preparado.

4

Pararam a *pick-up* num terreno fronteiro ao Club L'Amour. Passava, perfeitamente, por uma vivenda privada, com os seus dois pisos, a varanda e o telhado de duas águas que tentava evocar a arquitetura colonial. Estava pintado de uma cor salmão que feria a vista e mantinha acesas duas lâmpadas vermelhas como um navio encalhado com as luzes de emergência.

– Lembras-te de te ter falado, em São Sebastião, de uma rã pequena como uma noz? – perguntou-lhe Adam.

A que propósito virá isto agora?, pensou ela. De qualquer maneira, agradecia tudo o que pudesse atrasar o momento de descer do veículo e de entrar naquele local infeto.

– A do veneno?

– *Philobates terribilis*, mais conhecida como rã-dardo-dourada. Na realidade, há quase duzentas espécies venenosas desta família de anfíbios, mas esta é a mais mortífera.

– Contaste-me que os indígenas utilizam-na para caçar aproximando-a de uma fogueira para começar a transpirar e poderem humedecer as suas flechas.

– Fazem-no dessa maneira porque nas glândulas da sua pele transporta um alcaloide chamado batracotoxina, que funciona como uma arma química letal.

De repente, percebeu.

– Não me digas que andas a acabar com os justiçados ao estilo indígena... Como é que fazes? Injetas-lhes essa bata...?

– Batracotoxina. Basta uma seringadela ou, dependendo da dose, aproximá-la das mucosas. Um cão pode morrer apenas por lamber um papel por onde tenha andado em cima uma *terribilis*.

– E quantas rãs fazem falta para matar um homem?

– Devias formular a pergunta ao contrário: quantos homens pode matar uma só rã. A quantidade de toxina que transporta cada exemplar varia segundo o seu território e a sua dieta, mas pode dividir-se por um miligrama. É o suficiente para matar quinze mil ratos de laboratório, dois elefantes africanos ou vinte seres humanos.

— Parece incrível que com essa quantidade...

— A dose letal para um homem de setenta quilos é equivalente, em peso, a dois grãos de sal de mesa. O problema é que estes batráquios não são fáceis de arranjar. Tentei criar indivíduos em cativeiro, mas quando perdem a sua liberdade também perdem a toxicidade.

— Suponho que é porque não se sentem ameaçados.

— Em parte. Mas sobretudo porque lhes damos a comer moscas da fruta e grilos pequenos que não têm alcaloides, em vez de formigas e escaravelhos típicos do seu *habitat* aos quais se atribui a toxicidade.

Adam meteu a mão num bolso e tirou uma cápsula metálica de uns seis centímetros. Desenroscou-a pelo centro e ao separar a parte que fazia as vezes de tampa, ficou à vista uma agulha que saía da outra metade. Passou-a a Mika segurando-a com cuidado. Esta aproximou-a dos seus olhos para a examinar melhor sob a única luz das lâmpadas do clube que chegava até ao veículo.

— Tem muito cuidado para não te picares. Nem sequer toques na agulha.

— Como é que o veneno atua? — perguntou, meio hipnotizada.

— Tecnicamente, estás à frente de uma neurotoxina que ativa os canais iónicos dos neurónios e das células musculares, deixando aberto o canal e produzindo a sua despolarização irreversível.

— E menos tecnicamente...

— Para que o percebas, impede os nervos de transmitir impulsos e deixa os músculos em estado inativo de contração, produzindo hiperexcitabilidade nos tecidos, fibrilação e falhas cardíacas.

— E, à vista de como morreu o pastor Ivo dos Campos em São Sebastião, atua de forma imediata.

— Depende da dose e da constituição física da vítima, mas ninguém passa dos primeiros minutos. Os sintomas de envenenamento, com essa coloração azulada, são quase instantâneos, tal como a paralisação e a descoordenação motoras. Pouco depois, vêm a falta de ar, as convulsões... Aviso-te que não é agradável.

— E ninguém é imune, nem há antídoto.

— As rãs-dardo-douradas são as únicas criaturas imunes ao seu próprio veneno. Gostam de comer os escaravelhos que produzem a toxina e, por graça criativa da natureza, os canais de sódio do seu diminuto corpo vertebrado são diferentes do resto das espécies e não as prejudicam. E não, não há antídoto.

— «Encantada por te conhecer, diz as tuas preces, agora já não há volta atrás» — trauteou Mika de forma praticamente impercetível, lembrando-se de uma canção dos Foo Fighters.

Adam entregou-lhe a tampa da cápsula. Ela enroscou-a e guardou-a no bolso da frente das calças.

— Já tenho a arma — disse, pretendendo parecer calma. — Quando é que lha espeto? Espero que se dispa, se é que ela faz isso? Posso inocular-lhe o veneno através da roupa?

— O importante é que a agulha trespasse a pele, quanto antes, melhor. Não lhe dês tempo para tirar os seus brinquedos.

— Que brinquedos?

— Quando chegares ao quarto, olha para debaixo da cama.

— Não vais comigo?

— Não posso.

— Nem sequer até à porta, para falar com a encarregada?

— Não seria prudente, faltando tão pouco para o fim do plano. Se alguém me reconhecer, tudo ficará arruinado.

— Mas...

— Confio em ti, Mika. Já não és o pequeno cisne branco que veio visitar a minha empresa. Floresceu o cisne negro que tinhas dentro de ti. Eu sabia que estava aí. Um cisne negro, belo e implacável.

Após aquela referência à transformação do lago de Tchaikowsky, Mika compreendeu o que Adam quis dizer depois de escutar na Creatio o discurso dela sobre a pacificação das favelas. «O meu pequeno cisne branco», disse na altura, e ela pensou que censurava a sua fragilidade.

— Sou antes um cisne negro cansado e assustado.

— Por isso admiro o que estás a fazer. Yeats dizia que aos melhores falta-lhes convicção e aos piores sobra-lhes a paixão e a intensidade. Tu tens tudo isso. Respira fundo e demonstra-mo. Para me ajudares no Sexto Dia e contemplarmos juntos o Novo Génesis preciso desta prova.

— Assim, a cru...

Adam tirou um envelope de dinheiro parecido com o que tinha entregado aos nativos na pista de aterragem.

— Entrega isto à *Madame L'Amour*. Quando acabares o trabalho, tira a fotografia e envia-a para o meu telemóvel. Já sabes como a deves enquadrar, viste as outras quatro. A partir daí, deixa tudo tal como estiver e volta para aqui.

— Não podíamos assaltá-la antes de entrar? — propôs Mika no limite. — Esperávamos que chegasse ao parque de estacionamento e surpreendíamo-la. Muito mais fácil.

Adam negou.

— Virá acompanhada do motorista da prisão e de um guarda-costas que vão estar de olho aberto até a verem entrar pela porta do clube. Nessa altura, vão-se embora e voltarão para a buscar daí a uma hora.

Tudo será feito nesse período de tempo, incluindo a retirada do corpo, mas isso já não te diz respeito.

Mika reclinou-se sobre o encosto de cabeça e ficou a olhar para o teto da *pick-up*.

— Deixas-me sozinha. Não serás tu o sádico?

— Tens a certeza de que estás bem?

— Vou acabar com essa mulher. Prometo-te que até me vou sentir bem a fazê-lo.

Adam meditou no que acabava de ouvir.

— Deixa-me contar-te uma história. Sabes quem é o Pedro Rodrigues Filho?

— Não.

— No Brasil, é conhecido como *Pedrinho Matador*, um assassino em série que está a cumprir uma pena pelo homicídio de setenta e uma pessoas, embora se saiba que foram muitas mais. Esse homem liquidava outros criminosos, descarregando o seu instinto assassino em cima de corruptos, traficantes... De certeza que me vais dizer que não te parece muito diferente do que estamos a fazer, mas não tem nada que ver. Primeiro, porque o *Pedrinho* começou a ocupar o lugar das suas vítimas no negócio dos criminosos, dedicando-se ele próprio a vender droga ou a cometer extorsão, e, sobretudo, devido à sua motivação errada, que ainda traz tatuada no braço para não dar lugar a qualquer dúvida: «Mato por prazer.» Assim é o ser humano. No fim de tudo, fazemos sempre as coisas pensando na satisfação dos nossos desejos egoístas. Falta-nos um plano superior.

— Até agora.

— Exatamente, até agora.

Mika virou-se para ele no assento do carro.

— Jura-me que não fazes isto pela tua satisfação pessoal, para dar rédea solta à tua criatividade. Jura-me que o teu plano está por cima do teu próprio ego.

— Tu própria poderás comprová-lo.

Mika agarrou no puxador da porta, pensou durante dois segundos e saiu decidida.

Entrou com cautela. O decorador de interiores também não devia ter estado nos seus melhores dias. As grandes tulipas dos candeeiros retinham quase toda a luz; os poucos raios que escapavam eram absorvidos imediatamente pelos tabiques pintados de cor de malva, afundando o lugar na penumbra; *parquet* sintético que parecia polido com a cachaça das caipirinhas, tal a forma como as solas se colavam ao chão; um balcão de bar com bancos solitários forrados de pele de zebra;

pendurada num suporte, uma televisão que projetava clássicos do futebol europeu.

Dentro do balcão não havia ninguém. Num sofá em frente ao ecrã, um homem de raça negra.

— Boa-noite — cumprimentou sem se virar enquanto via a repetição de um golo de Raul no seu jogo de homenagem.

— Procuro a *Madame L'Amour*.

Então, sim, virou-se. Ainda sentado, adivinhava-se possuir uma estatura superior a dois metros. Os braços de culturista recordavam-lhe os de Pai Erotides e, de passagem, pensou na Mamã Santa. Gostaria de tê-la, agora, ao seu lado. Imaginava-a a entrar no bar com uma mistura de desembaraço e de paternalismo, a falar como se tivesse um altifalante incorporado e a pôr ordem tanto na loiça gordurosa, como também nas almas mais sebentas das marafonas.

— Silvana! — o vigilante chamou a *Madame* pelo seu nome de batismo.

Uma mulher cavalona apareceu por entre uma cortina de fios prateados que deslizavam, a muito custo, pelo rosto maquilhado. A idade mais do que madura que tentava esconder debaixo do rímel e do *bâton* dos lábios avolumados saía para a superfície de uma forma violenta, como uma bola de plástico metida à força numa piscina. Parecia uma transexual maltratada. Mika tentou vislumbrar a maçã de Adão no meio das pregas do pescoço.

— Faz favor — disse, com um vozeirão que apoiava a tese. — Tinha acabado de adormecer.

— Acho que tens um quarto para mim.

— Vou chamar as raparigas. — Reprimiu um bocejo. — Estão todas a dormir; és a primeira cliente do dia.

— Refiro-me a um quarto vazio.

A tal Silvana acordou de repente.

— És a pessoa de quem eu estava à espera?

— Gostaria de pensar que sim.

— Não me tinham dito que vinha uma garota. Como é que te vão mandar a ti? Aquela puta vai-te comer com batatas.

— Eu vou cumprir com a minha parte. Cumpre tu com a tua.

Atenuou o olhar desafiante, deixou-se vencer finalmente pelo bocejo e disse, sem esperar que acabasse de fechar a boca:

— Não sei para que me meto. Faz o que tu quiseres, mas vê lá se dás mesmo o golpe de misericórdia a essa puta.

Mika deu-lhe o envelope, mas, no último instante, manteve-o agarrado. Pensou que a indefinida *Madame L'Amour* poderia denunciá-la e sacar vantagem a dobrar. Não tinha comentado com Adam essa possibilidade extrema (nem nenhuma outra). Claro que tinha tudo controlado, mas teria sido melhor pagar no fim. Que estúpida…

– Vais-me dar o dinheiro ou não? – aborreceu-se. Devia ter lido as dúvidas nos olhos de Mika. – Podes ter a certeza de que tenho muito mais vontade do que tu de a ver morta. Aquela puta está a arruinar-me o negócio. Toda a gente sabe das visitas que ela faz, já sabes como correm as notícias pelos *bas-fonds*. Por causa disso, muitos clientes preferem não vir e só consigo contratar as raparigas mais desesperadas. Mas há outra razão.

– Qual é?

– Que a mim ninguém me goza.

– Lembra-te que tem de entrar no meu quarto sem suspeitar de nada. Silvana suspirou, aborrecida.

– A minha avó foi uma estrela de revista e eu cheguei a atuar no Teatro Guaira de Curitiba, ainda que para isso tenha tido de abrir as pernas ao pianista, essa é a verdade. Por isso, não te alteres, que eu sei bem o que tenho de dizer para a convencer. Além disso, és a rapariga ideal para ela. Jaira Guimarães adora carne fresca e casta, logo se encarregará de a marcar.

Mika estremeceu. *Madame L'Amour* aproveitou para lhe arrancar o envelope a que ainda estava agarrada. Sem necessidade de o abrir, susteve-o na palma da mão como quem calcula o peso de um peixe. Satisfeita, selou o pacto com um último esclarecimento:

– Tu levas o corpo.

Mika pensou no caixote que estava à espera no porta-bagagem da *pick-up* e no comentário de Adam a esse respeito.

– Far-se-á tudo segundo o que ficou acordado.

– Não quero que isto me salpique. Bastantes fluidos dessa puta já tive eu de limpar dos lençóis para, ainda, ter de lhe limpar também o sangue.

– Não vai haver sangue.

Silvana inclinou-se sobre o balcão do bar e tirou do frigorífico uma lata de *Guaraná Antártica*, o mesmo refresco que estava ilustrado num calendário pendurado junto à caixa registadora.

– Primeiro piso, quarto número cinco – disse, e submergiu de novo na cortina de fios.

5

A divisão, bastante maior do que esperava, mas não menos desconsolada, era uma projeção do ambiente denso que se respirava – mal se conseguia respirar – no rés do chão. Ao lado da cama havia uma mesinha com um candeeiro de plástico e um cinzeiro repleto. Num dos lados, um lavatório e uma sanita com uma cobertura de tecido na tampa.

Sentia dificuldade em manter-se íntegra. Desde a sua adolescência, conhecera cenários de grande dureza nas viagens com o pai, que, de vez em quando, trabalhava em zonas de guerra, em África, por onde evitavam passar até os próprios milicianos. Mas o cheiro a desinfetante barato e a desesperança colada nas paredes provocava um cansaço atroz. E também uma profunda tristeza.

Examinou um postigo coberto com um plástico fixado ao caixilho com fita de embrulho. Lavou a cara no lavatório e secou as mãos agitando-as para não tocar na toalha puída.

Faltava qualquer coisa.

Agachou-se para espreitar por debaixo da cama. Tirou uma caixa de cartão. Estava cheia de roupa erótica e de artefactos sexuais para técnicas radicais. Argolas, máscaras de cabedal para a cabeça com um único buraco para a boca, onde havia uma esfera de plástico para potenciar a sensação de asfixia, um cinto com um vibrador, até um chicote que combinava bem com a descrição de torturadora das SS.

Não me parece que me vá deixar dar-lhe um abracinho de boas-vindas, especulou enquanto examinava de relance os objetos, mexendo-lhes com a unha para não lhes tocar. O melhor seria deitar-se aos pés dela como a escrava que ela vinha buscar e espetar-lhe a agulha na perna. Tinha de ter cuidado com o material da saia ou das calças e reparar bem se trazia botas. Se partisse a agulha, teria arruinado completamente o plano de Adam.

No início, andou a dar voltas de parede em parede pela divisão, como uma demente num quarto almofadado. Pensava em todos os homens que se tinham lá deitado e dava-lhe nojo deitar-se em cima da manta sebosa. Camionistas e contrabandistas, passadores de droga, turistas à procura de qualquer coisa mais do que simples cataratas. Parecia que até via partículas flutuantes de suor no ar viciado.

Decidiu não pensar no que ia fazer. Ou melhor, não pensar *exclusivamente* no que ia fazer. Se analisasse a seringadela na diretora como alguma coisa isolada de tudo o resto, parecer-lhe-ia uma aberração. Mas visto do lado de dentro do furacão que estava a conduzir a sua vida desde que se aproximou da favela de Monte Luz à procura de Purone, começava a parecer-lhe algo natural. Mais ainda, como tinha dito Adam: necessário e inevitável.

Quando a espera começava a tornar-se insuportável, ouviu passos no corredor. Pararam à sua porta. O coração começou a bater-lhe desenfreadamente no peito. Não sabia onde se posicionar. Permaneceu de pé no meio do quarto.

A maçaneta nunca mais acabava de rodar. Por algum motivo, encravava. Levou a mão ao bolso. A cápsula com a agulha impregnada de batracotoxina esperava, ansiosa.

Deram um empurrão com mais força e finalmente a porta abriu-se.

Era o homem de raça negra do rés do chão a trazer uma bandeja de alumínio. Deixou-a em cima da cama e foi-se embora sem dizer nada.

Mika soltou a respiração contida e aproximou-se para ver o que tinha trazido. Uma refeição completa, muito mais do que um lanche. Feijão com peixe do rio, frito, pão de queijo feito com farinha de mandioca e um copo de *tereré*, o chá com água fria que consumiam naquela zona. Adam deve ter dado instruções para cozinharem para ela. A imagem passava um ar de prisão, como se fosse uma reclusa no corredor da morte quase a provar a sua última refeição.

Afastou esses pensamentos e atirou-se sobre o prato com uma ânsia canina. Mal tinha começado, voltou a ouvir ruídos no corredor. Travou de repente as mandíbulas e afastou a bandeja para o lado. Pôs-se em pé. Também ouviu vozes. Pareceu-lhe distinguir a *Madame L'Amour* a falar com outra pessoa.

Consigo fazê-lo, consigo fazê-lo...

Acariciou a tatuagem do *Kanji* dos *samurai* que tinha na anca direita. O caminho do guerreiro que a tinha ajudado a ultrapassar a dureza de tantos treinos e que a tinha inspirado em mil combates. Ante o mais difícil de todos, todo o reforço era bem-vindo.

Movimentos forçados na maçaneta.

Olhou para a sua roupa e pensou, alarmada — já não tinha tempo para corrigi-lo —, que não tinha muito aspeto de prostituta. Pelo menos, não como ela imaginava as raparigas daquele sítio, com uma *lingerie* mínima e sapatos de plataforma.

Pensou em arregaçar a camisa até aos seios, mas depois resolveu esticá-la ainda até mais abaixo. Com aqueles ténis e *jeans* tão púdicos, a única opção que lhe restava era adotar o papel de adolescente. No último segundo, tratou de se relaxar para, por sua vez, parecer mais desalinhada. Confiou que pudesse funcionar. Era melhor que assim fosse.

A porta abriu-se e apareceu diante dela a diretora Jaira Guimarães.

De estatura mediana. Constituição forte. Cabelo grisalho apanhado numa trança. Saia até ao joelho. Blusa e casaco. Sapatos masculinos de atacadores. *Com um certo toque de precetora*, pensou Mika. Também de executiva, não fosse alguma falta de higiene, pois tinha a pele a brilhar coberta com uma película de suor e os rebordos do colarinho à Mao enegrecidos.

Observava Mika com uns olhos cinzentos sem expressão, injetados de sangue como se tivesse passado várias horas em frente de um computador. Tinha um tique na bochecha esquerda. Mika trouxe à sua mente tudo o que Adam lhe tinha contado. Precisava de ver o mostro que albergava dentro dela.

— Então és nova — foi a primeira coisa que disse. — Vê-se a léguas, mas não te preocupes. Desde que faças o que eu te disser, comigo não vais ter nenhum problema. Daqui a pouco, sairei por aquela porta e tu poderás sacar a esses porcos da terra o dinheiro da soja. Com esse corpo que tens — percorreu-a com os olhos de alto a baixo —, não te vai custar nenhum trabalho.

Falara sem se mexer, ainda parada junto à porta.

Mika levou a mão ao bolso no mesmo ato reflexo da vez anterior.

— O que é que tens aí? — perguntou a diretora, versada em assuntos de presidiárias.

— Nada.

— Eu acho que é alguma coisa.

— A sério que não é nada.

— Mostra-mo!

Mika não podia acreditar que a tivesse descoberto ainda antes de começar. Tirou-o devagar do bolso e mostrou-o em cima da palma da mão.

— É um *bâton* — lembrou-se de lhe dizer no último momento.

A diretora não achou necessário examiná-lo.

— Então, queres pôr-te bonita.

— Era para o caso de a senhora o querer usar.

A sério que tinha dito semelhante estupidez? Tinha sido um instintivo passo em frente para fingir que não tinha nada a esconder, mas talvez tivesse exagerado um bocadinho.

— Então sou eu que não te agrado.

Sim, tinha exagerado.

– Não disse isso.

– Pareço-te desagradável?

– Não.

– Venho do trabalho, miúda. – A voz dela começou a endurecer. – Estou há seis dias seguidos naquela prisão dos diabos a meter no bom caminho putas como tu. Por isso, só te peço que tenhas um pouco mais de respeito e de consideração por mim.

– Desculpe.

Mika baixou a cabeça em sinal de submissão, ao mesmo tempo que, sem se ter preparado para isso, recebia uma sonora bofetada que a atirou para o chão.

Ainda abalada, percebeu que a cápsula com a agulha lhe tinha caído da mão e que rolava debaixo da cama.

Gatinhou na direção dela.

– Olha para ela, parece uma cadelinha com o cio! – exclamou a diretora enquanto lhe pisava as costas, esmagando-a contra os mosaicos.

Mika já não a ouvia. Arrastava-se atrás da cápsula para acabar o trabalho quanto antes. Era exatamente o que não podia fazer, pôr-se a improvisar, mas só pensava em fechar-lhe a boca.

Esticou-se para baixo do canapé de madeira até que a alcançou e deu meia-volta com agilidade, ficando de joelhos diante da cada vez mais brusca Jaira Guimarães. Ia para a abrir, mas não conseguia rodar a tampa. Se calhar estava a agarrar do lado contrário.

– Já estás outra vez com esse *bâton*? E eu que te deixei coscuvilhar aí por baixo a pensar que estavas à procura da caixa dos brinquedos. Tira-a!

Deu-lhe uma brutal pancada no peito com os seus *mocassins* de homem, levando Mika a bater com as costas contra a estrutura de madeira da cama. A borda espetou-se numa das suas vértebras, provocando-lhe uma dor mais intensa do que a própria pancada nos seios. A diretora caiu-lhe em cima e virou-a com idênticas força e perícia, voltando a colocá-la na posição de quatro patas.

– Mete-te debaixo da cama e tira a caixa, sua cadela!

Mika aguentou alguns segundos naquela posição a respirar como um boi, enquanto a diretora lhe pontapeava as nádegas e o lado das costelas. Queria levantar-se para a matar com as suas próprias mãos, mas tinha de o fazer com o instrumento certo para cumprir o protocolo e tirar a fotografia. Se a espetasse numa situação de luta, mesmo sabendo que ia sair vitoriosa, arriscava-se a partir a agulha.

A diretora, esperta, reparou no punho fechado de Mika e pisou-o até ela abrir a mão e o suposto *bâton* voltar a ficar livre. Deu-lhe um chuto que o atirou para trás da sanita e continuou a dar-lhe pontapés.

Mika não aguentou mais. Conforme estava ajoelhada a olhar para a cama, agarrou na bandeja da comida ao mesmo tempo que se punha em pé, dava meia-volta e, deixando cair pelo caminho os pratos, o copo de mate, espetou com ela em cima da cabeça da diretora produzindo um ruido semelhante ao de um gongo.

– O que é que estás a fazer, puta? – rugiu a diretora, enquanto o seu nariz se convertia num repuxo.

Desculpe, Madame L'Amour, mas, sim, vai haver sangue.

Sem parar de reagir, voltou a bater-lhe com a bandeja, desta vez no queixo, de baixo para cima. A diretora levantou-se uns centímetros do chão e caiu desamparada junto à porta, acompanhada de um gesto grotesco. Mika correu para a cápsula, desenroscou-a, agarrando no suporte com cuidado para não tocar na agulha, e percorreu com os olhos todo o corpo estendido para decidir onde a picar.

Na perna, tal como tinha previsto.

Quando se ia atirar sobre ela, a diretora arqueou as costas e deitou mão a uma pistola *Glock* que levava escondida debaixo do casaco. Ainda deitada no chão, empunhou-a contra Mika, enquanto, com extrema perícia, pressionava com o polegar a mola do retém do ferrolho e carregava a primeira bala de nove milímetros na câmara.

– Enganaste-te no papel, miúda. Nesta obra só eu é que bato.

Mika, aterrorizada, viu-a a apertar o gatilho.

Devagar.

Regozijando-se.

Nesse preciso momento, alguém se aproximou da porta. Talvez fosse o vigia atraído pela barulheira da bandeja ou dos vidros partidos, talvez Silvana, ou alguma das raparigas. O caso é que a passagem quase impercetível de uma orelha pela madeira do lado de fora da porta fez com que a diretora desviasse o olhar. Em apenas umas décimas de segundo, Mika aproveitou para saltar como uma pantera para a frente, afastando-se da linha de tiro ao mesmo tempo que se dispunha a arrancar-lhe a arma.

A diretora disparou.

A bala bateu no lavatório, espalhando bocados de cerâmica por cima das suas cabeças.

Mika aterrou com a perna esquerda e, simultaneamente, soltou a perna direita como uma chicotada contra a *Glock* fumegante, que saiu disparada.

A diretora tentou levantar-se, mas Mika lançou-se para a porta, agarrou na maçaneta e abriu-a – como se um tufão a empurrasse –, batendo-lhe na cabeça com a esquina.

Foi um estalido seco. Jaira Guimarães teve uma convulsão e caiu inconsciente em cima do sangue que lhe continuava a sair do nariz.

Mika espreitou para o corredor. Quem quer que se tivesse aproximado, teria voado com o disparo. Fechou novamente a porta, afastou a pistola com o pé, agarrou na diretora colocando-se a cavalo por cima dela e, puxando-a pelos braços, lançou-a para cima da cama.

Levantou-lhe a saia deixando a coxa a descoberto e empunhou a cápsula como se fosse uma estaca.

Aí vou…

Os músculos não lhe respondiam, como se a mão que segurava a agulha pertencesse a outra pessoa. Não era fácil matar. Fazê-lo assim, a frio, apesar do que tinha vivido alguns segundos antes.

A situação agora era outra. Não estava a ser agredida, não lhe estavam a apontar uma pistola.

A diretora era uma grotesca boneca de trapos, um manequim atirado para um armazém.

Acaba o trabalho…

Mexeu os lábios, apenas um tremor, a dizer qualquer coisa ininteligível até para ela própria, talvez uma oração ou o insulto mais raivoso, quem sabe.

Demasiado longa a espera. Imaginou Adam a entrar no quartinho com um ar dececionado, tirando-lhe a cápsula da mão para tratar do assunto pessoalmente.

Não.

Levantou o braço, deu um grito horrível e espetou a agulha na carne macia.

Silêncio.

Dentro daquele quarto infeto. No edifício. Silêncio em toda a Foz do Iguaçu, no mundo inteiro.

Mika, exausta, no chão, encostada à cama.

Acariciava os seus próprios braços, magoados pelos pontapés.

Sentiu nojo por estar ali. Levantou-se.

A diretora desenvolvia em cima do catre cada um dos sintomas prescritos pela batracotoxina da *Philobates terribilis*.

Flash!

A fotografia.

6

Abandonou o quarto deixando-o tal qual como estava, como lhe tinha indicado Adam. Desceu apressadamente as escadas que conduziam ao bar. *Madame L'Amour* e o seu vigia – uma torre negra ao lado da sua rainha naquele tabuleiro grotesco – estavam de pé junto ao balcão. Ninguém disse nada.

Saiu para a rua e começou a tiritar. A madrugada estava fria como o corpo da diretora. Caminhou na direção da *pick-up*, solitária numa ponte do parque de estacionamento. Tinha uma vontade danada de abraçar Adam.

O para-brisas estava saturado pelo vapor da condensação. Ao aproximar-se, abriu a porta.

A quem pertencia aquela bota?

Era um dos *cowboys* que os tinham recolhido no aeródromo. Mika esticou o pescoço para olhar para o interior do veículo desconjuntado.

Vazio.

– Onde está? – perguntou, nervosa.

– Está a referir-se ao chefe?

– O que chegou ontem à noite comigo.

– Foi-se embora.

– Foi-se embora como?

– Com a avioneta.

Mika não estava a acreditar no que estava a ouvir.

– Foi-se embora sem mim?

– Parece que sim – disse com algum sarcasmo.

– Mas porquê? Como é que me pôde deixar aqui depois de…?

– Quando chegar o meu companheiro, vamos tratar de limpar tudo, fique descansada.

Estava demasiado confundida para gritar. Parada no meio do parque de estacionamento, no meio de lado nenhum. Sozinha. Levou as mãos à cabeça. Tudo a agredia. A gravilha do chão trepidava como o ruído de uma televisão codificada. O barulho das cataratas ao longe perfurava-lhe as têmporas.

O *cowboy* inclinou a cabeça e abanou a mão à frente da cara dela.

– Olá? Menina? Há que começar a mexer-se.

Mika reagiu.

– A mexer-se?

– O chefe pediu-me para a levar à estação dos autocarros de Foz de Iguaçu. Ali vai apanhar uma furgoneta-táxi com destino a Brasília.

– A Brasília?

– É a capital.

– Já sei que é a capital. Mas está no centro do país. Deve estar a um milhão de horas de distância.

– Se houver mais viajantes com esse destino – continuou, reproduzindo a mensagem sem se imutar –, escolha um transporte partilhado para passar mais despercebida. De outra maneira, contrate um só para si e parta quanto antes. O chefe disse para pagar tudo o que fizer falta.

Meteu a mão ao bolso e tirou um maço de notas que Mika agarrou sem muita convicção.

– Porque é que não posso ir de avião? Com este dinheiro podia comprar a companhia aérea.

– O chefe não quer que você conste nos registos de entrada na capital. A estrada é a única via anónima. Quando chegar à estação central de Brasília, dirija-se ao depósito de bagagens e procure a cabina número 6. A contrassenha é 666. Decorou?

– O número da besta – murmurou Mika enquanto assimilava a informação.

Os jornais já se perguntavam: «O assassino do Génesis, Deus ou Diabo?» Mais do que usar o número diabólico, Adam tinha querido dar uma piscadela de olho ao Sexto Dia. Tudo seis, uma combinação fácil de decorar. O que haveria dentro da cabina? Dependeria do que fossem fazer a Brasília. Era lá que estava a sede do Governo do Distrito Federal. Não estava a pensar em...

Cada coisa a seu tempo, teria dito ele. A surpresa. E a ordem. E a focalização mental para evitar a dispersão. Quando estamos metidos numa ação – parecia que o estava a ouvir –, devemos pensar só nela. Fechemos o quinto dia e amanhã falaremos do sexto.

Será que quero, mesmo, continuar a dançar ao ritmo do som que me deixa marcada?, perguntava a si própria uma Mika no limite da sua resistência. *E o que é que eu posso fazer? Depois do que se passou ali dentro, nada mais me resta do que seguir em frente.*

Diz as tuas orações, de agora em diante, já não há volta a dar...

Rumaram ao centro através de avenidas de palmeiras, contornando poças que projetavam salpicos de lama cor de laranja. Deixou-a à porta. Uma legião de vendedores ambulantes estendia a mercadoria ante os rostos sonolentos. A fumarada dos tubos de escape enchia de fuligem as fossas nasais.

Falou com o condutor de uma furgoneta que tinha um cartaz no para-brisas a dizer BRASÍLIA.

Seguindo as instruções de Adam, esperou um bocado para ver se alguém mais se juntava à viagem.

– Gostou das cataratas? – perguntou-lhe o condutor para quebrar o silêncio, enquanto acabava uma infusão num copo de vidro trazido do café.

Mika não respondeu. Fez um gesto indefinido e permaneceu de pé sem se mexer, encostada à carroçaria.

O condutor era um rapaz alto e magro que teria pouco mais de vinte anos, com ténis altos e uma camisa de quadrados abotoada até acima. Fez-lhe lembrar o Purone que conhecera no primeiro ano da faculdade. Estaria bem? Vinha-lhe à lembrança a toda a hora, queria ligar para o hospital, ouvir a sua voz. Mas ainda não devia ter acordado, mal tinham passado dois dias desde a operação. Ou menos? No universo de Adam Green, o tempo corria ao seu próprio ritmo. Os dias do Novo Génesis, tal como os da criação bíblica, equivaliam a milhões de anos.

Lembrou-se (porquê nesse momento?) de que, na favela, chamavam a Purone *Coxinha* porque os seus fortes músculos gémeos se pareciam com coxas de galinha, e de como ele explicava que os tinha assim porque em pequeno andava sempre na pontas dos pés. *Não só em pequeno*, pensou Mika. *És um génio e, no entanto, passas em pontas dos pés por este mundo, com a tua discrição e o teu maravilhoso sorriso e esse coração à escala dos teus murais de quatro pisos...*

De súbito, sentiu um abalo ambíguo.

Agradável e doloroso.

Purone?

Pela primeira vez, não pensava nele como seu amigo. Mas antes como... seu namorado?

Ai, meu Deus...

Abanou a cabeça como se quisesse expulsar uma sensação perturbadora que se tornava cada vez mais forte. Mas essa sensação já estava a aderir a todos os seus ossos, à sua pele, a cada célula. *Será isto por causa de Adam Green? Será algum mecanismo de autodefesa emocional?*

Porque é que me estás a fazer isto, Purone? Logo agora que já não há volta atrás. Ou, sim, haverá? O que é que me aconselhas? Será que me ias animar logo? Será que vinhas comigo a Brasília fazer o que quer que tenha de fazer? Até onde chegarias para mudar o mundo? Recordo o que disseste na segunda-feira. Quando viste a estrela de luz em cima do arranha-céus pareceu-te uma obra de arte. O que me aconteceu a mim não o minimiza, era o que dirias. Era arte, Mika, arte. Chega até ao fim.

Chega até ao fim…

Saltava de um sentimento para outro como se estivesse montada nesses navios piratas dos parques de atrações onde se baloiça até o estômago chegar à boca. Mas, em todos os momentos, persistia um gostinho a traição. Entregava-se a Adam, completamente nua, no sentido mais lato da palavra, passando por cima tanto de Purone como de si própria. Se odiava alguma coisa neste mundo, era a mentira, e Adam não tinha sido sincero com ela. Por que razão, se ela o consentia? Quando falaram no apartamento do Copan, nem sequer mencionou a relação com o coletivo Boa Mistura. Ocultou que a sua empresa Creatio patrocinara o projeto artístico deles, que os colocara fisicamente na mesma favela onde mais tarde provocou a batalha.

Com certeza, não tinha previsto que as coisas acontecessem daquela maneira. Era o primeiro justiçamento, dir-lhe-ia Adam, talvez o mais complicado, e não calcularam bem os efeitos.

Danos colaterais, como escreveu no correio eletrónico. Maldito *e-mail*. Estava a sofrer pelo seu amigo querido, a ficar louca, e em vez de lhe contar tudo ou de a deixar em paz, enviou-lhe uma missiva que a deixou ainda mais louca.

Isso foi cruel, Adam, cruel!

Um aumento do movimento entre os viajantes e empregados da estação devolveu-a à realidade. Falavam entre si, aglomeravam-se junto ao aparelho de rádio da mulher da bilheteira, consultavam os telemóveis.

Tirou o seu e entrou no Twitter.

Lá estava a fotografia.

A que ela própria tinha tirado.

O rosto da diretora, a mostrar o beijo da rã-dardo-dourada debaixo do já conhecido texto.

#QuintoDia.

O condutor estava recostado no interior da furgoneta sem saber de nada.

– Vamos – disse Mika, entrando e fechando a porta atrás de si.

O homem esboçou uma expressão de incredulidade.

– Não podemos ir vazios.

– Sim, podemos.

Tirou quatro notas de cem dólares americanos do maço e ofereceu-lhas.

– Tchanam!, disse o mágico! Claro que sim, podemos, *gringa*, tinhas razão. Mas tu pagas a gasolina.

– Só se chegarmos antes do amanhecer de amanhã.

– Sem parar para dormir? Está muito longe!

– Então terei de procurar outro.

Fingiu que ia sair.

– Está bem, está bem! – Agarrou nas notas. – Se adormecer e comermos um reboque de algum camião como pequeno-almoço, contas ao meu patrão que, ao menos, opus resistência a esta ideia de malucos.

Ligou o motor.

– Antes do amanhecer – insistiu Mika.

O homem girou o volante sem responder e perguntou:

– Onde é que recolhemos a tua bagagem?

– Não levo.

– Não levas nem uma bolsinha para as pinturas?

Imitou os gestos usados para se maquilhar. Mika inclinou-se para a frente e falou-lhe a um centímetro da orelha.

– Zanguei-me com o meu namorado. Não me obrigues a dar-te mais explicações, se não queres que me zangue contigo também. Garanto-te que posso causar muito sofrimento.

Disse-o com muita convicção.

O condutor imitou o sinal de continência militar e saiu da estação a fazer as rodas chiarem.

Estavam já a deixar para trás a cidade quando soou um telefone.

– Atendo em modo mãos livres! – anunciou o rapaz numa postura muito profissional.

Ligou o alta-voz.

– Sandro! – soou uma voz metálica do outro lado.

– E *aí*, Pepe! Tudo bem?

– Tudo bom, tudo *legal*. Podes falar?

– Vou com uma *gringa* para Brasília – virou-se um instante para Mika. – É o meu amigo Pepe, o guia das cataratas – explicou, como se não houvesse mais nenhum. – O que é que se passa?

– *Nossa*, você não sabe o que aconteceu?

– Pois então diz-me já.

– O Quinto Dia, aqui mesmo!

– O que é que estás a dizer? O que é isso?

– O Quinto Dia, *cara*, mais um fiambre e mais um *show*! O assassino do Génesis!

– Mas aqui mesmo como?

— Pois, aqui mesmo na Garganta do Diabo.

— Ai, meu Deus! — exclamou o condutor, virando o volante bruscamente, mais atento ao ecrã do telemóvel do que às curvas pronunciadas da estrada.

— Tinhas que ver.

— Claro que tinha! Conta-me alguma coisa!

— Estou aqui com um grupo, num canto da ilha de San Martin.

— Esperem um momento — interveio Mika, inclinando-se para a frente para se aproximar do altifalante. — Estás a ligar do parque?

— Quem és tu? — perguntou o guia do outro lado do telefone.

— A *gringa* — explicou o condutor, e virou-se para explicar a Mika. — A Garganta do Diabo é a fenda…

— Mas olha para a frente enquanto falas! — gritou-lhe ela quando viu que a furgoneta se virava e quase que se despenhava pela ribanceira.

— Está bem, está bem! — Mudou de mudança, nervoso. O motor rugiu. — Estava a dizer-te que é a fenda por onde cai boa parte das cascatas e onde se formam fumarolas. Não visitaste o parque? A ilha de San Martin é o penhasco que se ergue ao pé da garganta, esse que tem vários níveis para os visitantes.

Tirou uma mão do volante e cortou o ar com a palma da mão a diferentes alturas.

— Estamos agora mesmo no nível intermédio — informou o outro —, onde vivem os pássaros.

— Quais pássaros? — perguntou Mika.

— Não ouves este barulho infernal? Uma colónia de abutres. Abutres negros, como vocês chamam. Nunca tinha visto tantos. Devem ter-se juntado aqui todos os exemplares da América do Sul, porque o céu está cheio. Mas tinham de ver os peixes que tenho diante de mim, *cara*. Isso, sim, é que é alucinante.

Os pássaros… os peixes…

Que as águas sejam povoadas de seres vivos e que entre a terra e o firmamento haja aves a voar…

— Vais acabar de contar ou não? — pressionou o condutor.

— Então, quando os primeiros barcos com turistas chegaram à ilha de San Martin já nos pareceu estranho que houvesse tantos abutres. À medida que subíamos a escada, havia cada vez mais. Bem, vou-te dizer, até escondem o Sol, *cara*. E ao chegar ao segundo miradouro é que vimos. Lançaram o corpo de uma mulher para uma das lagoas.

— Porra!

— É a mulher que está na fotografia do Twitter, a do Quinto Dia.

— Ai, meu Deus! O assassino do Génesis na nossa casa. Parece filme!

– E isso não é tudo. A lagoa está cheia de peixes amazónicos, cada um mais selvagem do que o outro, *cara*. Há piranhas e peixes vampiros, mas também aquele que tem dentes humanos e come testículos... Olha, quem é que se lá vai meter!

– E o que é que fizeram com a mulher?

– Estou a dizer-te que continua na água. Eu nem me aproximo até a polícia chegar. O corpo está azul. Se calhar é por isso que os peixes se desviam.

Nem sequer os peixes mais ferozes querem comer alguém tão repugnante... Muito bem, Adam.

– O Quinto Dia aqui em casa – repetiu, pasmado, o condutor.

– Dentro de pouco tempo, vais poder ver tudo na Internet. Aqui está toda a gente a gravar. Mas...

– O que é que se passa?

– Espera – desculpou-se o guia, e começou a dar explicações num inglês elementar a algum dos turistas que estavam a seu cargo.

Mika recostou-se no assento traseiro da furgoneta.

Durante um bocado, continuou a ouvir o relato do guia na linha da frente e os comentários do condutor, que, sem deixar de se virar para ela, se empenhava em fazê-la compreender o esforço e a imaginação que o assassino do Génesis tinha esbanjado a um passo deles. Mika já não se surpreendia com nada que estivesse relacionado com Adam. Continuava a assombrá-la, como a toda a gente, mas não a surpreendia.

Os seus sequazes tinham chegado ao parque antes de abrir as portas ao público para depositar o corpo de Jaira Guimarães na lagoa do penhasco dos abutres. Mas não só. Tinham-na enchido primeiro com aqueles estrambólicos peixes. O condutor não parava de contar casos registados de ataques do peixe vampiro. Era um dos seres mais arrepiantes do planeta. Um pequeno silurídeo, de corpo quase transparente, que se sente atraído pelo cheiro da urina e da menstruação e penetra pelo canal da uretra, onde se fixa com uns ganchos para sugar o sangue. Não, não a surpreendia. Nem a eleição dos animais nem a do lugar. Que melhor marco poderia ter escolhido Adam para aquela orgia natural? O nome de Iguaçu vinha de duas palavras guaranis: «y» e «*guasu*», que queriam dizer «água» e «grande». Um espetáculo retumbante com duzentos e setenta e cinco quedas, as mesmas águas repletas de vida que descrevia a Bíblia. Não apenas cheias de peixes e de aves (além dos abutres residentes, Adam convocou para a ilha de San Martin todos os que habitavam a zona com um chamariz elétrico que os tratadores do parque descobriram pouco tempo depois), mas também macacos, quatis, jacuguaçus, serpentes de coral e um sem-fim de insetos que aplaudiam com as asas a quinta *performance* do Novo Génesis.

Mika perguntava a si mesma o que teria acontecido com aquela montagem se ela tivesse falhado. Uma vez mais, tudo tinha sido calculado ao milímetro e Adam tinha-lhe confiado a parte mais delicada. Se não tivesse sido capaz, será que os *cowboys* teriam ido dar um pontapé na porta para terminar o trabalho? Cada vez que se lembrava da coxa da diretora atravessada pela agulha, sentia uma volta no estômago. Pensava em Purone, no seu pai, também na Mamã Santa – como mais um dos seus familiares –, todos eles a observarem-na do alto de um estrado fiscalizador com compaixão e incredulidade.

Ao forçar toda a sua reflexão, passava da apreensão extrema à emoção de estar a fazer parte de algo tão grandioso, à alegria de saber que tinha sido eleita pela pessoa que, numa única semana, estava a reiniciar o mundo.

Olhou pela janela. A estrada subia em curva passando pelo meio da densa floresta. Ao longe, a mancha de cimento de Foz de Iguaçu e das suas fronteiras irmãs. Como num sonho mau, deixava para trás o Club L'Amour, encravado no caminho triste dos contrabandistas, os peixes com dentadura humana, os milhares de abutres pretos a grasnar sobre o corpo da diretora, entre fumarolas de espuma que se erguiam até ao céu.

O Quinto Dia estava consumado.

Agora só lhe restava esperar.

Chegar a Brasília e viver o começo de uma nova era.

Feras e Homens

1

— Já estamos a chegar, *gringa*. O relógio digital do *tablier* marcava as 05:52.

Mika abriu os olhos e encostou-se ao assento do pendura. Mal distinguia a estrada entre os mosquitos colados no para-brisas.

– É aquilo? – apontou. Bocejava com tanta força que duas lágrimas lhe escorreram pela cara. No horizonte, as primeiras edificações vibravam, refletidas por uma luminosidade ocre. O céu incrivelmente azul, como o que aparece nas fotografias dos *screensavers*.

Brasília.

– Dizem que aqui não havia nada antes – disse o jovem condutor, como a fazer-lhe uma confidência. – Só deserto. Até o lago foi fabricado.

Mika viu resplandecer uma colossal superfície de água que abraçava a cidade do lado este.

Escolheste-a por isso, Adam?, perguntou-se. Porque é que se criou a partir do nada? Brasília era a prova de que algumas utopias se podem tornar realidade.

Tudo começou com uma profecia. Um antigo sacerdote salesiano chamado Dom Bosco vaticinou que o Brasil iria acolher uma nova civilização, concretamente num lugar entre os paralelos 15 e 20. Apesar de se tratar de uma zona inóspita e desabitada, a profecia bateu fundo. Tanto que, na década de cinquenta, o presidente visionário Juscelino Kubitschek decidiu transferir para ali a capital do país. Proclamou a todos os brasileiros que pusessem de parte as diferenças e trabalhassem ombro a ombro para demonstrar ao mundo que não existiam impossíveis. Convenceu-os de que com esforço e criatividade tudo se conseguia. E três breves anos depois de ser colocada a primeira pedra naquele deserto, a cidade estava terminada com todas as avenidas, monumentos e edifícios institucionais, rodeada por aquele enorme lago artificial.

No entanto, alguma coisa lhe dizia que Adam Green não tinha escolhido aquele cenário apenas por ser o ícone de um mundo novo.

– Vamos diretos à estação central – disse, impaciente.

Meteram-se por uma das grandes autoestradas de acesso. Brasília era tão perfeita que não tinha aspeto de cidade. Parecia mais a maqueta de uma cidade à escala de 1:1. Uma maqueta limpa, composta por peças recém-encaixadas, salpicada por tanques e esculturas em relvados aparados com o cuidado de um *green* de golfe. A grande obra conjunta do arquiteto Niemeyer, o urbanista Lúcio Costa e o desenhador de paisagens Burle Marx. Três génios de dimensões renascentistas que construíram a partir do zero o paradigma da criatividade. Não havia nada igual. Vista do céu, a cidade tinha a planta de um pássaro com as asas abertas. O tronco do pássaro dava lugar a todos os edifícios institucionais e a todos os monumentos mais emblemáticos. Na cabeça, estava situada a Praça dos Três Poderes, com o Congresso Nacional e o Palácio da Justiça, cujos edifícios, mais do que sedes burocráticas, pareciam museus de arte moderna. À medida que se descia pela coluna vertebral até ao rabo do pássaro, iam-se sucedendo os ministérios – todos eles em blocos idênticos colocados em perfeita simetria em ambos os lados –, as embaixadas e a insólita catedral com o teto de vidro.

Contudo, talvez o mais impressionante do projeto fosse a disposição das duas longas asas da ave. Cada uma delas estava dividida em setores longitudinais que davam lugar a uma só coisa: colégios, comércios, apartamentos residenciais, escritórios, consultórios médicos... de tal modo que nada estava fora do seu setor. Nem uma única loja no setor dos médicos, nem uma só moradia no das igrejas, nem um único escritório no educacional. Todas as alturas limitadas, todos os cartazes de anúncios cortados segundo o mesmo padrão. A ordem como remédio para combater o caos inerente ao ser humano. Os veículos davam a prioridade aos peões, os camiões tinham o acesso à cidade restringido, num empenho para preservar o idílico céu dos fumos contaminadores.

Mika pensou que não deveria existir nada mais oposto às favelas de São Paulo, onde tudo tinha começado.

O que é que vai acontecer aqui, Adam?

Releu no telemóvel os versículos do Génesis 1:24-27, correspondentes ao Sexto Dia:

> Disse Deus: «Façamos o homem à nossa imagem e semelhança, e que eles dominem sobre os peixes do mar, as aves do céu, os animais domésticos, todas as feras e todos os répteis que rastejam sobre a terra.» Criou Deus, pois, o homem à sua imagem, à imagem de Deus o criou; homem e mulher os criou.

Como é que Adam ia criar um homem novo? Recordou as palavras que pronunciara na garagem do heliporto, quando regressaram de São Sebastião: «Imagina que esses justiçamentos foram encaminhados para castigar toda a sociedade», dissera. Na sua mente acumulavam-se as teorias mais peregrinas.

Terás pensado nalgum fogo de artifício para o final?

Pararam em fila dupla, frente à porta da estação.

– Obrigada pelo esforço, Sandro.

O condutor, reclinado no encosto de cabeça, por estar completamente exausto, limitou-se a suspirar e a assentir.

Foi direta para o depósito de bagagens. Era uma divisão opressiva com duas paredes, uma em frente da outra, com cabinas colocadas desde o chão até ao teto. Procurou a número 6. Era muito grande, suficiente para nela se guardar uma mala. Carregou nos números:

6

6

6

Abriu-se.

Não havia nada.

Mas, como?

O interior estava escuro. Olhou melhor e avistou ao fundo uma barra preta do tamanho de uma tablete de chocolate. Ao lado, enrolada, uma fita aveludada também preta.

Não era o que estava à espera. Mas de que é que estava à espera? De um lança-mísseis desmontado num estojo de metal?

Tirou-a.

Era um pequeno leitor de música para levar no pulso como se fosse um relógio. Passou a fita pela ranhura preparada para o efeito e atou-a. Carregou no botão para ligar. O ecrã mostrava apenas dois arquivos de áudio, com o nome «Sexto Dia 1» e «Sexto Dia 2». Sem dúvida, mensagens dirigidas a ela.

Preciso de auriculares…

Adam não permitia erros, nem sequer despistes. Voltou a meter a cabeça no interior da cabina e, efetivamente, ali estava. Um dispositivo não maior do que uma avelã que quase lhe passava despercebido. Ativou-o carregando num botão diminuto e encaixou-o na orelha. Estava ligado através de *bluetooth* ao leitor. Acedeu ao primeiro arquivo gravado, mas não se ouvia nada. Verificou o volume. Que estranho… Esperou uns segundos e, por fim, ouviu um coisa que lhe provocou um calafrio. Apenas uma pancada, como se alguém tivesse dado uma paulada num tronco de madeira. Esperou para ver o que vinha a seguir, mas a única coisa que se seguiu foi um inquietante silêncio.

Entrou no outro arquivo.

Play.

«Olá Mika», soou a voz de Adam.

Aqui estás...

Deixou-se cair, deslizando as costas pelo painel de cabinas até se sentar no chão. Talvez tivesse sido melhor sair da estação e ter-se dirigido a um local menos barulhento, mas não conseguia esperar. Além do mais, enquanto não aparecesse outro viajante, teria aquele quartinho só para si. Fechou os olhos e deixou que a voz de Adam a invadisse numa espécie de mistura de efervescência e de relaxamento, como uma toxicodependente que sente a corrente nas suas veias...

«O que te parece esta cidade? Há quem pense que é artificial, mas a mim parece-me um sonho. Viste como são os edifícios? O Palácio da Alvorada, o Santuário Dom Bosco... Mas, hoje, limitar-nos-emos a visitar um deles: o Museu Nacional da República. É lá que estou enquanto ouves esta gravação, a preparar--me para receber trezentas pessoas num evento que a minha empresa Creatio está a organizar, encomendado por Gabriel Collor. Lembras-te do meu amigo multimilionário? Não se separa de mim, como o sol da sombra. Por isso é que não podias viajar comigo na avioneta. Vinha buscar-me pessoalmente. E é por isso que tens de fazer isto sozinha.»

Mika fez uma cara de susto. A sério que ia mesmo matar o Gabriel Collor, a pessoa mais rica deste planeta? Porquê, se não precisava de passar despercebida, já que o tinha conhecido em São Sebastião? E a maneira como Adam tinha dito «o meu amigo»... Continuou a ouvir com atenção, para não perder nenhum detalhe.

«De certeza que deves ter começado a resmungar por te ter voltado a deixar sozinha – permitiu-se gracejar Adam na gravação –, *mas, antes, deixa-me contar-te tudo. E desta vez fá-lo-ei desde o princípio.»*

Parou e respirou fundo.

«Assim que acabei a minha tese universitária nos Estados Unidos, vim para o Brasil contratado por uma madeireira. Sempre sonhara trabalhar na Amazónia, mas a experiência não resultou, nem pouco mais ou menos, como eu tinha esperado. Tive uma sorte nefasta com os meus chefes (de certeza que se tivesse caído numa companhia mais decente, as coisas teriam sido diferentes) e dei de caras com um cenário terrível que não conseguia aguentar. Os trabalhadores eram explorados até níveis que tocavam a escravidão. Tratavam-nos como se fossem animais... e cedo descobri que não o faziam apenas no âmbito laboral. O patrão e o capataz tinham um negócio paralelo de caçadas humanas.

»Sim, Mika, ouviste bem. Falo da coisa mais horrível que o teu adorável cérebro consiga imaginar. Os meus chefes organizavam batidas para milionários depravados que, fartos de disparar contra espécies africanas protegidas, se excitavam a caçar indígenas amazónicos.

»*Tive a infelicidade de comprovar com os meus próprios olhos o resultado de uma dessas batidas. Não muito longe de onde estávamos a cortar árvores, acabavam de assassinar seis crianças de uma tribo que mal contactara com a civilização, duas delas eram pouco mais do que bebés. Os organizadores da caçada levaram os seus corpos num caixote de madeira que esconderam no armazém do meu acampamento. Queriam fazê-los desaparecer para evitar denúncias e fotografias incómodas por parte dos grupos defensores dos direitos dos indígenas e, de passagem, vender os órgãos para rituais horrendos. Não consegues imaginar o que senti quando espreitei para o interior daquela caixa. Nesse mesmo instante, percebi que a perversão do ser humano não tinha limites. Compreendi que a nossa civilização estava doente. Pode dizer--se que, nessa noite, dei o primeiro passo no sentido do que sou hoje. Decidi ficar a viver na selva, não como engenheiro, mas sim como mais um dos nativos.*

»*Durante os anos que se seguiram, trabalhei duramente como ativista contra a desflorestação e contra os abusos que se cometiam contra as minorias tribais. Até me juntei com uma nativa, outra lutadora empedernida com quem partilhei dias de contestação e noites de paixão. Já conheces: manifestações (como aquelas que fizemos quando estávamos a impedir a passagem da estrada Transamazónica), queixas nas instituições, recolhas de assinaturas... Até pequenas ações de guerrilha, explosões de trazer por casa e coisas do estilo. Foi nessa época que conheci as pessoas da FLT.*

Mika ia unindo as pontas soltas. Era óbvio que Adam não tinha conseguido forjar a sua rede de apoios de um dia para o outro. Conforme desvendava agora, há já muitos anos que conhecia os membros da Frente de Libertação da Terra que colaboraram na ação de terça-feira, quando executaram o madeireiro e desenharam um arco-íris com o fumo dos armazéns incendiados.

«*Todos os cortadores da região queriam vingar-se de nós* – continuava ele, sem conseguir esconder alguma nostalgia –, *mas nada conseguia quebrar o nosso compromisso com a selva amazónica. Foi uma etapa intensa. Talvez demasiado, pois a tensão que tínhamos de aguentar acabou com a nossa relação sentimental. Felizmente, antes de a chama se extinguir, deu-me um último presente: deu à luz o meu filho. O meu querido filho... Recordo como se tivesse sido ontem o momento em que saiu do corpo da sua mãe. O mesmo momento em que decidi transferir-me para São Paulo e fundar a Creatio.*

»*Já sei o que te deves estar a perguntar: porque é que me fui embora nessa altura, com o meu bebé recém-nascido. Posso garantir-te que para mim foi uma tortura, mas havia várias razões que me empurraram no sentido de tomar aquela decisão. Em primeiro lugar, estava farto de deixar o couro e o cabelo em reivindicações que acabavam sempre por ficar em meros protestos com alguns pontapés à mistura, e optei por mudar de campo de batalha e iniciar uma luta mais política do que guerrilheira. Um empenho que requeria um determinado estatuto social, que, por sua vez, não podia alcançar sem dinheiro... Considera-me mais um dos deslocados como aqueles que todos os dias chegam à nossa ONG Bem-Vindos, mas isso* foi aquilo que me levou a mudar-me para São Paulo: a procura de riqueza. Soma-do à esperança (talvez este fosse o motivo que acabou por me convencer) de que a empresa que tinha pensado criar me brindasse com a oportunidade de ir mudando este mundo podre usando a criatividade. Com o nascimento do meu filho, surgira em mim uma inevitável responsabilidade: transformá-lo num lugar melhor. E a Creatio traria a satisfação desse anseio. Traria à sociedade uma nova forma de resolver os problemas, soluções inovadoras inspiradas no modo de entender a vida que aprendi no Amazonas.

Então é esta a tua história, pensou Mika.

Projetou na sua mente as fotografias que encontrou na mesa do gabinete de Adam, abraçado àqueles indígenas como se fossem a sua família…

Eram a sua família.

Teria gostado de lhe perguntar milhares de coisas, parar para meditar sobre tudo o que estava a ouvir. Sobre a brutalidade, os sonhos, a luta…

«Tudo correu bem durante um tempo – continuava a gravação, sem lhe dar tempo para respirar. – Muito melhor do que o esperado. Apesar da distância, consegui manter um estreito vínculo com o meu filho (ia visitá-lo frequentemente a Manaus e de vez em quando trazia-o comigo durante uma temporada, como a que passámos em São Sebastião para que ele visse o mar) e, enquanto ele crescia, a Creatio também se tornou grande. Pelo menos o suficiente para me permitir arriscar em projetos inovadores que, por sua vez, me davam mais reputação e financiamento para continuar a arriscar. Continuei a apostar em fazer deste mundo um lugar cada dia mais habitável, mais efetivo, mais feliz. Um empenho que se frustrou no dia em que…

Alguns segundos de silêncio. Quando Mika pensava que se tinha interrompido a gravação, por alguma falha técnica, a voz de Adam pros-seguiu um tanto ou quanto entrecortada:

«O dia em que assassinaram o meu menino.

»Lembras-te de te dizer que o meu filho tinha morrido? Um desses pervertidos matou-o num safari humano. Foi há dois anos. Perseguiu-o pela selva, nos arredores da nossa comunidade, e deu-lhe um tiro.

Mika abriu os olhos de par em par. De imediato, todo o sono acu-mulado se esfumara. Estampou-se no seu cérebro a imagem daquele pobre menino a fugir pelo meio das árvores com o coração na boca, a esconder-se como um animal.

«O meu mundo inteiro veio abaixo. O horror que experimentei há anos, quan-do espreitei para aquele caixote de madeira cheio de pequenos cadáveres, regressava à minha vida com uma intensidade acrescida. Multiplicado até ao infinito. Agora, o corpo esburacado pelas balas pertencia ao meu próprio filho.»

O horror, repetiu Mika para si mesma, e além disso o peso de se sentir responsável por ter emigrado, por ter abandonado os grupos de resistência que liderava e mantinham os madeireiros à distância, deixando espaço para que voltassem os abusos e, pelos vistos, também as caçadas… Como conseguimos saber se os nossos atos são ou não acertados?, perguntava-se, a pensar em si própria, enquanto Adam continuava o seu relato.

«*A minha primeira reação foi procurar o caçador para o estrangular com as minhas próprias mãos. Contratei um investigador privado que se deslocou a Manaus para descobrir a sua identidade. Custou-lhe um bocado dar com ele, mas finalmente conseguiu. Chamava-se Baltasar Pávlov, um magnata que controlava o tráfico de armas em metade do mundo. Vendia desde as clássicas AK47 para as guerrilhas africanas até aos submarinos nucleares que os reis da droga utilizam para transportar a mercadoria pelas vias intercontinentais (e não estou a falar dos insignificantes cartéis colombianos, mas sim dos empórios com todo um aspeto legal e que se encarregam da distribuição à escala planetária). Tinha até o seu próprio exército de mercenários. Um senhor da guerra que, nos seus tempos livres, costumava fazer uns safaris até ao Amazonas para caçar meninos.*

»O verdadeiro problema levantou-se assim que dispus da sua identidade. Como dar com ele? Quem sabe se não viveria num bunker *no meio do Pacífico. Comecei a repensar as coisas. Pensei que, ao eliminá-lo do mapa, não iria impedir que, no mesmo instante, surgissem mais dez iguais a ele. Quantas caçadas humanas teriam existido sem o meu conhecimento? Quantos horrores semelhantes estariam a acontecer ao mesmo tempo noutras partes do mundo? A morte desse infame, por si só, não resolveria nada. Do mesmo modo que nada tinha sido resolvido pelos atos de contestação, aos quais eu tinha dedicado tanto empenho, primeiro durante a minha etapa na selva e, depois, entre os políticos de São Paulo. Uns e outros (as reivindicações, a luta de guerrilha, a minha ONG…) eram simples brigas surdas que se perderiam como lágrimas na chuva.*

»Ao consciencializar-me disso, alcancei, por assim dizer, a iluminação. Compreendi que não adiantavam as mudanças graduais; que esta sociedade doente só iria reagir perante um estímulo radical, tão potente como o meteorito que acabou com a era dos dinossauros. A mudança de modelo financeiro chegaria graças a um cataclismo, não pelo triunfo da razão. Precisava de gerar essa explosão e reiniciar o mundo. Era o meu destino. O destino da Creatio. Já só tinha de encontrar a forma de o fazer.

»Foi exatamente quando o multimilionário Gabriel Collor bateu à minha porta.

»Já tínhamos trabalhado antes para a sua corporação. O gerente de uma das empresas tinha-nos encomendado, uns tempos antes, uma aplicação para otimizar a gestão dos seus stocks. *Ocupámo-nos a desenhar tanto o* software *como a reestruturação física dos armazéns, e ficaram muito satisfeitos. A partir de então, vieram para nossos clientes muitas outras firmas do grupo, para as quais fizemos trabalhos de consultadoria e fabricámos diversos protótipos, mas nunca tinha coincidido com o Gabriel em pessoa… até que, há uns meses, veio conhecer-me à Creatio.*

»A verdade é que me apanhou de surpresa. Sentou-se no meu gabinete como mais um cliente e, sem preâmbulos, disse: "Quero formar um grupo de influência com as pessoas mais ricas do planeta." Dizia aquilo com uma convicção que assustava. Não falava de recuperar a glória caduca do Club Bilderberg, senão a de ir muito mais além. Queria construir uma corporação capaz de controlar o mundo, ou melhor, de... comprar o mundo. Fiquei de pedra quando, na sequência disso, me propôs que fosse eu a desenhar tudo: o nome do grupo, os critérios de seleção dos membros, os protocolos internos para celebrar convenções... Tudo.

»Era uma encomenda maravilhosa: estabelecer as bases do império. O sonho de qualquer criativo. Mas não era fácil. Gabriel Collor tinha calculado que, para aglutinar poder suficiente para conseguir impor-se aos governos e às estruturas internacionais, deveria reunir as trezentas pessoas mais influentes do planeta, independentemente do seu perfil mais ou menos turvo. Por isso, pus imediatamente mãos à obra. A minha equipa estudou a fundo as listas elaboradas pela Forbes, *os Midas da tecnologia... Enfim, todas as relações de milionários e de empreendedores que difundem as publicações especializadas. Depois demo-nos conta de que a elite verdadeiramente poderosa não surge nessas listas. Tínhamos de concentrar num só grupo não apenas os donos dos dólares e dos petrodólares, mas também os que traçavam os fluxos desse dinheiro e controlavam o mercado monetário global: as cabeças das sociedades de investimento, das seguradoras, dos fundos de cobertura e dos capitais de risco... os responsáveis últimos pelo sistema financeiro. Gente que não anda a ventilar os seus nomes. Se já era complicado dar com eles, muito mais iria ser juntá-los num projeto comum.*

»No início, pelo mero facto de Gabriel Collor ser o anfitrião, já contávamos com o apoio indiscutível dos multimilionários provenientes dos BRIC, essa palavra inventada que em inglês significa "tijolo" e ao mesmo tempo é o acrónimo de Brasil, Rússia, Índia e China. Claro que essas quatro economias dominarão o futuro devido à sua grande população, ao seu enorme território e aos seus recursos naturais inesgotáveis, mas no nosso megalómano projeto não podíamos limitar o acesso dos membros devido a critérios de bandeira. Tinha de exprimir os meus dotes de marketing *para idealizar alguma coisa que chamasse a atenção de todos os multimilionários do globo.*

»Estava consciente de que essa gente já possui tudo e mais alguma coisa que pudesse ter chegado a desejar. Por isso, a proposta de Collor, antes de mais, devia parecer-lhes excitante. Além de espoliar a sua avareza, precisava de despertar as suas paixões mais primárias. Qualquer coisa semelhante ao sexo, uma pulsão incontrolável que, no mínimo, os empurrasse para acorrer à primeira reunião (que começará hoje, às dez em ponto), na qual se vão expor, detalhadamente, os fundamentos conceptuais e os objetivos do grupo. Dei mil voltas à cabeça até que surgiu a luz: iria chamar ao grupo simplesmente "300", como os guerreiros de Esparta que defenderam o desfiladeiro das Termópilas.

»Imagina a cena: as trezentas pessoas mais poderosas do planeta unidas com a sua força descomunal para submeter o resto da Humanidade. Não me passou pela

ideia que o paralelismo com os espartanos pudesse arrastar uma conotação negativa, pois tinham caído derrotados. Mas a questão épica que transcendeu a sua valorosa ação era exatamente aquilo de que eu precisava para ativar os egos entediados dos multimilionários. Quando o contei a Gabriel Collor, ele compreendeu perfeitamente o meu pensamento. Disse: "Era exatamente desse espírito que eu estava à procura. Aqueles guerreiros foram deuses que se sacrificaram para dar uma lição de bravura e de heroísmo. Hoje em dia, as coisas mudaram, e nós, os deuses, também mudámos. Eu e os que são como eu temos o único músculo capaz de dobrar o mundo: o dinheiro. E depois de termos observado durante décadas como podia cair todo o tipo de impérios, finalmente, sabemos o que fazer com isso para nos tornarmos imortais. Nós, sim, é que venceremos quem quer que seja que se atreva a fazer-nos frente. Transformar-nos-emos nos donos absolutos deste planeta."

»Durante os meses seguintes, escolhemos os elementos a integrar o grupo e preparámos as bases da primeira convenção que se iria celebrar aqui, em Brasília. Antes de mais, devia ser secreta, para evitar a presença de ativistas antiglobalização. De facto, cada um dos convidados vem com um pseudónimo que, respetivamente, corresponde ao nome de um dos guerreiros de Esparta. Garanto-te que estão maravilhados com este pormenor...

»Por esta altura, já te deves ter perguntado o que é que isto tudo tem que ver com o Novo Génesis. Pois vais saber que a ideia nasceu no dia em que a minha equipa me passou a lista definitiva dos convidados para a convenção (refiro-me aos nomes verdadeiros). Nesse dia, percebi que tinha de pôr a minha criatividade ao serviço não de uns quantos poderosos, mas sim de toda a Humanidade. Tinha de utilizá-la para salvar o mundo antes que fosse demasiado tarde.

»Qual foi a tecla que me fez pensar assim? Um nome. Um nome apenas que figurava no meio de trezentos convidados, o de um desses convidados que não apareciam nas listas da Forbes: *Baltazar Pávlov, o caçador de crianças.*

Mika levou as mãos à boca. Vais vingar-te, pensou. Esse Baltazar Pávlov, e não o Gabriel Collor, será o teu último justiçado...

«Não podia acreditar naquilo – continuava Adam. – Tive de o ler três vezes. Baltazar Pávlov... O meu pessoal tinha-o selecionado para o clube de Gabriel Collor, e o sacana ia lá estar.

»A partir de então, fui concebendo o meu plano. Por um lado, desenhei as performances simbólicas, relacionadas com cada um dos dias do Livro da Criação. Por outro, selecionei os justiçamentos. Queria evocar um "Juízo Final" que desse lugar ao princípio. Tinha muito por onde escolher e, ao adaptar-me à simbologia do Génesis, decidi-me por um narcotraficante, um destruidor do meio ambiente, um pastor corrupto, um pedófilo, a sádica de Iguaçu e, claro, o assassino do meu filho. Que melhor justiçado para o Sexto Dia, a jornada das feras e dos homens?

»Tinha chegado a hora de pôr o plano em ação, e a toda a velocidade. Não podia deixar passar a oportunidade. A reunião dos 300 iria servir-me o Pávlov numa bandeja durante algumas horas. Desta forma, tratei de ultimar os detalhes e... O resto já o sabes.

»*Quando ouvires esta gravação, o Pávlov estará quase a chegar ao museu, tal como o resto dos convidados. Às dez, dar-se-á oficialmente início à convenção no auditório, mas os convidados terão a sala à sua disposição desde as 8h30 para encontros informais preliminares. Gabriel Collor quer cumprimentá-los, fazer algumas apresentações... Criar um ambiente propício. Isso quer dizer que vamos ter o caçador na nossa mão. O que é que achas?*

»*Vamos ser nós a caçá-lo.*

Mika parou a gravação. Ainda não a tinha escutado até ao fim, mas precisava de fazer uma pausa para repensar a situação.

E isto é tudo?, disse para si própria. Vais matar esse malvado diante dessa pandilha de ricaços e... já está? Porra, Adam, esse Baltazar Pávlov será apenas mais um, como tu próprio dizias antes. Era, isto, o que pretendias conseguir com tudo o que já fizeste? Fazer dele um exemplo? Se querias dar lições ao mundo, podias ter publicado um tutorial no YouTube sem necessidade nenhuma de montar um espetáculo destes durante toda a semana...

Levantou-se e bufou duas vezes.

A sério que me conduziste até aqui só para vingar a morte do teu filho? Prometeste-me que não estavas a pensar em ti mesmo...

Abanou a cabeça. Não conseguia deixar de pensar naquele menino, mas isso não eximia Adam do seu pior delito: tinha-lhe mentido. Tinha estado sempre a falar de um plano superior, tinha-lhe prometido um efeito parecido com o do meteorito que acabara com os dinossauros!

Respirou fundo.

Sentia-se exausta.

Decidiu não se deixar vir abaixo. Não podia permiti-lo, e menos ainda depois do que tinha feito no motel de Foz de Iguaçu. Se Adam a tinha convertido na protagonista do último capítulo do seu Novo Génesis, seria, sem dúvida, por alguma razão. Era Adam Green, o criador de estrelas de luz, de arcos-íris de fumo e chuvas de cacau. Tinha de confiar nele.

Dispôs-se a escutar o final da gravação. Entre outras coisas, precisava de saber como é que ia levar a cabo a caçada. Não lhe parecia possível espetar a batracotoxina ao Pávlov no meio de uma convenção infestada de seguranças, diante de outros duzentos e noventa e nove assistentes.

Levantou o leitor de pulso. Quando ia a carregar no *play*, sentiu uma presença. Olhou para ambos os lados. Na porta do depósito de bagagens, um guarda da estação estava de olhos cravados nela ao mesmo tempo que murmurava qualquer coisa pelo seu intercomunicador. Já tinha reparado nele antes, não era a primeira vez que espreitava. Com certeza que devia pensar que ela era uma dessas turistas de mochila às costas sem dinheiro, mas não podia arriscar-se a ser detida.

Abandonou a estação seguida de longe pelo guarda. Nalguns minutos, o trânsito intensificara-se. Precisava de encontrar um canto qualquer para poder sentar-se e ouvir o resto da gravação, mas tinha a sensação de que toda a gente estava a olhar para ela.

Porque é que tiveste de me falar através de uma máquina? Não tinhas um maldito minuto para me explicares as coisas cara a cara? Será que não o merecia, depois de tudo o que me levaste a fazer por ti?

Da segunda vez que fizeram amor, Adam declarou que ela era a pessoa com quem queria estar de mãos dadas quando o Novo Génesis se tornasse realidade. Só precisava disso. Dar-lhe a mão nem que fosse por um instante. Olhou para o relógio. Eram 7h55. Ainda faltavam duas horas para o início. Perguntou a uma mulher como se chegava ao Museu Nacional da República e dirigiu-se para lá a toda a velocidade.

2

Os habitantes de Brasília destilavam um determinado aroma a androides. Funcionários e executivos atravessavam os jardins do centro com as suas acreditações e de camisas engomadas. Meteu-se no Eixo Monumental – a espinha dorsal do pássaro que servia de planta da cidade – e não tardou a avistar o museu. Erguia-se no meio de uma praça enorme, aberta e praticamente sem transeuntes. A maioria dos que rondavam a zona fazia parte dos dispositivos de segurança. O desenho do edifício era surpreendente: meia esfera de cimento, sem janelas, apenas algumas aberturas de onde partia uma passarela suspensa. Parecia o esboço de um planeta com o seu anel. Um pequeno Saturno incrustado no chão. Adam sabia bem o que fazia quando escolheu aquele cenário, pensou Mika. Os trezentos convidados da convenção viviam também no seu próprio planeta, alheios à desolada Terra. Além disso, precisamente por estar tão central e exposto, a ninguém passaria pela cabeça que ali dentro se estava a cozinhar a ata fundacional de uma assembleia tão hermética e poderosa.

Aproximou-se como se fosse mais uma turista à procura das excentricidades arquitetónicas da capital. Fingiu até que tirava fotografias com o telemóvel. Fotos sem gente. Tendo em conta a hora, estranhava não ver mais movimento. Os convidados já deviam estar a chegar. Rodeou a meia esfera até que chegou ao parque de estacionamento na parte de trás.

Aqui estão vocês...

Automóveis *sedans* de luas pintadas desfilavam como serpentes cautelosas pelas pistas marcadas no chão. Antes de se dirigir ao lugar que cada um tinha reservado, paravam junto ao acesso destinado às cargas e descargas das exposições itinerantes. Mika encostou-se à enorme carapaça de cimento e observou como a tropa de multimilionários se apeava dos veículos e entrava disparada pela disfarçada porta de serviço. Uns iam de fato e outros vestidos de forma informal. Velhos e jovens.

Mas todos com a segurança de um ator que pisa sempre um tapete vermelho de contas bancárias com números que nunca estão a vermelho. Eram recebidos por hospedeiras cuidadosas que se limitavam a verificar a acreditação com o nome do correspondente guerreiro de Esparta. Tal como Adam tinha realçado: antes de tudo, discrição. Também não havia cartazes, nem qualquer adereço que deixasse entrever a desmedida entidade do evento. A única coisa diferenciadora era uma brochura desdobrável com o logótipo da Creatio na porta principal, sob a plataforma suspensa. Um pormenor insignificante, mas sem dúvida calculado. Dado que qualquer pessoa podia alugar tanto a área de exposições como o auditório para iniciativas privadas, não pareceria estranho, a ninguém, que uma empresa estivesse a celebrar ali um congresso.

Mika aproximou-se desse lado, mas dois gorilas cobertos por um fato preto mandaram-na parar.

– O senhor Green está à minha espera.

Ar de desconfiança.

– Nome?

– Mika Salvador.

O mais forte dos dois – se é que existia – teclou num *iPad* que, nas suas enormes mãos, mais parecia uma caixa de fósforos.

– Desculpe, mas não está acreditada.

– Deve ser um erro.

– Peço-lhe que se afaste.

– Porque é que não pergunta diretamente ao senhor Green?

– Vá-se embora.

Mika não desarmou. Apontou para o intercomunicador do guarda.

– Peço-lhe apenas que fale algumas palavrinhas por aí: «Senhor Green, Mika Salvador está à sua espera no exterior.» Tenho a certeza de que é capaz de fazer isso, não é assim tão difícil.

– Repito pela última vez: vá-se daqui embora.

A ordem veio envolvida num tom de ameaça que congelou o tanque circular da praça. Mika olhou por cima do ombro do gorila. Junto à porta de vidro, dez ou doze metros para lá, havia outro controlo e não seria estranho que nos edifícios próximos – o mais próximo era o da Biblioteca Nacional, situado na mesma praça – tivessem posicionado franco-atiradores para zelar pela segurança dos convidados. Não valia a pena continuar a insistir e tentar algum deles que tivesse aspirações a herói.

Recuou alguns metros (num exercício de orgulho, permaneceu suficientemente perto para que a pudessem ver a falar com Adam) e pegou no telemóvel.

«O número que marcou não se encontra disponível neste momento», respondeu a gravação.

– Agora não!

Verificou que tinha marcado bem. Não havia dúvida nenhuma. O próprio Adam introduzira o seu contacto na agenda quando, no primeiro dia, lhe entregara aquele aparelho depois de ter perdido o seu na favela. Olhou para o relógio. O tempo fugia e não tinha ainda ouvido todas as instruções precisas sobre a forma como devia agir.

O sol estava forte. Olhou para ambos os lados usando a palma da mão como uma viseira. Não havia nenhum lugar onde se pudesse resguardar. Aproximou-se do tanque. Ali, pelo menos, sentiria a frescura da água. Molhou as mãos e passou-as pelo cabelo. Continuava a parecer-lhe estranho senti-lo tão curto. Por um momento, duvidou que fosse ela própria, uma dissociação que quis atribuir ao *stress*. Deitou-se na beira, voltando a adotar a postura da turista relaxada, e retomou a gravação.

«Com certeza que te vais perguntar como vou inocular a batracotoxina no meio da convenção – reapareceu a voz de Adam, ao mesmo tempo tão serena e sedutora. – *Vou dizer-te: graças a um dispositivo parecido com o que tens neste momento na orelha. Bom, com a diferença de que o teu não está carregado com o veneno.»*

Mika apalpou-o de forma inconsciente. A rãzinha *terribilis* voltava a fazer a sua aparição. Era óbvio que Adam não iria variar o seu protocolo na última ação.

«A todos os membros da reunião foi entregue um desses auriculares, fabricados pela Creatio, através dos quais fazemos a tradução simultânea das intervenções. Não foi difícil metê-los no orçamento. Gabriel Collor é um apaixonado pela tecnologia e estes dispositivos, ao contrário dos habituais auscultadores de emaranhados de fios, são tão estéticos quanto fáceis de usar. Cada um está ligado por bluetooth *ao telemóvel da pessoa que o leva. E, por sua vez, todos os telemóveis estão ligados através da Internet a um canal de Skype, pelo qual um dos meus funcionários emite em direto a tradução simultânea, em inglês, das intervenções.*

»Mas, tal como te adiantei, este auricular não inclui apenas inovações nas telecomunicações. Quando fabriquei o protótipo, preocupei-me em incorporar um minidepósito capaz de albergar a batracotoxina e um detonador para o fazer rebentar no interior do ouvido, o que irá produzir a sua inoculação imediata na vítima. Chegamos novamente à pergunta: como se ativa esse detonador? É aí que tu entras em jogo.

Mika sentiu um nó no estômago.

«O interruptor está preparado para se acionar ao escutar um sinal de áudio que tu vais disparar num exato momento. Precisava de escolher um som específico que de certeza absoluta não fosse possível produzir-se no mundo real, para evitar que o detonador fizesse explodir o depósito de veneno antes de tempo, e decidi-me por um tam-tam amazónico. Deves tê-lo ouvido antes da minha locução, é o que está gravado no primeiro arquivo do teu leitor. Algumas tribos usam essa batida, desses dois paus, para se comunicarem. É um som que não se confunde nem se mistura com

nenhum outro da selva, com ele emitem uma espécie de código morse que se consegue escutar a quilómetros de distância.

»Vai-te surgir outra pergunta: como é que hás de enviar o sinal para que o dispositivo o reconheça e se ative? É fácil. Só tens de te apropriar do canal de retroalimentação do Skype pelo qual estará a ser emitido o tradutor simultâneo. Para isso, vais usar a chave que gravei no fim desta mensagem. Desse modo, além de seres recetora de áudio, também te vais converter em emissora. Explico melhor: os convidados da convenção, conforme estão ligados ao canal, apenas podem ouvir através dos seus auriculares; mas tu também poderás comunicar através do teu. Poderás, até, pôr-te a falar e toda a gente te vai ouvir, mas não te vou pedir para dizeres alguma coisa. Basta que, no momento exato, emitas o sinal que te deixei preparado.

»Última pergunta: quando é que tens de o fazer? Última resposta: na inauguração do ato. Concretamente, quando começar a intervenção de um nativo que eu convidei. O meu velho amigo Camaleão subirá ao estrado às dez para dizer umas palavras de boas-vindas em guarani. No momento em que ouvires a sua voz, carrega no play do arquivo "Sexto Dia 1".

»Fará soar o tam-tam.

»E o meu plano estará concluído.

Mika sentiu um repentino vazio.

Estará concluído…

Acabou de ouvir a mensagem de Adam. Despedia-se não sem antes, tal como tinha anunciado, lhe dar os números da chave de que precisava para se ligar ao Skype.

Começou a levantar-se até ficar sentada no chão. Introduziu novamente a mão no tanque e removeu-a formando ondas que se foram expandindo tal como o mortífero sinal acústico que brevemente teria de emitir. Parecia fácil, mas… havia qualquer coisa que não encaixava. Porque é que Adam não assaltava o Baltazar Pávlov no seu quarto de hotel, no elevador ou numa casa de banho? A qualquer momento, iria ficar sozinho, tal como todos os outros justiçados antes dele. Dois segundos seriam suficientes para lhe introduzir a batracotoxina. Ou talvez quisesse que esse caçador de crianças se retorcesse em convulsões desmedidas diante dos restantes para ampliar o efeito exemplificante. Mas, tanta sofisticação só para executar um único membro da convenção…

Um único?

Sentiu um súbito sufoco a subir-lhe pelo esófago. Quando é que Adam dissera que se tratava apenas de Pávlov? Tinha-o dito… ou ela é que o tinha pressuposto?

O calor transformou-se num calafrio.

Meu Deus…

Tirou a mão da água. Secou-a contra o peito enquanto pensava. A sua mente espremia-se toda para tirar o máximo rendimento, apesar da exaustão que sentia. Pensa, pensa!

Adam tinha-lhe pedido que disparasse o sinal acústico quando começasse a intervenção do indígena. Desta maneira, iria garantir, visto que este iria dirigir-se aos convidados em língua guarani, que todos, sem exceção, tivessem o auricular posto para ouvir a tradução simultânea...

Meu Deus, meu Deus...

Outro pormenor que lhe passara despercebido quando falaram no interior da *pick-up*, em frente ao Club L'Amour: Adam dissera que as *Philobates terribilis* não eram fáceis de arranjar e que, por isso mesmo, tinha tentado criá-las em cativeiro. Mas se um único espécime era suficiente para acabar com a vida de vinte homens, para que é que precisava de uma colónia de rãs?

Não pode ser...

Vai matar os trezentos.

Olhou para o leitor de áudio que tinha atado ao pulso.

Eu

vou matar os trezentos...

Pôs-se em pé num salto e começou a dar voltas sobre si própria. Tiquetaque, tiquetaque. Porque é que o maldito relógio não parava?

Precisava de tempo para repensar as coisas. Os trezentos... Eles eram o meteorito de Adam. Não conseguia sequer imaginar a reação que iria provocar essa guilhotina simultânea. Uma nova tomada da Bastilha à escala planetária. O levantamento contra o despotismo financeiro. Se o mundo aplaudira os cinco primeiros justiçamentos do Novo Génesis – que já estavam a provocar revoltas em vários países devido ao efeito vertiginoso da convocação –, que loucura coletiva não seria ocasionada por esta última ação, com os ânimos já quentes? Respondia ao anseio de milhões de pessoas desesperadas que sonhavam aniquilar os banqueiros e os donos de corporações exploradoras que se riam da miserável Humanidade e a manipulavam a seu bel-prazer. Mika não conseguia deixar de dar pequenos passos em todas as direções, como se fosse um boneco de corda. As emoções oscilavam entre a embriaguez e o pânico atroz.

Tiquetaque, tiquetaque. O relógio avançava inclemente. Olhava para ele de uma forma compulsiva. Sou uma guerreira, tentava convencer-se, como antes também o tinham sido o casal nativo de Adam ou os amigos dele da FLT.

Trata-se de obedecer, de não questionar as ordens... Mas não era assim tão simples. O seu pai, através da arte marcial que praticaram juntos durante anos, tinha-lhe ensinado a pensar por si própria para que seguisse o caminho reto, o caminho do guerreiro, a lutar sem perder a sua humanidade. Sempre respeitara os princípios do *bushido*: justiça, coragem, benevolência, respeito, honestidade, lealdade e honra. Antes de tudo o mais, honra, a virtude mais importante. O verdadeiro *samurai* só tem um juiz da sua própria dignidade: ele próprio. As decisões que toma e a forma como as leva a cabo são um reflexo de quem é realmente. Que tinha de honorável aquele sacrifício brutal de inocentes? Que tinha aquilo que ver consigo?

Ainda faltava mais de uma hora para as dez. Fechou os olhos e respirou fundo. Precisava de falar com Adam, fosse como fosse. Voltou a marcar o número dele. Continuava desligado. O que é que podia fazer mais? Só lhe restava uma opção: montar uma cena tão grande que o obrigasse a sair, mas não demasiado grande para que no meio da tentativa não lhe dessem um tiro. Como medir isso?

Olha, merda.

Desatou a correr em direção aos gorilas.

Estes puseram-se em guarda em meio segundo. Bastava transformarem-se em muros humanos, devem ter pensado, fazer uma barreira àquela maluca que vinha para cima deles e atirá-la para fora da praça como se fosse um saco de lixo. Não contavam era com o que Mika fez de seguida. Em vez de tentar esquivar-se a eles ou até chocar contra os seus cento e trinta quilos ou bater-lhes de forma claramente estéril, limitou-se a saltar por cima deles. O único objetivo que tinha era chegar até ao segundo controlo colocado na porta de vidro. Assim, sem deixar de correr, apoiou o pé no joelho do gorila (que tinha posto todo o corpo em tensão à espera do impacto), depois, o outro pé no ombro dele, e passou por cima dele para cair nas costas. Sem lhes dar tempo de se virarem, continuou a correr na direção da porta onde esperavam outros dois guardas. Estes, sim, agarraram-na em voo quando tentava passar para o interior.

Mika, que já tinha chegado até onde queria, agarrou com as duas mãos a cabeça rapada de um deles e disparou-lhe ao ouvido:

– Chama agora mesmo o senhor Green, ou ponho-me a gritar pela Brasília inteira o que estão a fazer aqui dentro.

Mas o gorila limitou-se a desferir-lhe um murro na boca do estômago que a deixou sem respirar. O outro, por detrás, torceu-lhe o braço e imobilizou-lhe o pescoço.

– Adaaam! – berrou como pôde.

O primeiro gorila tapou-lhe a boca com a mão, ao mesmo tempo que a apalpava à procura de armas ou de qualquer objeto suspeito. Mika tentou mordê-lo e em troca levou outro murro nas costas. Mesmo depois disso, continuava a revolver-se como um caimão amazónico, com movimentos espaçados e enérgicos. O outro estava quase a partir-lhe o braço, mas ela não parava de resistir.

– O que é que está a acontecer? – protestou alguém.

Era uma mulher jovem com uma saia travada e o cabelo apanhado num carrapito com agulhas japonesas. Apareceu como um raio pelo corredor que ligava à sala de exposições. As feições de juventude dela tinham sido tingidas pelas da frieza.

– Esta louca tentou entrar – informaram-na.

Mika tentou dizer qualquer coisa, mas todo o esforço foi inútil. O gorila continuava a pressionar-lhe a mandíbula com força bastante para a partir em dois pedaços.

– Trazia alguma coisa com ela?

– Está limpa.

– Disse alguma coisa?

– Berrava como uma hiena.

– Foi ela quem gritou «Adam»?

– Não lhe posso dizer.

– Destape-lhe a boca.

– Também morde como uma hiena.

– Faça-o.

O gorila tirou a mão. Mika, em vez de agradecer à recém-chegada, ordenou desafiante:

– Quero ver Adam Green imediatamente.

– Não sei quem é a senhora – disse a outra com altivez. Mantiveram um breve braço de ferro de troca de olhares. Evidentemente que tinha conquistado o posto. Tinha o dom de transmitir autoridade sem perder uma única réstia de feminilidade. Mika ia dizer qualquer coisa, mas a mulher adiantou-se. – É melhor pouparmos as apresentações. O que está a pedir é impossível.

Foste selecionada pelo Adam pessoalmente?, teve vontade de lhe perguntar, mais furiosa do que ciumenta. Também passaste pelo *loft* do edifício Copan? Mas o que lhe disse foi:

– Eu não estaria tão certa disso.

– Ponham-na na rua – ordenou com desdém aos gorilas.

– Tenho uma mensagem importante para ele! – acrescentou Mika, voltando a revolver-se.

– Amanhã estará no seu escritório de São Paulo. Marque uma hora com a secretária dele.

Deu meia-volta.

– E se fossem trezentas mensagens? Também irias carregar a responsabilidade de não o ter avisado?

A mulher mandou, subtilmente, parar os corpulentos guardas de segurança e permaneceu alguns segundos impassível. Depois ordenou que a soltassem.

Quando aliviaram a pressão, Mika sacudiu-os de cima dela com uma palmada raivosa.

– Segue-me – disse a mulher; mas, ainda mal tinha dado dois passos, parou e avisou: – Se eu notar alguma coisa estranha em ti, um único movimento estranho...

Poupou-se à segunda parte do aviso. Disse-o com tanta autoridade e ao mesmo tempo com um ar tão angelical que não lhe pareceria estranho se tivesse os ganchos do carrapito untados com batracotoxina. Atravessaram uma porta disfarçada na parede e desceram por uma escada estreita. Conduziu-a por um corredor, reservado ao pessoal da manutenção, que acabava numa porta. Rodou a maçaneta e pediu-lhe que entrasse.

Mika obedeceu. A mulher foi para a parte de trás. Era um pequeno armazém com estantes ao fundo. Nas prateleiras já não cabiam mais caixas. Eram de plástico transparente e continham ferramentas, ganchos de parede, fita-cola, cabos, lâmpadas... tudo o que é necessário para a montagem das exposições que chegavam ao museu. Numa parede livre piscavam as luzes de um quadro elétrico. Cheirava a tinta. Como o estúdio do seu amigo Purone e dos Boa Mistura em Malasaña, mas era mais a verniz industrial. A vibração grave de um gerador alastrava pelo chão de resina.

– Espera aqui – disse a mulher, e enfiou-se num monta-cargas que ligava ao piso superior.

Carregou no comando e começou a subir. O aspeto de relações-públicas da Semana da Moda de Londres dava-lhe um ar ainda mais impactante no cimo daquele elevador para paletes. Mika observou como o fato *Prada* e os sapatos de salto alto desapareciam pelo buraco no teto.

Escutou alguns passos por cima da sua cabeça.

Depois, mais nada.

Voltou a consultar as horas.

Tiquetaque...

3

Passou algum tempo com os olhos fixos na base metálica do monta-cargas. O que é que haveria ali em cima? Já que estava ligado ao armazém, talvez fossem os bastidores da sala de exposições... ou do próprio auditório. Imaginou os trezentos a tomarem os lugares com o auricular encaixado no ouvido e sentiu o coração acelerar. Concentrou-se em pensar no que iria dizer a Adam. Mas, e se ele não descesse? Nem ele, nem ninguém? Foi até à porta pela qual tinha entrado. Não tinha maçaneta, apenas uma fechadura e um puxador fixo no metal.

Estou fechada.

Quando o monta-cargas voltou a funcionar, deu um salto. Primeiro, apareceram uns sapatos castanhos, de atacadores. Depois, as pernas das calças bege. Continuou a descer, deixando à vista o cinto entrançado de cabedal, o casaco do fato, a camisa branca impecável, o pescoço bronzeado, os lábios que tinha beijado...

– Olá, Adam.

Apeou-se lentamente da plataforma. Não houve gestos de censura nem de demonstração de afeto. Permaneceu de pé a um metro dela, como se tivessem um vidro a separá-los.

– Não devias estar aqui.

– Precisava de te ver.

– Não devo afastar-me de Gabriel Collor nem um segundo. Já te expliquei isso na gravação.

– Sim, esse ponto, em particular, explicaste-o com *toda* a clareza.

Adam ficou pensativo durante alguns segundos. Não parecia zangado. Antes dececionado.

– Aquilo que ouviste foi a minha história mais íntima.

– Queres mesmo que o assassinato de trezentas pessoas inocentes também faça parte dela?

– Inocentes como Baltazar Pávlov?

– Nem todos são como ele.

— Só precisas de consultar os jornais de hoje.

— Falam do que fizemos em Foz de Iguaçu...

— Refiro-me aos outros títulos: extorsão, suborno, fraude, tráfico de influências entre dirigentes políticos e criminosos procurados pelos serviços de inteligência, abusos das grandes corporações... — Apontou para o teto. — Os protagonistas desse tipo de corrupção à escala planetária estão ali em cima, conversando, enquanto tomam chá com bolachinhas.

— Não podes justificar um massacre baseado em acusações genéricas! Pensava que os teus justiçamentos eram seletivos!

Adam deixou passar alguns segundos para que se esfumasse o eco dos gritos.

— Vamos provocar o movimento social que vai salvar este planeta. Isso é uma coisa que está muito por cima de nomes e de apelidos concretos.

Tal como Mika tinha pensado, aquele atentado brutal não era senão a mecha do plano superior de Adam Green. A Primeira Guerra Mundial também começara com um assassinato. Um insignificante estudante abatera o arquiduque herdeiro do Império Austro-húngaro e provocara dez milhões de mortos e uma nova órbita. O que não poderia acontecer amanhã? Assim que se ficasse a conhecer o justiçamento coletivo, as massas sedentas de mudança e de linchamento inflamar-se-iam tão depressa como pólvora.

Negou com a cabeça.

— Nada está acima de um nome e de um apelido. Atrás de cada um há uma história, e muitas estão banhadas por um esforço e uma ilusão que os tornam merecedores das suas contas de doze algarismos. Estás a dizer-me que pelo facto de terem tanto dinheiro merecem acabar assim, vítimas desse diabólico tam-tam?

Adam saboreou o espírito combativo de Mika sem esconder uma ponta de orgulho. Ela estava convencida de que agia cego pelo fumo da caçada humana. Só precisava de o fazer despertar.

— Têm pais, mulheres... e filhos — insistiu, torpedeando-lhe a linha de flutuação. — Não estás a fazer isto tudo por causa do teu filho? Não foi ele a faísca que incendiou o teu Novo Génesis? Se conhecesses a sério essas pessoas, não acabarias por fazer isto assim. E não te falo das suas grandes empresas nem dos seus movimentos bancários. Falo da parte deles que respira, da que se apaixona.

Adam meditou durante alguns segundos e pediu-lhe que se sentasse. À falta de outra coisa, sentou-se numa caixa de cartão cheia de barras de alumínio, aos pés das estantes. Ele, por sua vez, aproximou um banco que os empregados do museu utilizavam para chegar às prateleiras mais altas. Fez-lhe uma carícia no rosto e começou a recitar, numa voz calma:

– O primeiro convidado é Alfred Menard. Cinquenta e seis anos. Casou-se na primavera passada com Eileen, a sua namorada de toda a vida. Têm um filho de treze anos, mas, até agora, nunca tinham passado pelo altar. Alfred é, também, proprietário de uma das corporações agroquímicas que monopolizam o mercado através do cartel das sementes transgénicas; além de ser o encarregado de subornar a cúpula da Organização Mundial do Comércio para anular as políticas protecionistas dos pequenos produtores locais fora das regiões que controlam a cadeia alimentar.

»O segundo convidado chama-se Sam Pacquiao. Casado duas vezes. O seu primeiro casamento foi um fracasso. Com a segunda mulher, Telma, tem seis filhos, um deles com paralisia cerebral que é, com toda a certeza, o menino dos seus olhos. A família de Sam é proprietária de um dos impérios têxteis que mais fábricas de produção tem no Bangladeche, um país falido por confrontos políticos que a própria empresa se encarrega de avivar para impedir qualquer vestígio de desenvolvimento que possa gerar custos para a exportação.

»O terceiro, Rashman Bilashi, é um fanático pela ópera. O seu companheiro, um homem bastante mais jovem do que ele, é representante de músicos. Costumam ir juntos aos pequenos concertos que são organizados no pátio do Victoria and Albert Museum de Londres, onde vivem. Rashman também é diretor-executivo da farmacêutica que bloqueia a aprovação pela OMS da última vacina contra a malária, além de ser o principal acionista do banco que branqueia os lingotes dos ditadores de três países que, paradoxalmente, se encontram entre os mais afetados pela doença.

»O quarto, Elmer Marrugo, tem um casal de gémeos chamados Edgar e Vanessa. O seu...

Mika tapou-lhe a boca com a mão e baixou a cabeça.

– Chega, por favor.

Mal conseguia respirar devido ao nó que se lhe tinha formado no peito. Adam tinha estudado todas e cada uma das histórias pessoais, as trezentas. Não apenas isso, tinha-as memorizado para demonstrar – demonstrar a si próprio – que as suas convicções eram suficientemente válidas. Obrigara-se a conhecer em profundidade aquelas vidas antes de as ceifar com a sua gadanha impregnada de veneno.

– Não sou um psicopata, Mika. Além do mais, não se trata de merecerem ou não este fim. Quem o merece é o sistema. É por isso que têm de morrer, pelo bom fim do Novo Génesis.

– Outra vez...

– O quê?

– Os teus danos colaterais. Mika esboçou um sorriso no meio de um gesto de uma pena imensa. – Que raio de duas palavras. Foi através delas que nos conhecemos. Quando me mandaste aquele *e-mail* horrível, «Purone = Dano colateral. Até onde chegarias para mudar o mundo?», fizeste-o porque estavas arrependido de o ter ferido na batalha que surgiu depois de assassinares o traficante. Já nessa altura precisavas de te justificar.

Adam lançou um olhar furtivo para o relógio. Com um movimento mecânico, sacudiu uma mancha de pó que tinha nas calças na zona da coxa.

– Não foi arrependimento, nem precisava de me justificar. O teu amigo Purone é um herói. Apenas queria que tu, também, o visses dessa forma.

Curvou-se para a frente e agarrou nas mãos dela tratando de recuperar a cumplicidade.

– Fazes-me ver que sou importante para ti, mas nunca deixaste de fazer jogo comigo.

– O que é que te faz pensar isso?

– Teres-te dedicado a pôr pequenos anzóis para que te seguisse até este beco sem saída.

– Achas que tinha sido prudente contar-te tudo no primeiro dia? Deixaste-me maravilhado, Mika, essa é a verdade. Quando te peguei ao colo no meu apartamento, senti uma emoção que não sentia desde que conheci a mãe do meu filho. Mas precisava de te estudar, de confirmar o meu pressentimento, e não havia necessidade de andar a correr. Dispúnhamos de uma semana inteira para consolidar a nossa ligação.

– Pois eu acho que estiveste à espera até hoje para me contares a tua história só com o propósito de me impressionares e de conseguires um efeito imediato. Tenho a certeza de que pensaste que, se eu soubesse de repente como é que o teu filho tinha morrido, reagiria feito um vulcão e cumpriria a minha parte sem pestanejar. Uma caçada humana? Por amor de Deus! Acabemos já com esse cabrão e com todos os que são como ele!

Abriu a boca e os olhos de tal forma que parecia que iam sair-lhe das órbitas, e simulou que ia carregar no botão do leitor de áudio de pulso.

Ele não disse nada. Mika levantou-se da caixa bruscamente.

– Porque é que tens tanto empenho em que seja eu a fazê-lo, Adam? Tu próprio acabas de mo dizer: uma semana é tudo o que nos une. Nem sequer te faço falta para detonar os depósitos de batracotoxina; podias, perfeitamente, ser tu próprio a emitir o sinal. Sei que há qualquer coisa mais. Vi-o nos teus olhos quando falámos no teu apartamento. Disseste que era a tua musa (talvez isso signifique que me queres à tua maneira, não duvido), mas há qualquer coisa mais.

Adam respirou profundamente. Voltou a prendê-la com o seu olhar azul e a deixar fluir aquela voz grave que soava aos sussurros do rio Amazonas e à velha sabedoria das árvores sagradas, e disse:

– És a minha herdeira. Desde o primeiro minuto, vi em ti a pessoa que perpetuará o meu legado.

– Disseste… a minha herdeira?

– Quando te meteste no meu carro, transformaste-te não só numa peça imprescindível, como também numa extensão de mim mesmo. Vi-te como um presente caído do céu, tão íntegra, com a tua tatuagem *samurai* na zona das costelas e essa efervescente consciência social… mais do que um presente, eras um desafio. Percebi, logo, que o meu plano ficaria coxo sem a tua participação. Assim é a mente do criador, a sua grandeza e a sua escravidão. Se brota uma faísca nova que possa engrandecer a nossa criação (um matiz, por mais ínfimo que seja), não podemos obviá-lo. Como é possível conformarmo-nos em legar ao mundo algo simplesmente bom quando podemos assinar a *grande obra*? Melhoras o meu plano, Mika. Não, diria ainda muito mais: seres tu a carregar no botão legitima o Novo Génesis. Quando tu, com a tua integridade e a tua tatuagem e o teu compromisso com as causas per-didas e os teus inesgotáveis depósitos de esperança emitires o sinal acústico que inoculará a batracotoxina… Será a confirmação de que o meu plano funcionará a grande escala. Então, sim, poderei desaparecer tranquilo.

– Adam, por favor… – Estava confusa. Ainda havia alguma coisa que não encaixava, mas não sabia bem como objetar. – Agora são tre-zentos, e depois? O ódio só gera ódio, e tu sabe-lo porque é nisso que baseias a tua revolução. Quantas mortes inocentes irá provocar a revo-lução que desenhaste?

– Abraão utilizou os mesmos argumentos quando tentou convencer Deus a não castigar Sodoma e Gomorra.

– Não me venhas agora com…

– Se nestas cidades vivessem quarenta homens justos, implorava o Patriarca ao seu Senhor, renunciarias a destruí-las? E se fossem trinta? E vinte? E dez? Não esteve nada mal esse regateio. Mas o certo é que os seus habitantes eram o paradigma da mesma abjeta perversão que inva-de hoje o nosso planeta. Por isso foram aniquilados. E por isso agora temos de seguir o plano traçado.

– Não se trata de regatear. O que destaca o Livro do Génesis é que Abraão não se limitou a pedir a salvação dos inocentes. Pediu o perdão para todos, para os justos e para os que não o eram. Sabia que o desejo de Deus não era destruir, mas sim salvar a cidade, dar vida ao pecador e redimi-lo através do amor.

— A hora do amor já passou, Mika. Considera que estamos no juízo final prévio ao Novo Génesis. Já não há espaço para meias-tintas.

— Meias-tintas? Estás a ouvir-te, Adam? Nem que houvesse um único homem justo entre os trezentos, já seria mais do que suficiente para interromper esta loucura!

— Também conheces o profeta Jeremias? — ironizou, deixando entrever um átomo de cansaço antes de voltar a recitar. — Percorrei as ruas de Jerusalém, procurai também nas praças para ver se encontrais um homem que pratique o direito e a verdade, e eu perdoarei a cidade.

Mika assentiu devagar. Nunca tinha ouvido aqueles versículos, mas era essa a intenção. Adam, dissimuladamente, consultou de novo as horas. Gabriel Collor devia andar como louco a perguntar-se onde se teria metido.

— Falamos de seres humanos, Adam.

Ele levantou-se e ela virou-lhe as costas. Temia que as forças a abandonassem e acabasse por se dar por vencida. Apoiou ambos os braços numa prateleira da estante e colou a testa. Adam abraçou-a por trás e sussurrou-lhe ao ouvido:

— Eu, que convivi com as feras do Amazonas, posso garantir-te que o maior predador do ser humano é o próprio ser humano. Por isso, faz falta esta revolução. Gerámos uma situação que não tem retorno. Só nos resta fazer tábua rasa, destruir toda a estrutura deste sistema infeto e começar a construir a partir do zero.

— Quererás dizer a partir do caos — murmurou ela.

— O que vai acontecer amanhã será um novo início. Talvez caótico, mas ao estilo dos primeiros dias do Universo. Um caos ansioso de vida, repleto de possibilidades para crescer.

Mika virou-se levemente. Ao fazê-lo, roçou os lábios nos dele.

— Adam…

— Estou aqui, sempre contigo. Já te disse que viveríamos isto juntos.

— Desculpa.

— Não te desculpes. Todos atravessamos momentos de dúvida.

— Quero dizer que não o vou fazer.

O apertado armazém encheu-se de vazio.

Adam fechou os olhos e respirou fundo.

Afastou-se dela lentamente e limitou-se a dizer:

— Está bem.

— Está… bem?

Desta vez foi ele que tirou o telemóvel.

Abriu uma aplicação de vídeo.

– Vê.

Estendeu a mão.

Mika ficou com medo de continuar por aquele caminho. Mantinha os olhos afastados do pequeno ecrã.

– O que é que queres que eu veja?

– O meu plano B.

– Estás a referir-te a uma mudança na tua folha de alinhamento?

– Nós, os verdadeiros criativos, a cada passo que damos estamos em risco permanente, por isso convém ter sempre um plano B, para o caso de as coisas não saírem exatamente como esperávamos.

– Claro que sim... – sussurrou ela.

– O importante é conseguir o resultado desejado – continuou Adam com um ímpeto renovado. – O primeiro criativo da História que não tinha uma alternativa para o seu plano foi Deus. E olha onde nos conduziu essa falta de previsão: à perdição. Tive de aparecer eu para o reparar. Para o... substituir.

Aquele messianismo deixava-a angustiada, mas, mesmo assim, queria abraçá-lo. Estava disposto a dar meia-volta.

– A sério que vais suspender a ação? Vais... – estava tão emocionada que lhe custava a dizer em voz alta – perdoar os trezentos?

Adam franziu o sobrolho.

– Acho que não me entendeste bem.

– Como?

– Este plano B refere-se a ti.

Um calafrio percorreu-lhe todo o corpo.

Então, sim, agarrou cuidadosamente no telemóvel que Adam continuava a empunhar na sua direção. O ecrã mostrava uma transmissão em direto, feita a partir de uma câmara de segurança.

Uma garra gigante atravessou-lhe todo o peito e comprimiu-lhe o coração e os pulmões.

– Papá...

Era o seu pai. Saul Salvador. Às voltas no interior de uma diminuta divisão trancada.

4

al conseguia ligar umas palavras às outras.

— O que é que lhe fizeste?

Adam abotoou um botão do casaco com intenção de se ir embora.

— A verdade é que é um tipo duro. Era de prever, tendo em conta o que me contaste no primeiro dia, no apartamento. Empresário de segurança privada, a trabalhar na Líbia...

— Cabrão mentiroso. Nesse mesmo instante, pensaste logo que podias usá-lo contra mim.

— Apenas por precaução, já to tinha dito.

Olhou de novo para o vídeo. A câmara estava situada à altura do teto, por isso a imagem era um acentuado plano de cima para baixo que mostrava sobretudo a coroa da cabeça de Saul. Agarrou-se a uma longínqua mas bendita possibilidade: que tudo aquilo não passasse de uma montagem. E avançou.

— Podes fazer o que quiseres a esse homem. É parecido com o meu pai, mas não é o meu pai. Por acaso foste buscá-lo ao deserto da Líbia?

— Não fez falta. Ele veio até mim.

— Isso é impossível.

— Lembras-te do teu portátil?

Cascatas de imagens acotovelaram-se na sua mente: a porta entreaberta do quarto da pousada, as telhas a soltarem-se debaixo dos seus pés ao perseguir o lutador de capoeira, o carro alegórico da escola de samba, erguida no meio da algazarra de tambores, o ladrão do outro lado da janela do vagão, com o seu *Mac* na mão e aquele símbolo tatuado no pescoço.

— Isso também foi coisa tua? Enviaste aquele animal para me roubar?

— Não era para o teres surpreendido em pleno ato.

— E eu a pensar que tinham sido os traficantes de Monte Luz. És desprezível.

Não conseguia tirar os olhos do vídeo. Era Saul. Sem margem para dúvidas, era Saul.

— Como já te tinha dito, precisava de saber tudo sobre ti antes de dar o passo definitivo. Então, porque não ler a tua mente? Ou, o mesmo é dizer: o teu portátil. Quanto mais escavava nos teus arquivos, mais assombrado me deixavas. As cartas de recomendação, o projeto de fim de curso… Fascinante. Embora o que mais dissesse sobre ti eram os teus *posts*. Essa impetuosa sucessão de pensamentos sobre uma sociedade que te enoja. Será que não estamos os dois de acordo quanto a isso?

— Naquilo em que não estamos, mesmo, é na forma de a reparar — disse com desprezo. — Mas o que é que tem tudo isso que ver com o meu pai?

— Começou a enviar-te *e-mails*.

— Também entraste no meu *e-mail*?

— Tinha as janelas abertas diante do meu nariz e não paravam de chegar mensagens: «Mika, liga-me por favor»; «Mika, estou a ver o que está a acontecer no Brasil e não atendes o telefone»; «Mika, pelo menos escreve-me duas linhas a dizer que estás bem.» Pobre homem. Quando a companheira dele, essa tal Sol, se decidiu finalmente a contar-lhe o que acontecera na favela, não pensou nem mais um minuto. Decidiu vir para estar contigo durante a convalescença do teu amigo. No último *e-mail*, escreveu todos os pormenores: número de voo, hora de chegada… Deu-nos tudo de bandeja. Só tivemos de o ir receber.

Mika precipitou-se contra ele. Aprisionou-o contra a parede e gritou-lhe na cara.

— Onde é que ele está?

— Sabes bem que não te posso dizer.

— Vou matar-te aqui mesmo.

Pressionou-lhe a garganta com o antebraço. Adam não oferecia praticamente nenhuma resistência. Limitou-se a aglutinar forças para murmurar:

— Não consegues fazê-lo. Assim como também não podes chamar a polícia. O que é que lhes vais dizer? Que acabas de matar a diretora da Penitenciaria Paraná Oeste? Estamos juntos nisto, Mika.

Soltou-o e caiu no chão, de joelhos, rendida. Adam alisou o linho do peitilho.

— Não te reconheço.

— Garanto-te que não mudou nada. Continuo a formular-te a mesma pergunta do primeiro dia: até onde chegarias para mudar o mundo? — Abriu os braços como se lhe estivesse a dar tempo para responder, mas foi ele quem continuou, implacável. — É curioso o ser humano, sempre a pensar no seu próprio interesse. Se te perguntassem o que farias para salvar a pessoa amada, estou certo de que responderias: seria capaz de matar o resto do mundo. Mas o que farias para salvar o resto do mundo? Serias capaz de matar a pessoa amada?

Ergueu os olhos.

— O que é que estás a insinuar?

— Antes, censuravas-me porque tinha estado a jogar contigo, que realmente não me importavas. Mas, vê lá como eu confio no teu critério e na tua intuição, pois vou dar-te a chave para interromperes o meu plano.

— A chave… o que é que vai sair daí agora?

— Tens duas opções:

»Primeira: aceita de uma vez por todas que o Novo Génesis é legítimo e necessário; emite o som do tam-tam que fará explodir os depósitos da batracotoxina e, ao mesmo tempo que vais fazer História, salvarás o teu querido pai.

»Segunda: deita por terra o meu plano, mas, em troca, entregas-me a vida dele para demonstrar que é uma decisão amadurecida e não guiada por motivos emocionais.

— Essa é uma reles chantagem!

— Não me ouviste bem. Não te estou a obrigar a fazer nada. Como tu própria mencionaste antes, eu mesmo poderia emitir o sinal para fazer detonar o veneno, mas já não o quero fazer. Apostei em ti, minha musa, minha herdeira, e serei consequente até ao fim. Tens a última palavra. Nas tuas mãos encomendo o meu espírito, poderia proclamá-lo assim. Entendo apenas que, chegados a este ponto, tenho de ter a certeza de que não irás decidir de uma forma ligeira.

— Estás louco…

— Louco? Eu acho que não podia estar mais lúcido. Nem mais desprendido.

— Desprendes-te a um preço que tu próprio defines.

— Todo e qualquer dilema realmente importante nos obriga a pagar um preço elevado. Escolher implica renunciar.

O esgotado cérebro de Mika continuava a funcionar a muito custo. As engrenagens rodavam dente a dente, numa luta contra a falta de oxigénio e de combustível.

— És uma fraude — atirou-lhe subitamente, esboçando um sorriso desesperado.

Adam sentiu que não era um insulto em vão.

— O que é que pretendes dizer com isso?

— Vens com falinhas mansas sobre a entrega dos outros, que não se deve atuar no próprio interesse, e, no entanto… Lembras-te de quando me falaste daquele assassino brasileiro que tinha tatuado no braço «Mato por prazer»?

— *Pedrinho Matador* — confirmou ele, intrigado.

— Garantiste-me que tu eras diferente, que não eras guiado por moti-
vações egoístas. Declaraste que ias entregar *tudo* pelo Novo Génesis. Tudo!

— E assim vai ser.

Mika, que continuava de joelhos no chão, levantou-se e encarou-o
quase a cuspir-lhe na cara.

— Pois gostava muito de saber, de uma vez por todas, qual vai ser o
maldito preço que te toca a ti pagar. O que é que tu vais dar em troca de
levar isto adiante?

Adam fez uma pausa de alguns segundos e respondeu:

— A minha própria vida.

Um frio súbito.

Lembrou-se de uma frase que ele dissera um pouco antes e que lhe
tinha passado despercebida. Qualquer coisa como quando ela emitisse
o sinal seria a confirmação de que o plano funcionaria a grande escala
e, então sim, ele poderia desaparecer tranquilo.

Desaparecer…

— Estás a dizer-me que vais morrer com o resto?

Adam virou a cabeça para o lado e mostrou-lhe a sua orelha esquerda. Lá dentro trazia o letal auricular.

— Eu próprio sou um dano colateral, como vês. — Encolheu os ombros. — Só há um destino possível para mim: predicar com o exemplo,
que o mundo saiba que estava comprometido com o meu plano até à
morte.

Mika deixou-se cair, desanimada. Não podia lutar contra um demente.

— Por isso disseste que me escolheste como herdeira. Falavas textual-
mente…

— Herdeira de um Novo Génesis, da minha empresa, de tudo o que
tenho e de tudo o que fui. Deixei-o assinado até ao último papel. Estou
convencido de que saberás o que fazer com cada miligrama de mim. És
ao mesmo tempo cisne branco e cisne negro, a exceção à citação de
Yeats. Tu tens a paixão e a intensidade que sobram aos piores e a convicção que falta aos melhores. Celebremos juntos o advento do Novo
Génesis nesta cidade com a planta de um pássaro. Em que melhor lugar
poderíamos levar a cabo a última ação? Brasília será a ave, a fénix que
ressurge das cinzas da decadência e que levanta um novo voo.

— Isto não pode estar a acontecer…

— Tenho de me ir embora, ainda tenho de receber vários convidados
— resolveu, falando-lhe, de súbito, como se estivesse a falar para uma
esposa. — Fica aqui, para que ninguém te perturbe. Se, como acredito
que vais fazer, decidires mudar o mundo, carrega no botão e, ato seguinte, o *Capitão Nemo* libertará o teu pai.

– É ele quem o tem retido?

– Se às dez em ponto vir que não o fizeste – continuou Adam sem lhe responder –, deixarei que o planeta continue a girar como se nada tivesse acontecido, mas em troca... Restam-te exatamente vinte e seis minutos. Nem um único mais.

Agarrou no comando do monta-cargas e enfiou-se dentro dele energicamente. Fê-lo com um pequeno salto, como um pirata que se alça pelo mastro mais alto de um galeão, e voltou a perder-se pelo meio do teto.

Vinte e seis minutos...

Reparou que o seu telemóvel quase não tinha rede. Mas havia algo pior. A bateria. Não o tinha carregado desde que Adam lho tinha dado.

Tam, tam.

Tam, tam.

Não era o sinal acústico mortífero.

Era o seu coração, que batia ao ritmo da agonizante linha vermelha.

5

A cabeça de Mika deitava fumo. A herdeira, física e espiritual. Quem recusaria a oferta de possuir tudo? Tinha na mão a oportunidade de salvar o seu pai, de terminar o Novo Génesis e se dedicar à perpetuação do legado de Adam Green. Continuar a mudar o mundo através de novas ações – sem mais conversas, finalmente ações. – Era fácil. Apenas um clique. Bastaria isso para fazer História e transformar-se numa divindade criadora.

O preço: seria assim tão alto? Segundo parecia, os trezentos convidados tinham todos motivos de sobra para serem justiçados.

No entanto, falhava alguma coisa. Sentia-o no peito, aquele nó.

Sentia-se muito só.

Só, de repente, tal como o próprio Adam.

Como o iria explicar ao pai, quando o libertassem daquele buraco? Claro que, se ele pudesse escolher, entregaria a sua vida como um *samurai* corajoso e reto em troca de salvar nem que fosse um único daqueles multimilionários anónimos.

Como o iria explicar a Purone quando despertasse do coma? No momento em que foi alvejado, estava a pintar nas vielas da favela as palavras «orgulho», «firmeza», «beleza», «doçura» e «amor».

Como poderia olhá-los na cara?

Imaginava-os já a ambos a amanhecerem num mundo novo no qual se sentiam… perdidos. Não felizes, absolutamente nada felizes.

Confusos, inquietos.

Que é que se passa convosco? Por que razão não dais saltos de alegria? Tudo mudou! Mas eles não falavam. Não a reconheciam. Não era a Mika que amavam e que admiravam com as suas grandezas e com as suas fraquezas e com aquele riso contagiante e, também, com os seus temores e conflitos, como aqueles que postava no seu *blog* por publicar, sempre a lutar por procurar a luz, por polir as pedras do caminho do guerreiro. Não a reconheciam porque nem sequer a viam. Estava coberta de cadáveres. Trezentos corpos pesados e frios.

– Não aguento mais... – soluçou, como se alguém a conseguisse ouvir.

E, uma voz – sim, uma voz real, que ressoou por entre as quatro paredes revestidas por quadros elétricos e estantes – respondeu-lhe:

Onde pensas que estás, minha filha?

Mamã Santa? És tu?

Já te tinha dito, logo no primeiro dia, quando apareceste na minha casa, com aquela entorse dolorosa. Nas favelas há gente que trabalha duramente em prol da liberdade e da paz, à procura de alternativas saudáveis para os jovens, mas não se cria um mundo melhor de um dia para o outro. Este planeta é uma grande favela que não vamos conseguir mudar numa semana. No entanto, somos cada vez mais os que caminhamos rumo ao futuro para tornarmos as ruelas da nossa comunidade um lugar mais limpo, sem nos importarmos que também sejam as mais empinadas de todas. Já viste a quantidade de escadas que existe em Monte Luz! E também viste as minhas pernas baianas, capazes de subir mil degraus e sempre em direção ao cume! As verdadeiras entorses estão na nossa mente, minha filha.

Brotaram do seu rosto lágrimas retidas durante anos. Chorou por todos os combates perdidos, dentro e fora do tapete, e chorou de emoção pelos que ainda lhe faltava disputar. Não conseguiu evitar ter de lhe fazer uma última pergunta.

Como está o meu amigo Purone... o meu... amor?

Bendita Iemanjá. A este Coxinha *faltam-lhe ainda muitas cores para pintar.*

Sentada à ponta da cama do Hospital de Clínicas de São Paulo, Mamã Santa continuou a lançar para o ar as suas preces, os deuses do candomblé apanharam-nas em voo e foram-nas passando de um para o outro, através de montanhas e de planícies e de selva virgem e de selva cortada, até que chegassem aos ouvidos de Mika. Até ao seu coração.

Tam, tam.

Tam, tam.

Marcou o número do investigador Baptista.

– Fiz uma coisa horrível – disse quando ele atendeu. – Mas tem de confiar em mim.

– És Mika Salvador?

– O único problema é o tempo, investigador. Vai acontecer uma coisa terrível e cada segundo conta.

Baptista ficou em silêncio. Mika chegou mesmo a duvidar se a ligação tinha caído. De repente, disse algo inesperado, guiado pela sua intuição de velho cão polícia:

– Deixa para outra altura o que quer que tenhas feito e concentra-te no que quer que tenhamos de fazer agora.

Ela fez-lhe uma descrição panorâmica. No início, obviou revelar a identidade de Adam e o local da convenção. Eram a sua moeda de troca, e decidiu guardá-la para quando Baptista já se tivesse comprometido a libertar o seu pai.

Depois de lhe explicar o que ia ser justiçado às dez horas e um minuto, concretizou o pedido que lhe queria fazer:

– Prometa-me que vai pôr, imediatamente, a trabalhar todos os seus efetivos para o encontrar e eu entregar-lhe-ei o homem mais procurado do globo terrestre.

Baptista bufou.

– Começaste por dizer que confiasse em ti. Porque é que haveria de o fazer?

Mika olhou para o relógio. Só tinha uma oportunidade.

– Pelo seu filho.

– Como é que sabes que eu tenho…?

– Da segunda vez que estive no seu gabinete, vi que tinha pendurado um desenho na parede. Supus que o autor não era o agente Wagner.

– E que raio tem que ver o meu filho com tudo isto?

– Garanto-lhe que preferirá vê-lo crescer no mundo que iremos deixar se me ajudar. Talvez queira até ser um polícia como o senhor.

– Isso nem sonhes. Futebolista, e da maneira como já remata...

Mika reparou na hora e na moribunda bateria.

– Investigador, não temos mais tempo.

– De certeza que não tens nenhuma ideia do lugar onde o têm retido? Não te posso ajudar se não sei onde procurar.

– Esperava que o senhor me trouxesse alguma luz.

– Tal como descreveste, esse buraco pode estar em qualquer dos vinte milhões de casas desta cidade.

– Tens de me dar mais qualquer coisa. Não terão deixado um rasto qualquer? Notas, SMS, *e-mails*?

A luz.

– Já lhe volto a ligar num minuto.

Quando ligou da Creatio para Sol, a companheira do pai, pediu-lhe que localizasse a procedência do *e-mail* que recebera no primeiro dia. Aquela dissera-lhe que o emissor a tinha feito andar às voltas por milhares de pontos do globo e que tinha perdido a pista na Noruega, mas comprometera-se a remeter-lhe a informação quando conseguisse fazer o rastreio da rota completa.

Por favor, Sol, diz-me que conseguiste...

Acedeu a partir do telemóvel à sua conta de *e-mail*. Demorava a abrir.
Maldita bateria, aguenta, aguenta.
Caixa de entrada.
Lá estava ele.

Querida Mika:
Quem quer que tenha escrito aquele endiabrado *e-mail* sabe o que
está a fazer. Tinha encriptações que eu nunca tinha encontrado. Mas
o que me deixou paralisada foi verificar que vem exatamente da
mesma favela onde aconteceu aquilo ao teu amigo Purone. Verifiquei
várias vezes e não há qualquer dúvida. A direção IP corresponde a
um computador ligado à rede de Monte Luz. Não te posso dar mais
dados concretos, desculpa.
Por favor, querida, tem muitíssimo cuidado. Gostamos muito de ti.
Sol

A partir da mesma favela…
Que tinha Adam que ver com Monte Luz?
A ONG Bem-vindos!
Olhou para o relógio.
Faltavam dezanove minutos para as dez.
Não, não, não. Para! Agora que estão tão perto, preciso de mais tempo…
Carregou no botão de remarcação e transmitiu a toda a velocidade
as suas conclusões ao investigador.
– Está bem – decidiu Baptista. – Aceito o trato e cumpro com a minha
parte. – Desviou o telefone da boca. – Agente Wagner! Wagner, foda-se,
espreita aqui a cabeça! Onde é que estavas? Liga à Unidade Pacificadora de
Monte Luz e que enviem imediatamente um esquadrão para esta direção
com toda a equipa de assalto, com carro blindado incluído. – Deve ter-lhe
passado para as mãos o papel no qual tinha tomado nota. – Que ativem já
o protocolo de libertação de reféns. Diz-lhes que já lhes ligo pela linha
segura para dar mais instruções. – Voltou a dirigir-se a Mika. – E tu, vem
já para aqui, imediatamente. Temos de ter uma longa e grande conversa.
– Não posso ir.
– Acabaram-se os joguinhos, *garota*. Já disse, imediatamente.
– Estou em Brasília.
– Tu estás a gozar comigo? Tu estás a preparar-me alguma cilada
nessa favela dos diabos…
– Não, não, juro que não. Viajei a noite inteira numa furgoneta de…
– Deixa-te de lérias e, de uma vez por todas, solta-me essa língua.
Quem é o meu homem? Quem é o cabrão do assassino do Génesis e
onde é que eu o posso encontrar?

Nesse preciso momento, o ecrã do telemóvel tingiu-se de preto.

Mika observou-o, horrorizada, e soltou um berro. Depois gritou como se o Baptista a pudesse ouvir.

– Estou a dizer-lhe a verdade! Não é nenhuma cilada! Eu é que estou completamente encurralada!

Não servia de nada. Tinha-se apagado.

Sem aviso prévio, tal como a vida de um ancião.

Simplesmente, a linha vermelha parara de bater.

6

Atirou o telemóvel contra a parede. Os pedaços espalharam-se pelo chão. Tivera-o tão perto… Baptista iria pensar que tinha desligado deliberadamente e iria fazer marcha-atrás a todo o dispositivo policial.

O seu pai ia morrer.

Permaneceu um bocado de pé com a cabeça caída. Os tapumes do armazém caíam-lhe em cima como êmbolos de uma prensa. Maldito Adam, em que buraco me meteste tu com as tuas citações de Abraão e de Sodoma e Gomorra?

De Abraão…

E se a ameaça ao seu pai fosse apenas uma prova de fidelidade?, perguntou-se num súbito despontar de energia. O patriarca bíblico esteve quase a entregar a vida do seu filho Isaac como oferta. O próprio Deus lhe ordenara que o fizesse, mas, no último momento, pediu-lhe que parasse o sacrifício, pois bastou-lhe a comprovação do seu nível de compromisso. Seria o deus Adam Green tão magnânimo para a perdoar? Depressa percebeu que não. Mais, começava a duvidar que fosse cumprir a sua palavra. Quando verificasse que Mika não tinha emitido o sinal acústico, não se conformaria com o perdão da vida de Saul. Queria acabar de qualquer maneira com aquela cúpula de multimilionários para gerar a sua revolução global. Cairia na tentação e ele próprio emitiria o tam-tam para inocular a batracotoxina.

O panorama não podia ser pior.

O seu pai não só ia morrer.

Ia morrer em vão.

A única coisa que podia fazer era sentar-se no chão e esperar os trezentos gritos de dor. Será que estaria na sua mão fazer alguma coisa para os salvar?

Sim.

Podia matar o Adam antes de que carregasse no botão.

Matar o Adam…

Se tivesse o telemóvel, poderia emitir o sinal acústico antes de começar a convenção e, visto que ele era o único que para já tinha o auricular posto, seria a única pessoa a morrer. Mas sem telemóvel não conseguia aceder à Internet. Sem Internet não conseguia ligar-se ao canal do Skype pelo qual ia ser emitida a tradução simultânea. Sem se conseguir ligar, não poderia enviar o sinal do tam-tam e fazer detonar o depósito de batracotoxina.

Mamã Santa, são demasiados degraus…

Um milhão de degraus empinados.

Quieta como estava, com a boca a tremer e os olhos fechados, reviveu aquele que foi o seu último combate com a federação de karaté. Vieram-lhe à memória imagens soltas daquela tarde, três meses antes da sua viagem, em que perdeu pela terceira vez o campeonato europeu. Foi assim, tal qual. Perdeu-o. Ela mesma. Tinha o tornozelo magoado devido à entorse e, em vez de dar tudo por tudo (no passado tinha competido milhares de vezes com lesões parecidas), deu meia-volta e regressou ao banco a coxear como se a perna medisse dez centímetros menos.

Tinha caído ainda antes de começar. O medo de perder tinha vencido. Desde que terminara a universidade que sofria o destrutivo fracasso laboral e não queria acumular mais derrotas de outro tipo. Talvez fosse pelo mesmo motivo que nunca se tinha atrevido a olhar o seu amigo Purone como lhe pedia aquela pulsão interior que durante muito tempo se tinha empenhado em sufocar.

Abriu os olhos. Contemplou o silencioso armazém, um novo tapete. Olhou para o relógio. Faltavam catorze minutos para as dez. Será que iria ficar ali parada, embriagando-se com as velhas derrotas? Talvez fosse uma boa forma de se autoinfligir um castigo por todos os passos erráticos que tinha dado desde que chegara ao Brasil. Cada uma das vergonhosas recordações era um penitente flagelo, uma volta mais no parafuso que lhe aprisionava a garganta. Talvez o fosse. Mas não tinha sido assim que o seu pai lhe ensinara a enfrentar o mundo.

Papá…

Não tinha conseguido salvá-lo, mas podia, ainda, honrá-lo.

Era o mínimo que merecia o seu *samurai*.

Ainda faltam alguns minutos. Vou chegar até ti, Adam Green. Vou matar-te e parar esta loucura.

Repassou cada centímetro quadrado à sua volta. A porta metálica era impossível de forçar, tal como a plataforma do elevador que obstruía o buraco que ligava o armazém ao piso superior. Mas estava num museu, não numa prisão.

Tinha de haver outra forma de sair dali e de chegar à sala na qual se celebrava a convenção.

Por ser um armazém, pensou que talvez houvesse um pequena porta de acesso às condutas das instalações, uma daquelas condutas que até dispõem de saídas por onde se escala, como nos submarinos, e por onde se mete o pessoal da manutenção para percorrer as entranhas dos grandes edifícios. Perscrutou as paredes à procura de alguma portinhola oculta, mas verificou, desiludida, que não ia ter tanta sorte. Espreitou, também, por entre as prateleiras da estante que ocupava a quarta parede, com o mesmo resultado. Continuou a dar voltas à cabeça até que se lembrou de que aquela enorme construção em forma de meia laranja não tinha ventilação natural, por isso devia ter, fosse como fosse, uma rede de renovação de ar. Onde? O normal seria entre o estuque e os tetos falsos. Agarrou num banco e espreitou por entre as prateleiras mais altas. Não foi difícil avistar a tampa de rede.

– Sim!

Saltou para o chão e fez uma tentativa vã de afastar aquele móvel gigante. Pesava uma tonelada, devido à estrutura de madeira e de metal e sobretudo pela quantidade de material que acumulava. Sem perder um segundo, foi agarrando uma a uma as caixas de plástico transparente repletas de ferramentas e empilhou-as a alguns metros da estante. Quando ainda faltava meia dezena para tirar, tentou, ansiosa, empurrar novamente o móvel a partir da ponta.

Desta vez conseguiu afastá-lo o suficiente da parede para deixar à vista o respiradouro.

Aproximou o banco e, nas pontas dos pés, fixou o olhar na rede. O interior estava escuro, mas distinguiu uma conduta metálica pela qual, encolhendo-se, poderia caber uma pessoa do seu tamanho. Desaparafusou-a e soltou a tampa. Sentiu uma rajada de ar viciado. Introduziu a cabeça e foi envolvida por uma ressonância estontiante. A própria respiração produzia eco. O mero facto de pensar em meter-se por ali dentro causava-lhe uma claustrofobia angustiante. O que iria fazer quando chegasse à primeira esquina?

Talvez pudesse atravessá-la e continuar a avançar na nova direção da conduta, mas, e se desse com um ramal demasiado apertado que a obrigasse a dar meia-volta e fazer marcha-atrás?

Deitada para a frente, seria muito complicado retroceder. Ficou toda arrepiada. Viu a porta sem maçaneta. O elevador parado no piso superior. Os pedaços do telemóvel espalhados pelo chão. Voltou a olhar para o relógio.

Dez menos dez.

Seja o que Deus quiser.

Trepou pela estante para chegar ao buraco. Quando se curvou para meter o tronco, sentiu um estalido nas costas. Estava em plena forma, mas nem por isso deixavam de lhe passar fatura as pancadas que recebera daqueles seguranças gorilas e, no dia anterior, da diretora Jaira Guimarães, no sinistro motel de Foz de Iguaçu. Pensar nela deu-lhe o empurrão de que precisava para se meter naquela catacumba de aço inoxidável.

Avançou centímetro a centímetro pela escuridão total. Tentava convencer-se de que não precisava de olhar, de que lhe valia o tato para superar aquela prova, mas não conseguia enganar o seu próprio cérebro. Era como avançar pelo interior de um caixão sem princípio nem fim. Além disso, o sentido do tato tinha as suas desvantagens. Rezava para não ter de se cruzar com nenhuma ratazana. Não queria nem imaginar o que seria, em plena escuridão, sentir na cara um corpo peludo. Ouvia rangidos e estalidos, mas não eram de animais. Deviam-se a algo muito mais preocupante. Os apoios que suportavam a conduta não estavam preparados para tanto peso.

Passou alguns segundos de pânico ao dar-se conta de que o sistema de ventilação impulsionaria a qualquer momento a sua dose periódica de ar renovado. Para climatizar todo o museu devia haver bombas gigantes cuja corrente brutal iria assar-lhe a cara. Ou congelá-la? Não conseguia pensar com lucidez. A mente estava a colapsar por causa do permanente debate entre continuar ou fazer marcha-atrás – que se tornava cada vez mais difícil. Estava quase a abandonar quando tocou com a ponta dos dedos no fim do trajeto da conduta. Apalpou de um lado ao outro. Era uma esquina na qual confluía mais do que um ramal. Decidiu seguir a direção ascendente confiando atingir a altura do teto do auditório. Contorceu-se como uma artista de circo – benditos anos de alongamentos no ginásio – e iniciou a subida fazendo pressão com as mãos nas laterais, enquanto apoiava um pé à frente e as costas e o outro pé atrás. Tentava manter a mente vazia para não sucumbir perante o pavor que pouco a pouco infetava as suas defesas. Pensa apenas em avançar, dizia para si própria, mas a cada momento sofria a abordagem de espantosas imagens de emparedamentos e de enterrados vivos.

A chapa era escorregadia e algumas juntas mal acabadas dobravam-se para fora como facas. Quando tocou com a cabeça no fim da conduta que subia, assustou-se e não conseguiu evitar deslizar um metro para baixo. Ao pressionar com as mãos para travar a descida, fez um corte profundo na palma direita. Levou-a à boca e sorveu o sangue para evitar que corresse ainda mais, mas não parava de fluir.

Tentou respirar fundo, só que já sofria as convulsões que preconizam um ataque de nervos de grau severo. O coração batia a mil à hora. Conseguiu alcançar de novo a ponta onde acabava a conduta e contorceu-se, ainda mais, para voltar à posição horizontal. Aquele ramal era muito mais estreito e os seus apoios ainda se queixavam mais. Tinha medo de que se partissem e se derrubasse toda a conduta em cima de…

Não fazia a menor ideia de onde se encontrava.

Arrependeu-se daquela absurda decisão. Jamais chegaria até Adam a tempo. Também não havia forma de ninguém impedir que os trezentos colocassem o auricular. Pensou em ativar o alarme anti-incêndios e assim dissolver a colossal convenção, mas como provocar um fogo num caixão de metal, mesmo que fosse uma simples chama?

Maior frequência das batidas cardíacas. Começou a faltar-lhe o ar. Contudo, continuou a avançar, contraindo-se e esticando-se como uma lagarta.

Vais-te lembrar de alguma coisa, repetia.

Avança, avança.

Até quando?

Aquele troço nunca mais acabava. Era impossível calcular onde estava. A mão não parava de sangrar. Há muito que cruzara o ponto de não retorno, e não era capaz de continuar. Estava presa dentro de um caixão. A sensação de sufoco multiplicou-se. Abriu a boca de par em par, mas não conseguia respirar. Como se tivesse consumido todo o oxigénio.

Parou.

Já devia ter passado das dez.

Para quê continuar a enganar-se?

Também ela ia morrer.

Quando tomou consciência, deixou de estar assustada. Invadiu-a uma estranha serenidade.

Encostou a cabeça à chapa fria e…

Pôs-se a cantar.

Fê-lo com uma entoação infantil. Ou melhor, do mesmo modo que ela cantaria a uma criança se tivesse de a consolar. Era uma dissociação estranha, mas que lhe fazia sentir-se calma.

A terra despida e fria
Vestiu-se com árvores gigantes
Entre os ramos o vento assobiava
Shhh… Shhh… Shhh…

Era a velha canção indígena que ouvira Adam cantar na pousada de São Sebastião. Aquela que, segundo lhe tinha contado, cantarolavam nas noites de tempestade para que as crianças conciliassem o sono. Porque é que lhe vinha à cabeça? Talvez, também, servisse para lhe conciliar o último sono, o sono definitivo. A verdade é que continuou a entoá-la, repetindo as estrofes e, igualmente, aquele assobio do vento por entre as árvores.

Shhh… Shhh… Shhh…

A dado momento, escutou uma voz.

Calou-se. Delirava?

Ouviu-a novamente. Não havia dúvida. Chegava até ela pela escuridão da conduta.

Aguçou o ouvido para tentar adivinhar de onde vinha, mas a voz calou-se.

Mika permaneceu alerta alguns segundos. Nada. E retomou o canto.

A terra despida e fria

A voz voltou.

Sim, alguém estava a ouvi-la e respondia ao seu canto!

Abriu os seus ouvidos ao máximo, auscultando no ar viciado. Mesmo quando as palavras lhe chegavam amortecidas, distinguiu um sotaque de nativo. Tinha de se tratar do indígena Camaleão. Teria começado já a sua mensagem de boas-vindas? Os trezentos deviam continuar sãos e salvos, já que, de outra forma, reinaria uma agitação enorme. Muito pelo contrário, só se ouvia aquela voz cada vez mais carregada de inquietação.

Interveio outra pessoa cujo tom grave Mika não tardou em reconhecer. Era Adam. Estava imerso com o seu amigo Camaleão numa agitada discussão que chegava até ela envolta numa manta, mas cada vez conseguia caçar mais frases.

O indígena que tinha abandonado o seu dialeto selvagem e lhe falava em português dizia que se queria ir embora dali. Que não queria estar num lugar em que os seus antepassados cantavam lá do teto as velhas cantigas do seu povo. Que tinha de ser algum tipo de maldição ou de aviso.

Então era isso. Não a tinham escutado apenas.

Tinham reconhecido a canção.

A conduta fez de caixa de ressonância…

Juntou-se uma terceira voz. Era Gabriel Collor, que os acompanharia ao palco. Adam desculpava-se com ele. Exortava os convidados para que colocassem os auriculares para ouvirem a tradução simultânea enquanto pedia ao nativo Camaleão que se acalmasse e começasse já a sua intervenção. Não parava de repetir que estava tudo controlado. Que o canto devia vir de algum trabalhador do museu a fazer trabalhos de reparação nas modernas instalações do edifício.

Mika abria os olhos de par em par na escuridão, como se assim conseguisse ouvir melhor. Continuavam a chegar-lhe as frases dentro de uma bolha de gelatina, mas já não lhe escapava nada.

Adam repetiu aos convidados que pusessem quanto antes os auriculares para dar início ao evento. Não pensava noutra coisa. Mika detetou uma repentina urgência na sua voz, até um certo toque de desespero. Imaginou todos os assistentes perplexos, mas sem deixar de seguir as instruções do organizador, para não quebrarem o protocolo. Embora muitos tivessem ativado o sexto sentido que avisa da chegada das calamidades, nenhum queria ser o primeiro a montar o número, nem podiam adivinhar que tinham a verdadeira ameaça encaixada dentro das suas orelhas.

Então lembrou-se.

Se a conduta metálica tinha amplificado a sua voz a ponto de que o indígena camaleão reconhecesse a nana, o que aconteceria se trocasse a canção por...?

Contorceu-se como pôde para alcançar com a mão o colar com o amuleto que lhe tinha dado Mamã Santa. Tirou-o e apalpou o fetiche de ferro em forma de corno.

Em forma de gancho.

Minha querida sacerdotisa, bem disseste que o teu amuleto me iria ajudar mais tarde ou mais cedo, embora de certeza que pensavas noutra coisa...

Agarrou-o com o punho esquerdo – a outra mão não parava de sangrar – e começou a arranhar a chapa metálica da conduta, apertando com todas as suas forças. Aquele raspar produzia um chiado horripilante. Até a ela própria lhe rangiam os dentes e estremecia e contraía-se como uma epiléptica, esmagando-se contra a chapa até começar a ficar abaulada; não queria imaginar o que estaria a sofrer quem estivesse no auditório sob o efeito amplificado. Por isso mesmo, continuou a raspar milímetro a milímetro com o amuleto-gancho, deixando sulcos no aço inoxidável que vibrava produzindo aquele arrepio atroz.

O braço ia rebentar por causa de tanta tensão. Desatou a rir e a chorar, ao mesmo tempo que sentia que, em baixo, aumentavam a tensão, a agitação, os passos, o movimento entre os lugares e as primeiras crispações. Bastou que um dos multimilionários se levantasse para que todos o seguissem. Não era por causa daquele canto de sortilégio que chegava de outra dimensão, nem pela discussão dos seus anfitriões ou pela chiadeira insuportável que não cessava. Era por tudo ao mesmo tempo, agitado num explosivo *cocktail* de alarme. Havia qualquer coisa que não estava bem. Não estava nada bem. Tinha sido um erro ir ali e deviam desaparecer quanto antes.

Em meio minuto, todos abandonaram os seus lugares e saíram sem qualquer cerimónia. Arrancavam os auriculares das orelhas e atiravam-nos para o chão. Os que vinham atrás pisavam os que eram atirados pelos da frente, manchando o chão com diminutos charcos de batracotoxina.

– Ponham-nos, deixem-me explicar! – gritava Adam, e os outros olhavam para ele, perplexos, sem saber a razão de tanto empenho, ao mesmo tempo que saíam em debandada dirigindo-se aos carros.

Quando Mika sentiu que o rumor tinha desaparecido, parou de arranhar o metal. Susteve a respiração para ouvir melhor. Surgiu um momento em que não se ouvia nada. Arrastou-se para a frente – um último e sobre-humano esforço – até que chegou finalmente a uma rede de ventilação. Estava aberta na base da conduta, a coincidir com um buraco no teto falso do auditório.

Olhou para baixo.

Lá estava Adam. Sozinho. Em pé, em cima do palco, a olhar para cima na direção da saída do ar.

Mika reparou nos traços do seu rosto. As pálpebras marcadas pela primeira vez.

Permaneceram em silêncio, a olharem-se através da rede como se fosse um confessionário. Um silêncio cheio de palavras, de perguntas e de respostas sobre como seriam algumas coisas e por que razão outras não podiam ser. Um silêncio cheio de tempo e de espaço, desses que se dizem infinitos e que no entanto cabem na mão fechada de um adolescente empoleirado numa árvore sagrada.

Adam baixou os olhos. Triste como uma galáxia que brilha a milhões de anos-luz, onde ninguém a consegue ver.

Mika ouviu um estalido. A conduta onde estava enfiada abanou. O coração deu um salto. De repente, outro estalido. Desta vez parecia ter-se soltado uma peça qualquer. Comprimiu-se, instintivamente, contra os lados. Uma nova sacudidela. Barulho de parafusos, queixumes metálicos que soavam a porão de barco.

Após um enganador descanso, acabaram por se partir os apoios, e a conduta desabou por ali abaixo, atravessando o teto falso. As placas de estuque transformaram-se em fragmentos que caíram contra o chão do auditório. Do ar, Mika teve tempo para ver como se precipitava contra a primeira fila de lugares. Tentou arquear as costas, mas não conseguiu desviar-se o suficiente. Bateu no braço de uma cadeira e, com o corpo às voltas como um fardo no meio de chuva de placas metálicas, bateu com a cabeça contra o púlpito.

Quando acordou, estavam a colocá-la em cima de uma maca. Havia muita gente à volta, mas ninguém relacionado com a convenção. Nem Adam, nem Gabriel Collor, nem o nativo, nem os convidados. Ninguém. Só os enfermeiros, o responsável pelo museu e dois agentes da polícia que analisavam os destroços e as peças soltas do sistema de ventilação.

Quando viram que Mika abria os olhos, dirigiram-se todos a ela.

— Posso fazer uma chamada? — foi a primeira coisa que disse. Doía--lhe o corpo todo. Devia ter alguns ossos partidos.

— Antes, tem de nos responder a algumas perguntas — disse um dos polícias firmemente.

— Por favor, preciso de falar com o investigador Baptista do Grupo de Operações Especiais de São Paulo.

Todos os presentes trocaram um olhar de estranheza.

— Com o GOE, é o que está a dizer?

— Ele explicará tudo.

O polícia encolheu os ombros e o responsável pelo museu acedeu a passar-lhe o seu próprio telefone.

Mika marcou o número. Aguentou os toques de chamada com serenidade.

— Fala Baptista.

— Olá, investigador.

— Tu, outra vez.

— Acabou tudo.

Ele pigarreou.

— Acabou tudo... bem ou mal?

Qual era a resposta correta?

— E o senhor e os seus homens chegaram a...?

Mika não se atrevia a formular a pergunta.

Ouviram-se alguns ruídos. Baptista devia estar a passar o telefone a alguém.

— Olá, filha — disse Saul, emocionado, do outro lado.

Descanso?

O cheiro a sopa apoderou-se do terceiro piso do Hospital de Clínicas. Os carrinhos da comida dançavam pelos quartos de forma sincronizada, como o corpo de baile de um musical. Purone estava sentado na cama com um caderno. Esboçava a capa do novo disco de Santana, uma encomenda da companhia Sony Music, para a qual já tinha feito outros trabalhos.

– Não vejo a hora de comer um cozido – bufou. – Feijões pretos, feijoadas, feijocas, todos os feijões, porque me abandonaram?

Mika, enroscada numa poltrona junto à janela, falou sem levantar os olhos do romance que estava a ler.

– Não chores, que amanhã já te dão alta.

– Mas se eu me tenho portado como um santo.

Então, sim, ela fechou o livro e olhou-o com doçura.

– Vá, mostra-me lá como está isso, que eu não me fio.

Virou o caderno e mostrou-lhe. Parecia mentira como uma mão cheia de linhas podia transmitir tanta vida.

– Não gostas?

– Bem, não sei…

– És cruel.

Nesse momento abriu-se a porta. Eram os seus quatro colegas do Boa Mistura. Todos com um enorme sorriso a gritar.

– Último dia! – exclamou Pahg.

– Já se te acabou a mama – disse Derko, fazendo chocar a sua mão na dele.

Rapidamente o quarto ficou cheio de *T-shirts* e de bermudas e de braços e de pernas que se mexiam de um lado para o outro.

Apesar dos acontecimentos em Monte Luz, tinham-se empenhado na conclusão da intervenção artística que fora interrompida pela batalha.

A favela precisava mais do que nunca de umas pinceladas de cor, como se pôde constatar pelo júbilo dos mais novos e dos menos novos que se prontificaram a ajudá-los com os pincéis para terminar o trabalho.

Tinha sido complicado conseguir as licenças da recém-instalada Polícia Pacificadora, mas, finalmente, as cinco ruas estavam pintadas com as palavras flutuantes: «beleza», «firmeza», «amor», «doçura» e «orgulho».

– Como é que foi a festa de despedida? – perguntou-lhes Purone.

– Muita caipirinha – respondeu rDick. – Andava por lá a Mamã Santa.

– Prometeu-me que não iria faltar.

– Não estás bem a ver como ela dança – brincou, a mexer as ancas. – Disse que antes de abandonares São Paulo, que passes por lá para te despedires.

– E tu, como estás? – perguntou Arkoh a Mika. – Ainda não te fartaste deste?

– Estás com ciúmes? – riu. – Parece-me que sim, que estão todos.

– Não és má cunhada – disse Pahg. – Teremos que nos conformar com isso.

Ela atirou-lhe um beijo sonoro.

Os quatro visitantes juntaram-se sobre a cama de Purone para lhe mostrarem as fotos da obra terminada.

Foi naquela favela que tudo começou, pensou Mika enquanto os observava, e que, também, tudo acabou. Foi ali que o investigador Baptista resgatou o pai. Nunca poderia esquecer o que fez por eles… e o que continuou a fazer depois. Quando Mika lhe narrou a história completa, incluindo o crime que cometeu no motel de Foz de Iguaçu, o investigador não quis apresentar encargos. Tirou do processo a folha na qual tinha escrito no primeiro dia «Big-Bang» e, enquanto a rasgava em pedaços, declarou: «O mundo continua a girar e, com certeza, girará melhor sem essa mulher. Além do mais, garota, o julgamento mais severo é aquele que infligimos a nós próprios. Também terás de passar pelo teu.» «Não lhe estou a pedir que me desculpe», disse Mika nessa altura. «É por isso que o faço», concluiu ele, e desculpou-se porque tinha de mudar de roupa para a final do campeonato interpolícias de futebol. «O meu filho vem ver-me», acrescentou já da porta.

Enquanto recordava aquela cena, tocou o telemóvel.

– É o meu – disse Mika.

Levantou-se para o ir buscar algures entre o cato, a camisola de algodão, a sacola, os livros e as revistas que se amontoavam na ombreira interior da janela. Sorriu quando viu o número do investigador.

O meu querido Sherlock Holmes, sempre tão intuitivo, como se tivesse acabado de ler o meu pensamento no quartel do GOE.

– Gruaaaá – cumprimentou ela.

– Olá, leoa.

— Estava mesmo agora a pensar em si.

— Dizes isso a todos.

— Bem, a todos, todos...

— Como é que estão as coisas pelo hospital?

— Muito bem. Amanhã já vão dar alta ao Purone.

— Fico muito contente. E o teu pai?

— Foi para a Líbia anteontem. Estava cheio de vontade de voltar a trabalhar, mesmo que não o confessasse.

— E tu?

— Dentro de alguns dias, vamos voar para Espanha. Também com muita vontade de nos afastarmos um pouco disto tudo. Foram umas semanas complicadas.

— Até ires embora, tens de andar com mil olhos, já sabes.

— Mal saio do hospital.

— Melhor assim. Com a pressão que estamos a exercer na favela, o Comando Brasil Poderoso anda a recolher as velas em todos os sentidos. Até pode ser que se tenham esquecido de ti, mas nunca se sabe. A verdade é que fico mais tranquilo quando abandonares a cidade.

Durante alguns segundos, ninguém disse nada.

— Tenho de te fazer uma pergunta; percebe-lo, não é verdade?

— Faça lá, investigador. Com essa entoação de CSI que põe.

— Soubeste alguma coisa do Adam Green? Alguma chamada ou mensagem desde que tivemos a nossa última conversa?

De três em três dias, o investigador Baptista telefonava-lhe e fazia-lhe a mesma pergunta. Não era por desconfiança, não pressupunha de forma alguma que Mika lhe quisesse ocultar alguma informação. Fazia-o para a proteger. Temia que o fugitivo proprietário da Creatio aparecesse, novamente, na vida da sua pupila e que esta voltasse a cair rendida à influência dele. Mika era uma mulher muito forte. Muitíssimo. Mas de alguém que tinha idealizado – e quase levado a cabo – um tal plano podia-se esperar qualquer coisa. A polícia inteira do Brasil e os serviços internacionais de inteligência estavam alerta perante qualquer sinal, seguindo dia e noite as suas (impercetíveis) pegadas. A Creatio tinha sido desmantelada de um dia para o outro. Os trabalhadores, despedidos com avultadas indemnizações, e essa gestão fora feita por um gabinete de advogados designado meses antes para dar andamento e terminar o processo em vinte e quatro horas.

Quando lá chegou a polícia, depois do acontecimento de Brasília, o palacete das gárgulas estava vazio. Sem computadores de última geração, sem móveis renascentistas, sem papéis espetados nas paredes com mensagens inspiradoras. O Sol Adam Green que iluminava aquela galáxia de uma única estrela extinguira-se rapidamente. Ou melhor, escondera-se por detrás de um eclipse voluntário.

— Lamento, mas não tenho nenhuma notícia dele.

— Se tivesses a mais pequena suspeita de que estaria perto, ligavas-me logo, não ligavas?

— Porque é que acha que me vai contactar?

— As perguntas são coisa minha. Tu, concentra-te agora no mais importante, que é cuidar do teu rapaz.

— Sinto-o muito sensível, investigador.

— É uma reação por causa de deixar de fumar — disse Baptista antes de desligar.

Mika ficou um tempo com o olhar perdido lá fora. A ver o mundo do seu lado da janela hermética. Árvores plantadas em pequenos canteiros, carros a deitar fumo nos engarrafamentos, candeeiros de rua que se acendiam à noite e se apagavam de manhã, seguindo um padrão, um dia atrás do outro, sempre o mesmo padrão, pessoas que vagueavam em silêncio. Em silêncio… Tinha a sensação de que tinha sempre visto o mundo assim, protegida por um vidro. Mais do que nunca, sentia a necessidade de o partir com um murro.

Não sentia a falta de Adam. Da sua demência, da sua gélida crueldade, e, muito menos, da sua ferocidade de última hora. Também não tinha saudades dos momentos ardentes (agora estava realmente com a pessoa a quem amara durante anos). No entanto, não conseguia deixar de pensar no edifício Copan, no helicóptero, na avioneta sobre as cataratas, momentos vividos sempre por cima das nuvens, vagueando ambos de mão dada pelo seu universo privado. Era estranho. Como se alguma das sementes que caíram no céu de São Sebastião tivesse germinado na sua consciência. Pensava em como ela própria, e mais ninguém, tinha destroçado o seu plano superior — era assim que ele lhe gostava de chamar — e sentia, ainda, uma pontinha de culpa. Contemplava através do vidro da janela como o mundo silencioso continuava a girar (Baptista tinha razão) enquanto o efeito de chamada se multiplicava exponencialmente.

Concentrações à escala global, manifestos, mares de seguidores do profeta Adam Green, dispostos a exterminar os opressores em troca da sua própria vida. Quereria isso dizer que havia alguma coisa — um ápice, no mínimo — de vitória depois do incompleto Novo Génesis?

Incompleto…

— Já que estão aqui, vou aproveitar para dar uma escapadela — anunciou aos restantes.

Purone adivinhou uma expressão familiar no seu rosto.

— Está tudo bem?

— Tenho pendente uma… ponta solta.

Como se na verdade fossem cinco cabeças e um único coração, o grupo de artistas olhou para ela com uma preocupação partilhada.

— Não se preocupem. Quando voltar, conto-vos tudo.

Uma hora mais tarde, chegava à Galeria do Rock. Estava, novamente, em frente às varandas sinuosas que tanto precipitavam para a rua uma miscelânea de músicas, como o zumbido das pistolas de fazer tatuagens.

No dia em que saiu a correr daquele templo sinistro — logo depois de o cônsul ter telefonado para a informar do paradeiro de Purone —, tinha deixado pendente uma visita. Kurtz, *o Louco*, o residente ganzado do lugar, tinha-lhe assegurado que um tal de Maikon era o autor da tatuagem exibida pelo bandido que lhe tinha roubado o portátil.

Mika continuava obcecada por aquele desenho. Um retângulo vulgar com um olho dentro. Vulgar? Kurtz dissera que Maikon já tinha feito aquela tatuagem a várias pessoas.

Imiscuiu-se no lento caminhar das tribos urbanas. Passou por roupa de cabedal, bonés de *hip-hop* e *skates*, e apanhou a escada para o segundo piso, onde ficava o estúdio.

A porta estava aberta.

Um homem com barba, cabelo comprido apanhado num rabo-de--cavalo e toda a epiderme visível estampada com motivos do antigo Japão, organizava os frascos de uma montra. Era ele. Ao seu lado estava a sua empregada, a asiática com riscas de zebra nos braços que a tinha atendido no primeiro dia. Mika explicou-lhe por que razão estava ali e desenhou a tatuagem num papel.

— Preciso de saber de onde provém o símbolo.

Maikon voltou-se para a empregada e esta retirou-se para continuar a organizar o mostruário de tintas.

— Foi uma coisa que se passou há dois anos. Um homem trouxe-me uma fotografia com o motivo da tatuagem. Era um tipo fixe. Tivemos uma longa conversa sobre arte indígena. Toda a minha família é de Manaus e esse assunto sempre me fascinou. Antes de se ir embora, adiantou-me uma grande quantidade de dinheiro para que fizesse aquela tatuagem a toda a gente que viesse da sua parte. Como se fosse o líder de uma seita, estás a perceber? Apesar disso, tinha um aspeto normal. Um tipo fixe — repetiu.

— A fotografia era de alguma parede com pinturas rupestres ou qualquer coisa do género?

— De uma estatueta.

Uma luz momentânea.

— Como era... essa estatueta?

— Preta, muito escura, pelo menos. De uns vinte centímetros, e lembro-me bem porque estava colocada numa estante à frente de uma fila de livros. Representava uma espécie de sacerdote de uma civilização antiga que segurava uma tábua cheia de caracteres pictográficos. O retângulo com o olho era um deles.

Mika sentiu um choque elétrico no braço.

Uma réplica do que sentira quando tentou agarrar *essa mesma* estátua na primeira vez que a vira em casa de Adam. Tivera a resposta na mão! O motivo da tatuagem aparecia na tábua segurada pelo enigmático clérigo que presidia à sua biblioteca.

De acordo com o que lhe explicou o tatuador, o cliente enigmático tinha encontrado aquela figura atirada para dentro de um geóglifo amazónico.

Geóglifo… Mika nunca ouvira aquela palavra.

– Eu também não, até conhecer aquele tipo – confessou-lhe Maikon. – Fui ver na Internet e pareceu-me uma coisa alucinante. Essas estruturas arqueológicas têm estado escondidas durante séculos debaixo do mato e, agora, por causa da maldita desflorestação, podem ser vistas a partir de um avião comercial.

– O homem que te procurou… Contou-te onde fica *exatamente* esse lugar?

Quatro dias mais tarde, Mika e Purone subiam o rio num barco feito de sucupira, no qual tinham instalado um pequeno motor. Ele, convalescente e ainda a tomar uns quantos comprimidos, além da venda que lhe cobria metade do rosto para proteger a cicatriz do sol. No entanto, não tinha querido deixar de ir com ela por nada deste mundo.

Um guia nativo acompanhava-os. Contornaram os meandros da serpente, atravessaram a grande lagoa e apanharam o braço do rio que descia para o Sul, corrente abaixo, entre garças, caimões e um jaguar que, deitado na margem, lambia com fruição a sua cria.

– Já lá estamos quase – anunciou o guia, submergindo-se numa abóbada de ramos. – Veem aquela sombra ao fundo? É a pedra das almas.

Mika agarrou-se à mão de Purone. Um enorme monólito em forma de menir erguia-se a dar-lhes as boas-vindas.

Saltaram para a margem. Enquanto o nativo amarrava o barco, o casal meteu-se terra adentro. Debaixo da folhagem surgia uma espécie de canal. Um pouco mais à frente, um muro de metro e meio de altura. Empoleiraram-se em cima dele e contemplaram os buracos que formavam a imensa composição de círculos e de retângulos, ligados entre si por caminhos e canais. Talvez um enclave religioso, talvez uma fortaleza. Oculta durante milénios.

Purone abraçou-a com muita força.

Podia ficar assim toda a minha vida, pensou ela.

Fechou os olhos.

Ao longe, os guinchos do macaco-uivador. Os papagaios batiam as asas sem se moverem nos ramos. Os líquenes ronronavam e as trepadeiras esticavam-se também para a abraçar. Escutou um murmúrio. Folhas movidas pelo vento, e palavras que ressoavam no ar como um eterno eco:

Quem povoou esta terra
antes de se cobrir de selva?
de selva… de selva…
Que espécie de atlantes,
mais antigos do que as árvores?
as árvores… as árvores…
Que mal fizeram vocês
para merecer o castigo do esquecimento?
do esquecimento… do esquecimento…

Voltou-se para a pedra das almas que se erguia, impassível, na margem do rio. Observou à distância o seu lado de trás. Qualquer coisa lhes tinha passado despercebida.

– Também estás a ver?

Voltaram para trás, até à base do monólito.

A meia-altura, como se fosse um grande quadro preto, alguém escrevera um texto usando uma pedra mais clara para riscar.

– Isto não estava aqui a semana passada – assegurou o guia, aproximando-se vindo da margem.

Mika leu em voz alta:

Assim ficaram concluídos o céu, a terra e o universo. E tendo concluído no sétimo dia a obra que tinha feito, descansou. Génesis 2:1-2.

Voltou-se para si própria.

Quando estiveste aqui, Adam Green?
Ontem? Há uma hora?
Também sabias que tinha ido visitar o Maikon?

Podia estar em qualquer lugar, talvez a observá-los na copa de uma árvore sagrada, mimetizado entre as folhas com o seu amigo Camaleão. A vigiar a sua… herdeira. A cuidar da semente para que germinasse no seu coração e para que dela surgisse uma selva inteira de ramos sempre verdes e sempre firmes, estes sim, inquebráveis.

É isso o que estás a fazer, não é, Adam? A velar por mim para que eu não me despenhe por entre as fissuras que se abrem, a cada passo, neste mundo incerto…

Lembrou-se do endereço eletrónico que Adam tinha usado para lhe mandar o *e-mail* no primeiro dia: lcmetpeafehd?@gmail.com, composto pelas iniciais de «luz», «céu», «mar e terra», «estrelas», «peixes e aves» e «feras e homens». Seis dias de uma criação sempre incompleta, compreendia agora, seguida de uma interrogação para a qual já tinha a resposta.

Olhou Purone nos olhos e disse:

— Nós não vamos descansar, promete-me.

— Descansar? É preciso continuar a criar!

— Ainda não chegou o Sétimo Dia.

Beijou-a.

A pele de Mika estava suave e quente, pelo ardor que lhe subia às maçãs sempre que se emocionava.

— Podíamos pintar estas estruturas de pedra – propôs ela com um sorriso que lhe queria sair do rosto. – Devolver o brilho a esta civilização.

— Estás a falar desta civilização perdida ou da nossa?

— Será que não são a mesma?

— Todas o são.

— Então, animas-te a pegar nos sprays e nos pincéis? Estes círculos e retângulos merecem ser vistos desde a Lua.

— Já estou a visualizar: pintura prateada a brilhar no meio da noite, em plena selva, como se, de novo, se fizesse luz.

— A luz…

Nota do autor

Quase todos os cenários deste romance são um retrato do Brasil real. Na minha página *web* www.andrespascual.com, podem visitar as galerias de fotografias das viagens de documentação que realizei: as selvas de Manaus e de Mato Grosso, cujos nativos me ofereceram chaves valiosas para poder sobreviver no universo amazónico (e em qualquer outro), as favelas de São Paulo e do Rio de Janeiro, aí onde os sorrisos enfrentam a falta de esperança. Se, por alguma razão, escolhi este país para contar a minha história, foi porque me oferecia um leque de cenários naturais e urbanos cheios de cor e de energia. A mesma cor e a mesma energia de que se alimentam os meus protagonistas para mudar uma civilização que os dececionou.

Ao contrário das localizações geográficas, nestas páginas faço alusão a muitas pessoas com nome e apelido, algumas delas com cargos públicos que não têm *alter egos* de carne e osso. Como é costume dizer-se, qualquer semelhança com a realidade é pura coincidência, salvo… Há uma importantíssima exceção. Os membros do coletivo Boa Mistura (cinco personagens fundamentais desta história) são tão reais como o carinho que me une a eles. O meu primo Pablo Purón «Purone» e os seus companheiros: Javier Serrano «Pahg», Rubén Martín «rDick», Pablo Ferreiro «Arkoh» e Juan Jaume «Derko» emprestaram-me as suas vidas e, sobretudo, a sua espantosa intervenção pictórica na favela de Brasilândia para esta experiência criativa. Eles existem, como também existe a sua obra (podem admirá-la em www.boamistura.com), mas o que acontece neste punhado de páginas é pura ficção, tão imaginada como todo o resto da trama.

Queridos Boa Mistura, vocês são um luxo para qualquer escritor. Quem não gostaria de ter um grupo de génios, com essa tão grande humanidade que nem vos cabe dentro do peito, como protagonistas? Obrigado por partilharem comigo esta aventura.

Agradecimentos

Ao meu editor Alberto Marcos e à minha agente Montse Yañez, por me acompanharem com tanto carinho e dedicação em cada passo deste sonho que se prolonga e prolonga.

Ao meu primo Pablo Purón e aos seus companheiros do Boa Mistura (Javier Serrano «Pahg», Rubén Martín «rDick», Pablo Ferreiro «Arkoh» e Juan Jaume «Derko»), como já referi na Nota do autor, por me emprestarem as vossas apaixonantes vidas para colorir este romance.

Aos responsáveis da IDEO, por aquele colóquio nas vossas instalações de São Francisco e que partilharam comigo uma forma de trabalhar que eu retratei na enigmática empresa Creatio, e aos integrantes da expedição #NASF, que me abriram as portas a essa visita e a uma forma de enfrentar o mundo que impregna estas páginas. Sê cavalo, não carroça!

Aos meus amigos das favelas de Canta Galo e Vidigal, no Rio de Janeiro, e Brasilândia, em São Paulo (sobretudo à adorável Issa Menezes), assim como a todos aqueles que me acolheram nos meus périplos pela selva amazónica (o João e a sua família, o Charles A. Munn, o Shane e os seus *brothers*…). Guardo uma arca cheia de recordações (as que sobreviveram a tantas caipirinhas partilhadas com a Cristina, a Isabel, a Aurora, a Ana, o Jota e o Pio).

Ao José Antonio Pérez Terreros, por me assessorar nos mais diversos temas do país e por me apresentar aos seus amigos de São Paulo: a cineasta Andrea Pasquini, a Camila e o Luiz Medeiros, a Patricia Lafuente Jungers e o Juan Antonio Correas, do Gabinete Comercial da Embaixada de Espanha (Juan Antonio, desculpa-me por ter desenhado o teu homólogo bastante menos agradável do que tu, mas eram exigências do guião; tal como a Patri, vocês foram maravilhosos comigo).

Ao Francisco de Blas, diretor das atividades culturais do Instituto Cervantes de São Paulo, por aquele sábado inesquecível pelo *Sampa* mais *cool* e por partilhares comigo a tua visão do país, candomblé incluído.

À Berta Montaner, campeã espanhola de karaté, por me ajudar a cinzelar o perfil de Mika.

À Mar Monsoriu, por ser a minha inspiração para a personagem Sol.

Ao meu maninho Miguel Pascual, pela tua assessoria em engenharia informática aplicada às bolsas de valores e por essa grande ideia que brilha no Quarto Dia.

Ao Fabián Peña, pela aterrorizadora história das caçadas humanas e pela sua assessoria em engenharia de telecomunicações para... (melhor não o revelar, ainda me matavam os que lessem isto antes de eu acabar o livro).

À Mar Ruiz, pela sua assessoria em arquitetura em todos os livros que escrevo, sempre com essa paixão que as suas explicações destilam.

Ao Paulino de la Rosa, meteorologista da Delegação Territorial da AEMET, em La Rioja, pelas suas explicações a este patrício que se apresentou no seu escritório sem avisar.

À Elo, a minha instrutora brasileira de Pilates, por me falares da tua terra enquanto me endireitavas as costas.

À Vanessa Cordero, corpo e alma da academia Masquedanza, por fazer de modelo para a capa.

Obrigado também a todos os autores cujos livros consultei para compor esta história que versa sobre alguns temas que eu nunca tinha abordado até os meus personagens me empurrarem para isso. Entre outros, ao David Botero e ao seu tratado *Parasitosis humanas;* ao doutorado em Física Nuclear Gerald Schroeder, pela sua tese sobre a criação do mundo; ao divulgador científico Jared Diamond, pelas suas reflexões sobre o paralelismo entre as sociedades indígenas e a civilização moderna; e, como não podia deixar de ser, ao Daniel Estulin, que me contou de viva voz na sua visita a La Rioja, as suas arrepiantes teses sobre as elites que dominam o planeta. Os textos da Sagrada Bíblia pertencem à versão oficial da Conferência Episcopal Espanhola, publicada em 2010 (*Biblioteca de Autores Cristianos*).

Mais uma vez, quero terminar esta secção de agradecimentos com uma menção à banda sonora do romance. Enquanto escrevia, ouvia os meus habituais Linkin Park, Coldplay, Metallica, Dido..., aqueles que em todos os livros me ajudam a marcar o tom dos capítulos conforme a intensidade do enredo. Mas há duas canções que me acompanharam, especialmente, nesta viagem brasileira, não só pela forma como soam, mas, ainda mais, por aquilo que contam. Michael Jackson cantava numa favela «*They don't really care about us*». Sem dúvida que é muito triste e muito certo, mas sei que isso vai mudar em breve. Como reza o *Heroes*, de David Bowie, o outro hino deste livro, «*We can be heroes, just for one day*». É o momento de acordar e de o demonstrar.

Antes de me despedir, um apontamento musical mais atual: na parte final do romance, imaginei Mika, a protagonista, a ouvir, com o volume no máximo, *Burn*, de Ellie Goulding. O refrão, «*We got the fire, we got the fire... And we gonna let it burn*», parece-me inspirador, de acordo com o espírito de rebeldia e de procura da luz que impulsiona os meus personagens. E, além disso, é a canção da minha afilhada Carlota, para quem desejo com todo o meu coração um novo e mágico Éden...